曹善手抄

山海經箋注

鹿憶鹿 箋注

謹以此書獻給我的老師

王孝廉先生

(1942.10.10-2022.8.17)

被召喚的奇幻旅程（代序）

鹿憶鹿

人生，錯過太多。唯獨沒有錯過曹善，沒有錯過劉辰翁。每一本小書的面世，都是一段有如單戀苦戀的生命自我告白。

有學者說過，學術是被召喚，要具備自我陶醉的熱情。可自小就夢想成為作家的人，也許更認為學術要有如初戀的生死以之才能走下去。一直震懾於身邊的朋友一種不怕被負的癡傻，總堅持地在時光長河中保有孺子的天真，要讓已成灰燼的過去回返。

遇見《山海經》正如被召喚的奇幻旅程。二十年前，或者更早，在安定門外的地壇公園邊，與馬昌儀老師的初相識，看她眉飛色舞地談她寫的《山海經》圖像，頓感一種不可理解的驚詫。唉呀！那些奇形怪狀的鳥獸，三頭的、一目的、九尾的，成為了日常平常的存在。

那本受《山海經》影響很深的《獸譜》，從北京故宮被翻印後一大本文圖繽紛，封面即是一隻瘦骨嶙峋的鹿，那角如枯枝並排聳立昂揚，像常玉的畫。朋友也送一幅畫，是川合玉堂的掛軸雙鹿圖，是還曆之年的生日禮。還曆似像神話中的原型回歸，是重生的過程，是一個新人。那是生命中最好的時光，在最美的地方，遇見最溫柔的人。而水回不了最初，只是執拗地癡迷，要用一個一個字讓死灰復燃，每個白天黑夜，眼不釋卷地死盯著一行行的古籍經注。

一定是前世就有因緣，就好像你們無端無由就熟識了，而且相戀相愛相知。讀一段短短的幾頁小文，發現元末一個叫曹善的書法家抄寫了《山海經》。研究版本的人知道宋本、明本、清本，雖然這只是抄本，可價值正如他的名字，善本。

抄寫於一三六五年的《山海經》，在明代輾轉經過許多文人之手，包括姚綬、王世貞、陳繼儒等人。曹善是松江人，而後來收藏他抄本的人都在他的家鄉附近，似乎人不親土親，曹善的傳世傑作外地人無緣得知。曹善生平罕見正史、府志記載，因而書末姚綬所寫的文章，是非常重要的參考資料。曹善的兄長曹永、姪子曹恭也是書法家，世稱「三曹」，看來有如三曹父子。然而，即使是同鄉的收藏者都未提及曹善其他詩文或書法作品，也未對其手抄《山海經》置一辭。對陳繼儒等人而言，這手抄《山海經》就是一個書法作品，只論其書藝學鍾元常與二王而已。

抄本後來由董其昌於封面題寫「山海經有贊」，並紀錄姚、王、陳三位明代文人曾收藏此書。有趣的是，這三篇文章是以不同的書體寫成，姚綬為篆體，王世貞寫楷書，陳繼儒則以行書呈現，看來像似文人們藏書的風雅表現。是否董其昌收藏過此抄本？後來又回到麋公手中。或者，只是麋公請他題字。董其昌落款的時間在崇禎乙亥年六月，他已高齡八十，隔年一六三六去世。

曹善不知是何原因要抄寫《山海經》？這在歷朝歷代都非主流典籍，而曹善又無其他書作被人討論，無從得知他是否偏愛抄寫「一本書」？曹善或是無心插柳成就這樣的「善本」。經過一百多年，一四九二年，姚公綬收藏，經王世貞、再到陳繼儒。一生收藏無數，有如山中宰相的陳繼儒在晚明名滿天下，誰人不曉眉公或麋公，麋公似十分喜愛這作品，沒事就拿出賞玩，一再請朋友來家裡賞鑒，題記中來看作品的王毗翁就兩次，還有宋獻也來欣賞過。令人不解的是，他未提請董其昌題字，也未按平常習慣記錄董來家裡欣賞珍藏的過程。

董陳兩人從年輕時就相見頻繁，留下許多歷史性的文物。萬曆丁酉一五九七年，董其昌去小崑山拜訪，為陳繼儒作「婉孌草堂圖」，這幅畫曾在一九八九年的紐約拍賣會上以一百六十五萬美元賣出。時隔四百年，董其昌與陳繼儒藉書畫交心的這過程仍受世人矚目。天啟丙寅一六二六年四月，董其昌作「佘山游境圖」，夜宿頑仙廬。為官的董其昌很喜歡去隱逸山居的陳繼儒家住，這樣秉燭夜談的奢侈幾人能夠？曹善抄本《山海經》是陳繼儒看重的，董其昌似也很喜歡這抄本。兩人一生相知相親，從少到長到老到死。有一種感情比白頭偕老更令人動容！

陳繼儒在〈序董玄宰制義〉一文中，提到兩人的相知交：「予與玄宰並遊膠庠中，若宮商相生，水月相赴。大兒玄宰，小兒仲醇，世之人靡不左袒兩生為齊、晉兄弟之國。」董其昌過世後，麋公又寫祭文：「嗚呼！兄長不佞儒三歲，少而執手，長而隨肩，函蓋相合，磁石相連，八十餘載，毫無間言，山林鐘鼎，並峙人間。」在朝在野的兩人，談書論畫，過從親密，一生未須臾離。

南宋淳熙七年（一一八〇）的尤袤池陽郡齋本《山海經》，是目前可見到最早的《山海經》刻本，明清以來的各種《山海經》注本，如王崇慶、吳任臣、郝懿行、畢沅或汪紱等人所用的底本，大多與尤袤刻本相差不大。袁珂的《山海經校注》來自《箋疏》，幾乎依循郝懿行的觀點，而郝本的底本也是尤袤系統。

對尤袤的初步認識來自大學時的文學史課堂，記得他與陸游等人合稱南宋四大家，方回評他的詩「端莊婉雅」，可那時完全沒法體會何謂「端莊婉雅」的詩？只是對尤袤愛藏書的「尤書櫥」外號心有戚戚。沒想到多年以後，尤袤所刻的《山海經》成了案頭書，是研究者都奉若神明的宋本。嚴格說來，這被稱為宋本的尤本在一再被閱讀的過程中形象慢慢崩壞，出現一些似乎是刻工訛誤的不知所云，這天書更是沒有擔了他難懂的虛名。

曹善抄本有無可取代的價值，以他當底本來做箋注的意義非凡，是對六百多年前的東吳書法家曹善致敬的方式。

箋注曹善手抄《山海經》，不得不提宋元之際的劉辰翁。劉辰翁似乎也可以稱為「劉書櫥」，他是詩人的身分，卻一生評點無數，藏書想必不可想像。

劉辰翁是廬陵人，字會孟，以評點最為人所知。評點史書如《史記》、《漢書》，也評點詩詞，其評點幾乎都集中在唐宋，尤以唐代詩人為多。他曾評點過的唐代詩人有李白、杜甫、王維、孟浩然、孟郊、賈島、李賀等四五十家。評點過的宋代詩人，則有王安石、蘇軾、陸游等。當然，大部分人未注意劉辰翁評點過《山海經》，或緣由吳任臣的引用大都稱劉會孟評點。

吳任臣的《山海經補注》用了七八十則劉辰翁的評點，以地理考釋為主，卻是劉辰翁相隔四百年後難得的知音。二〇一七年年底，去武漢華中師範大學參加會議，出發前夕，竟然得知閻光表所刻的劉辰翁評《山海經》就藏在湖北省圖書館。難道這不是劉辰翁的召喚嗎？多年來孫正國教授熱情地提供協助，因為劉辰翁的評點本，曾經在武漢的南湖、東湖與桂子山駐足停留，與眾多師友茶酒言歡。二〇一八年冬日，飄雪的瀋陽，在遼寧大學的講座後，江帆教授陪同，奔赴遼寧省圖書館，也是為了閻光表刻的評點《山海經》，因緣際會，會孟的評點似乎都在等著，等著被誦讀。會孟評點《山海經》是他的個人抒懷、感悟寄託，是他詩人的易代離亂書寫。

原先一直對陳繼儒沒好感，可能緣由於他的姓名常被晚明的盜版書中冒用，或者，他好名而常去當書籍的推薦者。然而，麋公自有一種名士的豪情。他為劉辰翁評點做序，以為須溪當宋家末造之時，「進不能為健俠執鐵纏矟，退不能為逋人采山釣水，又不忍為叛臣降將，辜負趙氏三百年養士之厚恩。僅以數種殘書，且諷且誦，且閱且批，且自寬於覆巢沸鼎、須臾無死之間。」完全理解會孟在易代之間的隱居傷痛。「第想先生造次避亂時，何暇為後人留讀書種？更何暇為後人留讀書法？」推崇會孟在離亂中為後人留讀書火苗的千秋大業。麋公亦是會孟的知己。

就是在馬昌儀老師的《古本山海經圖說》席捲海內外學術界開始，她似乎很蓄意地暗示明示。在飯桌上說，要關注《山海經》，在地壇公園散步時說，要關注《山海經》，通電話要道別時，她每每一再叮嚀，《山海經》要有人繼續研究。很多很多次，都記不得了，只是心煩意亂，《山海經》是她一生的職志，又如何能窺探堂奧？研究得再好，不過就是在馬教授的陰影下，這是另一種情況的指鹿為馬嗎？何況，陳連山、劉宗迪都早投入《山海經》的天地，哪有什麼縫隙再讓他人蹭？當然，市面上蹭馬昌儀老師的層出不窮，未獲同意即刊登馬老師照片，宣稱獲得馬老師「熱情奉獻全部手稿」的，更宣稱與馬老師一起探討《山海經》。把學術當成沽名釣譽牟利的工具，毋寧說是一種對知識的褻瀆。

人生沒有鬼使，一定是有神差。緣溪行，忘路遠近，沒有落英繽紛，只有一如死蔭的幽谷，行著行著，至洞口，彷彿若有光。曹善明明白白的公開召喚，東吳曹善在此。四冊抄本自大清宮廷輾轉到了臺灣，安靜地在離東吳大學一公里左右的臺北故宮博物院裡面。以曹善抄本為底本做《山海經》箋注並非責無旁貸，是被召喚後的熱情反饋而已。在山海漂流浮沈十幾年後，終於與曹善面對面，我們都遇見《山海經》，奉東吳的名。

曹善抄本的確是善本，他所據的本子應該是比南宋尤袤本更好，經過比對，抄本與唐宋類書有許多不謀而合之處，又能補尤本中的缺漏。尤本無圖讚，郝懿行《山海經箋疏》中的圖讚缺漏很多，曹善抄本是目前所見《山海經》十八卷中所附圖讚最完整的。

曹本與尤本有異，與唐代、宋代類書又似乎系出同源。尤本〈中山經〉記載豐山有九鐘，「是知霜鳴」，曹本作「是和霜鳴」。《北堂書鈔》、《初學記》引此經與曹本同。盱衡文義，鐘和霜而鳴，表現共鳴共感的天衣無縫，曹本於意為長。又尤本〈大荒東經〉記有一大人，「張其兩耳」，曹本作「張其兩臂」，對照《太平御覽》的反覆徵引，都作「張其兩臂」。「張其兩臂」比較合情理，也彰顯大人國的形象。

此外，曹本〈南山經〉「糈用稌米」下有郭注「糈，祀神之米名，今江東云，音所，一音智。」最末的「智」字，應是「聟」字的形誤。「聟」通「婿」，在王羲之的〈女聟帖〉中可見。聟的用法，也保留在日語，讀成むこmuko。小澤俊夫補訂、關敬吾整理的《日本昔話集成》一書中，有眾多名為「蛇聟」、「鬼聟」、「狗聟」、「猿聟」的故事類型，不用蛇婿、鬼婿等字。曹本郭注讓人想起王羲之的〈女聟帖〉，古早時常用的聟字已被遺忘，卻明顯流傳在海外。

〈中山經〉的郭注，交趾有篥竹，有毒，銳似刺虎，中之則死。尤本與明清本子的郭注都說這竹「銳以刺虎」，尖銳的篥竹可將老虎刺死。與「銳似刺虎」的意思明顯不類。植物分類學中有虎刺，由於它的枝條上有針狀長刺而得名，俗名刺虎、伏牛花、繡花針。曹本的郭注以為篥竹的尖銳像刺虎、虎刺，刺中是會喪命的，而非拿篥竹來刺死老虎。《山經》是一部動物百科，也是一部植物百科。一翻開〈南山經〉，招搖山就有穀樹，穀又名構，就是可作紙張的構樹。看到陌生的雞穀，又稱雞狗、蒲公草，就是很多小孩童年時即熟稔的蒲公英。曹本與尤本有許多出入，在比勘下，草木蟲魚在眼前活過來了。

曹善所據的宋本雖偶有漏字，然而較尤本簡潔，錯誤也比較少，更接近唐宋類書所引《山海經》的樣子。郝懿行常有許多臆測之辭，這些觀點常與曹本不謀而合，可惜郝懿行未見到宋版的唐宋類書，更是與曹本無緣。袁珂的《山海經校注》以郝懿行《箋疏》為底本，卻無端刪去大部分的郭注，令人費解。

民國以後，只有張宗祥曾自言看過此抄本，想來不可思議，竟然能把蓋滿玉璽的故宮文物借回家。可惜的是，張宗祥竟以為此抄本毫無特出之處，只是《圖讚》完整，因此他留下《足本山海經圖讚》，可能因為時間匆忙，《圖讚》抄錯不少。

本書的圖像，還有許多來自明、清編纂的類書，來源相當廣泛，有官方修訂的、文人編輯的，也有民間書肆出版的。現存的《永樂大典》殘卷，保留了可能是迄今所見最早的十八幅《山海經》圖像，其中有一幅標記來自《山海經》的貘圖，不見於諸本《山海經》正文，但唐宋文人都有關於貘獸出《山海經》的記載，或許《永樂大典》編纂之際，參考了來源較早的《山海經》或《山海經圖》版本。使用的圖像也包括晚明建陽日用類書〈諸夷門〉中的遠國異人與山海異物圖，王圻父子編纂的《三才圖會》人物、鳥獸圖，以及《古今圖書集成》中〈神異典〉、〈邊裔典〉、〈禽蟲典〉的皇家風格圖像。為了更多元，書中所用的圖，有些來自漳州多文齋刊本，是線條簡單、充滿樸拙趣味的市井版刻。

把三百多張圖像，安放在這抄寫本的箋注中，當然與馬昌儀老師二、三十年來的啟發有關。孝廉老師帶領去安定門外，認識馬老師。兩位神話學者一生的相知相惜，超越古今中外的什麼文人相輕窠臼之辭。他們兩位都有一種近乎不染世事的天真。

有一年在杭州，與孝廉老師在大學校園空曠的星空下從晚飯後聊天到凌晨四點；有一年在北京至上海的高鐵上聊了好幾個小時的論文；有一年老師在寒舍吃澎湖來的清蒸螃蟹。每本書的點滴，都是與老師多年的談話日常，是生命的愉悅。二十幾年前的一篇小文記錄收藏一張開車經過高速公路的收據票根，送來來去去的老師到桃園機場，孤身再進城的情緒充滿感觸。內心偶有不平靜時總往老師家喝茶，聊情感的難堪、聊生命的困境、聊論文的瓶頸。老師不在臺北，這個城市如此擁擠，卻又冰冷得似是荒城，找不到一個可以談話的人。收費站的票根訴說著秋日黃昏的傷懷。

柯秉芳、姚思敏、江俊諺、李仲傑等人都在《山海經》的課堂上偶遇，陶醉於奇禽異獸的奇幻世界。曾多次與學生劉亞惟在外雙溪畔散步，溪水中有黃昏的路燈倒影、有白鷺鷥凌波飛起，積累許多小小研究室甜蜜時光後，她的博士論文口試答辯高分通過，回去北京。時空流轉，亞惟沿著國子監街前行，去安定門外的馬老師家。

在溪畔聆聽溪水潺湲，對岸一棵如圓傘的巨大榕樹，似乎想跨溪過來為所有人遮蔭：一起去散步的，還有曾學杰與劉庭瑜。〈中山經〉的荊山與綸山都有柚樹，柚樹也作櫾樹，郭璞說柚子似橘而大，皮厚，味道像醋，有的注說柚子味酸。郭璞他們一定都沒吃過真正甜甘的柚子，尤其是老欉的這種，甜甘流淌出一種清香。研究室外的階梯旁也有一棵巨大的柚樹，終年輕綠，三月時開始有小小的白花，好美。六月以後，柚樹結實纍纍，等待中秋月圓的到來，每片枝葉都在清輝下洗得晶亮。在讀《山海經》的當下，也會望見溪畔的白鷺鷥在柚樹下踱步，張著貪婪的眼睛四處尋覓。施政昕是研究室最好的助理，他從大一到碩士、博士都在，每個研究計畫、每篇論文、每本書都有他的心力。

學術研究的確要有自我陶醉的熱情，而溫柔善良的學生成就老師的天職，毫無疑問，我擁有後者的幸福。蛇乃化為魚，是謂魚婦，顓頊死即復蘇。神話學者曾是年輕的詩人，孝廉老師寫〈魚問〉，我是水中的魚，你見不到我的淚。

江湖不遠，總會有另一隻魚看見自己眼中的淚。淚，只流知己。

民國一一一年初夏柚樹開花的東吳大學

曹善手抄《山海經》箋注凡例

一、本書完整呈現元代曹善手抄《山海經》的經文、注文、《圖讚》全貌。

二、曹本有「卜」字與「乙」字處，皆加以訂正。

三、曹本有缺漏處或衍文，皆在注解說明。

四、曹本中的俗字、簡字，皆以現今正體字呈現，如盜切之切，皆改為竊；尓雅之尓，皆改為爾；礼皆改為禮。惟氐羌、氐人國之氐，曹善皆作「互」，為氐的異體字，除互羌改為氐羌外，皆保留曹本原來的用法，以互為氐。此外，曹善本巫字皆作「巠」，腸皆作「膓」，眕寫為「昕」，豬從「犭」字邊寫作「猪」，鬼寫作「鬼」，歷寫為「歴」，臺寫作「臺」，寇作「複」，糈作「粡」，猒作「猒」，葬作「葬」，不一而足，本書皆以正體呈現。

五、曹本郭璞序《山海經》、劉秀〈上《山海經》表〉與尤本有出入，本書一併附上，加以注解說明。

六、有些地方曹善明顯筆誤，或原所據本子錯訛，書中都原文呈現。

七、原文缺字處，以〇呈現。如〈南山經〉之首，堂庭之山多白猿，曹本缺多白猿三字，以〇〇〇表示，又如郭注中的字音，曹本也常缺漏，只作「音」而其下無字，凡此，也以〇表示，尤本的內容則於注解處另行說明。

八、曹本中有避諱缺筆的情況，常見的避諱有「敬」、「弘」、「殷」、「禎」、「貞」，皆為缺筆，乃避太祖之祖趙敬、太祖之父趙弘殷、宋仁宗趙禎諱，但遇宋真宗趙恆諱皆未避，僅缺筆避諱一次，其他的「恒」字，或之前就改為「常」。為行文方便，本書遇避諱字皆不缺筆。

九、本書所引用的唐宋類書，皆以宋本為主，若非原版闕漏，改補明清版本，不特別註明。另外，為行文方便，引書若重複出現，皆用簡稱。如《藝文類聚》簡為《類聚》、《太平御覽》簡為《御覽》。其他如《山海經箋疏》則簡為「郝疏」，劉辰翁（會孟）評點《山海經》簡為「劉評」，餘書依此類推，不另說明。

十、本書多方參照插圖，包括現存《永樂大典》的十八圖，劍橋大學所藏《異域圖志》，以及難得的福建漳州多文齋刊的《山海經》圖等，力求圖文並茂。

目次

《山海經・序》

世之覽《山海經》者，以其閎誕迂誇，多有奇怪俶儻之言，莫不疑焉。嘗試論之曰，莊生有云：「人之所知，不[1]若其所不知。」吾於《山海經》見之矣。夫以宇宙之寥廓，群生之紛紜，陰陽之煦烝[2]，萬物[3]之區分，精氣渾淆，自相濆薄，遊魂靈怪，觸象而構，流形於山川，麗狀於木石者，惡可勝言乎？然則總其所以乖，鼓之於萬響[4]；成其所以變，混之於一家[5]。世之所謂異，未知其所以異；世之所謂不異，未知所以不異。何者？物不自異，待我而後異，異果在我，非物異也。故胡人見布而疑黂，越人見罽而駭毳。夫玩所習見而奇所希聞，此人情之常獘[6]也。今略舉可以明之者：陽火出於冰水，陰鼠生於炎山，而俗之論者，莫之或怪；及談《山海經》所載，而咸怪之，是不怪所可怪，怪所不可怪也。不怪所可怪，則幾於無怪矣；怪所不可怪，則未始有可怪也。夫能然所不可，可可所不然[7]，則理無不然矣。案汲郡《竹書》及《穆天

1 尤本作「莫」。
2 尤本作「蒸」。
3 尤本作「殊」。
4 尤本作「一響」。
5 尤本作「一象」。
6 獘通弊。尤本作「蔽」。
7 尤本作「夫能然所不可，不可所不可然」。

子傳》：穆王西征，見西王母，執璧帛禮之[1]，獻錦組之屬。穆王饗[2]西王母瑤池之上，賦詩往來，辭義可觀。遂襲崑崙之丘，遊軒轅之宮，眺鍾[3]山之嶺，玩帝者之寶，勒石王母之山，紀跡玄圃之上。乃取其嘉木艷草、奇鳥怪獸、玉石珍傀[4]之器，金膏銀燭[5]之寶，歸而殖養於中國。穆王駕八駿之乘，右服盜驪，左驂騄耳，造父為御，奔[6]戎為右，萬里長騖，以周歷四方[7]，名山大川，靡不登濟。東升大人之堂，西燕王母之廬，南轢黿鼉之梁，北躋[8]積羽之衢。窮觀[9]極娛，然後旋歸。案，《史記》說穆王得盜驪、騄耳、驊騮之驥，使造父御之，以西巡狩，見西王母，樂而忘歸，為與《竹書》同[10]。《左傳》曰：「穆王欲肆其心，使天下皆有車轍馬跡焉。」《竹書》所載，則是其事也。而譙周之徒，足為通識傀[11]儒，而雅不平此，撿[12]之史考，以著其妄。司馬遷敘〈大苑[13]傳〉亦云：「自張騫使大夏之後，窮河源，惡覩所謂崑崙者乎？至《禹本紀》、《山海經》所有怪物，余不敢言也。」不亦悲乎！若《竹書》不潛出於千載，以作徵於今日，

1 尤本作「執璧帛之好」。
2 尤本作「享」。
3 尤本作「鐘山」。
4 尤本作「瑰」。
5 尤本作「燭銀」。
6 尤本作「犇」。
7 尤本作「荒」。
8 尤本作「躡」。
9 尤本作「歡」。
10 尤本作「樂而忘歸，亦與《竹書》同」。
11 尤本作「瑰」。曹本作「傀」，《說文》「傀，偉也」。
12 尤本作「驗」。
13 尤本作「宛」為允。

則山海之言，其幾乎廢矣。若乃東方朔[1]曉畢方之名，劉子正[2]辨盜械之尸，王頎訪兩面之容[3]，海民獲長臂之衣，精驗潛效，絕代懸符。於戲！群惑者其可以少悟[4]乎？是故皇聖元化[5]以極變，象物以應怪，鑒無滯賾，曲盡其幽[6]，神焉廋哉！神焉廋哉！蓋此書跨世七代，歷祀[7]三千，雖暫顯於漢而尋亦廢寢。其山川名號所在多有舛謬，與今不同，歸[8]訓莫傳，遂以湮泯。道之所存，俗之所喪，悲夫！余有懼焉，故為之創傳，流其壅閡[9]，闢其茀蕪，領其玄致，標其洞涉。庶幾令逸文不墜於世，奇言不絕於今，夏后之跡，靡刑[10]於將來；八荒之事，以聞於後裔，不亦可乎。夫翳薈之翔，毋[11]以論垂天之凌；蹏涔之遊，無以知絳虬之勝[12]；鈞天之庭，豈伶人之所躡；無航之津，非蒼兕之所涉：非天下之至通，難與言山海之義矣。嗚呼！達觀博物之士[13]，其鑒之哉。

1 尤本作「東方生」。
2 尤本作「政」。
3 尤本作「兩面之客」。
4 尤本「寤」。
5 尤本作「聖皇原化」。
6 尤本作「曲盡幽情」。
7 尤本作「載」。
8 尤本作「師訓」。
9 尤本作「壅閡」。
10 尤本作「靡刊」。
11 尤本作「叵」。
12 尤本作「騰」。
13 尤本作「博物之客」。

1 尤本與明清諸本皆作「南山經、西山經、北山經、東山經、中山經」。

〈南山經〉
第一

〈南山經〉之首曰鵲山[1]。其首曰招搖之山。臨于西海之上[2]，多桂[3]，多金玉。有草焉，其狀如韭而青花，其名曰祝餘[4]，食之不飢。有木焉，其狀如穀而黑理[5]，其華四照[6]，其名曰迷穀，佩之不迷[7]。有獸焉，其狀如禺而白耳[8]，伏行，人走，其名生生，食之善走[9]。麗

圖1-1，生生，〈禽蟲典〉。

---

1 鹿案：尤本、郝本皆作「䧿山」。宋元間的版本作鵲山較多。《文選》注王巾〈頭陀寺碑〉、《太平御覽》卷50引此經也作「鵲山」，任昉《述異記》「招搖山亦名鵲山」。劉評「濟南府有鵲山，汝寧府亦有鵲山，太原府亦有鵲山。」

2 郭注：在山南之西頭，濱西海也。

3 郭注：桂葉似枇杷，長二尺餘，廣數寸，味辛。白花，叢生山峯，冬夏常青，間無雜木。《呂氏春秋》曰「招搖之桂」。

4 郭注：或作柱茶。

鹿案：尤本郭注「或作桂荼」。郝疏疑桂為柱字之誤，柱荼、祝餘聲相近。曹本的圖贊也作柱荼，可見曹本郭注祝餘「或作柱荼」為允。陳劍〈郭店簡補釋三篇〉一文中提到，「柱」與「祝」通用，都有斷的意思。可知郝懿行對「桂」為「柱」之訛誤的推斷無誤，應從曹本「柱荼」為是。若據陳劍的解釋，祝餘或指此植物割斷不了。

5 郭注：穀，楮也，皮可為紙。

6 郭注：言有光炎也。若木華赤，其光下照地，亦此類也，見《離騷》。

7 鹿案：如構樹的「迷穀」，可以佩之不迷。故劉會孟評「不迷而曰迷，猶治亂。」

8 郭注：禺似獼猴而大，赤目長尾，今江南山中多有。說之者不了此物名，易禺作牛字，圖亦作牛形，或作玃，皆失之。禺音遇。

9 郭注：生生，獸狀如猿，伏行交足亦此類，見《京房易林》。

鹿案：尤本作「狌狌」，曹本《圖贊》亦作「狌狌」。經文記載的「伏行人走」，「生生」似伏地行走而以人立的方式奔跑。《京房易林》伏行交足的說法，似是形容「生生」走路時腳步相交錯的樣態，值得參考。觀察猿與猴行走、奔跑的方式，似乎是「伏走」而非「人走」，不知此處「生生」的描述，是刻意為之以塑造不平常特性，或者見到過特殊的物種，又或是紀錄有誤。另外，

麔之水出焉[1]，而西流注于海，其中多育沛[2]，佩之無瘕疾[3]。

東三百里曰堂庭之山，多棪木[4]，〇〇[5]，多水玉[6]，多黃金[7]。

東三百八十里曰猨翼之山[8]，其中多怪水，多怪魚[9]，多白玉，多腹虫[10]，多恠蛇，多恠木，不可以上。

以郭注對「生生」有「赤目長尾」的說法看來，《山海經》所記或郭璞認知到的「生生」，並非現代人知道的猩猩。而郭注的「伏行交足」，其中的「交足」又似與「人走」形誤。

1 郭注：麔，音几子反。
鹿案：尤本、郝本皆作「麗麔之水」。

2 郭注：未詳。

3 郭注：一作瘕。蟲病也。

4 郭注：棪，名速其，子似便捷棕，棪音剡。
鹿案：《爾雅》「棪，棲其。」《說文・木部》「棪，遬其也。」尤本郭注作「子似柰」，曹本郭注「便捷」二字，應是誤植下句郭注內容於此。

5 郭注：猿似獮猴而大，腳長，色有黑有黃，其鳴聲哀。
鹿案：曹本三字空白，尤本與郝本皆作「多白猿」。曹本郭注「腳長」，尤本作「臂腳長，便捷」。

6 郭注：水玉，今水精也。相如〈上林賦〉曰「水玉磊砢，赤松子之所服。」見《列仙傳》。

7 劉評：多字有態。

8 鹿案：尤本作「猨翼之山」。《初學記》卷27、宋吳淑《事類賦》卷9玉賦引此經則作「稷翼之山」，曹本同。「多怪水多怪魚」，尤本作「多怪獸，水多怪魚」，曹本或脫一「獸」字。

9 郭注：凡言恠者，皆謂其狀屈奇不常也。《尸子》曰「徐偃王好恠，沒深水而得怪魚，入深山而得恠獸者，皆列於庭。」
鹿案：《淮南子・詮言訓》云「聖人無屈奇之服，無瑰異之行。」屈奇與瑰異並列。

10 郭注：蝮虫如綬文，鼻上有針，大者百餘斤，亦名反鼻虫。蝮，古虺字。

東三百七十里曰杻陽之山[1]，其陽多赤金[2]，其陰多白金[3]。有獸，其狀如馬而白首，其文如虎而赤尾，其音如謠[4]，其名曰鹿蜀，佩之宜子孫[5]。恠水出焉，而東流注于憲[6]翼之水。其中多玄龜，其狀如龜而鳥首虺尾[7]，其名曰旋龜，音如判木[8]，佩之不聾，可以為疷[9]。

圖1-2，旋龜，吳本。

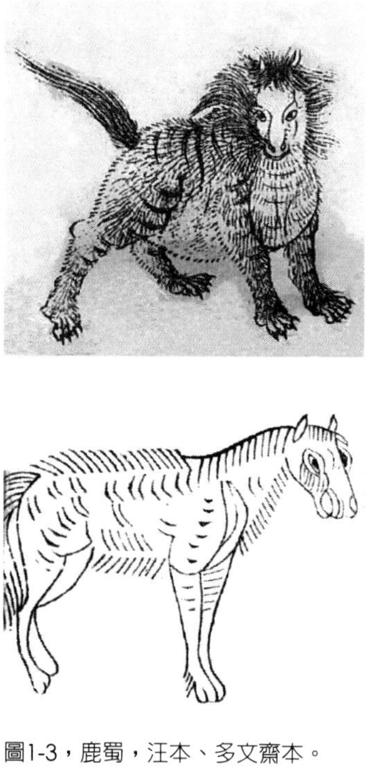
圖1-3，鹿蜀，汪本、多文齋本。

1 郭注：音紐。
2 郭注：即銅。
3 郭注：即銀也，見《爾雅》「山南為陽，山北為陰。」
4 郭注：如人之歌聲。
5 郭注：佩謂帶其皮尾。
劉評：鹿蜀該名曰宜男。
6 郭注：一作慮。
7 郭注：蚖尾銳也。
8 郭注：如破木聲。
9 郭注：疷，跡。為，治也。《左傳》曰「疾不可為」。一作底。底，猶病愈也。

東三百曰柢山，多水，無草木。有魚焉，其狀如牛，陵居，蛇尾有翼，其羽在魼下[1]，其音如留牛[2]，其名曰鮭[3]，冬死夏生[4]，食之無腫疾。

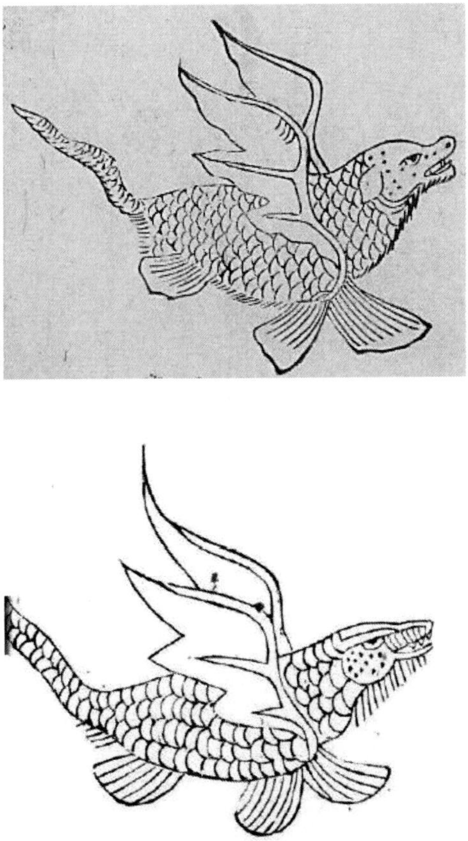

圖1-4，鯥，吳本、多文齋本。

1 郭注：亦作脇下。

2 郭注：《莊子》曰「執留之狗」，謂此牛也。《穆天子傳》「天子之〇虎豹」也。
鹿案：尤本郭注作「天子之狗執虎豹」。《箋疏》以為，「留牛」當為「犂牛」。

3 郭注：音六。
鹿案：「鮭」，尤本作「鯥」。曹本誤。

4 郭注：此亦蟄類也。謂之死者，言其了無所復知，如死爾。

東四百里曰禀爰之山[1]，多水，無草木，不可以上[2]。有獸焉，其狀如貍，有毛，名曰類[3]，自為牝牡[4]，食者不妬[5]。

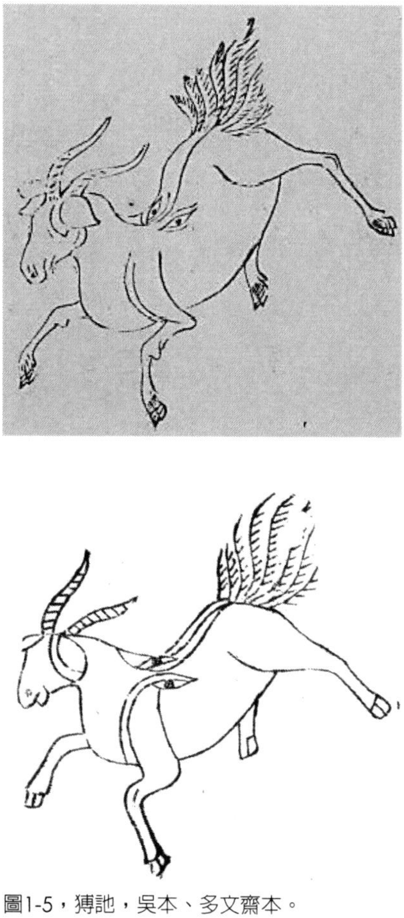

圖1-5，猼訑，吳本、多文齋本。

1 郭注：音蟬。
鹿案：尤本作「亶爰之山」，亶音蟬。曹本誤。《太平御覽》卷50引作「亶受之山」，「爰」字訛作「受」。吳任臣以為，武林江暉著《亶爰集》取此。

2 郭注：言崇峭也。

3 郭注：類，或作師。髦，或作髦。
鹿案：尤本郭注作「類，或作沛。髦，或作髮。」陸德明注《莊子・天運篇》引《山海經》云「亶爰之山有獸焉，其狀如狸而有髮，其名曰師類」。曹本郭注「類，或作師」為允；「髦或作髦」應為筆誤。

4 鹿案：吳任臣引陳藏器曰「靈貓生南海山谷，狀如貍，自為牝牡。」《異物志》云「靈貍一體，自為陰陽。」劉郁《西域記》云「黑闕丹出香狸，文似土豹。」段成式言「香狸有四外腎，自能牝牡。」楊慎《補注》曰「今雲南蒙化有此獸，土人謂之香髦，具兩體。」

5 郭注：莊子亦曰「類自為雌雄而化」。今貆豬亦自為雌雄。

東三百里曰基山，其陽多玉，其陰多金，多恠木。有獸焉，其狀如羊，九尾四耳，其目在背，名曰鏄訑[1]，佩之不畏[2]。有鳥焉，其狀如雞而三首六目，六足三翼，其名曰䳜鵂[3]，食之無臥[4]。

圖1-6，鷩鵂，《三才圖會》、多文齋本。

1 郭注：音傅施。
鹿案：尤本作「猼訑」，曹本《圖讚》亦作「猼訑」。

2 郭注：令人不知恐畏。

3 郭注：音急怪。
鹿案：曹本、尤本、郝本皆作「䳜鵂」。尤本郭注作「敞孚」二音，曹本無。郝懿行以為，「䳜」蓋「鷩」之譌，注「敞」亦「敝」字之譌也。宋本《玉篇》卷24作鷩鵂，《廣雅・釋地》作「鷩鵂」。《御覽》卷50也引作「鷩鵂」，下注：「憋怤兩音，急性」。明清的圖本或「鷩鵂」或「䳜鵂」。

4 郭注：使人不眠。
鹿案：尤本作「使人少眠」。

東三百里曰青丘之山[1]，其陽多玉，其陰多青雘[2]。有獸焉，狀如狐而九尾[3]，其音如嬰兒，能食人，食者不蠱[4]。有鳥焉，其狀如鳩，其音若呵[5]，名曰灌灌，佩之不惑。莫[6]水出焉，南流注于即翼之澤，其中多鱬[7]，其狀如魚，人面，其音如鴛鴦，食之不疥。

圖1-7，九尾狐，多文齋本、春川五七繪本。

1 郭注：亦有青丘國在海中。《水經》云：即〈上林賦〉云「秋田青丘」。
鹿案：尤本郭注作「亦有青丘國在海外……」。劉評「海外青丘國在朝陽北」。
2 郭注：雘，黝屬也，音瓠。
3 郭注：即九尾狐也。
4 郭注：噉其肉人不逢妖邪之氣。或曰：蠱，蠱毒。
劉評：磁州亦有孩兒魚，四足長尾，聲如嬰兒啼，其膏然之不滅。
5 郭注：如人相呵聲。
6 郭注：一作英。
7 郭注，音儒。
鹿案：尤本作「赤鱬」。

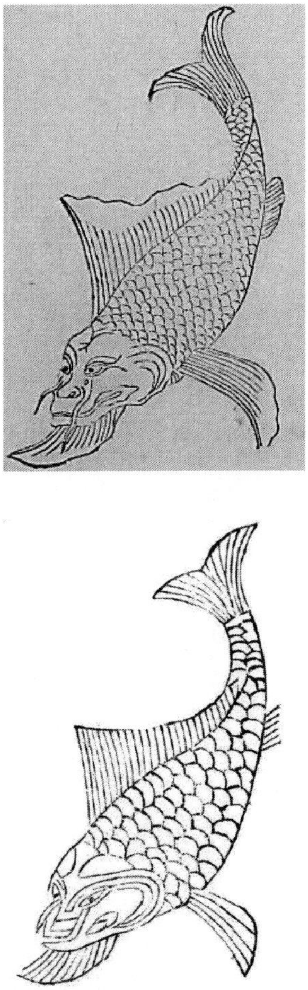

圖1-8，鱃，吳本、多文齋本。

東三百五十里曰萁尾[1]之山，其尾俊于東海[2]，多沙石。汸水出焉[3]，而南流于淯[4]，其中多白金、玉。

凡鵲山之首招搖之山，以至萁尾山，凡十山，二千九百五十里。[5]其神狀皆鳥身而龍首，其祠之禮毛[6]用

1 尤本作「箕尾之山」，二字通。

2 郭注：俊，古蹲字，言臨海上。
鹿案：「俊」，尤本作「踆」。郝懿行提到《說文》無踆字，僅有「蹲，踞也」、「夋，倨也」。劉評「踆字妙極」。

3 郭注：音芳。

4 郭注，音育。

5 郭注，欠一山，少四百里。

6 郭注：言擇牲取其毛色也。《周官》曰「陽祀用騂牲毛也」。
鹿案：劉思亮以為，學者朱德熙、李家浩、劉釗、馮勝君的研究指出，「毛」字或恐為「屯」字之譌，今所見宋本、明本、清本，皆作「毛」，或因郭璞前已誤為毛，故郭璞沿用。依先秦典籍、出土簡帛辭例，屯字義可通「皆」，「毛用某」即「皆用某」之義也。

一璋玉瘞[1]，糈用稌米[2]，一璧，稻米，白菅為席[3]。

〈南次二經〉之首曰柜山[4]，西流臨黃[5]，北望諸毗，東望長右[6]。英水出焉，西南流注于赤水，其中多白玉[7]，多丹粟[8]。有獸，其狀如豚，有距，其音如犬吠，其名曰狸力，見則其縣多土功。其鳥狀如鴟而人首[9]，其音如痺[10]，其名曰鴸[11]，其鳴自號

圖1-9，鴸，《三才圖會》、多文齋本。

1 郭注：半圭為璋；瘞，埋之。
2 郭注：糈，祀神之米名，今江東云，音所，一音智；稌，稻也。糈作疏，非。
鹿案：曹本郭注的糈「一音智」，他本未見。劉思亮以為「智」即是「聟」，「聟」是壻的俗字，兩字本音相同，聟與壻通。曹本「智」應是「聟」之誤，應無疑義。《康熙字典》引《五經類聚》云「俗壻字」。王羲之〈取卿女帖〉中有「取卿女聟為長史」句，日本漢字中「聟」即是壻，通「婿」字。
3 郭注：菅，茅屬也；音間。
4 郭注：音矩。
5 鹿案：尤本作「西臨流黃」，曹本乙作「西流臨黃」。
6 郭注：皆山名。
7 郭注：《尸子》曰「水方折者有玉，圓折者有珠」。
8 郭注：細丹沙如粟。
9 郭注：其腳如人手，䲦鶘音鴟。
鹿案：尤本作「狀如鴟，其腳如人手，鴟音處脂反」。《廣韻》作「人首」，與曹本同。作「人手」合乎郭注，曹本或誤。
10 郭注：未詳。
11 郭注，音株。

也，見則其縣多放士[1]。

東南四百五十七里曰長右山，無草木，多水。有獸，其狀如禺而四耳，其名曰長右[2]，其音如吟[3]，見則郡縣大水。

東三百四十里曰堯光山，其陽多玉，其陰多鐵、多金。有獸，其狀如人而彘鬣，穴居而冬蟄，其名曰猾裹[4]，其音如斲木[5]，見則縣有大繇[6]。

圖1-10，長右，吳本、多文齋本。

圖1-11，猾裹，汪本、多文齋。

---

1 郭注，放逐也，或作効。
劉評：放字下得簡古。

2 郭注：以此山，獸因以名之爾。
鹿案：尤本作「以山出比獸，因以名之」，尤本郭注「比獸」應為「此獸」之訛。

3 郭注：如人呻吟。

4 郭注：音滑懷，或作冒裹。

5 郭注：如人斫木聲。
劉評：巧於形容。

6 郭注：或曰其縣亂。

東三百五十里曰羽山[1]，其下多水，其上多雨，無草木，多鰒虫[2]。

東三百七十里曰瞿父山[3]，無草木，多金玉。

東四百里曰句餘山，無草木，多金玉。[4]

東五百里曰浮玉山[5]，北望具區[6]，東望諸毗[7]。有獸，其狀如虎而牛尾，其音如犬吠，其名曰彘，是食人。苕水出于其陰，北流注于具區，其中多鮆魚[8]。

圖1-12，彘，汪本、多文齋本。

1 郭注：今東海祝其縣西南有羽山，即鮌所殛處，計此道里不相應，似非。
2 郭注，音蚖。
3 郭注，音劬。
鹿案：尤本作「瞿父」。
4 郭注：今在會稽餘姚縣南，句章縣北，故二縣因此名。見張氏《地里記》。
5 劉評：浮玉之山有二，在歸安者為小浮玉，在孝豐者為大浮玉，苕水出其陰。
6 郭注：具區，今吳縣西南太湖也，《尚書》作震澤。
7 郭注：水名。
8 郭注：一名刀魚，鮆魚狹薄而長鬚，大者尺餘，太湖中今饒之，音咋啟反。
鹿案：尤本做「秧薄而長頭」；《御覽》卷937「長頭」亦作「長鬚」。

東五百里曰成山[1]，四方而三壇[2]，上多金玉，下多青雘。闟水出焉[3]，而南流注于雩夕[4]，其中多黃金[5]。

東五百里曰會稽山，四方[6]，上多金玉，下多砆石[7]。夕水出焉，南注于湨[8]。

東五百里曰夷山，無草木，多砂石，湨水出焉，而南流注于列塗。

東五百里曰濮夕山，其上多金玉，其下多青雘[9]，無鳥獸，無水。

東五百里曰減陰山[10]，無草木，無水。

東五百里曰旬山，其陽多金，其陰多玉。有獸焉，其狀如羊而無口，不可殺[11]，其名䍺[12]。洵水出焉，而

---

1 劉評：成山今在文縣，即古不夜城。
2 郭注：形如人築壇相累也，成亦重也。
3 郭注：音涿。
4 郭注：一作虖勺，音呼。
鹿案：尤本經文作「虖勺」，其下郭注「勺或作多，下同」。
5 郭注：今永昌郡水出金如糠，在沙中也。《尸子》曰「水精者，出為黃金、玉英」。
6 郭注：今在會稽郡山陰縣南，上有禹冢及井。
7 郭注：砆，武夫石，似玉。今長沙臨湖縣出之，赤地白文，色蔥龍不分了。
鹿案：曹本「長沙臨湖縣」，尤本作「長沙臨湘縣」，應以尤本為確。劉評「古防山有陽明洞，道書第十一洞天，唐封為南鎮。」
8 郭注：音鵙。
9 鹿案：尤本作「其下多草木」。
10 尤本作「咸陰」之山。
11 郭注：稟氣自然。
劉評：形天以臍為口，何必有口，然後下咽哉？
12 郭注：音環，亦作患。

南流注于閼之澤[1]，其中多茈嬴[2]。

東四百里曰雩夕山[3]，其上多梓柟[4]，其下多荊杞[5]。滂水出焉[6]，而東流注于海。

東五百里曰區吳山，無草木，多沙石。鹿水出焉，而南流注于滂水。

東五百里曰鹿吳之山，無草木，多金石。澤更之水出焉，而南流注于滂水。有獸焉，名曰蠱雕[7]，其狀如雕而有角，其音如嬰兒[8]。

1 郭注：音謁。
2 郭注：紫色。
3 鹿案：尤本作「虖勺之山」。《文選》注阮籍〈詠懷詩〉引經也作「雩夕之山」，與曹本同。
4 郭注：梓，小楸；柟，大木，葉似桑，今作楠，音南，《爾雅》作梅。
鹿案：小楸，尤本作「山楸」。
5 郭注：苟杞也，子赤。
6 郭注：音滂沱。
7 郭注：蠱或作纂。
8 鹿案：尤本下接「是食人」。

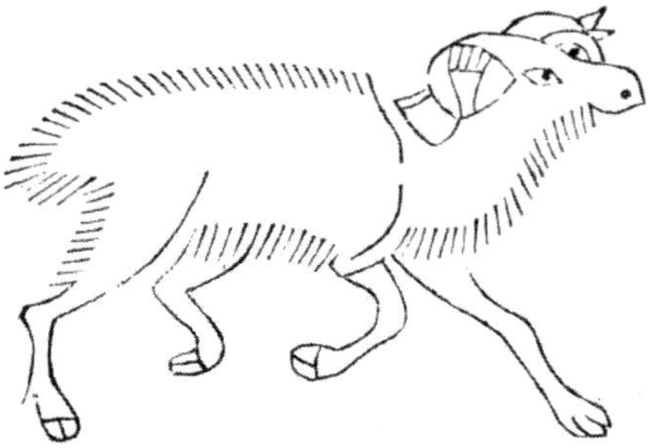

圖1-13，羬，吳本、多文齋本。

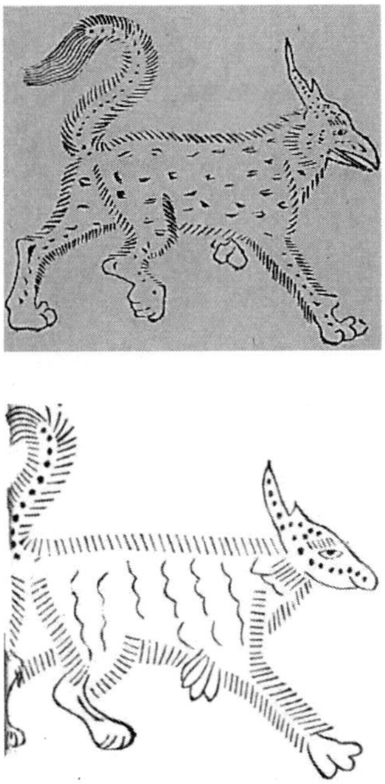

圖1-14，蠱雕，吳本、多文齋。

東五百里曰來[1]吳山，無草木，多博石，無玉[2]。處于海，東望丘山，其光載出載[3]，曰惟曰次[4]。

凡〈南次二經〉之首，柜山以至于漆吳山，凡十七山，七千二百里。其神狀皆龍身而鳥首，祠：毛用一璧瘞，糈用米田稌。[5]

〈南次三經〉之首曰天虞山，其下多水，不可以上。

1 郭注：一作漆。
2 郭注：博可以圍棊也。
3 郭注：神光之所潛耀。尤本作「載出載入」。
4 郭注：日景之所次舍。
5 尤本作「糈用稌」。劉評：祭之禮物，纖悉具備，此太史公〈封禪書〉之鼻祖。

東五百里曰禱過山，其上多金玉，其下多犀兕[1]，多象[2]。有鳥，其狀如鵁[3]而白首，二足人面[4]，其名瞿如，其鳴自號也。浪水出焉[5]，而流注于海。其中有虎蛟[6]，其狀魚身而蛇尾，其音如鴛鴦，食者不腫，可以為痔[7]。

東五百里曰丹穴之山，其上多金玉。丹水出焉，而流注于渤海[8]。有鳥，其狀如鶴，五采而文，名曰鳳鳥，首文曰德，

圖1-15，瞿如，《三台萬用正宗不求人》、多文齋本。

1 郭注：犀兕似水牛，而豬頭痺腳，腳似象，有三蹄，大腹、黑色、三角，一在頂上、一在額上、一在鼻上，鼻上者小而不墮，食角也。好啖棘，口中常液血沫，兕似牛，青色，重三千斤。
2 郭注：象，獸之最大者，長鼻，大者牙長一丈，性妬，不畜淫子。
3 郭注：似梟而小，腳近尾，音鮑。
4 郭注：或作手，或作三面。
鹿案：「二足」，尤本作「三足」。《御覽》卷928羽族部作「二足三面」，同曹本經文郭注。明清圖本或二足三面，或三足人面，見圖1-15。
5 郭注：音銀。
6 郭注：蛟似蛇，四足，龍屬。
7 郭注：為，治也。
鹿案：「為痔」，尤本作「已痔」，無郭注。《御覽》卷743引作「虎蛟，可以為痣」，與曹本同。
8 郭注：勃海，海岸曲崎頭也。
鹿案：尤本作「南流注於渤海」。

翼文曰順，背文曰義，膺文曰仁，腹文曰信。是鳥也，飲食，自歌自舞，見則天下大寧安。[1]

圖1-16，鳳圖，《三才圖會》、〈禽蟲典〉。

東五百里曰發爽山[2]，無草木，多水，多白猿。沉水[3]出焉，而南流注于勃海。

東四百里至于旄[4]山之尾，其南有谷曰育遺[5]，多恠鳥[6]，凱風自是出[7]。

---

1 郭注：漢時鳳鳥數出，高五六尺、五采。莊周說與此有異。《廣雅》云「鳳，雞頭、鷰頷、蛇頸、龜背、魚尾。」
鹿案：「如鶴」，尤本作「如雞」；尤本作「翼文曰義」、「背文曰禮」。《史記・司馬相如傳》的張守節正義、《文選》注顏延之贈太常詩、《類聚》卷99及《初學記》卷5引此經，雞並作鶴。《御覽》卷915引此經「有鳥焉，其狀如鶴，五采而文，名曰鳳鳥，首文曰德，翼文曰順，背文曰義，膺文曰仁，腹文曰信。是鳥也，飲食，自歌自舞，見則天下大安。」與曹本不殊。

2 郭注：或作喪。

3 鹿案：尤本作「沇水」。

4 郭注：一作橅。

5 郭注：或作隧。

6 郭注：《廣雅》曰「雞離鷑明，爰居鴻雀」，皆在恠鳥之屬。

7 郭注：南風也。
劉評：凱風自南，詩有明證。

東四百里至于非山之首，其上多黃金[1]，無水，其下多蝮虫。

東五百里曰陽夾之山，無草木，多水。

東五百里曰灌湖䠷山[2]，多木，無草，多怪鳥，無獸[3]。

東三百里曰雞山，其上多金，其下多丹雘[4]。黑[5]水出焉，而南流注于海。其中有鱄魚[6]，其狀如鮒而彘毛[7]，其音如豚，見則天下大旱。

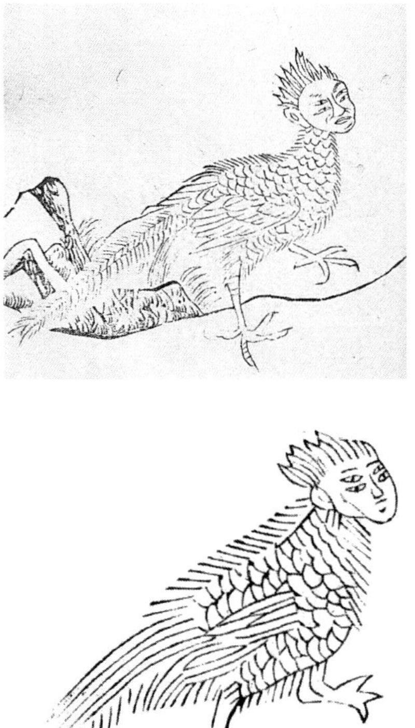

圖1-17，顒，《三才圖會》、多文齋本。

1 尤本作「金玉」。

2 鹿案：曹本郭注僅餘一「音」字。尤本作「灌湘之山」。

3 鹿案：曹本無注。尤本有郭注作「一作灌湖射之山。」，曹本「䠷」應為「䠶」字之譌，殆與尤本「一作」相合。

4 郭注：雘，赤色者，或曰：雘，善丹也。鹿案：尤本郭注後尚有「見《尚書》，音尺蠖之蠖」。《說文》云「丹，巴越之赤石也；雘，善丹也。」劉評「雲南雞山乃八寶所出，其瀾滄江即黑水。」

5 郭注：一作暴。

6 郭注：音團。

7 鹿案：《廣韻》作「豕尾」，《御覽》卷35引作「彘尾」，曹本作「彘毛」未允。

東四百里曰令丘山，無草，多火。其南有谷焉，曰中谷，條風自是出[1]。有鳥，其狀如梟，人面，四目而有耳，其名曰顒[2]，其鳴自號也，見則天下大旱。

東三百七十里曰侖者山[3]，其上有金玉，其下多青雘。有木焉，狀如穀而赤理，其汗[4]如漆，其味如飴，食者不飢，可以釋勞，其名曰白若[5]，可以血玉[6]。

東五百八十里曰禺槀山，多怪獸，多大蛇。

東五百八十里曰南禺山，其上多金玉，其下多水。有穴焉，水春輒入，夏乃出，及冬則閉。佐水[7]出焉，而東南流注于海，有鳳皇、鵷鶵[8]。

凡〈南次三經〉之首，自天虞山以至南禺山，凡十四山，六千五百三十里。其神皆龍身而人面。其祠皆一白狗祈[9]，糈用稌。

---

1 郭注：東北風曰條風，記曰「條風至出，輕繫督逋留」。

2 郭注：音娛。
郝疏：《玉篇》、《廣韻》並作「䳜」。

3 郭注：音論說。
鹿案：尤本、郝本郭注皆作「音論說之論。一音倫。」

4 鹿案：尤本、曹本皆作「其汗如漆」。《御覽》卷50引作「其汁如漆」。郝疏也以為，經文「汗」當為汁字之譌。〈東次四經〉云「其汁如血」可證。

5 郭注：或作皋蘇，皋蘇一名曰若，見《廣雅》。
鹿案：「一名曰若」，尤本作「睾蘇一名白䓘」。《廣雅》同尤本。

6 郭注：血，謂可用染玉作光采。

7 鹿案：尤本作「佐水出焉」。

8 郭注：鵷鶵，鳳屬。

9 郭注：請禱也。

右南經之山志[1]，大小凡四十山，一万六千三百八十里。

《圖讚》二十四首

桂讚

桂生南裔，拔華岑嶺。廣莫熙葩，凌霜津穎。氣王百草，森然雲挺。

迷穀

爰有奇樹，產自招搖。厥華流光，上映雲霄。佩之不惑，潛有靈標。

狌狌

狌狌似猴，走立行伏。櫰木挺力，少辛明目。飛廉迅足，豈食斯肉。[2]

水玉

水玉〇沐，潛映洞淵。赤松是服，靈蛻乘煙。吐納六氣，升降九天。[3]

1 郝疏：篇末此語，蓋校書者所題，故舊本皆亞於經。

2 鹿案：曹本「狌狌似猴」，《御覽》卷908引作「狌狌似狐」。曹本「挺力」，《御覽》作「挺刀」，應為字形之誤，郝本也作「挺力」，與曹本同。

3 鹿案：曹本「〇沐」，郝本作「沐浴」。

白猿

白猿肆巧，由基撫弓。應吁而號，神有光中。數如循環，其妙無窮。

鹿蜀

鹿蜀之獸，馬質虎文。驤首吟鳴，矯足騰群。佩其皮毛，子孫如雲。[1]

鯥

魚號曰鯥，處不在水。厥狀如牛，鳥翼蛇尾。隨時隱倚，見于生死。[2]

類

類之為獸，一體兼二。近取諸身，田不假器。窈窕是佩，不知妬忌。

猼訑

猼訑似羊，眼反在背。視之則奇，推之無怪。若欲不恐，厥皮是佩。[3]

1 鹿案：尤本「矯足騰群」，《御覽》卷913作「矯矯騰群」。
2 鹿案：曹本「鯥」，郝本作「鯥」，曹本誤。「隨時隱倚，見于生死」，郝本作「隨時隱見，倚乎生死」，「見倚」，曹本誤乙作「倚見」。「乎」曹本作「于」，曹本誤。
3 鹿案：曹本「反在背」，《御覽》卷913作「乃在背」。「若欲不恐」，《御覽》卷913作「欲不恐懼」。

祝茶草　旋龜、鵲鵂

祝茶嘉草，食之不飢。鳥首虺尾，其名旋龜。鵲鵂六足，三翅並翬。

灌灌鳥　赤鱬

厥聲如訶，厥形如鳩。佩之辨惑，出自青丘。赤鱬之物，魚身人頭。

鴸鳥

彗星橫大，鯨魚死浪。鴸鳴于邑，賢士見放。厥理至微，言之無況。

猾褢

猾褢之獸，見則興役。應政而出，匪亂不適。天下有道，幽形匿跡。

長右　彘

長右四耳，厥狀如猴。實為水祥，見則橫流。彘虎其身，厥尾如牛。

會稽山

禹徂會稽，爰朝群神。不虔是討，乃戮長人。玉匵表夏，玄石勒秦。[1]

1 鹿案：曹本「玉匵」，郝本作「玉匱」。

患[1]

有獸無口，其名曰患。害氣不入，厥體無間。至理之盡，出于不然。

犀

犀頭似豬，形魚牛質。角生不併，三分牙出。鼓鼻生風，壯氣溢溢。[2]

兕

兕惟牡獸，似牛青黑。力無不傾，自焚以革。皮充武備，角助文德。

象

象實魁梧，體巨貌詭。肉兼十牛，目不踰豕。望頭如尾，動若山徙。

纂雕　瞿女鳥[3]、虎鮫

纂雕有角，聲若兒啼。瞿如三手，厥狀似鵁。魚身蛇尾，是謂虎鮫。

1 鹿案：「患」，經文作「䍺」，郭注「亦作患」。郝本《圖讚》亦作「患」。

2 鹿案：曹本「形魚」，郝本作「兼」。曹本「角生不併，三分牙出」，郝本作「角則併三，分身互出」。曹本「牙出」的「牙」字似為「互」字之訛。

3 郝本作「睢女」。

鳳

鳳凰靈鳥，實冠羽群。八象其體，五德其文。掀翼來儀，應我聖君。

育隊谷

育隊之谷，爰含凱風。青陽既謝，氣應祝融。炎雰是扇，以散鬱隆。

鷝鳥　鱄魚

鷝鳥栖林，鱄魚處淵。俱為旱徵，災近普天。測之無象，厥數惟玄。

白若

百羊蘇奇，其汁如飴。食之辟穀，味有餘滋。逍遙忘勞，窮生盡期。

〈西山經〉

第二

〈西山經〉華山之首曰錢來山，其上多松，其下多洗石[1]。有獸，其狀似羊而馬尾，名羬羊[2]，其脂可以止[3]腊[4]。

西三十五里曰松果[5]山，灌水[6]出焉，北流注于渭，其中多銅。有鳥，名曰螐渠[7]，其狀如山雞，黑身赤足，可以止⿰月暴[8]。

西六十里曰泰華山[9]，削成而四方[10]，其高五千仞，其廣十里[11]，鳥獸莫居。有蛇焉，名曰肥遺，六足

---

1 郭注：澡洗，可以磢體去垢圿也。
郝疏：磢當為⿰爽瓦；《說文》云「磋垢瓦石」。
2 郭注：今大月氏國有大羊，如驢，馬尾。《爾雅》曰「羊六尺為羬」。蓋謂此羊也。羬音針。
鹿案：《太平御覽》卷902引經曰「錢來之山有獸如羊而馬尾，名曰鍼羊。」同卷又引經作「羬羊尾如馬，出錢來之山。」
3 郭注：一作已，下同。
4 郭注：治體腊也，音夕。
郝疏：《說文》云「昔，乾肉也，籀文作腊。」此借為皴腊之字，今人以羊脂療皴，有驗。
5 郭注：一作梁。
鹿案：李善注《文選・長楊賦》引此經作「松梁之山，西六十里曰太華山。」
6 鹿案：尤本作「濩水」。
7 郭注：音彤弓。
鹿案：尤本作「音彤弓之彤」。
8 郭注：謂皮⿰月暴起也，音叵剝。
9 郭注：即西岳華陰山，今在弘農華陰縣西南界。
10 郭注：山形上大下小，峭崢也。
11 郭注：仞，八尺也。山上有明星、玉女，主持玉漿，得上服之即神仙。道險僻不通。《詩含神霧》云。
鹿案：尤本、郝本皆作「其高五千仞，其廣十里」。《御覽》卷39引經作「其高千仞，其廣千里」。劉評「今華陰縣最著者，蓮花、明星、玉女三峰，而仙掌崖、日月岩、蒼龍嶺皆奇境也。」

四翼，見則天下大旱[1]。

西八十里曰小華山[2]，其木多荊、杞，其獸多㸲、羊[3]。其陰多磬石[4]，其陽多㻬琈之玉[5]。鳥多赤鷩[6]，可以禦火[7]。草有萆荔[8]，狀如烏韭，而生于石上[9]，食之已心痛。

西八十里曰符禺山，其陽多銅，其陰多鐵。其上有木，名文莖[10]之木，其實如棗，可以止聾。其草多條，草狀如葵而赤華，莢實[11]如嬰兒之舌，食之使人

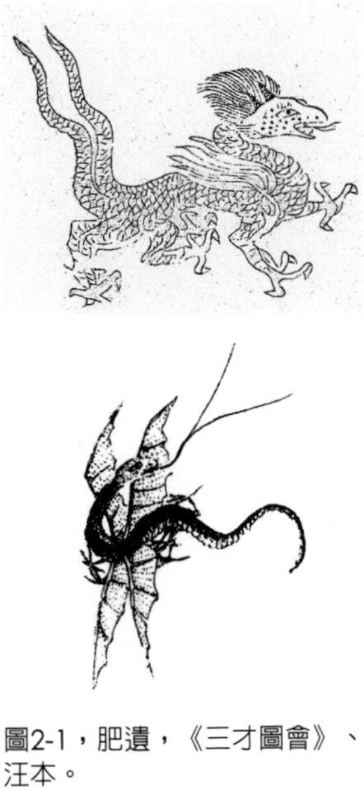
圖2-1，肥遺，《三才圖會》、汪本。

1 郭注：湯時此蛇見于陽下，復有肥遺。
鹿案：尤本郭注作「復有肥遺蛇，疑是同名」。
2 郭注：即少華也。
3 郭注：今華陰山中多山牛、羊，肉皆千斤。即此牛也，音昨。
鹿案：「㸲羊」，尤本、郝本皆作「㸲牛」，曹本為允。「㸲羊」指山牛、山羊，正合郝疏所言「野牛、山羊」，如經文作「㸲牛」，注中之「羊」從何而來？
4 郭注：可以為樂石也。
5 郭注：玉名，未詳。㻬蒲未音。
6 郭注：山雞屬，胷腹洞赤，冠背金黃，項黃，尾綠，中有赤，毛采鮮朋。音蔽。
鹿案：尤本作「赤鷩」為允；郭注「鮮朋」，尤本作「鮮明」為允。
7 劉評：赤鷩而可禦火，亦以陽攻陽之義。
8 郭注：香草，音斃戾。
9 郭注：亦緣木而生也。烏韭在屋者曰昔耶，在牆曰垣衣。
10 鹿案：《類聚》卷61引劉禎《魯都賦》云「其木則赤楝青松，文莖蕙棠，洪榦百圍，高徑穹皇。」
11 鹿案：「莢實」，尤本作「黃實」，莢實如「嬰兒舌」於意為佳，曹本為允。莢實在〈山經〉中屢屢出現。

不惑。符禺之水出焉，而北流注于渭。其獸多蔥聾，其狀如羊而赤鬣[1]。其鳥鳴名鴖[2]，其狀如翠而赤喙[3]，可以禦火[4]。

西六十里曰石胞山[5]，其木多椶枏[6]，其草多條，其狀如韮，而白華黑實，食之止疥。其陽多㻬琈之玉，其陰多銅。灌水出焉而北流注于禺水。其中有流赭[7]，以塗牛馬無病[8]。

西七十里曰英山，其上多杻橿[9]，其陰多鐵，

圖2-2，蔥聾，《三才圖會》、多文齋本。

1 郝疏：此即野羊之一種，今夏羊亦有赤鬣者。

2 郭注：音昊。

鹿案：曹本「其鳥鳴名鴖」，「鳴」字疑衍，尤本作「其鳥多」。郝疏以為，鴟當作鴖。《廣韻》云「鴖鳥似翠而赤喙」。《御覽》卷869火部引此作「其鳥名鴖」。曹本為允。曹本郭注「音昊」，誤。尤本作「音旻」，尤本為允。

3 郭注：翠似鷰，紺色。

4 郭注：畜之辟火災。

5 鹿案：尤本作「石脆之山」。

6 郭注：椶高三丈許，無枝，葉大而員，○○○○，皮相裹，衣上行一皮者為一節，可以為繩索。一名栟櫚。

鹿案：曹本郭注的缺字，尤本作「岐生梢頭」、郝本作「枝生梢頭」。《類聚》卷89引郭注：「椶樹高三丈許，無枝條，葉大而員，岐生枝頭，美實，皮相重被，一行一皮者為一節，可為索也。」《御覽》卷959引郭注「椶樹無枝，高三丈許，葉大而圓，枝生杪頭，尖實，皮相披，一行皮者為一節，可以為索。」曹本郭注「皮相裹」，尤本作「皮相裹」，郝本作「皮相裹」，對照《類聚》等類書，應以「相裹」為允。

7 郭注：赭，赤土。

8 郭注：今人亦朱塗牛角，云辟惡。馬或作角。

9 郭注：杻似棪而細，一名土橿，杻字音紐。木橿，木中車材，音姜。

其陽多赤金。禺水出焉，北流注于招水[1]，其中多蚌魚[2]，其狀如鱉，其音如羊。其羊多箭䉋[3]，其獸多㸲牛、羬羊。有鳥，其狀如鶉，黃身赤喙，其名曰肥遺，食之已癘[4]，可以殺虫。

西五十二里曰竹山，其上多喬木[5]，其陰多鐵。其草，名曰黃雚，其狀如樗，其葉如麻，白華而赤實，其狀如赭[6]，浴之止疥，又可以止〇[7]。竹水出焉，北流注于渭，其陽多竹箭[8]，多倉玉。丹水出焉[9]，東南流注于洛，其水多水玉，人魚[10]。有獸焉，狀如

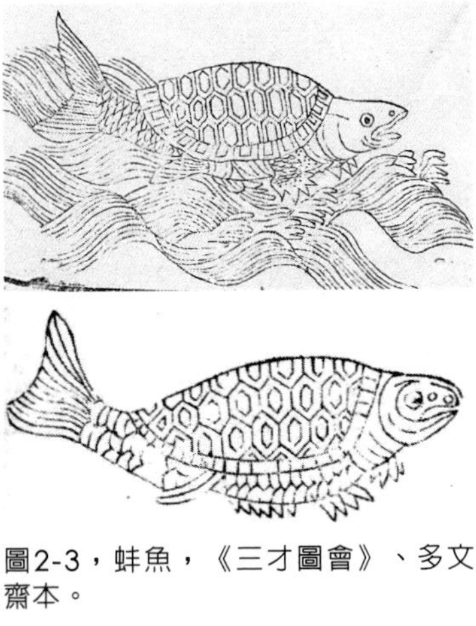

圖2-3，蚌魚，《三才圖會》、多文齋本。

鹿案：曹本郭注「杻似棲而細」，尤本作「杻似棣而細葉」。

1 郭注：音韶。

2 郭注：蚌音棒。

3 郭注：今漢中郡出䉋竹，厚裏而長節，根深，笋冬生地中，人拔取食之。䉋音媚。

4 郭注：癘，疫病；或曰惡瘡。韓子曰「癘人憐玉」。
鹿案：郭注「癘人憐玉」，尤本作「憐主」。《韓子》作「憐王」，「憐王」為允，曹本形誤。

5 郭注：枝上竦者曰喬。

6 郭注：子赤色也。
鹿案：曹本郭注「子赤色」，尤本作「紫赤色」，曹本為允。

7 郭注：治胕腫也，音符。
鹿案：尤本作「已附」。

8 郭注：箭，笴竹也。

9 郭注：今所在有丹水。

10 郭注：如鯑魚四腳。

豚而白毛，毛大如笄而黑端[1]，名曰毫彘[2]。

西百二十里曰浮山，多盼木[3]，枳葉而無傷[4]，大虫居之[5]。有草曰訓[6]草，麻葉而方莖，赤華而黑實，臭如蘼蕪[7]，可以止癘。

西七十里曰羭次山[8]，漆水出焉[9]，北流注于渭。其上多棫橿[10]，其下多竹箭，其陰多赤銅，其陽多嬰垣之玉[11]。

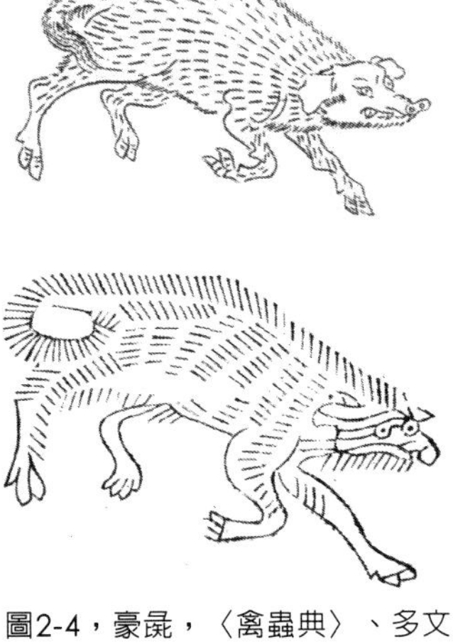
圖2-4，豪彘，〈禽蟲典〉、多文齋本。

1 郭注：笄，簪也。

2 郭注：貆豬也，夾髀有麁毫，長數尺，能以脊上毫射物，亦自為牝牡，吳楚呼為鸞豬，此其類也。
鹿案：尤本作「毫〇」，「如豚而白毛，大如笄而黑端」，大字前脫一毛字。《初學記》卷29、《文選・長楊賦》所引皆同曹本，皆重「毛」字。《初學記》卷29「貓猪大者，肉至千斤。豪豬狀如豚而白毛，毛大如笄而黑端。郭注：豬，猪也。夾髀有麄，長數尺，能以頸上毫射物也」《御覽》卷903引作「貓大者，肉重千萬斤。豪豬，如豚而白毛，毛大如笄而黑端。郭璞注曰：貓豬也，夾髀而有麄豪，長數尺，能以頸上毫射物。」

3 郭注：音眄。

4 郭注：傷〇，針也，能傷人，故云。
鹿案：「傷〇」，尤本作「枳刺」。

5 郭注：在樹虫也。
鹿案：「大蟲」，尤本作「木蟲」。劉評：桂蠹在木之中，其味甚美，尉陀所貢。

6 郭注：一作薰。

7 郭注：蘼蕪，香草。音眉無。《易》曰「其臭如蘭」。

8 郭注：音臾。

9 郭注：今漆水出岐山。

10 郭注：棫，曰桵；音棫。

11 郭注：垣或作根，或作短，或作起。

有獸，其狀如禺而長臂，善投，其名曰囂[1]。有鳥狀如梟，人面而一足，名曰橐𩇯[2]，冬見夏蟄，服之不雷[3]。

圖2-5，橐𩇯，《三才圖會》、汪本。

西百五十里曰時山，無草木。遂水出焉，流注于渭，其中多水玉。

1 鹿案：尤本郭注作「亦在畏獸畫中，似獼猴投擲也」，曹本無。
2 郭注：上音託，下音肥。
3 郭注：著其〇羽，令人不畏天雷。或作災。
鹿案：尤本郭注作「著其毛羽」。

西百七十里曰南山，上多舟[1]粟。丹水出焉，北流注于渭。獸多猛豹[2]，鳥多尸鳩[3]。

西八十里曰大時山，多穀、柞[4]，下多杻橿，陰多銀，陽多白玉。涔水出焉[5]，北流注于渭，清水出焉，南流注于漢水[6]。

西三百二十里曰嶓冢山[7]，漢水出焉，而東南流注于沔[8]；囂水出焉，北流注于湯水。其上多桃枝鉤端[9]，獸多犀兕熊羆[10]，多白翰、赤鷩[11]。有草，其葉如蕙[12]，其本如桔梗[13]，黑華而不實，名曰蓇蓉[14]，食

---

1 鹿案：尤本、郝本作「丹」

2 郭注：猛豹，似熊而小，毛淺，有光澤，能食蛇，食銅鐵，出蜀中。或作虎。

鹿案：郝疏以為猛豹即貘豹，猛豹、貘豹聲近而轉。〈中次九經〉郭注「邛來山，今在漢嘉嚴道縣南，中江所出，山有九折坂，出狛，似熊而黑白駮，食銅鐵。」二者名稱與習性有所相似，不知是否為一種，可相參看。

3 郭注：尸鳩，布穀類。或作鶻鵰，或作鴶鵴，鳩一作丘。

郝疏：鳩或作丘者，聲近假借字。

4 郭注：柞，櫟。

5 郭注：音潛。

6 郭注：今河內脩武縣，縣北山出清水。

鹿案：曹本郭注「縣北山」，尤本作「縣北黑山」。

7 郭注：今在武都長道縣南。嶓，音波。

鹿案：曹本郭注「武都長道縣」，尤本作「武都氐道縣」，今四川有「氐道縣」，尤本為允。

8 郭注：至江夏安陸縣入江，即沔水也。

9 郭注：鉤端，桃枝屬也。

10 郭注：羆似熊而黃白，猛態能拔樹。

11 郭注：白翰，白鵫也，一名鵫雉，又作白雉。

12 郭注：蕙，香草，蘭屬也。或以蕙為薰葉，非也。

13 郭注：本，根也。

14 郭注：《爾雅・釋草》曰，榮而不實謂之英。蓇音骨。

之使人無子。

西三百五十里曰天帝山，多椶枏，下多莞蕙[1]。有獸，其狀如犬，名曰谷邊[2]，席其皮者不蠱。有鳥，其狀如鶉，黑文而赤翁[3]，名曰櫟[4]，食之已痔。有草，其狀如葵，其香似蘼蕪，名曰杜衡[5]，可以走

圖2-6，兕，《三才圖會》、〈禽蟲典〉。

1 郭注：莞，茅屬。
鹿案：尤本郭注作「榮而不實謂之蒈，音骨」，「謂之」下無「英」字，《永樂大典》引同尤本，郝疏以為郭引《爾雅》脫「英」字。今查《爾雅・釋草》有「榮而不實者謂之英」。曹本有「英」字為允。

2 郭注：或作遺，一作谿邊。
鹿案：「谷邊」，尤本、郝本皆作「谿邊」，郭注「或作谷遺」。曹本、尤本經注互換。劉會孟評點曰「倒針法」。

3 郭注：翁，頸下毛，音汲甕。
鹿案：尤本、吳本、郝本皆作「頭下毛」，應是行近之誤。《說文》：「翁，頸毛也。」《御覽》卷743引作「翁，頸下毛也」。

4 郭注：音沙礫。
劉評：如得此鳥，何憂賜車不多。

5 郭注：香草。

馬[1]，食之已癭[2]。

西南三百里曰皐塗山[3]，薔[4]水出焉，西流注于諸資水，塗水出焉，南流注于集獲水。其陽多丹粟，其陰多銀、黃金[5]，其上多桂木。有石白，名礜[6]，可以毒鼠[7]。有草，其狀如槀茇[8]，其葉如葵葉而赤背，名曰無條，可以毒鼠。有獸，其狀如鹿而白尾，馬足人手[9]而四角，名曰玃

圖2-7，玃如，《三才圖會》、〈禽蟲典〉。

1 郭注：帶之令人便馬；一云「馬得之而健走」。
2 郝疏：《說文》云：癭，頸瘤也。《淮南子・墬形訓》云「險阻氣多癭」。
3 郝疏：《史記・司馬相如傳》索隱引此經作鼻塗。
4 郭注：一作「薔」，音穡。
5 鹿案：楊慎的版本與尤本、曹本、嘉靖本、萬曆本之《山海經釋義》皆不同。楊慎云「皐塗之山多銀黃。銀黃，漢代用以為佩。唐太宗賜房玄齡銀黃帶，宋人小說云『其物貴於黃金。』」然《舊唐書》列傳第16提到「又（唐太宗）嘗賜房玄齡黃銀帶」，乃作「黃銀」。
6 鹿案：《說文》云「礜，毒石也」。
7 郭注：今礜石殺鼠，音預；蠶食而肥。
8 郭注：槀茇，香草。
9 郭注：前兩腳似人手。

如[1]。有鳥，其狀如鴟而人足，名曰數斯，食之已瘻[2]。

西百八十里曰黃山[3]，無草木，竹箭[4]。盼水出焉[5]，西流注于赤水，其中多玉。有獸如牛，而倉黑[6]大目，名曰𤛎[7]。有鳥狀如鴞，青喙[8]，人舌能言，名曰鸚䳇[9]。

西二百里曰翠山，上多椶枏，其下多竹箭，其陽多黃金、玉，其陰多旄牛、麢、麝[10]；其鳥多鸓[11]，狀如鵲，赤黑而兩首四足，可以禦火[12]。

圖2-8，鸓，《三才圖會》、〈禽蟲典〉。

1 郭注：音假玃也。
2 郭注：或作痛。
3 郭注：今始平槐里縣有黃山，有故宮，漢惠帝所起，疑非此。
4 鹿案：尤本作「多竹箭」。
5 郭注：音眄。
6 鹿案：尤本作「蒼黑」，曹本「倉黑」音同。
7 郭注：音敏。
8 尤本作「青羽赤喙」。
9 郭注：舌似小兒，腳指前後各二，扶南徼外出五色者，亦有純赤白者，赤白者如鷹。
10 郭注：似羊而大，角細員，好在山崖間；麝似麞，有香。
鹿案：《爾雅・釋獸》曰「麢，大羊。」郭注「麢羊似羊而大，角員銳，好在山崖閒。」「角細員」與「角員銳」同義。
11 郭注：音壘。
12 劉評：鳥可以禦火者最多，漢之宮殿多以鳥名。

西二百五十里曰騩山[1]，是錞[2]于西海[3]，無草木，多玉。淒水出焉[4]，西流注于海，其中多采石、黃金[5]，多丹粟。

凡〈西經〉之首，自前來山[6]至于騩山，凡十九山，二千九百五十七里。華山之冢也[7]，其祠之禮，大牢[8]。羭山之神也，祠之用香[9]，齋百日，以百犧[10]，瘞用百瑜[11]，湯[12]有酒百樽[13]，嬰以百珪百璧[14]。其餘

---

1 郭注：音隗，一作巍也。
2 汪紱云：錞猶蹲也。
3 郭注：錞隄，猶火也；幸閏反。
4 郭注：淒或作。
鹿案：曹本疑奪，尤本作「浽」。
5 郭注：采石，有色者；今雌黃、空青、綠碧之屬。
6 鹿案：尤本作「錢來山」，曹本前文亦作「錢來」。
7 郭注：冢者，鬼神之所舍也。
8 郭注：牛羊豬為大牢。
9 鹿案：尤本作「用燭」，郭注「或作煬」。《說文》云「燭，庭燎火燭也；煬，炙燥也。」
劉評「封山之祭，玄尊生魚之屬，莫不備具，蓋原於此。」
10 郭注：犧，純色者為犧。
11 郭注：瑜，美玉；音予。
12 鹿案：尤本作「湯其酒百樽」。郝疏「湯讀去聲；今人呼溫酒為湯酒本此。」
13 郭注：溫酒今熱。
鹿案：「今熱」，尤本作「令熱」。
14 郭注：嬰謂陳之以環祭也；或曰嬰即古罌字，《穆天子傳》曰「黃金之嬰」。
鹿案：郝疏云「《御覽》860卷引此經云『羭山之神，祠之以黃圭』；《類聚》83卷引作『羭山之神，祠之白珪』。兩引皆異，疑《類聚》近之，又疑今本「百」或「白」字之譌。

五十山[1]之屬，皆毛牷用一牲[2]祠之[3]。燭者，百草之未灰[4]，白席采等純之[5]。

〈西次二經〉之首曰鈐山[6]，其上多銅，其下多玉，其木杻橿。

西二百里曰大冒山[7]，其陽多金，其陰多鐵，洛水出焉，東流注于河，其中有藻玉[8]，多白蛇[9]。

西百七十里曰數歷山，其上多黃金，下多銀。其木多橿[10]，鳥多鸚鴞。○水出焉[11]，南流注于渭，其中多白珠[12]。

---

1 鹿案：尤本作「十七山」，曹本誤。

2 鹿案：尤本作「一羊」。

3 郭注：牷體全具也，《左傳》曰牲牷肥腯。

4 郝疏：此蓋古人用燭之始，經云「百草未灰」，是知上世為燭，亦用麻蒸葦苣為之。詳見《詩疏》及《周禮疏》。

5 郭注：純，緣也；等差其文采也。《周禮》曰「莞席紛純」。
鹿案：尤本郭注作「純，緣也。五色純之，等差其文綵也。《周禮》『莞席紛純』。」

6 郭注：音鉗。一作涔。
劉評：今屬袁州。

7 鹿案：曹本「大冒」同「太冒」，尤本、郝本作「泰冒山」，尤本郭注「或作泰」，郝本郭注「或作秦」。《初學記》卷6引此經作「秦冒之山」。

8 郭注：藻玉，有符采者。或作靖，音綀。

9 郭注：水蛇。

10 鹿案：尤本作「杻橿」。

11 鹿案：尤本作「楚水」，曹本疑脫「楚」字。

12 郭注：今蜀郡平澤出青珠。
鹿案：尤本郭注「出青珠」下又云「《尸子》曰『水員折者有珠』。」左思〈蜀都賦〉云「青珠黃環也」。劉評「珠之白者為貴」。

西百五十里曰高山，其上多銀，下多青碧[1]、雄黃[2]，其木多棫，草多竹。涇水出焉，東南流注于渭[3]，其中多磬石[4]、青碧。

西南三百里曰女牀山，其陽多赤銅，陰多石涅[5]，其獸多虎、豹、犀、兕。有鳥，狀如翟而五采[6]，名曰鸞，見則天下安寧[7]。

西二百里曰龍首山，其陽多黃金，陰多鐵。苕水出焉，東南流注涇水，其中多玉。

西二百里曰鹿臺山[8]，其上多白玉，下多銀，獸多㸲牛、羬羊、白豪[9]。鳥狀如雄雞人面，名曰鳧

1 郭注：青碧亦玉類，今越嶲會無縣東山出碧。
鹿案：尤本作「今越嶲會稽縣出碧」。郝疏以為，《說文》云「碧，石之青美者。」李善注〈南都賦〉引《廣志》云「碧有縹碧，有綠碧」。郭注「會稽」當為「會無」字之譌。〈地理志〉云「越嶲郡，會無縣東山有碧」。郝疏為允。

2 郭注：晉大興三年，高平郡界有山崩，其中出雄黃數千斤。

3 郭注：今涇水出安定朝郍縣，西开頭山，主京兆高陵縣入渭。
鹿案：「开頭山」，尤本作「井頭山」、郝本作「幵頭山」，「开」、「幵」二字通，《淮南子・墬形訓》云「薄落之山，一名笄頭山」，應以曹本、郝本為是。

4 郭注：《書》曰「泗濱浮磬」是也。
鹿案：「泗濱」，尤本作「泗瀆」，曹本為允。劉評「陝西耀州石可為磬，故名磬玉山，非泗濵浮磬也。注舛。」

5 郭注：即煩石也，楚人名為涅石，秦人名為羽涅，《本草》亦云「石涅，牀音」。
鹿案：「煩石」，尤本作「礬石」。

6 郭注：翟似雉而大，長尾。或作鶮，鵰屬也。
劉評：當育於靈禽之苑，飲以瓊漿飴以雲實。

7 郭注：舊說鸞似雞，瑞鳥也，周成王時西戎獻之也。

8 郭注：今在上郡。

9 郭注：豪，狟豬也。

傒[1]，其鳴自叫[2]，見則有兵。

西南二百里曰鳥危山，其陽多磬石，陰多檀楮[3]，其中多女牀[4]。鳥危水出焉，西流注于赤水，其中多丹粟。

西四百曰小次山，其上多白玉，下多赤銅。有獸狀如猿，白首赤足，名曰朱猒[5]，見則大兵[6]。

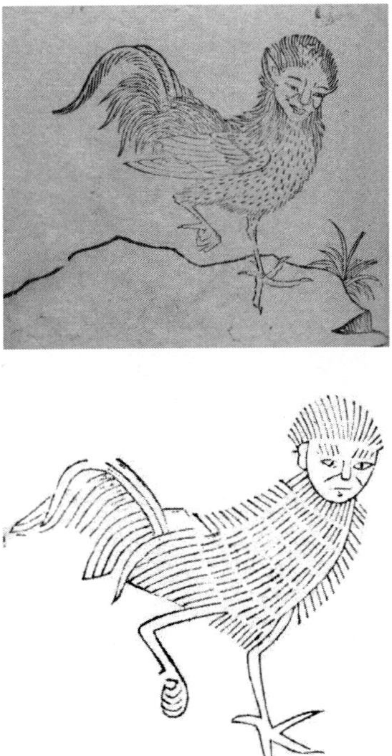

圖2-9，鳧徯，《三才圖會》、多文齋本。

1 鹿案：尤本作「鳧徯」。
2 鹿案：郝疏以為《北堂書鈔》卷130引此經「面」作「首」。「鳴」應作「名」，蓋形聲之譌。劉會孟評曰「鳥似人面者，非大美則大惡，大美者頻伽是也，大惡者鳧徯是也。」
3 郭注：楮即穀木。
4 郭注：未詳。
鹿案：《廣雅》云「顛棘，女木也」又云「女腸，女菀也」。《御覽》卷991引吳普《本草》云，女菀，一名織女菀。郝疏以為，織女星旁有四星名女牀，是女牀或即織女菀之別名矣。
5 鹿案：尤本作「朱厭」。吳本引《駢雅》曰「朱厭、雍和、騰猿、獑胡、風母、前兒，皆猿屬也」。《事物紺珠》云「朱厭如猿，白身赤足。」劉評「此獸真可厭」。
6 鹿案：尤本有郭注作「一作見則有兵起焉，一作見則為兵」。

西三百里曰大次山，其陽多堊[1]，陰多碧，獸多㸲牛、麢羊。

圖2-10，麢羊，〈禽蟲典〉、多文齋本。

西四百里曰薰吳山，無草木，多金玉。

西百七十里[2]曰底[3]陽山，其木多稷、柟、豫章[4]，獸多犀、兕、虎、豹[5]、㸲牛。

西二百五十里曰眾獸山，其上多琈玗玉，下多檀楮，多黃金，獸多犀兕。

---

1 郭注：堊似土，色白。音惡。
鹿案：郝疏以為，〈中山經〉「葱聾之山，多白堊，黑、青、黃堊。」明堊色非一，不獨白者名堊也。劉會孟評「其木其獸，皆堅剛強壯，感陽之氣為多。」

2 尤本作「西四百里」

3 郭注：音旨。

4 郭注：稷似松，有刺，細理；音即。預章，大似楸，葉冬青夏生，七年後可知。
鹿案：「預章」以下句，尤本作「豫章，大木似秋葉，冬夏青生，七年而後復可知也。」

5 郝疏：《玉篇》云「犳獸，豹文。」音與郭同。

西五百里曰皇人山，其上多金玉，下多青雄黃[1]。泉水[2]出焉，流注赤水，其中多丹粟。

西三百里曰中皇山，其上多金，下多蕙棠[3]。

西二百里[4]曰西皇山，其陽多金，其陰多鐵，獸多麋鹿、㸲牛[5]。

西三百五十里曰萊山，其木多檀楮，鳥多羅羅者，食人[6]。

凡〈西次二經〉之首，自鈐山至于萊山，凡十七山，四千一百四十里。其十神者，皆人面馬身。其七神皆人面牛身，四足而一臂，操以行，是為飛獸之神；其祠之，毛用少牢[7]，白菅為席。其十輩[8]神者，其祠之，毛一雄雞，鈐而糈[9]；毛采[10]。

---

1 郭注：即雌黃屬。或一曰空青、曾青之類。
鹿案：吳本引蘇頌云「階州山中，雄黃有青黑色而堅者，名曰熏黃。」

2 鹿案：曹本作「泉水」，尤本作「皇水」，曹本「泉水」應為形近之誤。

3 郭注：彤棠之屬也。或作恙。
鹿案：尤本郭注「或作羔」。

4 尤本作「三百五十里」。

5 郭注：麋大如小牛，麈屬也。

6 郭注：羅羅之鳥，未詳。
郝疏：〈海外北經〉有青獸，狀如虎，名曰羅羅，此鳥與之同名。

7 郭注：羊豬為少牢。

8 郝疏：輩猶類也。

9 郭注：鈐，所用祭器名，未詳。或作祈不糈，祠不以米。
鹿案：經「鈐而糈」，尤本作「鈐而不糈」；郭注「或作祈不糈」，尤本郭注作「或作思訓，其不糈」劉評「窾識奇古，固是三代以上法物。」

10 郭注：言用雜色雞也。

〈西次三經〉之首曰崇吾山，在河南[1]，北望冢遂[2]，西望帝之搏獸之丘[3]，東望蠕[4]淵。有木，員葉而白柎[5]，赤華而黑理，其實如枳[6]，食之宜子孫。有獸，狀如禺而文臂，豹尾而善投，名曰舉父[7]。有鳥狀如鳧，一翼一目，相得乃飛，名曰蠻蠻[8]，見則大水。

西北三百里曰長沙山，泚水出焉[9]，北流注泑水[10]，無草木，多青雄黃。

圖2-11，舉父，〈禽蟲典〉、成本。

1 鹿案：尤本作「在河之南」。
2 郭注：音遙。
鹿案：「北望冢遂」，尤本下接「南望䍃之澤」。
3 郭注：或作薄。
4 郭注：音於然反。
5 郭注：江東人呼草木子方為拊，音符。字或作符。
鹿案：尤本郭注作「今江東人呼草木子房為柎，音府。一曰柎，花下鄂。音丈夫。字或作柎，音符」。尤本、曹本似皆有錯漏，郝本作「字或作『拊』，音『符』」。
6 郝疏：《說文》云「枳，木，似橘。」《考工記》云「橘逾淮而北，為枳。」
7 郭注：或作夸。
8 郭注：比翼鳥也，青赤，不比不能飛。《爾雅》作「鶼鶼」。
9 郭注：音子。
10 郭注：音黝，黑也。

西三百七十里曰不周山[1]。北望諸毗之山，臨彼嶽崇山[2]，東望泑澤，河水之潛[3]也，其源渾渾泡泡[4]。爰有嘉果，其實如桃、葉如棗，黃華而赤柎，食之不勞[5]。

西北四百二十里曰密山，其上多丹木，員葉赤莖，黃華赤實，其味如飴，食之不飢[6]。丹水出焉，其流注稷澤[7]，其中多白玉，是有玉膏，其源沸沸湯湯[8]，黃帝是食是饗[9]。是生玄玉[10]，玉膏所出，以灌丹水

---

1 郭注：此山形有缺不周西處，因名云。西不周風自此山出也。

2 尤本作「嶽崇之山」。

3 尤本作「河水所潛」。

4 郭注：河南山崑崙潛行地下至蔥嶺山，于闐國復分流岐出，合而東流注泑澤，以復潛行。南出于積石山而為中國河也。泑澤即鹽澤也。一名蒲昌海，廣三百四里，其水渟，冬夏不增減，去玉門關三百三百餘里，此即河上重源也，潛行。渾渾滱滱，水濆涌之聲皃。衮咆兩音。

鹿案：曹本郭注「去玉門關三百三百餘里」，尤本作「去玉門關三百餘里」，曹本蓋衍。曹本郭注「此即河上重源也，潛行。」尤本作「即河之重源，所謂潛行也。」曹本「鹽澤」，尤本作「蒲澤」。「渾渾滱滱」，尤本作「渾渾泡泡」。

5 鹿案：《御覽》卷964引作「不周之山，爰有嘉果，其實如桃李，其葉華赤，食之不饑。」劉會孟評「神化出來」。

6 鹿案：陶潛詩言崟山丹木「黃花復朱實，食之壽命長」，非只食之不飢也。

7 郭注：后稷神所馮，因名之。

8 郭注：玉膏湧出之狀也。《河圖玉版》曰「少室山，其上有玉膏，一服之人即仙矣。」亦此類也。沸音拂，湯一作陽。

9 郭注：所以得登龍於鼎湖而靈蛻。

鹿案：「靈蛻」，尤本作「龍蛻」。

10 郭注：言玉膏中又出黑玉。

丹水，五歲，五色乃清[1]，五味乃馨[2]。黃帝乃取密之榮[3]，而投之鍾山之陰陽[4]。瑾瑜之玉為良[5]，堅粟精密[6]，濁澤而有光[7]。五色發作[8]，以和柔剛[9]。天德[10]鬼神，是食是饗[11]；君子服之，以禦不祥[12]。自密山

---

1 郭注：言鮮光明。
鹿案：「丹水丹水」，尤本郝本皆作「丹木丹木」。二者各對一半，以「丹水丹木」為允，故有五歲後，「五味乃清」，「五味乃馨」。

2 郭注：言其茲香也。

3 郭注：謂玉華也。《離騷》曰「懷琬琰之華英」，《汲冢書》所謂「苕華之玉」者也。
鹿案：「密之榮」，尤本作「峚山之榮」。劉思亮以為，唐以前書不見「峚」字，曹本皆作「密」，無「峚」字。劉評曰「雍伯種玉，理真有之。」曹本郭注「《離騷》曰」以下，尤本郭注作「『……華英』，又曰『登崑崙兮食玉英』……」「懷琬琰」句，出〈遠遊〉，「登崑崙」句，出〈涉江〉。

4 郭注：以為玉鍾。
鹿案：尤本作「鍾山之陽」。《類聚》卷83引作「投鍾山之陰陽」，同曹本。《御覽》卷38、卷50則同作「投之鍾山之陰」。郭注「以為玉鍾」，尤本作「以為玉種」。

5 郭注：言取美善也。或作石。覩與兩音也。

6 郭注：言玉理也。《禮記》「填密以栗，栗或作栗，玉有粟文，所謂穀璧。」
鹿案：尤本也作「堅粟精密」。《初學記》卷27作「栗精密」，《御覽》卷805則作「堅栗精密」。郝疏引王引之說法「粟當為栗」。曹本郭注「填密以栗」，尤本作「瑱密似栗」。郭注「或作栗」宜為「或作粟」，方可與「玉有粟文」呼應。曹本郭注「穀璧」，尤本作「殼璧」，曹本為允。

7 郭注：潤溽。

8 郭注：言爭映也，《玉子靈符》曰「赤如雞冠，白如截昉，黑如純漆，黃如蒸栗，玉之符來。」
鹿案：曹本郭注「言爭映也」，尤本作「言符彩牙暎色」；曹本郭注「白如截昉」，尤本郭注作「白如割肪」；曹本郭注「玉之符來」，尤本郭注作「王之符彩」。

9 郭注：言玉總九德也。

10 鹿案：尤本作「天地」。《初學記》卷27亦作「天地」。曹本郭注「言玉總九德也」，尤本郭注作「王協九德也」。

11 郭注：玉所以祈祭者也，蓋言能感鬼神動天地。

12 郭注：今徼外出金剛石之屬，似金光來可刻玉，外國人帶之云辟惡氣亦此類也。

至于鍾山四百六十里，其間盡澤也。是多奇鳥、怪獸、奇魚，皆異物焉。

西北四百二十里曰鍾山[1]，其子曰鼓[2]，其狀如人面而龍身[3]，是與欽䲹[4]殺葆江于崑崙之陽[5]，帝乃戮之鍾山之東瑤[6]崖，欽䲹化為大鶚[7]，其狀如鵰而黑文白首，赤足喙而虎爪，其音如晨鵠[8]，見

圖2-12，鼓，《三才圖會》、〈神異典〉。

1 劉評：應天亦曰鍾山。

2 郭注：此亦神名之為鍾山之子爾。其類皆見《歸藏・起行》。
鹿案：「起行」，尤本郭注作「啟筮」，曹本「起行」，疑誤。

3 郭注：《啟筮》曰「麓山之子，青羽人面馬身。」亦自此狀也。

4 郭注：音丕。
鹿案：尤本、郝本皆作「䲹」。陶淵明《讀《山海經》》之十一云「欽駓違帝旨」，曹本應為「駓」字之譌。

5 郭注：葆一作祖。
鹿案：陶潛詩言「欽駓違帝旨」，又言「祖江遂獨死」，葆江作祖江。劉會孟評「褒君化龍，牛哀作虎，黃母化黿，徐伯化魚，何但欽䲹與鼓哉。」

6 郭注：音瑤。

7 郭注：鶚，雕屬。

8 郭注：晨鵠，鶚屬，猶云晨鳧爾。《說苑》曰「僕北奉晨鳧」。
鹿案：尤本郭注作「緤吠犬，比奉晨鳧也」。吳本、郝本皆同尤本。郝疏云「李善注〈江賦〉引此經與郭注，并與今本同。」翻查《文選》，則李善所引郭注僅到猶云晨鳧爾」，未引《說苑》。考諸《說苑・奉使》中的舍人倉唐見魏文侯前，太子曰「侯嗜晨

則大兵；鼓亦化為鵕鳥[1]，其狀如鴟，赤足直喙，黃文白首，其音如鵠，見即其邑大旱[2]。

西二百八十里曰泰器山。觀水出焉，西流注于流沙。是多鰠魚[3]，狀如鯉魚，身有翼、倉文白首，赤喙，常行西海，游於東海，以夜飛。其音如鸞雞[4]，其味甘酸，食之已狂，見則天下大穰[5]。

西三百二十里曰槐江山。丘時之水出焉，北流注于泑水。其中多贏母[6]，其上多青雄黃，多藏琅玕、

圖2-13，鰠魚，《三才圖會》、汪本。

皛，好北犬。」於是乃遣倉唐「緤北犬，奉晨皛，獻於文侯。」《北堂書鈔》卷40政疏部引此作「侯嗜晨皛，好北犬。於是遣倉唐紲北犬，奉晨皛。」

1 郭注：音俊。

2 郭注：《穆天子傳》云「鍾山作春山。穆王北升此山，以望四野，曰，鍾山惟天下之高山，百獸之所聚，飛鳥之所栖。爰有赤豹、白鳥、青鵰，熟犬羊，食豕鹿。穆王五日觀于鍾山，乃銘跡於縣圃之上，以詔後世。」

3 郭注：音搖。
鹿案：《御覽》卷35引作「鰠魚見，天下大穰」，曹本「鰠魚」，尤本作「文鰠魚」。

4 郭注：鳥名，未詳；一作欒。
鹿案：郝疏以為鸞或作欒，古字假借，鸞雞疑即鸞也。《初學記》卷30引此經無雞字。

5 郭注：豐穰也。《韓子》曰「穰歲之秋」。
劉評：與欽山獸當康相似，見則天下大穰同。

6 郭注：即螺也。
鹿案：「贏母」，尤本作「蠃母」。曹本郭注「即螺也」，尤本作「即蝶螺也」。吳注「螺之屬，有珠螺、鸚鵡螺、梭子螺，皆蝶螺類。」

金玉[1]，其陽多丹粟，陰多采金銀[2]。實惟帝之平圃[3]，神英招司戶[4]，其音如榴[5]。南望崑崙，其光熊熊，其氣魂魂[6]。西望大澤，后稷所潛[7]；其中多玉，其陰多榣木之有若[8]。北望諸毗[9]，槐鬼離居之[10]，鷹鸇[11]

1 郭注：琅玕，石似珠者；藏，隱也。音郎干。
郝疏：藏，古字作臧，臧，善也；此言琅玕黃金玉之最善者。
2 郝疏：采謂金銀之有符采者。
3 郭注：即玄圃也。《穆天子傳》曰「銘迹於懸圃」。
4 郭注：司，主也。音韶。紀功德，如秦始皇漢武之為。
鹿案：尤本作「英招司之，其狀馬身而人面，虎文而鳥翼，徇于四海。」郭注「徇謂周行也」。曹本缺此經、注。曹本《圖讚》作「巡遊四海」，可證尤本經文「徇於四海」為允，疑曹本脫落。曹本郭注將《穆天子傳》中刊石紀秦皇漢武功德的事蹟，錯置上下兩注。
5 郭注：音留，或作福；所未詳。
郝疏：《說文》云「籀，讀書也。从竹擂（抽）聲。」疑此經「籀」當為「擂」。《說文》云「擂，引也」。《莊子》云「挈水若抽」，抽即擂字。又榴榴見下文陰山。
6 郭注：皆光氣炎盛相焜耀之狀。
劉評：蒙莊之法所祖。
7 郭注：后稷而靈智，及其終化，形之類遯此澤而為之神，如傅說騎箕尾。
鹿案：曹本郭注「之類」，尤本無，「之類」疑衍。
8 郭注：榣木，大木也；言其上復生若木。若木之奇靈者為，見《尸子》。《國語》曰「榣木不生危」。
9 郭注：山名。
10 郭注：離侖其名。
11 鹿案：尤本作「鷹鸇」。

之所宅也[1]。東望桓山四成[2]，有窮鬼居之，各在一搏[3]。爰有滛水，其清洛洛[4]。有天神焉，其狀如牛而八足，二足，馬尾，其音如勃皇[5]，見則其邑有兵。

圖2-14，英招神，〈神異典〉、多文齋本。

---

1 郭注：賈亦鵰屬。《莊子》曰「鵰賈甘風」，《穆天子傳》「鍾天有白白鳥、青鵰皆此族類」。
鹿案：曹本郭注「鍾天有白白鳥」，尤本作「鍾山上有白白鳥」，曹本似誤；曹本郭注「鵰賈甘風」，尤本郭注作「鵰鴉甘鼠」，查《莊子・齊物論》有「鵰鴉耆鼠」，或應以尤本為允。

2 郭注：成亦重也。《爾雅》曰「再成曰」。
鹿案：曹本郭注「再成曰」，尤本作「再成曰英也」，曹本疑脫「英也」二字。

3 郭注：搏猶脅也；言群鬼各以類聚，處山之四脅，有窮蓋其總號爾。

4 郭注：水溜下之狀也。音遙。
鹿案：會孟評「放翔太清，縱意容治，是宇宙極大文章。」郝疏引陶詩云「落落清瑤流」，以為「洛洛」本作「落落」，「淫」本作「瑤」，皆假借聲類之字。

5 郭注：未詳。
鹿案：曹本「二足」，尤本作「二首」。經文「首」、「手」常互訛；「手」、「足」常並言。

西南四百里曰崑崙之丘，是實惟帝之下都[1]，神陸吾居之[2]。其神狀虎身而九尾，人面虎爪；是神也，司天之九部及帝之囿時[3]。有獸狀如羊四角，名曰土螻，是食人。有鳥狀如蜂[4]，大如鴛鴦，名曰欽原[5]，葢獸[6]則死，蠚木則枯。有獸名鶉鳥，是名帝之百服[7]。有木狀如沙棠[8]，其黃華赤實，味如李無核，名曰沙棠，可以禦水，食之使人不溺[9]。有草，名曰蘮草[10]，狀如葵，味如蔥，食之不勞[11]。河水出焉[12]，南

---

1 郭注：天帝都邑之在下者也。《穆天子傳》曰「吉日辛酉，天子升于崑崙之丘，以觀黃帝之宮，而封豐隆之葬以詔後世，言曾封於崑崙山上。」

2 郭注：即堅吾也。莊子曰「堅吾得之，以處大山」。
鹿案：曹本郭注「堅吾得之」，尤本郭注作「肩吾」。

3 郭注：主九域之部界、天帝苑囿之時節。

4 劉評：蜂蠆之毒最可害怕，人之蜂目者亦好殺人。

5 郭注：欽或作原，或作至。

6 鹿案：尤本作「蠚鳥獸」。郝懿行以為，蠚或為葢之譌。《說文》云「蠚，螫也。螫，蟲行毒也」。

7 郭注：百器服也；一曰，服，事也。或作藏。
郝疏：或作藏者，百藏，言百物之所聚。

8 郭注：棠梨也。

9 郭注：沙棠為木，不可得沉。銘〇「安得沙棠，刻以為舟，泛彼滄海，以敖以遊曰。」
鹿案：《初學記》卷25「昆侖有沙棠木，食其實不溺，為木不沉。」銘曰：「安得沙棠，刻以為舟舩。」《御覽》卷38「崑崙山」條引《山海經》云「有木焉，其狀如棠，黃華赤實，其味如李而無核，名曰沙棠，食之令人不溺。」又引郭注云「草之美者，名曰沙棠之實。」

10 郭注：音頻。

11 鹿案：尤本此下有郭注「《呂氏春秋》『菜之美者，崑崙之蘋』。」

12 郭注：小出東北隅。
鹿案：尤本郭注作「出山東北隅」。

流、北流、東流、西流[1]，注于無達[2]。赤水出焉[3]，東南流注于氾天之水[4]。洋水出焉[5]，西南流注于醜塗水[6]。黑水出焉[7]，西流于天杅[8]。是多恠鳥獸[9]。

---

1 尤本僅作「南流」。

2 郭注：山名。

3 郭注：出山東南隅。

4 郭注：氾天亦山名，赤水窮也。《穆天子傳》「遂止于崑崙之河，赤水之陽」陽水之北也。氾音汎。
鹿案：曹本郭注「遂止于崑崙之河」，尤本郭注作「遂宿于崑崙之側」。《類聚》卷7引《穆天子傳》作「崑崙之阿」，曹本「河」應為「阿」之誤。

5 郭注：出山北隅，或作清。

6 郭注：醜塗，山名；皆在南極。《穆天子傳》曰「戊辰濟洋水」，又曰「觴天子于洋水也」。

7 郭注：亦出西北隅。

8 郭注：山名。《穆天子傳》「乃封長肱于黑水之西河，惟是鴻鷺之上，以為周室主。」音區也。
鹿案：曹本「天杅」，尤本作「大杅」。曹本郭注「惟是鴻鷺之上」，尤本作「是惟崑崙鴻鷺之上」。

9 郭注：謂有一獸九頭、一鳥六頭之屬。

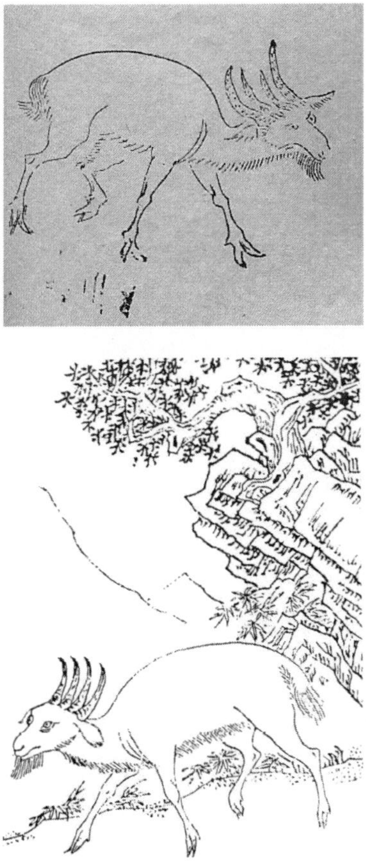

圖2-16，土螻，《三才圖會》、〈禽蟲典〉。

圖2-15，陸吾神，蔣本、〈神異典〉、成本。

西三百七十里曰樂游山。桃水出焉，西流注稷澤，多白玉。其中多䱻魚[1]，狀如蛇四足，是魚[2]。

西水行四百里曰流沙，二百里至于嬴母山。神長乘司之[3]，是天之九德也[4]。其人狀如神而豹尾[5]。其山多玉，下多青石而無水。

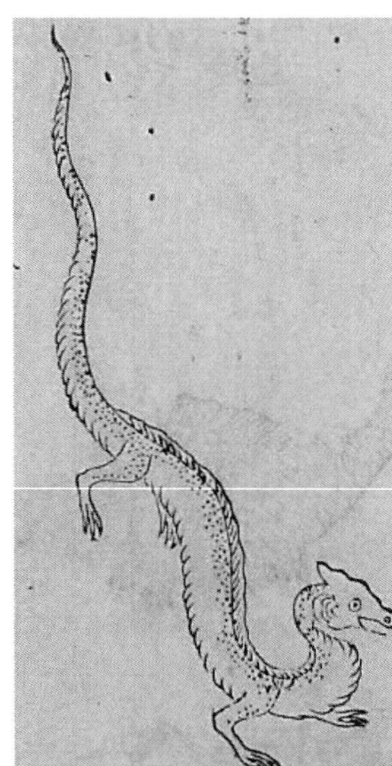

圖2-17，䱻魚，吳本。

圖2-18，西王母，〈神異典〉、汪本。

1 郭注：音滑。
2 鹿案：曹本「是魚」，尤本、郝本皆作「是食魚」。劉評「龍蟠山潭中亦產魚，四足而有角」。
3 郝疏：《水經注》云「禹西至洮水之上，見長人受黑玉。」疑即此神。
4 郭注：九德之氣所生。
5 鹿案：「其人狀如神」，尤本作「其神狀如人」，曹本「神」、「人」二字誤乙。

西三百五十里曰玉山，是西王母所居[1]。西王母其狀如人，豹尾虎齒而善咲[2]，蓬頭戴勝[3]，是司天之厲及五殘[4]。有獸狀如犬而豹文，其角如牛[5]，其名曰狡，其音如吠犬，見則其國大穰[6]。有鳥狀如翟而赤，其名曰胜遇[7]，是食魚，其音如錄音[8]，見則其國大水。

1 郭注：此山多玉石，因以名云。《穆天子傳》曰「『群玉山』。說其山阿平無險，四達中繩，先王之所謂冊府，寡草木、鳥獸，穆王於是勒其玉石，取玉版三乘、玉器服物，載玉萬侯以歸。」雙玉為穀，半穀為侯。

鹿案：曹本郭注「雙玉為穀，半穀為侯」，尤本作「雙玉為瑴，半瑴為隻」。《御覽》卷38引《穆天子傳》注云「雙璧為珏，半璧為侯。見《左傳》。」《左傳》莊公十八年「四玉五瑴」，注云「雙玉為瑴」。尤本為允。

2 鹿案：尤本作「善嘯」，曹善抄本作「善咲」，咲即古「笑」字。

3 郭注：蓬髮頭；勝，玉勝也。音龐。

4 郭注：主如○厲五形殘之氣也。《穆天子傳》「吉日甲子，天子賓于西王母。執玄圭白璧以見西王母。獻錦組百純，紺三百純。西王母再拜受之。乙丑，天子觴西王母於瑤池之上。西王母為天子謠曰『白雲在天，上陵自出。道里悠遠山川間之。將子無死，尚能復來？』天子答之曰『予還東土，和治諸夏。万民平均，吾顧見汝。比及三年，將復而野。』西王母又為天吟曰『徂彼西土，爰居其所。虎豹為群，烏鵲与處。嘉命不迁，我惟帝女。彼何世人，又將去予。吹笙鼓簧，中心翔翔。世民之子，惟天子之望。』天子遂驅升于奄山，乃紀跡奄山之石，而樹之槐鬼曰西王母之山。即奄區山也。」案《竹書》穆王十七年，西王母來見賓于昭宮。舜時西王母遣使來獻玉環，見《禮・三朝記》。

鹿案：曹本郭注「主如○厲五形殘」，尤本作「主知災厲五形殘殺」，曹本或手誤或脫字，尤本為允。曹本郭注「西王母又為天吟曰」，尤本作「西王母又為天子吟曰」，尤本為允。曹本郭注「中心翔翔」，尤本郭注作「中心翱翔」，尤本為允。「樹之槐鬼」，尤本作「樹之槐眉」，「槐鬼」不辭。曹本郭注「《竹書》穆王十七年」，尤本作「穆王五十七年」。劉會孟評曰「丹青手」。

5 郭注：一作羊。

6 郭注：晉太康七年，邵陵扶夷縣檻得一獸，如豹文有兩角，無前腳，時人謂之狡，疑此非。

7 郭注：音姓。

8 郭注：未詳。

鹿案：尤本作「其音如錄」，曹本疑衍末「音」字。吳任臣云「疑為鹿之借字」，「錄」、「鹿」同音可通。

西四百八十里曰軒轅之丘，無草木[1]。洵水出焉，南流注于黑水，其中多丹粟，多青雄黃。

西三百里曰積石山，其下有石門，河水冒以西流[2]。是山也，萬物無不有。

西二百里曰長留之山，有神白帝少昊居之[3]。其獸皆有文尾[4]，其鳥皆文首[5]。是多文玉石。實惟貟神磈氏之宮[6]。是神也，主司反首[7]。

西二百八十里曰義章山[8]，無草木，多瑤碧[9]。所為甚恠[10]。有獸狀如赤豹[11]，五尾一角，其音如擊

---

1 郭注：黃帝居此丘，取西陵氏女，軒轅丘也。

2 郭注：冒，覆也。積石山，今在金城河關縣西內也南差中，河水行塞外，東入塞。
鹿案：尤本郭注作「冒猶覆也。積石山，今在金城河門關西南羌中。河水行塞外，東入塞內。」《漢書・地理志》「金城郡河關，積石山在西南羌中，河水行塞外，東北入塞內」《御覽》卷40引郭注作「積石在金地河關縣西南羌中，河行塞外，東入塞也。」曹本郭注文字錯落。劉評「在陝西河州衛，禹導河積石，至於龍門。」

3 郭注：少昊金天氏，帝摯之号。

4 郭注：或作長。

5 郭注：文或作反。
鹿案：尤本此注為「文或作長」。

6 郭注：音隗。

7 郭注：日西入則景反東照，主司察之。
鹿案：「反首」，尤本作「反景」，尤本為允。

8 鹿案：尤本作「章莪之山」，曹本乙作「義章山」。柳宗元〈逐畢方文〉引此經也作「章義之山」。《御覽》卷809云「章義之山是多瑤。瑤，玉屬。」

9 郭注：瑤亦玉屬。

10 郭注：多有非常之物。

11 郝疏：赤豹。《廣韻》亦引此經無赤字。

石，名曰猙[1]。有鳥，狀如鶴，一足，赤文而白喙，名曰畢方，其鳴自叫，見則其邑譌火[2]。

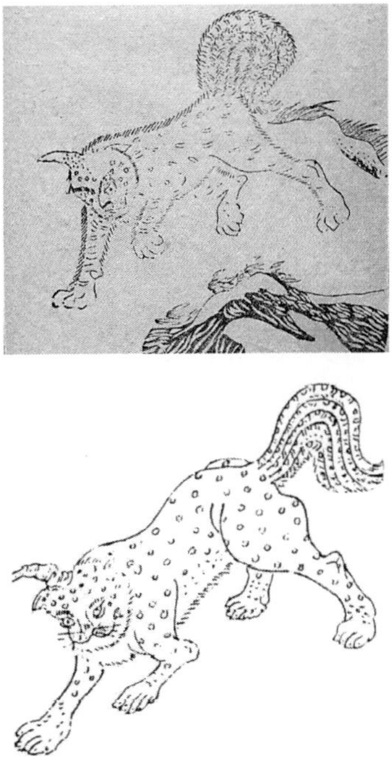

圖2-19，猙，《三才圖會》、〈禽蟲典〉。

圖2-20，畢方，《三才圖會》、〈禽蟲典〉。

1 郭注：京氏《易災》曰「如石相擊」。音靜。

2 郭注：譌亦妖訛字也。
鹿案：「譌火」，柳宗元〈逐畢方文〉作「訛火」，譌火、訛火，指野火、怪火或燐火、鬼火。〈海外南經〉所記畢方鳥為「人面」，《古今圖書集成・禽蟲典》畢方鳥圖有二，一狀如鶴，一為人面。（見圖2-20、6-3）

西三百里曰陰山，濁洛[1]水出焉，南流注蕃澤，其中多文貝[2]。有獸，狀如貍[3]而白首，名曰天狗，其音如榴榴，可以禦凶。

西二百里曰符暢山[4]，其上多椶柟，下多金玉，神江疑居之。是山，多恠雨，風雲之所出也[5]。

西二百二十里三危山[6]，三青鳥居之。是山也，廣員百里[7]。有

圖2-21，天狗，〈禽蟲典〉。

1 鹿案：《類聚》卷84作「陽山，濁洛之水，注于蕃之澤中，多文貝。」曹本似有所本。《御覽》卷807、卷913也引作「陰山濁谷之水」。

2 郭注：餘泉虹之屬，見《爾雅》。

3 郭注：一作豹。

4 郭注：音湯。

鹿案：曹本作「符暢山」，似與郭注合。尤本則作「符惕之山」，郭注「音陽」。《類聚》卷2引作「符陽之山，多怪雨，雲風之所出也。」《御覽》卷8作「符陽之山，怪雲所出。」今從唐宋類書所引作「符陽之山」。郝懿行言《御覽》卷9、卷10皆作「符陽之山」，然筆者所見宋刊《御覽》卷9、10並引此經各作「扶陽之山」、「將陽之山」，而清代的汪昌序本與郝懿行所見者同。郝懿行所本，蓋明清刊刻之《御覽》，非宋刊。

5 郝疏：《祭法》云「山林川谷丘陵能出雲、為風雨、見怪物者皆曰神。」即斯類也。

6 郭注：今在燉煌郡，《尚書》：「竄三苗于三危」是也。

7 郭注：三青鳥為西王母取食者，別棲息於此是也。《竹書》曰「穆王西征至于青鳥所解」。

鹿案：「海內西經」、「大荒西經」都有三青鳥，陶詩云「翩翩三青鳥，毛色奇可憐。朝為王母使，暮歸三危山。」劉會孟評三青鳥為「妙物」。

獸，狀如牛，白首、身[1]，四角，其豪如披蓑[2]，其名曰獓𤞣[3]，是食人。有鳥，一首三身，狀如鸈，名曰鴟[4]。

西百九十里曰騩山，其上多玉無石。神耆童居之[5]，其音如鍾磬[6]。其下多積蛇。

西三百五十里曰天山，其上多金玉，有青雄黃。莫水[7]出焉，西南流注湯谷。有神[8]，狀如黃囊，赤如丹火[9]，六

圖2-22，獓狪，〈禽蟲典〉。

1 鹿案：「白首身」，尤本作「白身」，《廣韻》作「白首」。
2 郭注：辟雨衣也；音崔。
3 郭注：音獓咽。
4 郭注：鸈似鵰，黑文赤頸。音洛。下句或云「扶獸則死，扶木則枯」，應在上「欽原」下，錯脫在此。
5 郭注：耆童，老同，顓頊之子。
6 郝疏：此亦天授然也，其孫長琴，所以能作樂風，本此。亦見〈大荒西經〉。
7 鹿案：「莫水」，尤本作「英水」。《御覽》卷50引作「荚水」。
8 鹿案：尤本作「有神焉」，曹本所據語句較精簡。《初學記》、《文選》注引此經並作「神鳥」，形近而誤。
9 郭注：體色黃而精光赤也。

足四翼，渾敦無面目，是識歌舞，實惟帝江[1]。

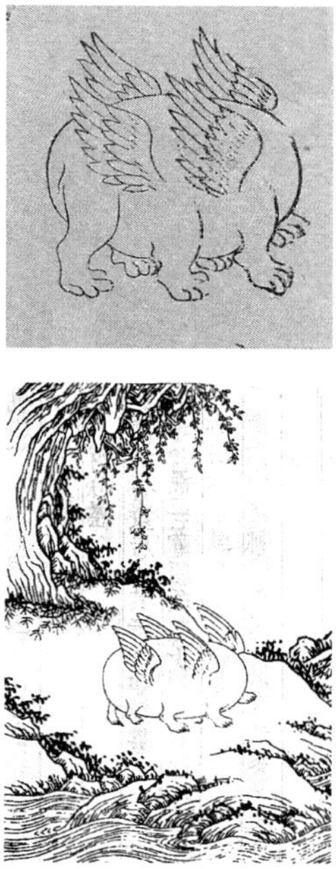

圖2-23，帝江，《三才圖會》、〈神異典〉。

西二百九十里曰泑山，神蓐收居之[2]。其上多嬰短之玉[3]，其陽多瑾瑜之玉，其陰多青雄黃。是山也，西望日之所入，其氣員[4]，神紅光之所司也[5]。

1 郭注：夫形天命者，則神自无靈照，无情見則動暗與理會，帝江之謂乎？莊子所云「中央之帝渾沌，為倏忽所鑿七竅而死」。蓋假此寓言。
鹿案：曹本郭注「夫形天命者則神自无靈照，无情見則動暗與理會」，尤本作「夫形無全者，則神自然靈照，精無見者，則闇與理會。」會孟《評山海經》言「形天與帝江皆無面」，「帝江識歌舞之妙」，又曰「自固知分邪節度，窮極幻眇者，良非賢主？」

2 郭注：亦金神也。人面虎爪，白尾執越。見《外傳》。
鹿案：郭注「越」，尤本作「鉞」。劉評蓐收曰「神名最雅」。

3 郭注：未詳。

4 郭注：日形員，故其氣象亦員。
鹿案：《太平御覽》卷3引作「岰山，神蓐收居之，是山也，西望日之所入，其氣圓，神經光所司也」。楊慎《補注》曰「紅光之所司也」。《晉・天文志》「東海氣如圓簦」。

5 郭注：未詳其狀。

西水行百里，至于翼望山[1]，無草木，多金玉。有獸，狀如貍，一目三尾，其名曰讙[2]，其音如奪百聲[3]，可以禦凶，服之止癉[4]。有鳥，狀如烏，三首六尾而善笑，名曰鵸鵌[5]，服之使人不眯[6]，又可以禦凶。

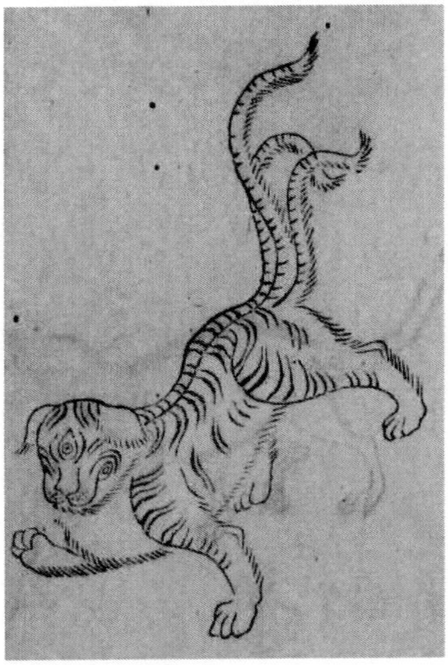

圖2-24，讙，吳本。

圖2-25，鵸鵌，〈禽蟲典〉。

郝疏：紅光蓋即蓐收也。

1 郭注：或作玉翠。

2 郭注：或作原。

3 郭注：言其能作百種物聲。或曰，奪百，物名。
鹿案：尤本作「百聲」。郝疏「奪，《說文》作奞，蓋形近誤作奞也。」

4 郭注：音旦；黃癉病也。

5 郭注：音猗餘。

6 郭注：眯，猒夢。《周書》曰「服者不眯」。莫禮反。或曰，眯，目也。

凡〈西次三經〉之首，自崇吾山至于翼望山，凡二十三山，六千七百四十里。其神狀皆羊身人面。其祠之禮，用一吉玉瘞[7]，糈用稷米。

〈西次四經〉之首曰陰山，上多穀，無石，其草多蕃、苐[8]。陰水出焉，西流注洛。

西五十里[9]曰勞山，多茈草[10]。弱水出焉，西流注洛。

西五十里曰罷谷山[11]。洱水出焉[12]，西流注洛，其中多茈、碧[13]。

北百七十里曰申山，其上多穀柞，其下多杻橿，其陽多金玉。區水出焉，東流注河。

北二百里曰鳥山，其上多桑，下多楮，陰多鐵，陽多玉。辱水出焉，東流注洛[14]。

北百二十里曰申山[15]，上無草木，而多啟石[16]，下多榛楛[17]，獸多白鹿。鳥多當扈[18]，狀如雉，以其髯

---

7 郭注：玉加采色者也。《尸子》曰「玉吉大龜也」。

8 郭注：莵葵也。蕃，青似莎而大。煩夘二音。
鹿案：「蕃苐」，尤本作「茆蕃」。苐、茆與茅字通。

9 尤本作「北五十里」。

10 郭注：一名茈菱，中染紫。

11 鹿案：尤本作「罷父山」，《玉篇》曰「洱出罷谷山」，曹本「罷谷山」為允。

12 郭注：音耳。

13 鹿案：劉評「洱水，葉榆河也。中有三島四洲九曲之勝。」郝疏「茈、碧，二物也。茈即茈石。」

14 尤本作「東流注河」。

15 尤本作「上申之山」。

16 郭注：啟，磊大石皃，音洛。
鹿案：尤本作「硌石」，注「硌，磊硌，大石皃」。

17 郭注：榛似栗，小而味美；若木可為箭。《詩》云「榛楛濟濟」。

18 郭注：一作石。

飛[1]，食之不眴目[2]。湯水出焉，東流注河。

北百八十里曰諸次山，諸次水出焉，東流注河。是山，多木無草，獸莫居，多眾蛇。

北八百八十里曰號山，其木多漆、椶，其草多葯、芎藭[3]，多汵石[4]。端水出焉，東流注河。

北二百二十里曰盂山[5]，陰多鐵，陽多銅，獸多白狼白虎[6]，鳥多白雉、白翠[7]。生水出焉，東流注河。

西二百五十里曰白於山，上多松柏，下多櫟檀[8]，獸多㸲牛、羬羊，鳥多白鴞[9]。洛水出其陰[10]，東流注渭；夾水出其陽，東流注生水。

西北三百里曰申首山[11]，無草木，冬夏有雪。申水出其上，潛于其下，是多白玉。

西五十里曰涇谷山[12]，東南注于渭，多白金白玉。

---

1 郭注：鬐，咽下鬚。
2 郭注：音眩。
3 郭注：葯，白芷別名；虈，草也。一名江離，江西。音烏較反，芎藭。
4 郭注：汵，或音鍾；未詳。
5 郭注：音于。
6 郭注：《外傳》曰「周穆王伐犬戎，得四白狼、四白虎以歸。」
7 郭注：或作翟。
鹿案：《白氏六帖事類集》卷29引此經作「盂山多白翡翠」。郝疏云「雉、翟一物二種」，經文「白翟」當為「白翠」。劉評「更為奇異」。
8 郭注：櫟，柞。
9 郭注：鴞似鳩而青色。
鹿案：曹本經注「鴞」，尤本、郝本皆作「鴞」。
10 鹿案：尤本作「出於其陽」，《御覽》卷43引《水經》也作「洛水出於其陽」。
11 鹿案：尤本、曹本作「申首山」。《類聚》卷2、《太平御覽》卷12皆引作「由首」。
12 郭注：或無涇水山字出焉，或以此為今涇水。

西百二十里曰剛山，多漆木，瑀琈之玉。剛水出焉，北注于渭，是神槐[1]，其狀人面獸身，一足[2]一手，其音如欽[3]。

西二百里曰至剛山尾，洛水出焉，北注河。其中多蠻蠻，狀鼠身鱉首，其音如犬吠[4]。

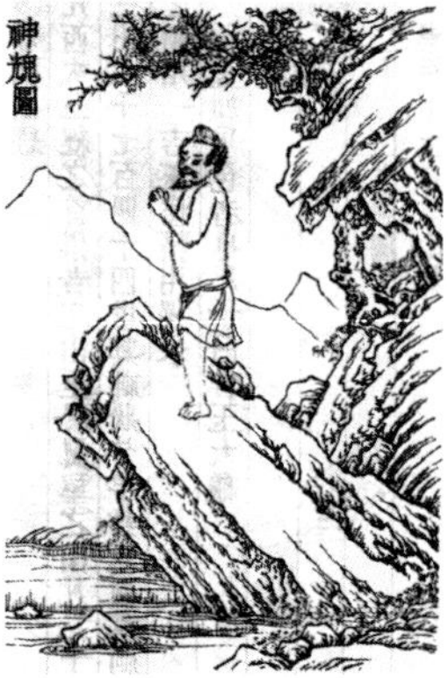

圖2-26，神槐，《三才圖會》、〈神異典〉。

圖2-27，蠻蠻，《三才圖會》、多文齋本。

鹿案：尤本經文有「涇水出焉」四字，曹本無。涇水已見〈西次二經〉，郝疏以此為「涇谷之水」。曹本郭注不知所云，而尤本郭注也明言「未詳」。

1 郭注：亦魑魅之類也；音恥四反。
2 劉評：深山魑魅多一足，故詩曰「山鬼獨一足」。
3 郭注：欽亦吟字，假音也。
4 尤本、郝本皆作「吠犬」。

西三百五十里曰英鞮山，上多漆，下多金玉，鳥獸盡白。涴水出焉[1]，北注于陵羊之澤。多冉遺魚，魚身蛇首六足，其目如馬耳，食之使人不眯[2]，可以禦凶。

1 郭注：音宛。
2 郝疏：《說文》云「眯，艸入目中也。」

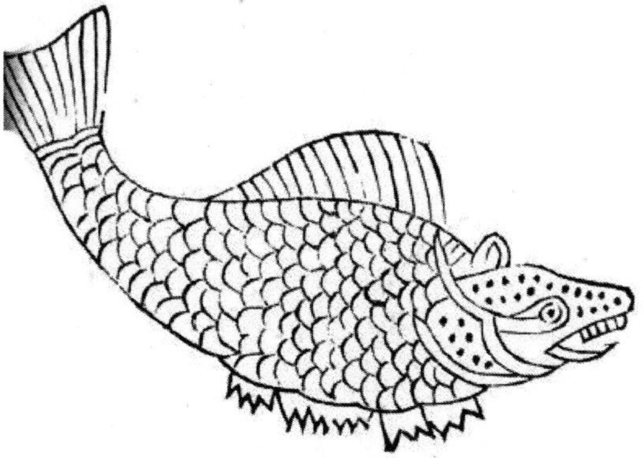

圖2-28，冉遺魚，《三才圖會》、多文齋本。

西三百里曰中曲山，陽多玉，陰多雄黃、白玉及金。獸狀如馬而身黑，三尾[1]，一角，虎牙、爪，音如鼓音，名曰駮，食虎、豹[2]，可以禦兵[3]。有木狀如棠，而員葉赤實，實大如瓜[4]，名曰櫰木[5]，食之多力[6]。

西二百六十里曰邽山[7]。其上有獸，狀如牛，蝟毛，名曰窮奇，音如獋狗[8]，食人[9]。濛水出焉，南注洋[10]水，其中多黃

圖2-29，駮，《三才圖會》、〈禽蟲典〉。

1 鹿案：尤本作「白身黑尾」，《類聚》卷95、《御覽》卷892也引作「白身黑尾」。《爾雅疏》則作「身黑三尾」，與曹本同。

2 郭注：《爾雅》說豹，不云有角及虎爪。駮亦在畏狩書中。
劉評：鋸牙食虎獸最猛烈。

3 郭注：養之辟兵刃。

4 郭注：木瓜。

5 郭注：音懷。

6 郭注：《尸子》曰「木食而為力」。若此之類也。

7 郭注：音圭。

8 鹿案：尤本作「獋狗」。古「皐」、「睪」二字通假。劉會孟評「逢忠信之人嚙而食之，逢姦邪之者則擒禽獸而飼之，所以不才者取象於是。」

9 郭注：或云似虎，蝟毛有翼。銘曰「窮奇之獸，厥形甚醜。」馳逐妖邪莫不奔走，所以一名号曰神狗。
劉評：逢忠信之人嚙而食之，逢姦邪之者則擒禽獸而飼之，所以不才者取象於是。

10 郭注：音祥。

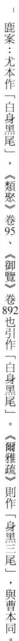

貝[1]，鸁魚[2]，魚身鳥翼，音如鴛鴦，見則其邑大水。

西三百二十里曰鳥鼠同穴山[3]，其上多白虎、白玉。渭水出焉，東注河[4]。其中多鰠魚[5]，狀如鱣魚[6]，動則邑有大兵[7]。濫[8]水出焉，西注漢水。多如魮之魚[9]，狀

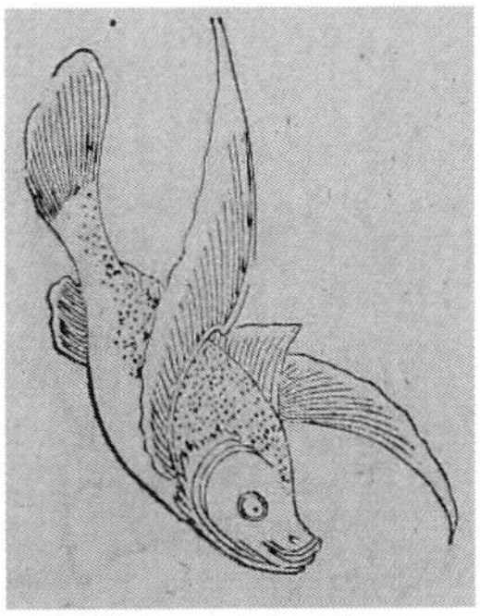

圖2-30，鸁魚，吳本、汪本。

1 郭注：貝，甲中，肉如科斗，但其有頭尾爾。

2 鹿案：鸁，同裸。曹本無注，尤本郭注作「音螺」。

3 郭注：今在隴西首陽縣西南，有鳥鼠同穴山，鳥名曰鵌，鼠名曰鼵。鼵如人家鼠而短尾，鵌似燕黃黑色。穿地入數尺，鼠在內，鳥在外而共處。孔氏《尚書傳》曰「共為雌雄」。張氏《地里記》云「不為牝牡」。

劉評：今陝西渭源縣。

4 郭注：出東，至弘農華陰縣入河。

鹿案：曹本郭注「出東」，尤本作「出東山」，曹本無「山」字。

5 郭注：音騷。

6 郭注：大魚也，口在頷下，體有連甲，或作鱣。

7 郭注：或無從動則以下語。

8 郭注：音檻。

9 郭注：音比。

鹿案：尤本作「絮魮之魚」。《南越志》曰「海中有文魮，鳴似磬，鳥頭魚尾而生玉。」

如覆銚，鳥首魚翼魚尾，音如磬石，是生珠玉[1]。

西南三百六十里曰崦嵫山[2]，上多丹木，葉如穀，實大如爪[3]，青符黑理，食之已癉，可以禦火。其陽多龜，陰多玉。苕水出焉，西注于海[4]，其中多砥礪[5]。有獸，狀如馬而鳥翼，人面蛇尾，好舉人[6]，名就湖[7]。有鳥，狀如鴞，人面，蜼目犬尾[8]，其鳴自號也[9]，見則其邑大旱。

圖2-31，如魮之魚，多文齋本。

圖2-32，人面鴞，《妙錦萬寶全書》、〈禽蟲典〉。

1 郭注：亦珠母蚌類能生出珠也。
劉評：亦有珠鱉，如肺四眼六甲而吐珠。

2 郭注：日沒入山也，見〈離騷〉。音奄茲。

3 鹿案：尤本作「瓜」，亦通，形近義不同。

4 郭注：〈禹大傳〉曰「洧盤水，出崦嵫山。」

5 郭注：磨石也。精為砥，麁為礪。

6 郭注：喜抱舉人。

7 鹿案：「就湖」，尤本作「孰湖」，曹本《圖讚》作「孰湖」、「熟湖」。

8 郭注：蜼，猴屬，音曾貴反，一音悚，見〈中經〉。尾一作背。
鹿案：「狀如鴞」，尤本作「狀如鴞」。「蜼目」，尤本作「蜼身」，已是「狀如鴞」，當不再言「蜼身」，「蜼目」為允。曹本郭注「音曾貴反，一音悚」，尤本作「遭贈遺之遺，一音誅」。曹本郭注「尾一作背」，尤本作「尾或作背」。

9 郭注：或作「詨詨呼爾」。疑此脫誤。

〈西次四經〉自陰山，至于崦嵫山，凡十九山，三千六百八十里。其祠祀，皆用一白雞祈。糈以稻米，白菅為席。

右〈西經〉之山志[1]，凡七十七山，万七千五百一十里。

《圖讚》五十三首

羬羊

月氏之羊，其類在野。厥高六尺，尾赤如馬。何以審之，事見尔雅。

太華山

華岳靈峻，削成四方。爰有神女，是挹玉漿。其誰遊之，龍駕雲裳。

肥遺

肥遺為物，與災合契。鼓翼陽山，以表亢厲。桑林既禱，倏忽潛逝。

螐渠　赤鷩鳥　文莖木　鸓鳥

螐渠已殃，赤鷩辟火。〇莖愈聾，是〇嘉果。鸓亦衛災，厥形惟麼。

1 鹿案：尤本無「志」字。郝疏以為「山下脫志字」。

流赭

沙則潛流，亦有運赭。于以求鐵，趨在其下。蠲牛之屬，作采于社。

豪彘

剛鬣之族，號曰豪狶。毛如攢錐，中有激矢。厥體兼資，自為牝牡。[1]

黃雚草　肥遺鳥　囂獸

浴疾之草，厥子者赤。肥遺似豚，其肉已疫。囂獸長臂，為物如擲。

橐蜚

有鳥人面，一脚孤立。性與時反，冬出夏蟄。帶其毛羽，迅雷不入。

桃枝

嶓冢美竹，厥号桃枝。叢薄幽藹，從風鬱猗。簟以安寢，杖以扶危。[2]

杜衡

狌狌奔人，杜衡走馬。理固須因，體亦有假。足駿在感，安事御者。

---

1 鹿案：曹本「剛鬣」，郝本作「剛鬛」。

2 鹿案：曹本「從風」，吳任臣引作「從容」。

菁容草　邊溪獸　櫟鳥

有華無實，菁容之樹。邊溪類豹，皮猒妖蠱。鳥愈隱疫，黑文赤味。[1]

礜石

稟氣万殊，舛錯理微。礜石殺鼠，蚕食而肥。厥性雖反，齊之一歸。

玃如

玃如之獸，鹿狀四觡。馬足人手，其尾則白。皃兼三形，攀木緣石。

鸓鴟

鸓鴟慧鳥，栖林啄蘂。四指中分，行則以觜。自貽伊籠，見幽坐枝。[2]

數斯　擎獸　鸓鳥

數斯人腳，厥狀如鴟。擎獸大眼，有鳥名鸓。兩頭四翼，翔若合飛。

鸞鳥

鸞翔女牀，鳳出丹穴。拊翼相和，以應聖哲。擊石靡詠，韶音其絕。

1 鹿案：「邊溪」，尤本、郝本經文作「谿邊」，曹本經文作「谷邊」、郭注作「谿邊」。曹本《圖讚》兩次都作「邊溪」。

2 鹿案：「啄蘂」二字，《初學記》卷30、《藝文類聚》卷91引同曹本。明藏經本作「喙桑」。「坐伎」，《藝文類聚》同曹善本。明藏經本作「坐趾」。

鳧傒鳥　朱猒獸

鳧傒朱猒，見則有兵。類異感同，理不虛行。推之自然，厥數惟明。

蠻蠻

比翼之鳥，似鳧青赤。雖云一形，氣同體隔。近頸離明，翻飛合翮。

丹木　玉膏

丹木煒燁，拂葉玉膏。黃軒是服，遂攀龍豪。眇然升遐，群下嗚號。

瑾瑜玉

鍾山之寶，爰有玉華。符采流映，氣如虹霞。君子是佩，象德閒邪。

欽禡　鍾山之子鼓

欽禡及鼓，是殺祖江。帝乃戮之，崑崙之東。二子皆化，矯翼亦雙。

鰩魚

見則邑穰，厥名曰鰩。經營二海，矯翼閒霄。惟味之奇，見歎伊庖。

神英招

槐江之山，英招是主。巡遊四海，拊翼雲舞。實惟帝囿，有謂懸圃。

櫰木

櫰惟靈樹，爰生若木。重根增駕，流光旁燭。食之靈化，榮名仙錄。

崑崙丘

崑崙月精，水之靈府。惟帝下都，西老之宇。嵥然中峙，号曰天柱。[1]

神陸吾

堅吾得一，以處崑崙。開明是對，司帝之門。吐納靈氣，熊魂魂。[2]

土螻獸　欽原鳥

土螻食人，四角似牛。欽原類蜂，大如鴛鴦。觸物則斃，其銳難當。

沙棠

安得沙棠，制為龍舟。汎彼弱海，眇然遐游。聊以逍遙，任波去留。[3]

---

1 鹿案：曹本「天柱」，郝本作「天柱」，引臧庸曰「桂乃柱之譌，以韻讀之可見。」天柱山見《爾雅注》。

2 曹本「熊魂魂」，郝本作「熊熊魂魂」，曹本應有脫漏。

3 鹿案：曹本「弱海」，郝本作「滄海」。

鵜鳥　沙棠實、蓍草

司帝百服，其鳥名鵜。沙棠之實，惟果是珍。爰有奇菜，厥号曰蓍。

神長乘

九德之氣，是生長乘。人狀豹尾，其神則凝。妙物自潛，世無得稱。

西王母

天帝之女，蓬頭虎顏。穆王執贄，賦詩交歡。韻外之事，難以俱言。[1]

積石

積石之中，實出重河。夏后是導，石門湧波。珍物斯備，比奇崑阿。

白帝少昊

少昊之帝，号曰金天。磈氏之宮，亦在此山。是司日入，其景惟圓。[2]

1 鹿案：曹本「蓬頭」，郝本作「蓬髮」。

2 鹿案：曹本「其景」，郝本作「其景則員」。

猙

帝義之山，奇恠所宅。有獸似豹，厥色惟赤。五尾一角，鳴如擊石。

畢方

畢方赤文，離精是炳。旱則高翔，鼓翼陽景。集乃流災，火不炎上。

文貝

先民有作，龜貝為貨。貴以文采，賈以小大。簡則易從，犯而不過。[1]

天狗

乾麻不長，天狗不大。厥質雖小，攘災除害。氣之相生，在乎食帶。[2]

三青鳥

山名三危，青鳥所解。往來崑崙，王母是隸。穆王西征，旋軫斯地。

神江疑　獓狥　鵸鳥

江疑所居，風雲是潛。獸有獓狥，毛如披苦。鵸鳥一頭，厥身則兼。[3]

1 鹿案：曹本「文采」，《類聚》卷84作「文彩」。曹本「易從」，《類聚》卷84作「易資」。
2 鹿案：曹本「氣之相生」，郝本作「氣之相王」。
3 鹿案：曹本「披苦」，郝本作「披蓑」。

神耆童

顓頊之子，嗣作火正。鏗鏘其鳴，聲如鍾磬。處于騩山，惟靈之盛。

帝江

質則混沌，神則旁通。自然靈照，聽不以聰。強為之名，號曰帝江。[1]

鵸鵌鳥　獂獸

鵸鵌三頭，獂獸六尾。俱禦不祥，消兇辟眯。君子服之，不逢不韙。[2]

當扈

鳥飛以翼，當扈則鬚。廢彼任少，沛然有餘。輪運於轂，至用在無。[3]

白狼

矯矯白狼，有道則遊。應符變質，乃銜靈鉤。惟德是適，出商見周。

---

1 鹿案「號曰帝江」，郝本作「曰在帝江」。郝懿行以為「在」當作「惟」。

2 鹿案：曹本「六尾」，郝本作「三尾」。郝本「獂獸」在「鵸鵌鳥」之上，「獂」經文作「讙」，讙獸三尾，鵸鵌為六尾。曹本誤混兩獸的尾數。

3 鹿案：曹本「廢彼任少」，郝本作「廢多任少」。

白虎

虘虘之虎，仁而有猛。其質載皓，其文載炳。應德而擾，少我邦境。1

駮

駮惟馬類，實畜之英。騰髦驤首，噓天雷鳴，氣無不凌，吞虎辟兵。2

神䰠　蠻、䱇遺魚

其音如吟，一腳人面。鼠身鱉頭，厥号曰蠻。目如馬耳，食獸妖變。

槐木

櫰之為木，厥形似楝。若能長服，杖樹排山。力則有之，壽則宜然。3

鳥鼠同穴山

𪕊鼵二鼠，殊類同歸。聚不以方，或走或飛。不然之然，難以理推。4

---

1 鹿案：曹本「虘」，郝本作「虪」。郝懿行以為虪字誤。

2 鹿案：曹本「氣無不凌」，郝本作「氣無馮凌」。

3 鹿案：曹本「杖樹排山」，郝本作「拔樹排山」。

4 鹿案：曹本「𪕊鼵」，郝本作「鵌鼵」。

如魮魚

形如覆銚，包玉含珠。有而不積，泄以尾閭。闇興道會，可謂奇魚。[1]

丹木

爰有丹木，生彼洧盤[2]。厥實如爪[3]，其味甘酸。蠲痾辟火，用奇桂蘭。

鰠魚

物以感應，亦有數動。壯士挺劍，氣激白虹。鰠魚潛淵，出則邑悚。

窮奇獸　蠃魚　孰湖

窮奇如牛，蝟毛白表。華水之蠃，匪魚伊鳥。孰湖之獸，見人則抱。

1 鹿案：曹本「包玉含珠」、「闇興道會」，《太平御覽》卷939引作「苞玉含珠」、「闇與道會」。

2 鹿案：曹本「洧盤」，郝本作「有盤」，吳任臣本亦作「洧盤」。王逸注《離騷》「夕歸次於窮石兮，朝濯髮乎洧盤。」云：「洧盤，水名。《禹大傳》曰：洧盤之水出崦嵫之山。」亦見〈西山經〉崦嵫山郭注。

3 曹本為是。曹本「厥實如爪」，吳任臣《廣注》、郝懿行《箋疏》引此俱作「如瓜」。

〈北山經〉第三

〈北山經〉之首曰單狐山，多机木[1]，其草多華。漨水出焉[2]，西注泑水，其中多茈石、文石[3]。

北二百五十里曰求如山，其上多銅，下多玉，無草木。滑水出焉，西注諸毗山[4]。其中多滑魚，狀如鱓，赤背[5]，其音如梧[6]，食之已疣[7]。其中多水馬，狀如馬，文臂牛尾[8]，其音如呼[9]。

北三百里曰帶山，其上多玉，下多青碧。有獸狀如馬，一角有庴[10]，其名曰臛疏[11]，可以辟火。有鳥狀如烏，而五采赤

圖3-1，臛疏，《三才圖會》、多文齋本。

1 郭注：似榆，可燒以糞稻田，出蜀中；音肌。
2 郭注：音逢。
3 《御覽》卷987引作：「單孤之山，蓬水出焉，其中多紫石英。」
4 郭注：水出諸毗山。
5 郭注：鱓魚似蛇。
6 郭注：如人相然聲，音吾。
7 郭注：疣，贅。
劉評：魚之可以治病者。有康郎魚，南人取為瘴藥，青魚胆可療惡瘡。
8 郭注：臂，前腳也。《周禮》曰「馬黑脊而班臂」。漢元狩四年，燉煌渥水中出馬，以為瑞，即此類也。
9 郭注：如人叫呼。
郝疏：呼，謂馬叱吒也。
10 郭注：言角有甲錯也，或作庴。
劉評：雋。
11 鹿案：尤本作「一角有錯」。
郭注：音懽。

文，名曰鵸䳜[1]，自為牝牡，食之不疽[2]。彭水出焉，西注芘湖中，其中多鯈魚，狀如雞而赤尾，三尾、六足、四首[3]，其音如鵲，食之已憂。

北四百里曰譙明山，譙水出焉，注河。其中多何羅魚，一首十身，其音如吠犬，食之已癰[4]。有獸，狀如貆而赤豪[5]，其音如榴榴，名曰孟槐，可以禦凶[6]。是山，無草木，多青碧。

圖3-2，鯈魚，《妙錦萬寶全書》、吳本。

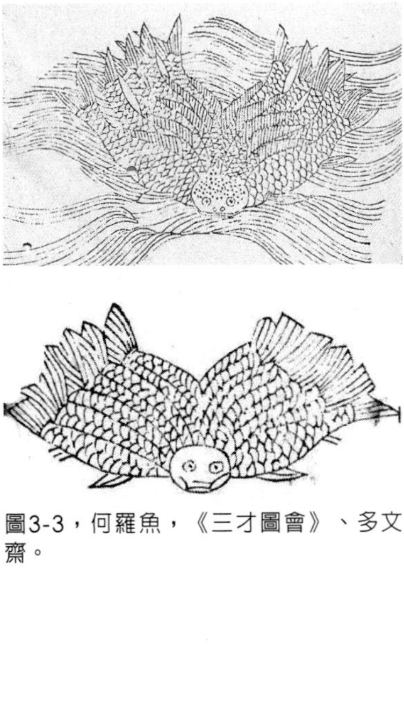

圖3-3，何羅魚，《三才圖會》、多文齋。

1 郭注：上有此鳥，疑同名。

2 郭注：無癰疽。

3 鹿案：尤本亦作「四首」。郝懿行以為當作「四目」，《玉篇》引作四目，《山海經圖》作四目。

4 尤本作「癕」。

5 郭注：貆，豪豬也；音丸。

6 郭注：可以辟凶邪，亦在畏狩書中。
鹿案：尤本作「畏獸畫」，明藏經本作「畏守畫」。郭注所言畫，曹本郭注皆作「書」，可見書、畫不分。

北三百五十里曰涿光山，嚻水出焉，南注河。中多鰼魚[1]，狀如鵲、十翼，鱗皆在羽端，其音如鵲，可以禦火，食之不癉。[2]其上多松、柏，下多椶、橿，獸多麢羊，鳥多蕃鳥[3]。

北三百八十里曰號山[4]，上多漆，下多桐、椐[5]，其陽多玉，陰多鐵。尹水[6]出焉，西注河。獸多橐駝[7]，鳥多寓，狀如鼠，身鳥翼，其音如羊，可以禦兵。

北四百里至號山之尾，其上多玉，無石。魚水出焉，西注河，其中多文貝。

北二百里曰丹熏山，其木多樗、柘，草多韭、㱚[8]，多丹臒。熏水出焉，西注裳水[9]。有獸，狀如鼠而

圖3-4，鰼魚，蔣本、《三才圖會》。

1 郭注：音褶。
2 劉評：鵲音多喜，魚音如鵲者，大抵皆妙。又評「描神」。
3 郭注：未詳。或曰鴞也。音煩。
4 鹿案：尤本作「虢山」。《初學記》卷29獸部、《御覽》卷901獸部及《白孔六帖》卷97引此經並作號山，與曹本同。
5 郭注：桐，梧桐；椐，樻木，腫節中狀。音袪也。
6 尤本作「伊水」。
7 郭注：有肉鞍，善行流沙中，日三百里，負千斤，知水泉所在。
鹿案：郭注《爾雅》引駝橐云「健行者，日三百餘里」；《御覽》卷901引作「橐駞善行流沙中，日三百里，負千斤。」
8 郭注：皆山菜；《爾雅》有其名。
9 尤本作「棠水」。

兎首，麋耳[1]，其音如獋犬，以其尾飛[2]，名曰耳鼠，食之不勝[3]，又可禦百毒。

北二百一十里曰石者山，其上無草木，多瑤碧。泚水出焉，西注河。有獸，狀如豹而文題白身[4]，名曰孟極，善伏，鳴自呼。

北百十里曰邊春山[5]，多葱、韭、葵[6]、桃李[7]。杠水出焉，西注泑澤。有獸狀如禺而善笑，見人則臥[8]，名曰幽頞[9]，其鳴自呼。

北二百里曰曼聯山，上無草。有獸，狀如禺，有鬣，牛尾文臂馬蹄，見人則呼，名曰足訾，其鳴自呼。有鳥，群居而朋飛[10]，其鳴[11]如雌雉，名曰鵁[12]，其鳴自呼，食之已風。

---

1 鹿案：尤本作「麋身」。《初學記》卷29、《御覽》卷22皆作麋耳。曹本作「麋耳」為是。

2 郭注：或作髯。獋音〇。
鹿案：尤本作「獋音豪」。

3 郭注：脎，大腹也，見《裨倉》。音莩。
鹿案：郭注音「莩」，尤本作「采」。

4 郭注：題，額。

5 郭注：一作春。

6 郭注：山蔥名苦，大葉。
鹿案：郭注「苦」，尤本作「茖」。

7 郭注：山桃，子小，不解核。

8 郭注：言陽臥。

9 郭注：或作嬻嬒。

10 郭注：朋，輩。

11 鹿案：尤本作「其毛」。

12 郭注：一作揭。
鹿案：由於杜詩引到鵁鳥，「雀啄江頭黃柳花，鵁鶄鸂鶒滿晴沙」。劉會孟評點即曰「鵁之呼最驕，少陵之所以愛。」

北百八十里曰單張山，無草木。有獸，狀如豹而長尾，人首牛耳，一目，名曰諸犍[1]，善吒，行則銜其尾，居則蟠其尾。[2]有鳥，狀如雉而文首，白翼黃足，名曰鵺[3]，食之已嗌痛[4]，可以已痸[5]。櫟水出焉而注杠水。

三百二十里曰灌題山，上多樗、柘，下多流沙，多砥。有獸，狀如牛而白毛，其音如訓[6]，名曰那父[7]。有鳥，狀如雄雉[8]而人面，見人則躍[9]，名曰竦斯，其鳴自呼。近韓水出焉，西注泑澤，其中多磁石[10]。

圖3-5，諸犍，《妙錦萬寶全書》、《三才圖會》、〈禽蟲典〉。

圖3-6，鵺，《三才圖會》。

1 郭注：音劍，牛也。
2 劉評：此獸惜尾，如孔雀之惜尾。
3 郭注：音夜。
4 郭注：嗌，咽。《穀梁》曰「嗌不容粒米」。今吳人呼咽為嗌。音益。
5 郭注：癡病。
6 郭注：如人呼叫，訓音○。
鹿案：尤本作「狀如牛而白尾，其音如訆」。《御覽》卷913引經也與尤本無異。郭注「訓音」下應有缺字，尤本作「訆音叫」。
7 尤本作「那父」。
8 鹿案：尤本作「雌雉」。《御覽》卷928引經只作「有鳥見人則躍」。未審孰是。
9 郭注：跳躍。
10 郭注：《管子》曰：「山有磁石者，其下有銅。」

北二百里，曰潘侯山，上多松柏，下多榛楛，陽多玉，陰多鐵。有獸，狀如牛而四節生毛，名曰旄牛[1]。邊水出焉，西注櫟澤。

北二百二十里曰小咸山[2]，無草木，冬夏有雪。

北二百八十里曰大咸山[3]，無草木，下多玉，是山四方不可上。有蛇，名曰長蛇，其毛如彘豪[4]，其音如鼓柝[5]。

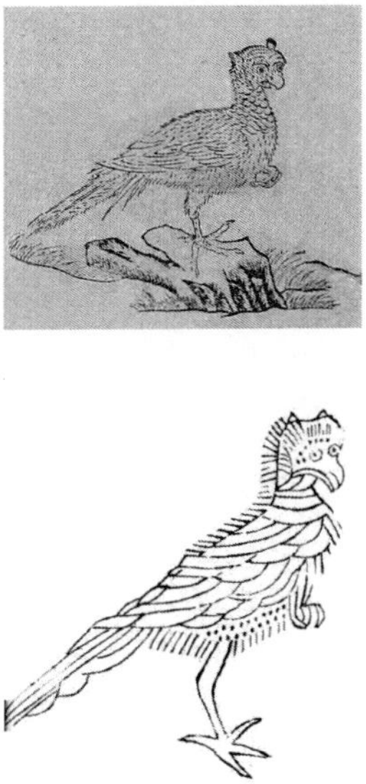

圖3-7，竦斯，《三才圖會》、多文齋。

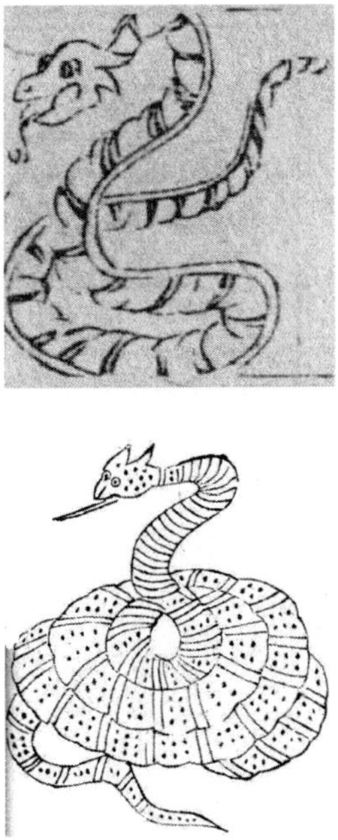

圖3-8，長蛇，《妙錦萬寶全書》、多文齋。

1 郭注：今旄牛背膝及尾皆有毛。

2 鹿案：《類聚》卷12、《白氏六帖事類集》引作「小威之山」；《御覽》卷12、尤本皆作「小咸之山」。

3 鹿案：《類聚》卷96、《御覽》卷933引作「大同之山」。

4 郭注：說者云長百尋。今蝮蛇色似艾綬文，文有毛如豬鬣，此其類也。常山亦有長蛇，與形不同。
鹿案：「豬鬣」有各種異文，可參考《漢書・田儋列傳》顏師古注「其蝮蛇，細頸大頭焦尾，色如綬文，文間有毛似豬鬣。」「豬鬣」為允。

5 郭注：如人行夜，敲木㪇柝聲，音託。

北三百二十里曰敦薨山，上多椶柟，下多茈草。敦薨水出焉，西注泑澤。出于崑崙東北隅，實惟河源[1]。其中多赤鮭[2]，獸多兕、旄牛[3]，鳥多尸鳩。

北二百里曰少咸山，無草木，多青碧。有獸，狀如牛而赤身，人面馬足，名曰窫窳[4]，其音如嬰兒，食人。敦水出焉，東注鴈門水[5]，其中多魳魳之魚[6]，食之殺人。

北二百里曰獄法山，瀤澤水出焉[7]，東北注泰澤。其中多鱳魚[8]，狀如鯉而雞足，食之已疣。有獸，狀如犬而人面，善投，見人則笑，其名山貚[9]，其行如風[10]，見則天下大風。

圖3-9，山貚，《五車萬寶全書》、汪本

1 郭注：即河水出崑崙之墟。
2 郭注：今口鯸鮔為鮭，音圭。
3 郭注：或作「檏」，檏見《離騷•天問》。
鹿案：尤本作「樸牛」。曹本「檏」，與「樸」字通。
4 郭注：《爾雅》云「窫窳似貙，虎爪。」與此異。音軋愈。
劉評：遇有道君即隱藏，無道君即出食人。
5 郭注：水出鴈門山。
6 郭注：未詳，音市。
7 郭注：音懷。
8 郭注：音澡。
9 郭注：音暉。
10 郭注：言疾。

北二百里曰北獄山[1]，多枳棘剛木[2]。有獸焉，狀如牛而四角，人目彘耳，名諸懷，其音如鳴鴈，是食人。諸懷之水出焉，西注囂水，其中多鮨魚[3]，魚身而犬首[4]，其音如嬰兒[5]，食之已狂。

圖3-10，諸懷，〈禽蟲典〉、多文齋。

1 鹿案：尤本作「北嶽之山」。劉評「恒山渾源即北嶽，相傳飛至曲陽縣。歷代怯升者就祠于曲陽。」曲陽在恆山東南側山腳下，渾源在恆山西北側的高峻處，不易到達。歷代怯於攀登者渾源者，就只在曲陽祭祀，聊表心意。相關討論，可見張璉：〈祀典與敘事——重探明清北嶽移祀及其空間意象〉。

2 郭注：檀柘之屬。

3 郭注：鮨音詣。

4 鹿案：曹本作「大首」，尤本、郝本皆作「犬首」。《御覽》卷939引經也作「犬首」，《初學記》卷30作「大首」，曹、尤二本似各有來源，「犬首」為允，此從尤本改。

5 郭注：今海中有虎鹿魚及海豨，體皆如魚而頭似虎鹿，此其類也。

北百八十里曰渾夕山，無草木，多銅玉。嚻水，水出焉，西注海。有蛇，一首兩身，名曰肥遺，見則其國大旱[1]。

北五十里曰北單山，無草木，多葱韭。

北百里曰羆差山，無草木，多馬[2]。

北百八十里曰北鮮山，多馬。鮮水出焉，北注涂吾水[3]。

北百七十里曰隄山[4]，多馬。有獸，狀如豹而文首，名曰豹[5]。隄水出焉，東流注泰澤，其中多龍龜。

凡《北山經》首，自單狐山至隄山，凡二十五山，五千四百九十里，其神皆人面蛇身。祠，毛用一雄雞、彘瘞；吉玉用一珪，瘞而不糈[6]。其北，皆生食不火。

---

1 郭注：《管子》曰「涸水之精，名曰蛟」，一頭兩身，如蛇長八尺，以其名呼之，可使魚鱉。亦此類。
鹿案：〈北山經〉有肥遺蛇、〈西山經〉有肥遺蛇，六足四翼。〈西山經〉英山又有鳥，食之已厲。劉評「太華山亦有蛇名肥遺，見則大旱。英山有鳥名肥遺，食之已癘，美惡不嫌同名。」

2 郭注：野馬，似馬而小。

3 郭注：漢元狩二年，馬出余吾水中。

4 郭注：或作陮。

5 郭注：音幼。
尤本作「狕」

6 郭注：言祭不用米，皆埋所用牲、玉。

〈**北次二經**〉之首，在阿之東[1]，其首枕汾[2]，其名曰管涔山[3]。其上無木，多草，下多玉。汾水出焉，注河[4]。

北二百五十里曰少陽山，其上多玉，下多赤銀[5]。酸水出焉，東注汾，其中多美赭[6]。

北百五十里曰縣雍山[7]，其上多玉，下多銅，獸多閭、麋[8]，鳥多白翟、白鵫[9]。晉水出焉，東南注汾水[10]。其中多鮆魚，狀如儵而赤鱗，其音如叱，食之不驕[11]。

北二百里曰紙峧山[12]，無草木，多青碧。勝水出焉，東北注汾，其中多蒼玉。

---

1 鹿案：曹本作「在阿之東」，或誤。尤本作「在河之東」。
2 郭注：臨汾水上。
3 郭注：今在太原郡。故汾陽縣北。
劉評：管涔山，今屬靜樂縣。劉淵常隱此，得神劍。
4 郭注：至汾陰縣北，西入河也。
5 郭注：銀之精。

6 郭注：《管子》曰「山上有赭者，下有〇。」
鹿案：曹本郭注缺鐵字，尤本作「下有鐵」。
7 郭注：今在晉陽縣西，音甕。
8 郭注：閭即羭，似驢而蹄，角如羚羊，一名山驢，亦呼驢羊。《周書》曰「北唐以閭」。亦見《鄉射禮》。
鹿案：《初學記》卷29引《廣志》云「驢羊似驢」。尤本郭注原作「似驢而歧蹄」、「一名山驢」。
9 郭注：即白鵫也；音六。
10 郭注：東過晉陽南又東，入汾。
11 郭注：或作騷。
鹿案：尤本郭注「或作騷。騷臭也。」郝疏以為「騷臭，俗名狐騷也」。
12 鹿案：尤本作「狐歧山」。

北三百五十里曰沙山，廣員三百里，沙也，無草木鳥獸。鮪水出其上，潛于其下[1]，多白玉。

北四百里曰爾是山，無草木，無水。

北三百八十里曰狂山，無草木，冬夏有雪。狂水出焉，西注浮水，中多美玉。

北三百八十里曰諸餘山，其上多銅玉，下多松柏。諸餘水出焉，東注旄水。

北三百五十里曰敦頭山，其上多金玉，無草木。旄水出焉，東注印澤，其中多䮝馬[2]，牛尾白身，一角，其音如呼。

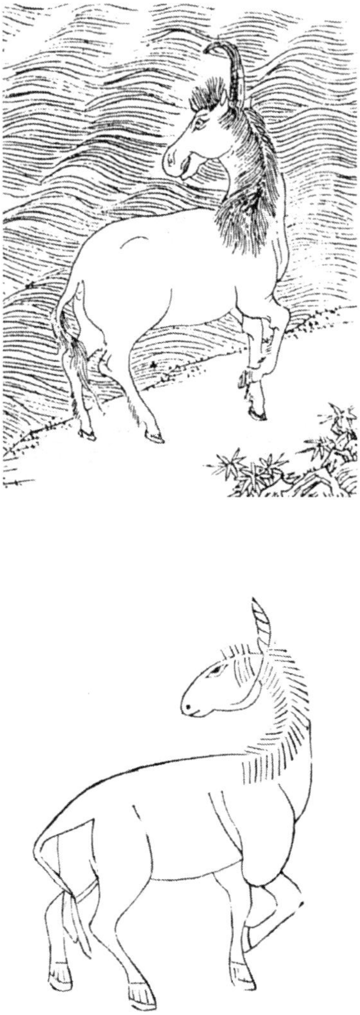

圖3-11，䮝馬，〈禽蟲典〉、多文齋。

1 郭注：出山之頂，停其底。

2 郭注：音勃。

北三百五十里曰鉤吾山，其上多玉，下多銅。有獸，羊身人面，其目在腋下，虎齒人爪，其音如嬰兒，名曰狍鴞，食人[1]。

北三百里曰北囂山，無石，其陽多玉碧。有獸，狀如虎，而白身馬尾，彘鬣，名曰獨狢[2]。有鳥，狀如烏，人面，名曰鷩鶋[3]，宵飛而晝伏[4]，食之已暍[5]。涔水出焉，東注印澤。

圖3-13，鷩鶋，〈禽蟲典〉、多文齋本。

圖3-12，狍鴞，蔣本、成本。

1 郭注：為性貪惏，食人未盡，還害其身。像在夏鼎。《左傳》所謂饕餮是也。音咆。
劉評：食人之獸多矣，未有若此獸之兇獰，吾猶惡其眼。

2 郭注：音谷。

3 郭注：音般冒；一作夔。

4 郭注：鵂鶹之屬。

5 郭注：中熱也。
汪紱云：今鵂鶹亦可治熱及頭風。

北三百五十里曰梁渠山，無草，多金玉。脩水出焉，東注鴈門[1]，其獸多居暨，狀如彙而赤毛[2]，其音如豚，有鳥，狀如夸父[3]，四翼、一目、犬尾，名曰囂，其音如鵲，食之已腹痛，可以止〇[4]。

北四百里曰灌姑山，無草木，冬夏有雪。

北三百八十里曰胡灌山，其陽多玉，陰多碧、多馬。胡灌水出焉，東注海，其中多䱻[5]。有木，葉如柳而赤理。

北水行五百里，流沙行三百里，至源山，其上多金玉。三桑生，無枝，高百仞。百果樹生之，多怪蛇。

北三百里曰敦題山，無草木，多金玉，錞于北海。

凡〈北次二經〉之首，自管涔山至敦題山，凡十七山，五千六百九十里。其神皆蛇身人面。其祠，毛用一雄雞、瘞；用一璧、一珪，投而不糈[6]。

圖3-14，囂鳥，〈禽蟲典〉、多文齋本。

1 郭注：水名。
2 郭注：音謂，似鼠，赤毛。
3 郭注：或作舉。
4 郭注：〇，音洞。侗〇〇。
鹿案：尤本作「止衕」，曹本經文缺；尤本郭注僅作「治洞下也。音侗」。
5 郭注：亦鱓魚字。
6 郭注：投玉於山中以禮神，不埋之也。

〈北次三經〉之首曰太行山[1]。其首曰歸山，上有金玉，下有碧[2]。有獸，狀如麢[3]而四角，馬尾有距，名曰驒[4]，善還[5]，其鳴自訆。有鳥，狀如鵲[6]，白身、赤尾、六足，其名曰鶌鶌[7]，善驚，其鳴自詨[8]。

東北二百里曰龍侯山，無草木，多金玉。決決水[9]出焉，東注河。其中多人魚，狀如鯑魚，四足，其音如嬰兒[10]，食之無癡疾。

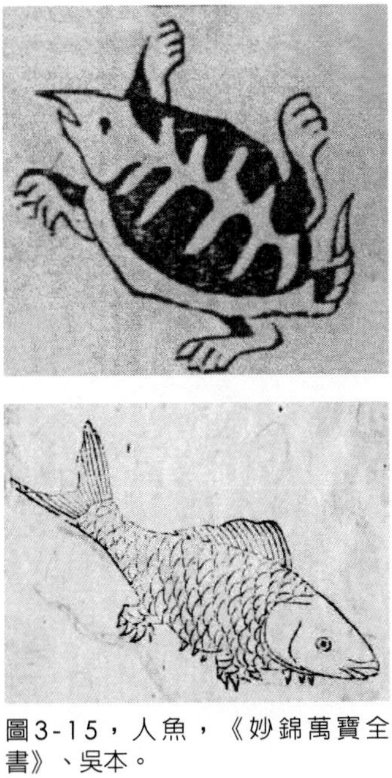

圖3-15，人魚，《妙錦萬寶全書》、吳本。

1 郭注：今在河內野王縣西北，行音杭。
2 郝疏：《藝文類聚》卷7引此經碧下有玉字。
3 郝疏：劉昭注《郡國志》引此經麢作麋，無羊字。
4 尤本作「驒」，曹本《圖讚》也作「驒」。
5 郭注：揎，揎舞也，音暉。
6 郝疏：《廣韻》說鶌云似鵲。
7 郭注：音奔。 鹿案：《御覽》卷928羽族部、《圖讚》都作「鶌鶌」，經文中疊字為名很多，如「灌灌」、「蠻蠻」、「羅羅」、「雙雙」、「竦竦」等等。
8 郭注：今吳人謂呼為詨，呼校反。
9 鹿案：曹本、尤本皆作「決決水」，《御覽》卷938引此經作「決水」，未審孰是。
10 郭注：鯑見《山中經》。或曰，人魚即鯢也，鮎而四腳，聲如小兒啼，亦呼鮎為啼；音蹄。
鹿案：曹本、尤本的郭注皆作「鯑見《山中經》」，與曹本的目錄合，郝本則改作「鯑見《中山經》」。

東二百里曰馬成山，其上多文石，其陰多玉。有獸，狀如白犬而黑頭，見人則飛[1]，名曰天馬，其名[2]自訆。有鳥，狀如烏而首白、身青、足黃，名曰鶌居[3]，其鳴自詨，食之不飢，可以已遇[4]。

東北十里曰減山，其上多玉，其下有銅，多松柏，多茈草。條菅[5]水出焉，西南注長澤。其中多器酸，一歲一成[6]，食之已癘。

東北二百里曰天地山[7]，其上無草木，多文石。有獸，狀如兔而鼠首，以其背飛[8]，名曰飛鼠。繩水[9]出焉，潛于其下，其中多黃堊。

圖3-16，天馬，吳本、〈禽蟲典〉。

1 郭注：言肉飛。
2 鹿案：尤本作「其鳴自詨」。
3 郭注：音屈居，或作鵴。
4 郭注：未詳；或曰，寓，猶誤也。
鹿案：尤本作「已寓」。郝疏以為，寓、誤蓋以聲近為義，疑昏忘之病也。王引之曰，寓當是㾢字之假借，《玉篇》、《廣韻》並音牛具切，疣病也。
5 郭注：音間。
6 郭注：未詳。
鹿案：尤本作「三歲一成」。王崇慶云「器酸或物之可食而酸者，如解州鹽池出鹽之類；蓋澤水止而不流，積久或酸，故曰三年一成。」
7 鹿案：尤本作「天池之山」，曹本作「天地山」；《初學記》卷29作「天池山」；《事類賦》卷23引作「天地之山」，與曹本同。
8 郭注：用其背上毛飛，飛則仰也。
鹿案：《初學記》卷29天池山有獸，如兔鼠首，名飛兔。圖3-17。汪本圖即飛則仰也。
9 鹿案：尤本作「澠水」。

東三百里曰陽山，其上多玉多金銅。有獸，狀如牛赤尾，其頸腎，狀如夕瞿[1]，名曰領胡[2]，其鳴自詨，食之已狂。有鳥，狀如雌雉，而五采以文，自為牝牡，名曰象蛇，其鳴自詨。留水出焉，南注河。其中有鮥文魚[3]，狀如鮒魚，魚首彘身，食之已歐[4]。

圖3-17，飛鼠，《三才圖會》、汪本、多文齋。

1 郭注：言頸上有肉如腎。瞿夕，斗也。鹿案：尤本作「勾瞿」。郝疏「以勾瞿為斗，所未詳。」

2 鹿案：尤本作《玉篇》、《廣韻》皆引作「頷胡」。《方言》卷十「頷、頤，頜也。南楚謂之頷，秦晉謂之頜。頤，其通語也。」曹本為允。《廣注》引《駢雅》曰「獸似牛而赤尾曰頷胡」。《說文》「胡，牛顄垂也。」頷、顄通用。

3 鹿案：尤本作「鮥父」魚。《御覽》卷939引同尤本，作「鮥父」，曹本《圖讚》亦作「鮥父」。

4 鹿案：尤本作「已嘔」。《御覽》卷939作「已歐」。郝疏以為尤本的「嘔」乃「歐」之誤。《說文》「歐，吐也」，段注曰「〈海外經〉歐絲之野，一女子跪據樹歐絲」。《集韻》「歐，或作嘔」。歐、嘔通。

東五十里[1]曰賁聞山，其上多蒼玉，下多黃堊，多涅石[2]。

北百里曰王屋山[3]，多石。𤃤水[4]出焉，西北注泰澤[5]。

東北三百里曰教山，其上多玉，無石。教水出焉，南注河，冬乾夏流，實惟乾河[6]。其中有兩山，是山，廣員三百步，名發几山[7]，其上有金玉。

南二百里曰景山[8]，南望鹽販澤[9]，

圖3-18，酸與，〈禽蟲典〉、汪本。

1 鹿案：尤本作「三百五十里」。
2 鹿案：曹本作「涅食」，據尤本改。
3 郭注：今在河東東垣縣北，書曰至于王屋。
劉評：今山西澤州陽城縣，上有仙宮洞天。
4 郭注：音輦。
5 郭注：《地理志》「王屋山，沇水所出。」𤃤、沇聲相近，殆一水爾。沇即𤃤也。
鹿案：始一水爾，尤本作「殆一水爾」。
6 郭注：今河東聞喜縣有乾河口，因以名乾河里，但有故溝處無水即是也。
7 尤本作「發丸之山」。
8 郭注：《外傳》曰「景以為城」。
9 郭注：即鹽池；今在河東猗氏縣。或無敗字。
鹿案：尤本郭注作「或無販字」，販、敗字形相近，曹本應為形近之譌。

北望少澤，其上多諸與[1]，草多秦椒[2]，其陰多赭、陽多玉。有鳥，狀如蛇，而四翼、六目、三足，名曰酸○[3]，其鳴自詨，見則邑有恐[4]。

東南三百二十里曰孟門山[5]，其上多蒼玉、金，下多黃堊、涅石。

東南三百二十里曰平山。水[6]出其上，潛其下，多美玉。

東三百里曰京山，有玉、漆木、竹，陽有赤銅，陰有玄礵[7]。高水出焉，南注河。

東二百里曰虫尾山，其上多金玉，下多竹、青碧。丹水出焉，南注河。薄水出焉[8]，東南注黃澤。

東三百里曰彭毗山，其上無草木，有金玉、下多水。蚤林水出焉，南注河。肥水出焉[9]，東南注林[10]，其中多肥遺蛇。

---

1 郭注：根似芋，可食。音曙預。今江南單呼為諸，音儲，語有輕重也。

2 郭注：子似椒而細，藥也。
鹿案：尤本作「似椒而細葉，草也」。

3 鹿案：尤本作「酸與」。曹本《圖讚》也作「酸與」。

4 郭注：或曰食之不醉。

5 郭注：《尸子》曰「龍門朱闢，呂梁未鑿，河出於孟門之上。」《穆天子傳》曰「升孟門，九河之。」
鹿案：今本《尸子》作「龍門未闢」、尤本作「龍門未○○○未鑿……《穆天子傳》曰：北升孟門，九河之澄。」郝本引作「《穆天子傳》曰：北升孟門，九河之隥。」郝疏云「今《穆天子傳》孟作盟，盟、孟通也。」劉評「孟門今在山西平陽府吉州」。

6 尤本作「平水出于其上」。

7 郭注：黑砥石也；《尸子》曰：「加之黃砥」明色非一也，音篠。
鹿案：《御覽》卷767引《尸子》曰「磨之以礱礪，加之黃砥。」劉評「即禹貢所謂玄礪」。

8 郭注：《淮南子》曰「薄水出鮮于山。」

9 劉評：昔黃帝誅妖魅，膏流成泉，故有肥泉之水。

10 鹿案：尤本作「南流注于牀水」。未審孰是。

東百八十里，小侯山。明章水出焉，南注黃澤。有鳥，狀如烏曰文[1]，名曰鴣鸐[2]，食之不酎[3]。

東三百七十里曰泰頭山，共[4]水出焉，南注呼池[5]。其上多金玉，下多竹箭。

北二百里曰軒轅山，上多銅，下多竹。鳥狀如梟、白首，名曰黃鳥，其鳴自言，[6]食之不妬[7]。

北二百里曰謁侯[8]山，上多松柏，有金玉。沁水出焉，南注河[9]。其東有林，名曰丹林。丹林水出焉，流注河。嬰侯水出焉，北注巳水。

東三百里曰沮洳山[10]，無草，有金玉。濝[11]水出焉，南注河[12]。

1 鹿案：尤本作「白文」，曹本筆誤。
2 郭注：下音習。
3 郭注：不睢目也。或作灌。
鹿案：曹本作「酎」，《圖讚》作「醮」，尤本作「灂」；郭注「或作䁗」。䁗目、瞧目，目不明。曹本經注恐皆誤。
4 郭注：音恭。
5 郭注：音陁。
6 鹿案：尤本作「其鳴自詨」。曹本脫字。
7 鹿案：尤本郭注「妬」脫字。
8 郭注：今在上黨郡湼縣。
9 郭注：至滎陽東北入河，或云出穀遠縣羊頭山。
鹿案：尤本郭注作「至滎陽東北入河」，應以滎陽為確。劉評「竇憲奪公主田處」。
10 郭注：《詩》曰「彼汾沮洳」。
劉評：今山西太原，叔虞封此。
11 郭注：音其。
12 郭注：今濝水出汲郡隆慮縣大號山，東過河內縣南，為济。
鹿案：為濟，尤本作「為白溝」。

北三百里曰神囷山[1]，上有文石，下有白蛇、飛虫。黃水出焉，東注洹水[2]。滏水出焉，東注歐[3]。

北二百里曰發鳩山[4]，上多柘木。有鳥，狀如烏，文首、白喙、赤足，名曰精衛，其鳴自詨，是炎帝之女，曰女娃[5]，女娃游東海，溺而不返，故精衛常銜西山木石以堙東海[6]。漳水出焉[7]。

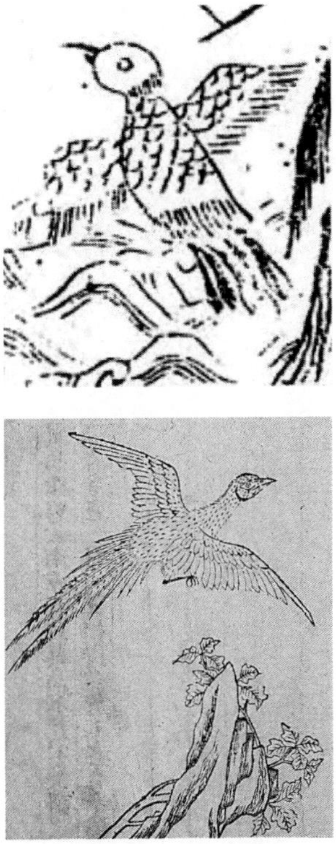

圖3-19，精衛，《文林妙錦》、《三才圖會》。

1 郭注：音〇。
鹿案：尤本郭注作「音如倉囷之囷」。

2 郭注：洹水在汲郡林慮縣北，至〇〇長樂入清水，音九。
鹿案：缺字處尤本作「至魏郡」；「音九」，尤本作「音丸」，曹本形近而誤。

3 郭注：滏水今出臨水縣西滏口山，經鄴西北至別人縣入于漳，其水熱也。

4 郭注：今在上黨郡長子縣西也。

5 郭注：炎帝，神農。娃，要〇反，一作佳。
鹿案：尤本郭注作「娃，惡佳反，語誤，或作階」。

6 郭注：堙，塞。

7 郭注：音章。

東北百二十里曰少山[1]，上有金玉，下有銅。清漳水出焉，東注濁漳[2]。

東北二百里曰錫山，上多玉，下有砥。牛首水出焉，東注滏水。

北二百里曰景山，有美石。景水出焉，南注海澤。

北百里曰題首山，有玉，無水。

北百里曰繡山，上有青碧，下多栒[3]，草多芍藥、芎藭[4]。洧水出焉，東注河。其中有鱯[5]、黽[6]。

北百二十里曰敦與山，上無草木，有金玉。溹水[7]出其陽，東注泰陸水[8]；泜水出其陰[9]，東注彭水。[10]

---

1 郭注：今在樂平郡沾縣，沾縣故屬上黨。

2 郭注：清漳出步山大奄谷，至武安縣南黍窖邑入于濁河大漳，或曰東北至邑。
鹿案：尤本正文作「東注濁漳之水」。曹本郭注「南黍窖邑」，尤本作「南暴宮邑」；《水經注》卷10作「東至武安縣南黍窖邑，入于濁漳」。劉評「今大名府魏縣，古洹水即蘇秦訂盟之地。」

3 郭注：木中林也。音鶉。
鹿案：曹本郭注「木中林」，尤本作「木中枚」。《說文》云「枚，幹也，可為杖。」

4 郭注：芍藥。一名辛夷，亦香草。

5 郭注：鱯似鮎，口大，白色。
鹿案：尤本作「鱯似鮎而大」，《初學記》卷30引同尤本；《御覽》卷937引《廣志》作「魚似鮎，大口」，與曹本同。可見尤本、曹本各有所據。

6 郭注：耿黽，似蝦蟇而小，青；或曰鱯黽，一物名爾。

7 郭注：音悉各反。

8 郭注：大陸，今鉅鹿北廣河澤，即其處也。
鹿案：尤本郭注作「鉅鹿北廣平澤」。

9 郭注：音〇。
鹿案：曹本郭注缺，尤本作「抵肆也」。

10 郭注：今泜水出中丘縣西山窮泉谷，東至黨陽縣入于漳水。
鹿案：曹本郭注「黨陽縣」，尤本作「堂陽縣」。劉評「即淮陰斬陳餘處」。

槐水出焉，東注泜澤[1]。

北百七十里曰柘山，其陽有金玉，陰有鐵。歷娶水出焉，北注洧水。

北三百里曰維龍山，上有玉，陽有金，陰有鐵。肥水出焉，東注臯澤，其中有礨石[2]。敞錢水出焉，北流注大澤。

北百八十里曰馬白山[3]，陽多玉，陰多鐵，多赤銅。木馬水出焉，東注滹沱[4]。

北二百里曰空桑山[5]，無草木，冬夏有雪。空桑水出焉，東注呼池。

北二百里曰泰戲山，無草木，多玉。有獸，狀如羊一角，一目在耳後，名曰辣辣[6]，其鳴自訆。呼池水出焉[7]，東注漊[8]。液女水出其陽，南注沁水。

1 尤本作「泜水」。

2 郭注：未詳。音雷。或作〇，古字爾。
鹿案：尤本郭注作「未詳也。音雷，或作壘。磈壘，大石皃，或曰石名」。

3 鹿案：曹本「馬白山」，尤本作「白馬之山」，曹本乙誤。《元和郡縣志》云「盂縣，白馬山在縣東北六十里。」

4 尤本作「東北流注于虖沱」。

5 郭注：上已有此，名疑同也。

6 郭注：音涑。
鹿案：劉評「此所謂背後眼。」楊慎《奇字韻》曰「辣辣，今產於代州雁門谷口，俗呼為耩子，見則歲豐。」吳任臣也引明人曹學佺《名勝志》曰「代州谷中常產獸，其名曰辣，狀如羊，一目一角，目生耳後，鳴則自呼。」有些明清圖像特別凸顯辣辣耳後的眼睛。（圖3-20）

7 郭注：今呼池出鴈門鹵城縣南武夫縣。

8 郭注：音婁。

北三百里曰后山，多藏金玉。濩水出焉[1]，東注呼池。鮮于水出焉，南注呼池。

北二百里曰重我山。罣然水[2]出焉，東注漊。

北三百里曰高是山[3]。滋[4]水出焉，南注呼池，木多椶，草多條。⿰氵冠水[5]出焉，東注河[6]。

北三百里曰陸山，多美玉。隣水[7]出焉，東注河。

北二百里曰沂[8]山。般水出焉，東注河。

北二十百里[9]曰燕山，多嬰石[10]。燕水出焉，東注河。

圖3-20，辣辣，蔣本、《妙錦萬寶全書》。

1 郭注：音蠖。
2 尤本作「皋涂」。
3 郭注：在北地靈丘縣。
4 郭注：音慈。
5 郭注：音冠。
6 鹿案：尤本正文作「滱」，郭注作「音寇」。
7 郭注：過博陵縣南，東北入易河也。
8 郭注：或作郯。
9 郭注：音其。
10 鹿案：尤本作「北百二十里」，曹本誤。
郭注：石似玉有符彩、嬰帶，所謂燕石者也。

北山行五百里，水行五百里，至饒山。無草木，多瑤碧。獸名橐駝，鳥名鶹[1]。歷号[2]水出焉，東注河。有師魚，食之殺人[3]。

北四百里曰乾山，無草木，陽多金玉，陰多鐵，無水。有獸，狀如牛而三足，名曰獂[4]，其鳴自詨。

北五百里曰倫水出焉[5]，東注河。有獸，狀如麋，其州在尾下[6]，名曰羆。

圖3-21，羆，〈禽蟲典〉、汪本。

劉評：今此石出保定滿城縣語云「魚目混珠，燕石亂玉」。

1 郭注：未詳。或曰鵂鶹。
鹿案：尤本作「鳥多鶹」。

2 鹿案：尤本作「歷虢」。《御覽》卷939鱗介部引經作「歷虢」，與曹本同。

3 郭注：未詳，或曰鯢也。

4 郭注：音元。
鹿案：《廣注》引《玄覽》「從從六足，獂三足。」郝疏引《說文》，以獂為豲。

5 鹿案：尤本作「倫山倫水出焉」，曹本脫字。

6 郭注：州，竅也。
鹿案：尤本作「川在尾下」。《馬經》云「有馬白州」，畢沅引《爾雅》注白州驠，郭云「州，竅。」曹本作州為允。劉評「韻極」。

北五百里曰碣石山[1]。繩水出焉，東注河，中多蒲夷魚[2]。上有玉，下有青石。

北水行五百里，至鴈門山，無草木[3]。

北水行四百里，至泰澤。中有山，曰帝都山，廣員百里，無草木，有金玉。

北五百里曰錞于毋逢山，北望鷄號山[4]，其風如颺[5]；西望幽都山，其水洛[6]。有天地[7]，赤首、白身，其音如牛，見則其邑大旱。

凡北次三經之首，太行山至毋逢山，凡四十六山，萬〇千三百五十里[8]。其神皆馬身人面者二十神。祠之，皆一藻茝瘞[9]。其十四神，狀彘身，戴玉而祠之，皆不玉瘞[10]。其十神皆彘身八足蛇尾。祠皆用一璧瘞

1 郭注：《水經》曰「碣石山在遼西臨渝縣南水中」，或曰「在北平驪城縣海邊」。

2 郭注：未詳。

鹿案，王孝廉先生〈黃河之水〉一文提到，據森安太郎的考證，蒲夷、冉遺、毋遺這些怪魚的名稱，在語音上都是互通的，「毋遺」也即水神馮夷的別名「無遺」，馮夷的名字是由蒲夷音轉而形成的。「魚身蛇首」的蒲夷之魚，應該在河伯馮夷之前，就被作為水神而信仰著，這種魚身蛇首六足的怪魚，具有魚和蛇的雙重水神原始形。可能就是古代所信仰的原始水神。

3 郭注：鴈門山即北陵西渝，鴈之所出，因名之也。

4 郝疏：《說文》、《玉篇》引此經作惟號之山。

5 郭注：颺，急風貌。或云多飄風。

鹿案：尤本作「颷」，明清諸本皆作「颲」。未審孰是，暫從曹本。劉評「惟朔風夙最稟烈，所以獨序。」

6 郭注：洛即黑水。

7 鹿案：「天地」，尤本作「大蛇」，尤本為允。曹本作「天地」，疑形近而誤。

8 尤本作「萬二千三百五十里」。

9 郭注：藻，聚藻；茝，香也。

10 郭注：不埋所用玉。

鹿案：「皆不玉瘞」尤本作「皆玉不瘞」。

之。大凡四十四神，皆用稌糈米祠之，此皆不食[1]。

右北經之山志，凡八十七山，二萬三千二百三十里。

《圖讚》二十九首

水馬

馬實龍精，爰出水類。渥洼之駿，○○○○。昔在夏后，亦有河駟。[2]

䑏疏獸　鵸鵌鳥　何羅魚

猒火之獸，厥名䑏疏，有鳥自化，号曰鵸鵌。一頭十身，何羅之魚。

猛槐

猛槐似貆，其豪則赤。列象畏獸，凶邪是辟。氣之相勝，莫見其跡。

鰼鰼魚

鼓翮一揮，十翼翩翻。厥鳴如鵲，鱗在羽端。是謂怪魚，食之辟燔。[3]

1 鹿案：曹本作「不食」，尤本作「不火食」。郝疏：皆生食不火之物。然「不食」或可解作祭後不烹煮食用，曹本亦通。

2 鹿案：曹本缺損處，郝本作「是靈是瑞」甚允。

3 鹿案：「鼓翮一揮，十翼翩翩」《御覽》卷939作「鼓翮一運，十翼翻翻。」曹本「厥鳴」，郝本作「厥形」。

橐駞

駞惟奇畜，肉鞍是被。迅鶩[1]流沙，顯功絕地。潛識泉源，微乎其智。

耳鼠

蹠實以足，排虛以羽。翹尾翻飛，奇哉耳鼠。厥皮惟良，百毒是禦。

幽頞

幽頞似猴，俾愚作智。觸物則突，見人則睡。[2]好用小惠，終見嬰繫。

寓鳥　孟極　足訾

鼠而傳翼，厥聲如羊。孟極似豹，或仗或倚。見人則呼，是號曰訾。

鵁鳥

毛如雌雉，朋翔其下。飛則籠日，集則蔽野。肉驗鍼石，不勞補寫。

諸犍獸　白鵺　竦斯鳥

諸犍善吒，行則銜尾。白鵺竦斯，厥狀如雉。見人則跳，頭文如薾。

1 《初學記》卷29、《御覽》卷901皆作「騖」。

2 《御覽》卷913作「觸物則笑，見人佯睡」。

磁石

磁石吸鐵，瑇瑁取芥。氣有潛感，數亦冥會。[1]

旄牛

牛充兵械，兼之者旄。冠于旌鼓，為軍之標。匪肉致災，亦毛之招。

長蛇

長蛇百尋，厥鬣[2]如彘。飛群走類，靡不吞噬。極物之惡，盡毒之厲。

鵥鶥

禦暍之鳥，厥名鵥鶥。昏明是反，晝隱夜睹。物貴應用，安事鸞鵠。

居暨獸　嚻鳥　三桑

居暨豚鳴，如蝟亦毛。四翼一目，其名曰嚻。三桑無枝，厥樹惟高。

驒

驒獸四角，馬尾有距。涉歷歸山，騰嶮躍阻。厥豹惟奇，如是旋舞。

---

1 《類聚》卷6引作「磁石吸鐵，琥珀取芥。氣有潛通，數亦冥會。物之相感，出乎意外。」郝本末兩句作「物之相投，出乎意外」。曹本僅有四句，缺此末二句。

2 《類聚》卷96作「厥鬣如彘」。

天馬

龍憑雲遊，騰蛇假霧。未若天馬，自然凌翥。有理懸運，天機潛御。

鶌居

鶌居如烏，青身黃足。食之不飢，可以辟穀。厥肉惟珍，配彼丹木。

飛鼠

或以尾翔，或以髯淩。飛鼠鼓翰，倏然背騰。用無常所，惟神是憑。

山𤟤

山𤟤之獸，見人懽謔。性善厥頭，行如矢激。見惟氣精，出作風作。[1]

窫窳　諸懷獸　鱳魚　肥遺蛇

窫窳諸懷，是則害人。鱳之為狀，雞足鯉鱗。肥遺之蛇，一頭而身。

鮆魚

陽鑑動日，土蛇致宵。微哉鮆魚，食則不驕。物在所感，其用無標。[2]

---

1 鹿案：《御覽》卷912作「山𤟤之獸，見乃懽唬。厥性善投，行如矢激。是惟氣精，出則風作。」「性善厥頭」、「出作風作」，《御覽》作「厥性善投」、「出則風作」，《御覽》為允。

2 鹿案：郝本同曹本。《御覽》卷939引作「微哉魮魚，食則不驕。物有所感，其用無摽。」

狍鴞

狍鴞貪琳，其目在掖。食人未盡，還自齚〇。圖形九鼎，是謂不若。

豹閭　獨俗獸

有獸如豹[1]，厥文惟縟。閭善躍嶮，騂馬一角。虎狀馬尾。號曰獨俗。

鷶鷶

有鳥善驚，名曰鷶鷶。象蛇似雉，自生子孫。鮨父魚首，厥躰如豚。

酸與

景山有鳥，稟形如類。厥狀委蛇，腳三翼四。見則邑恐，食之不醉。

鴣鸐　黃鳥

鴣鸐之鳥，食之不醮。爰有黃鳥，其鳴自叫。婦人是服，矯情易操。

精衛

炎帝之女，化為精衛。沉形東海，靈爽西邁。乃銜木石，以填彼害[2]。

1 郝本此《圖讚》題目、內文「豹」皆作「犳」。

2 鹿案：曹本「沈形」，郝本作「沈所」。曹本「以填彼害」，《類聚》卷92作「攸害」，郝本作「以堙波海」。

䍶䍶

䍶䍶似羊，眼在耳後。竅生尾上，號日月羆。九幽都之，大蛇半响。

〈東山經〉第四

〈**東山經**〉之首曰樕螽[1]，北臨乾昧[2]。食水出焉，東北注海。其中多鱅鱅魚[3]，狀如犁牛[4]，其音如彘。

南三百里曰藟山[5]，其上有玉，下多金。湖水出焉，東注食水，其中多活師[6]。

南三百里曰狗狀[7]山，上多金玉，下多青碧。有獸狀如犬，六足，名曰從從，其鳴自詨。有鳥狀如雞，鼠毛，名曰蚩鼠[8]，見則其邑大旱。沢水出焉[9]，北注湖水。其中多箴魚，狀如儵[10]，喙如箴[11]，食之無疫疾。

圖4-1，蚩鼠，吳本、多文齋。

1 郭注：音速誅。
2 郭注：亦山名，音味。
3 郭注：音庸。
4 郭注：牛文似鹿者。
5 郭注：音誄。
6 郭注：科斗也，《爾雅》謂之活東。
7 鹿案：尤本作「枸狀」。《御覽》卷939鱗介部引經作「狗狀之山」，曹本有據。
8 郭注：音咨。
9 郭注：音枳。
10 劉評：儵魚最美，似儵者亦美，所見虎賁軛思中郎。
11 郭注：出東海；今江水中亦有之。

南三百里曰勃齊山，無草木、水。

南三百里，番條山，無草木，多沙。減水[1]出焉，北注海，其中多鱤魚[2]。

南四百里曰姑兒山，上多漆，下多桑、柘。姑兒水出焉，北注海，其中多鱤魚。

南四百里曰高氏山，上多金玉，下多箴石[3]。諸繩水出焉，東注澤，其中多金玉。

南三百里曰嶽山，上多桑，下多樗。濼水出焉[4]，東北注澤，其中多金玉。[5]

南三百里曰材山，上無草，下多水，其中多堪㐨魚[6]，狀如夸父，彘毛，其音呼，見則天下大水。

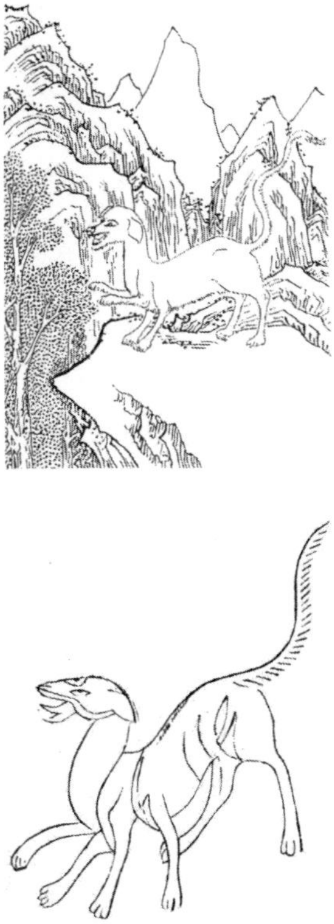
圖4-2，從從，〈禽蟲典〉、多文齋。

1 郭注：音減損。
2 郭注：一名黃頰；音感。
3 郭注：可以為砭針治癰腫者。
4 郭注：音濼。
5 劉評：濼水即魯桓公會齊襄公地。
6 郭注：音序，未詳。

南三百里曰獨山，上多金玉，下多美石。末塗水出焉，東南注江，其中多鯈鱅[1]，狀如黃蛇，魚翼，出入有光，見則其邑大旱。

南三百里曰泰山[2]，其上多玉，下多金。有獸狀如豚而有珠，名曰狪[3]，以其鳴自訆。[4]環水出焉，東注江，其中多水玉。

南三百里曰竹山，無草，多瑤碧。激水出焉，東南注娶檀水，其中多茈羸。

凡〈東山經〉之首，自樕螽山至竹山，凡十二山，三百六百里。其神狀皆人身龍首。祠毛用一犬，祈神用魚[5]。

〈東次二經〉之首曰空桑山[6]，北臨食水，東望沮吳，南望泯澤[7]。有獸狀如牛而虎文，其音如欽，名曰軨[8]，其鳴自叫，見則天下大水。

圖4-3，鯈鱅，蔣本。

1 郭注：音條容。
2 郭注：即東嶽岱宗也。今在泰山奉高縣西北，山下至頭四十八里三百步。
劉評：山屬山東泰安州，又名天孫，高四十餘里。
3 郭注：同音恫。
4 尤本作「其名自叫」。
5 郭注：以血塗祭。
鹿案：「神」，尤本作「肿」，明清諸本皆作「聃」，《玉篇》「以牲告神，欲神聽之，曰聃」。
6 郭注：此山出琴瑟材，見《周禮》。
7 郭注：音旻。
8 郭注：音鈴。

南六百里曰曹夕山，其下多穀，無水。

南四百里曰嶧皋山，上多金，下多白堊。皋水出焉，東注激女水，其中多蜃、珧[1]。

南水行五百里，流沙三百里曰葛山尾，無草木，多砥礪。

南三百八十里曰葛山首，無草木。澧水出焉，東注余澤，其中多珠蟞魚[2]，狀如肺而有目[3]，六足[4]，其味酸甘，食者無癘[5]。

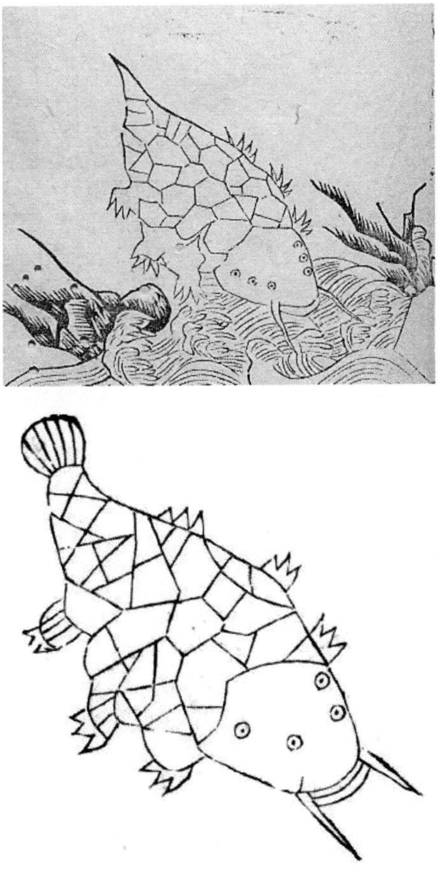

圖4-4，珠鱉，《三才圖會》、多文齋。

1 郭注：蜃，蚌也；珧，亦蚌屬，音姚。
2 郭注：音鱉。
3 鹿案：曹本、尤本皆作「有目」。郝疏：此物圖作四目。《初學記》卷8引《南越志》云：「海中多珠蟞，狀如肺，有四眼六足而吐珠。」《文選》〈江賦〉注作「有目」。曹本「六足」，尤本作「六足有珠」。劉評「高州亦出珠鼈」。
4 鹿案：尤本作「六足有珠」。
5 郭注：無時氣。《呂氏春秋》曰：「澧水之魚，名朱鱉，六足有珠，魚之美者。」

南三百八十里曰餘我山[1]，上多梓、柟，下多荊、芑。頟余水出焉，注黃水。有獸狀如兔而鳥喙，鴟目蛇尾，見人則眠[2]，名曰犰狳[3]，其鳴自訓[4]，見則螽蝗為敗。

南三百里曰狀父山，無草木，多〇[5]。

南三百里曰耿山，無草木，多水碧[6]，多大蛇。有獸狀如狐而魚翼，名曰朱獳[7]，其鳴自叫，見則其國大恐。

圖4-6，朱獳，〈禽蟲典〉、多文齋本。

圖4-5，犰狳，蔣本。

1 鹿案：尤本作「餘峩之山」。《太平御覽》卷913引此作「餘我之山」，與曹本同。
2 郭注：佯死。
3 郭注：仇餘二音。
4 尤本作「訆」。
5 尤本作「多水」。
6 郭注：亦水玉類。
7 郭注：音如。

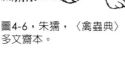

南二百里曰慮其[1]山，無草木，多砂石。〇水[2]出焉，南注泠，其中多鵜鶦[3]，其狀如鴛鴦而人足[4]，其鳴自叫，見則其國多土功。

南三百八十里曰姑射山，無草木，多水。

南水行三百里曰流沙，行百里曰姑射[5]，無草木，多石。

南三百里曰南姑射山，無草木，多水。

南三百里曰碧山，無草，多碧，多蛇。

南五百里曰侯氏山[6]，無草木，多金玉。原水出焉，東注沙澤。

南三百里曰姑逢山，無草木，多金玉。有獸狀如狐而有翼，其音如鳴鷹，名曰獙獙[7]，見則天下大旱。

圖4-7，獙獙，〈禽蟲典〉、多文齋。

1 鹿案：尤本作「盧其」。《御覽》卷45地部引此作「憲山」；卷925羽部引此經「盧其」作「憲斯」。慮、盧、憲，其、斯，恐都形近而混，未知孰是。
2 尤本作「沙水出焉」。
3 郭注：音梨。
4 郭注：今鵜鶦足似人腳。
5 尤本作「行百里曰北姑射山」。
6 鹿案：尤本作「維氏山」，又有郭注「一曰俠氏之山」。
7 郭注：音〇。
鹿案：尤本郭注作「音斃」。

南五百里曰鳧麗山，上多金玉，下多箴石。有獸狀如狐而九尾、九手[1]、虎爪，名曰蠪蛭[2]，其音如嬰兒，食人。

南五百里曰磹山，南臨磹水，東望湖澤。有獸，狀如馬而羊目[3]、四角牛尾，其音如獋狗[4]，名曰峳[5]，見則其國多狡客[6]。有鳥，狀如鳧而鼠毛，善登木，名曰絜鉤，見則多疾。

凡〈東次二經〉之首，自空桑山至磹山，凡十七山，六千六百四十里。其神狀皆獸身人面，戴觡[7]。其祠：毛用一鷄祈，嬰用一璧瘞。

圖4-8，蠪蛭，汪本、多文齋本。

1 鹿案：尤本作「九首」。郝疏以為，《廣韻》說蠪蛭無九首二字。
2 郭注：龍〇二音。
鹿案：尤本作「龍姪二音」。
3 郝疏：《藏經》本目作首。
4 尤本作「獋狗」。
5 郭注：音攸。
6 郭注：狡猾。
7 郭注：麋鹿屬角為觡；音格。

〈**東次三經**〉之首曰尸胡山，北望殍[1]山，其上多金玉，下多長棘。有獸，狀如麋而魚目，名曰妴[2]胡，其鳴自叫。

南八百里曰岐山，其木多桃、李，其獸多虎。

南水行五百里曰諸鉤山，無木，多沙。廣員百里，多寐魚[3]。

南水行七百里曰中父山，無草木，多沙。

東行千里曰死胡射山[4]，無草木，多沙石。

南水行七百里曰孟子山，其木多梓、桐、桃、李，其草多菌、蒲[5]，其獸多麋、鹿。廣員百里。其上有水焉，名曰碧陽，其中多鱣、鮪[6]。

南水行五百里，流沙，行五百里，有山，曰跂踵山，廣員二百里，無木，多草，有大蛇，其上多玉。有水，廣三十里，皆涌[7]，名曰深澤，其中多蠵龜[8]。有魚，狀如魚[9]而六足，馬尾，名曰鮯鮯魚[10]，其鳴

---

1 郭注：音詳。
2 郭注：音婉。
3 郭注：即鮇魚；音味。
4 尤本作「胡射山」，無死字。
5 郭注：未詳。
6 郭注：鮪即經鱣也。似鱣而長鼻，體無連甲，別鱣，一名鱑。
鹿案：曹本郭注作「鮪即經鱣」，又言「似鱣」，曹本誤。尤本作「鮪即鱏」。「體無連甲」，尤本作「體無鱗甲」。「別鱣」，似脫字，尤本作「別名鮔鱣」。
7 郭注：今河東汾陰縣有瀵水，源在地底，濆沸涌出，其深不測，蓋此比也。
8 郭注：蠵，大龜。大甲有文采，似瑇瑁而薄。音為。
9 尤本作「狀如鯉而六足」。
10 郭注：音蛤。

似叫。

南水行九百里曰踇隅山[1]，其上有草木，多金玉，多赭。有獸，狀如牛而尾[2]，名曰精精，其鳴自叫。

南水行五百里，流沙，行三百里，至無皋山，南望幼海[3]，東望榑木[4]，無草木，多風。是山廣百里。

凡〈東次三經〉之首，尸胡山至無皋山，凡九山，六千九百里。其神狀皆人身而羊角。其祠：用一牡羊，米用黍。是神見則風，雨水為敗。

〈東次四經〉之首曰北號山，臨北海。有木，狀如楊而赤華，其實如棗而無核，其味酸甘，食之不瘧。食水出焉，東注海。有獸，狀如狼而赤首、鼠目，其音如豚，名曰獦狚[5]，食人。有鳥狀如〇[6]，白首、鼠足而虎爪，名曰鬿雀，食人。

南三百里曰捤山[7]，無草木。蒼體水出焉，西注展水。其中多鱃[8]，狀如鱧而大首，食者不疣。

鹿案：「馬尾」，尤本作「鳥尾」。《廣雅・釋地》云「東方有魚焉，如鯉，六足鳥尾，其名曰鮯。」

1 郭注：音敏。

2 尤本作「馬尾」。

3 郭注：少海也。《淮南子》曰「東方大者曰少海」。

4 郭注：扶桑二字。

5 鹿案：尤本作「猲狚」。《玉篇》、《廣韻》作「獦狚」。

6 尤本作「狀如雞」。

7 鹿案：尤本作「旄山」，《御覽》卷740疾病部也引作「旄山」。

8 郭注：今蝦鰌字，音秋。鬿音〇，捤音〇。
鹿案：尤本作「今蝦鰌，字亦或作鱃，秋音」。

南三百里曰東始山，上多蒼玉。有木，狀如羊[1]而赤理，其汁如血而不實，名曰芑，可以服馬[2]。泚水出焉，東北注海，其中多茈魚，狀如鮒，一首而十身，其臭如蘪蕪，食之不䊧[3]。

東南三百里曰女烝山，其上無草木。石膏水出焉，西注鬲水，其中多薄魚，狀如鱣而一目，其音如歐[4]，見則天下大旱。

東南二百里曰欽山，多金玉，無石。師水出焉，北流睪澤，其中多鱃魚、文貝。有獸，狀如豚而有牙，名曰當庚，其鳴自叫，見則天下大禳[5]。

東南二百里曰子桐山。桐水出焉，西注餘如之澤。其中多䱻魚[6]，狀如魚而鳥翼，出入有光，音如鴛鴦，見則天下大旱。

東北二百里曰剡山，多金玉。有獸，狀如彘而人面，黃身赤尾，名曰合窳，其音如嬰兒，食人、獸、虫、蛇，見則天下大水。

圖4-9，薄魚，蔣本。

1 鹿案：尤本作「如楊」。曹本作「如羊」，明顯音同而誤。
2 郭注：以汁塗之，則調。
3 郭注：失氣也，音費。
4 郭注：如人嘔吐。
5 鹿案：「當庚」，尤本作「當康」。「大禳」，尤本作「大穰」。郝疏以為，當康、大穰，聲轉義近，蓋歲將豐稔，茲獸先出以鳴瑞。當康是否為後來所改，不得而知。
6 郭注：音滑。

東二百里曰大山，多金玉。積水有木曰〇[1]。有獸狀如牛而白首，一目蛇尾，名曰蜚[2]，行水則竭，行草則死，見則天下大疫[3]。鉤水出焉，而北注勞水，其中多鱃魚。

凡〈東次四經〉之首，自北号山至大山，凡八山，一千七百二十里。

右東經之山志，凡四十六山，万八千八百六十里[4]。

圖4-10，蜚，蔣本。

1 郭注：女貞也，葉冬不凋。
鹿案：曹本缺經文「楨」字，注中「貞」字亦缺筆，似避諱所致。

2 郭注：音翡。

3 郭注：言其體合災氣也。名曰：「蜚蜚為名，體似無〇。所經枯竭，甚於毒厲，萬物所懼，思爾遐逝」。
鹿案：「體含災氣」，尤本郭注作「體含災氣」。「名曰」，尤本作「銘曰」；曹本缺字，尤本作「體似無害」。

4 鹿案：尤本作「萬八千八百六十里」。郝疏「今才萬八千二百六十里」。《山海經》中所言某山至某山的里數，常差異極大，莫衷一是。

《圖讚》十八首

鱅鱅魚　從從獸　蚩鼠

魚號鱅鱅，如牛虎駮。從從之狀，似狗六腳。蚩鼠如雞，見則旱涸。

絟蠵

絟蠵蛇狀，振翼灑光。憑波騰游，出入江湘。見則歲旱，是惟火祥。

狪狪

蚌則含珠，獸胡不可？狪狪如豚，被褐懷禍。患難無苟，招之自我。

堪孖魚　軨軨獸

堪孖軨軨，殊氣同占。見則鴻水，天下民墊。豈伊妄降，亦應牒讖。

珠鼈魚

澧水之鮮，形如浮肺。體魚三才，以貨賈害。厥用既多，何以自衛。[1]

1 鹿按：曹本「澧水之鮮」，吳任臣引作「澧水之鱗」，郝懿行亦作「澧水之鮮」。曹本「體魚三才，以貨賈害」，《御覽》引作「體兼三才，以貨賈客。」吳任臣、郝懿行本皆作「賈害」。

犰狳
犰狳之獸，見人佯眠。與災叶氣，出則無年。此豈能為，歸之於天。

狸力獸　鵹胡鳥
狸力鵹胡，或飛或伏。是惟土祥，出興功築。長城之役，同集秦域。

朱獳
朱儒無奇，見則邑駭。通感靡誠，惟數所在。因事而作，未始有待。

獙獙　𪁺蚳　絜鉤鳥
獙獙如狐，有翼不飛。九尾虎爪，號曰𪁺蚳。鉤絜似梟，見則民悲。[1]

徵徵
治在得賢，亡由失人。徵徵之來，乃致狡賓。歸之宜應，誰見其津。[2]

1 鹿案：曹本「鉤絜似梟」有誤，應做「絜鉤」。此《圖讚》作「𪁺蚳」，郝本《圖讚》同。然𪁺蚳「狀如鳧而有角」，非此九尾虎爪之獸。

2 鹿案：曹本「徵徵」，郝本、吳本引皆作「峳峳」。吳任臣此讚作「治則得賢，亡由失人。峳峳之來，乃致狡賓。歸之冥應，誰見其津」。

蠵龜

水圓〇世，潛源溢沸。靈龜爰處，掉尾養氣。莊生是感，揮竿傲貴。[1]

嬰胡　精精獸　鮯鮯魚

嬰胡之狀，似麋魚眼。精精如牛，以尾自辨。鮯鮯所潛，厥深無限。

猲狙獸　鬿雀

猲狙狡獸，鬿雀惡鳥。或狼其體，或虎其爪。安用甲兵，擾之以道。

芑木

馬惟剛駿，服之芑汁。不勞孫陽，自然調習。厥術無方，理有潛執。

茈魚　薄魚

有魚十身，蘪蕪其臭。食之和體，氣不下溜。薄之躍淵，是惟災候。

合窳

豬身人面，號曰合窳。厥性貪殘，物為不咀。至陰之精，見則水雨。

1　鹿案：曹本「水圓〇世」，《初學記》卷30引郭璞〈東山經〉《圖贊》作「水圓二方」。

當庚　鮹魚

富庚如豚，見則歲祥。鮹魚鳥翼，飛乃流光。同出殊應，或災或祥。

蜚　跂踵

蜚則災獸，跂踵厲禽。所經所涉，竭水槁林。稟氣自然，體此殃淫。

〈中山經〉第五

〈中山經〉薄之首曰甘棗山[1]。共水出焉[2]，西注河。上多杻木，下多草，杏葉而葵本[3]，黃華而莢實，名曰蘀[4]，可以已瞢[5]。有獸，狀如猷鼠而文題[6]，其名曰𪊨[7]，食之已瘿。

東二十里曰歷兒山，上多橿，多櫔木[8]，是木，方莖員葉，黃華而毛，其實如楝[9]，服之不忘。

東十五里曰渠豬山，上多竹。渠豬水出焉，南注河。多豪魚，狀如鮪，而赤喙赤尾，可以已白癬[10]。

東三十五里曰葱聾山，其中有大谷，多白堊、黑、青、黃堊[11]。

東十五里曰涹山[12]，其上多赤銅，下多鐵。

---

1 鹿案：尤本作「薄山之首」，曹本脫字。曹本也將「薄之首」三字誤入篇目題「中山經」下。
2 郭注：音恭。
3 郭注：杏或作楛。
4 郭注：他洛反。
5 郭注：音盲。
《廣注》：瞢，目不明也，瞽瞍號天瞢。
6 郭注：猷獸，未詳，音虺，一作〇。
鹿案：曹本郭注缺字，尤本作「虺」。
7 郭注：音那，一作熊。
8 郭注：音厲。
9 郭注：楝，木名，子似指頭，白而黏，可以浣衣，音練，或作柬。
10 鹿案：尤本作「赤喙尾、赤羽」。《御覽》卷939引豪魚作「赤喙尾、赤羽，食可以已白疥。」
11 郭注：言有雜、雜堊。
《御覽》卷988引作「慈聾之山，其中有太谷，是多白堊、黑、青、黃堊。」
12 郭注：音倭。
鹿案：尤本作「涹山」。

東七十里曰脫扈山。有草，狀如葵葉而赤華，莢實，實如椶莢[1]，名曰植豬[2]，可以已癲[3]，食之不眯[4]。

東二十里曰金星山，多天嬰，狀如龍骨，可以已痤[5]。

東七十里曰泰威山，其中有谷曰梟谷[6]，中多鐵。

東十五里曰橿谷山，中多赤銅[7]。

東十五里[8]曰吳林山，多葌[9]。

北三十里曰牛首山[10]。有草，名曰鬼草，其葉如葵而赤莖，其秀如禾[11]，服之不憂。勞水出焉，西注潏

1 郭注：今椶木似皁莢。
2 鹿案：尤本作「植楮」。
3 郭注：《淮南子》曰貍可以癲也。
《廣注》：《正韻》云「癲，憂病。」《詩》云「癲憂以痒。」
4 鹿案：《御覽》卷742引作「脫扈之山，植猪之草可以已鼠」，又引郭注「鼠，瘻也」。畢沅曰：癲當為鼠，傳瘻也，今譌作病，據《御覽》改。
5 郭注：癰痤。
6 郭注：或無有谷二字。
7 郭注：或作橿谷山。
鹿案：尤本郭注「或作檀谷山」。
8 尤本：東百二十里曰吳林之山。
9 郭注：亦菅字。
10 郭注：長安西南有牛首山，其上有館，下有水，未知此是非也。
11 《御覽》卷44引作「莠如禾」。

水[1]。多飛魚[2]，狀如鮒[3]，可以已痔衕[4]。

北四十里曰霍山[5]，其木其穀[6]。有獸如狸而白尾有鬣，名曰朏朏，可以已憂[7]。

圖5-1，朏朏，〈禽蟲典〉。

1 郭注：音決。
鹿案：杜甫有詩〈義鶻行〉，中有句「近經潏水湄，此事樵夫傳」「聊為義鶻行，用激壯士肝」云云，故劉會孟評潏水云「潏水見杜甫義鶻詩」。

2 鹿案：《廣注》引張駿〈飛魚贊〉「飛魚如鮒，登雲游波。」郝疏言《御覽》卷939引張駿《山海經圖讚》曰：「如鮒，登雲游波」，以為「如鮒」之上應脫飛魚二字。今查宋本《御覽》所引，並無脫漏。郝所見《御覽》顯非宋本。《初學記》卷1引〈飛魚贊〉如曹本《圖贊》「飛魚如豚，赤文無羽。食之辟兵，不畏雷鼓」。

3 《御覽》卷44引作「（潏水）是多飛魚，狀似鮒，可療痔疾」。

4 鹿案：尤本作「食之已痔衕」。

5 郭注：今平陽永安縣、廬江灊縣、晉安羅江縣、河南梁縣皆有霍山，明山之以霍為名者非一。案，《爾雅》「小山繞大山為霍也」。
鹿案：曹本郭注「河南梁縣」，尤本郭注作「河南鞏縣」；曹本「小山繞大山為霍也」，尤本作「大山繞小山為霍」。劉評：山西霍州霍山，今為中鎮，固禹貢之岳陽也。萬物盛長，垂枝布葉，霍然而大。

6 鹿案：尤本作「其木多穀」。

7 郭注：謂畜之可已憂，普昧反。

北五十二里曰今谷山[1]，是多蒼棘[2]。

北三十五里曰陰山[3]，多戾石、文石[4]。少水出焉，其中多雕棠，葉如榆葉而方，其實如赤菽[5]，食之已聾。

東北四百里曰鼓鐙山，多赤銅。有草曰榮草，其葉如柳，其本如雞卵，食之已風。

凡薄山之首，自甘棗山至鼓鐙山，凡十五山，六百七十里。曰歷兒，冢也，其祠毛太牢之具；縣以吉玉[6]。其餘十三山，毛用一羊嬰用[7]。桑封者，主也，方其下而銳其上，而中穿之，加金[8]。

〈中次二經〉濟山之首曰煇諸山，其上多桑，其下多獸，多閭麋，鳥多鶡[9]。

西南二百里曰發墝山[10]，上多金玉，下多砥礪。即魚水出焉，西注伊。

---

1 鹿案：尤本作「合谷山」。
2 郭注：未詳；音瞻。
3 鹿案：尤本郭注「亦曰險山」，曹本無此注。
4 郭注：戾石，石中磨者。
5 郭注：豆也。
6 郭注：縣，祭山之名，見《爾雅》。
7 鹿案：尤本嬰用下有「桑封瘞而不糈」六字。畢沅以為「桑封以下，疑周秦人釋語，亂入經文。」
8 郭注：言神作主而祭，以金飾之。《公羊》曰「虞主用桑」。主一作〇。
鹿案：郭注缺字，尤本作「玉」。劉評「只一句有萬狀濴洄」。
9 郭注：似雉而大，青色，有毛角，健，鬪死乃止，出上黨。
鹿案：曹本郭注「健，鬪死乃止」，尤本郭注作「勇健，鬪死乃止」。《御覽》卷924引作「惲諸之山，其鳥多鶡」。郝疏「《玉篇》云『鶡，何葛切；鳥似雉而大，色青，有毛角，鬪死而止。』」
10 鹿案：尤本作「發視山」。

西三百里曰豪山，多金玉，無草木。

西二百里曰鮮山，多白玉。鮮水出焉，北注伊。其中多鳴蛇，狀如蛇而四翼，其音如磬，見則其邑大旱。

西三百里曰湯山，多石，無草木。湯水[1]出焉，北注伊。其中多化蛇，其狀人面而豸身[2]，鳥翼蛇行，其音如呼，見則其邑大水。

西二百里曰昆吾山，上多赤銅[3]。有獸狀如彘而有角，其音如號[4]，名曰蠪蛭[5]，食之不眯。

西百二十里曰葌山[6]，葌水出焉，北注伊，上多金玉，下多青雄黃。有木，狀如棠而赤葉，名曰芒草，可以已毒魚。

西百五十里曰獨蘇山，無草木，多水。

---

1 鹿案：尤本作「陽山」、「陽水」。

2 鹿案：尤本作「豺身」。

3 郭注：此山出名銅，色赤如火，以之切玉如割泥也。周穆王時西戎獻之，《尸子》所謂昆吾之釖也。《越絕書》曰「赤菫之山破而出錫，若耶之谷涸而出銅，歐冶因以為純鈞之釖。」汲郡冢中得銅釖一枚，長三尺五寸。今所名干將，亦皆非鐵。明古者兼以錫雜銅為兵器。
鹿案：曹本郭注「純鈞之釖」，郝本作「純鉤之釖」。「劍」曹本皆作「釖」。《淮南子‧覽冥訓》「區冶生而淳鈞之劍成」〈修務訓〉「夫純鈞魚腸之始下型，擊則不能斷，刺則不能入。」〈齊俗篇〉「淳均之劍不可愛也，而區冶之巧可貴也。」曹本作「純鈞」為允。曹本郭注「銅釖一枚」，自尤本至明清諸本皆作「銅劍一枝」。郝疏「枝當為枚，亦字之譌也。」《類聚》卷60引此注，「枝」正作「枚」。曹本為允。

4 郭注：如人號哭。

5 郭注：上已有此，疑同名。

6 郭注：音菅。

西二百里曰蔓渠山，上多金玉，下多竹箭。伊水出焉，東注洛[1]。有獸名焉曰馬腸[2]，其狀人面虎身，其音如嬰兒，食人。

凡濟山之首，自煇諸山至蔓渠山，凡九山，千六百七十里，其神皆人面鳥身。祠毛[3]用一吉玉，投而不糈。

〈中次三經〉萯山之首曰敖岸山[4]，其陽多㻬琈之玉，陰多赭、黃金。神熏池之[5]，常出美玉[6]。北望河林，其狀如蒨如舉[7]。有獸，狀如白鹿而四角，名曰夫諸，見則其邑大水。

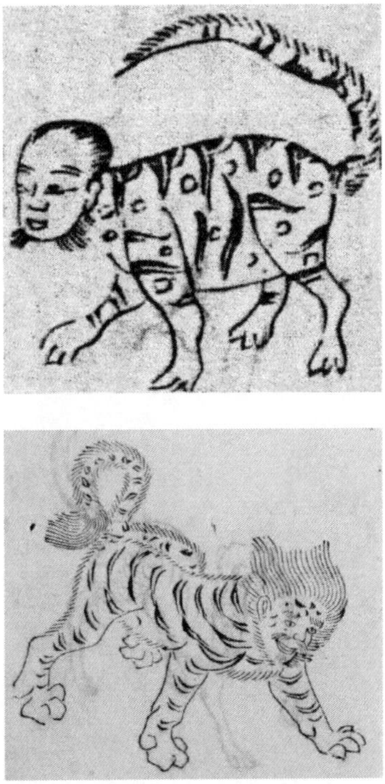

圖5-2，馬腸，《妙錦萬寶全書》、吳本。

1 郭注：今伊水出上洛盧氏縣熊耳山，東北至河南洛縣入洛。
2 鹿案：尤本作「有獸焉，名曰馬腹」。
3 郭注：擇用毛色。
4 郭注：或作獻。萯音〇。
5 鹿案：尤本作「神薰池居之」。曹本郭注「萯音〇」，尤本作「萯音倍」。
6 郭注：一作土。
7 郭注：說者蒨、舉皆木名，未詳；音倩。

東十里曰青要山，實帝之密都[1]。北望河曲[2]，是多駕鳥[3]。南望撣渚[4]，禹父之所化[5]，是多僕纍[6]、蒲盧[7]。䰠武羅司之[8]，其狀人面而豹文，小要白齒[9]，而穿耳以鐻[10]，其音如鳴玉[11]。是宜女子。畛水出焉，北注河。其中有鳥，名鴢[12]，狀如鳧，青身朱目赤尾，食之宜子。有狀如葌[13]，而方莖黃華赤實，其木

---

1 郭注：天帝曲密之邑。

2 郭注：河千里一曲也。
鹿案：尤本郭注作「河千里一曲一直也」。

3 郭注：未詳。或曰駕宜為鴐，鵝也，音加。
鹿案：曹本郭注「鵝也」，尤本作「鵞也」。

4 郭注：水中小洲曰渚。撣音填。
鹿案：「撣」，尤本作「墠」。

5 郭注：鮌化於羽，淵為黃熊，今復云在此，然則有變怪之性者，亦无往而不化也。
劉評：青要止在河南府新安縣。新安有異草，黃花朱實，服之益壽。

6 鹿案：尤本作「僕」。「僕」即「僕」。

7 郭注：僕纍，蝸牛。《廣雅》曰「蒲盧，蛓蛤也。」
鹿案：曹本郭注「廣雅」，尤本、郝本俱作「爾雅」，曹本為允。曹本郭注「蜌蛤」，尤本作「名蛉」，檢索《廣雅・釋魚》，尤本誤，曹本為允。

8 郭注：武羅，神名；䰠，古神字。

9 郭注：一作首。

10 郭注：鐻，金銀之器名，未詳；音渠。

11 郭注：如人鳴玉珮声。
鹿案：曹本「其音如鳴玉」，尤本作「其鳴如鳴玉」，曹本為允。

12 郭注：音窈。

13 郭注：狀如蔓。
鹿案：尤本郭注作「菅似茅也」。

如藁本[1]，名曰苟草[2]，服之美人色[3]。

東十里曰䰢[4]山，上有美棗，其陰有㻬琈之玉。正過水[5]出焉，北注河。其中多飛魚，其狀如豚而赤文，服之不雷[6]，可以禦兵。

東四十里曰宜蘇山，其上多玉，下多蔓居之木[7]。庸庸水出焉，北注河，多黃貝，伊洛間也。

東二十里曰和山，上無草木而多瑤碧[8]，實惟河之九都[9]。是山五曲[10]，九水出焉，合流而北注河，其中多蒼玉。

圖5-3，䰠武羅，〈神異典〉。

---

1 郭注：根似藁木，香草。

2 郭注：一曰荀。
鹿案：尤本作「荀草」，其下郭注「或曰苞草」。尤本郭注的「苞草」疑是「荀草」之誤，曹本與尤本的內容常是彼此的「一曰」、「或曰」、「或作」。劉思亮引《急就篇》的顏師古注「荀，草名也，所居饒之，因以命氏。」肯定荀草為允。劉評「黃花赤實，服之益壽」。

3 郭注：令人色美艷，或曰好顏色。

4 郭注：音巍。
尤本作「騩」。

5 鹿案：尤本作「正回之水」。

6 鹿案：《御覽》卷13引作「飛魚如豚，赤文無羽，食之辟兵，不畏雷」。尤本作「服之不畏雷」。劉評「雷之形亦如彘形」。

7 郭注：未詳。

8 劉評：河之源，瑤碧蒼玉之所由生。

9 郭注：九水所潛，故曰九都。

10 郭注：曲回五重。

吉神泰逢司之[1]，其狀如神虎尾[2]，是好居萯山之陽，出入有光。太逢神動天地氣也[3]。

凡萯之首，敖岸山至和山，凡五山，七十里[4]。其祠太逢、熏池、武羅皆一牝[5]羊副[6]，嬰用吉玉。其二神用一雄雞瘞，糈用稌。

圖5-4，泰逢，吳本、〈神異典〉。

〈中次四經〉釐山之首[7]曰鹿蹄山，上多玉，下多金。甘水焉[8]，北注洛，其中多泠石[9]。

1 郭注：吉，善。
2 郭注：一作雀。
3 郭注：其言有靈變，能興雲雨也。夏后孔甲田於萯山，天大風晦冥，孔甲迷惑，入於民室，見《呂氏春秋》。
4 鹿案：曹本作「七十里」，尤本「四百四十里」。郝疏云「才八十里」。
5 鹿案：尤本作「牡羊」，曹本作「牝羊」，與諸家異。
6 郭注：副音偪，謂破羊胷，襟以祭也。
鹿案：尤本郭注作「副謂破羊骨，磔之以祭也。見《周禮》。音悃偪之偪。」
7 郭注：音貍。
8 鹿案：尤本作「甘水出焉」。
9 郭注：未詳，或作泠泠音。

西五十里曰狀猪山[1]，上多碝石[2]。有獸狀如貉而八目[3]，名曰麐[4]。号水[5]出焉，北注于洛，其中多碝石[6]。

西百二十里曰釐山，其陽多玉，陰多蒐[7]。有獸狀如牛，蒼身，其音如嬰兒，食人，名曰犀渠。滽滽之水出焉，南注伊水。有獸名頡，狀如濡犬[8]，有鱗，其毛如彘鬣[9]。

西二百里曰箕尾山，多穀、多涂石，其上多㻬琈玉。

西二百五十里曰柄山，其上多玉，下多銅。陷雕水出焉，北注洛。其中多羬。有木，狀如樗，其葉如桐而莢實，名曰茭[10]，可以毒魚[11]。

西二百里曰白邊山，其上多金玉，其下多青雄黃。

---

1 鹿案：尤本作「扶豬山」。
2 郭注：今雁門山中出碝石，白者如米，半有赤色。碝，音軟。鹿案：曹本郭注「白者如米」，尤本作「白者如水」。曹本「音軟」，尤本無。
3 郭注：或作鑢，古字耳。鹿案：曹本郭注「或作鑢」，尤本作「貗」，尤本為允。
4 郭注：音銀，或只作麋。
5 鹿案：尤本作「虢水」。清汪昌序活字本《御覽》卷983引經作「虢水」。可見曹本有據。
6 郭注：出水中也。
7 郭注：蒐，茅蒐，今之蒨也。音廋。
8 鹿案：尤本作「獳犬」。
9 郭注：生鱗間。
10 鹿案：「茭」，尤本作「茇」。郝疏引《本草別錄》云「狼跋子，主殺蟲魚。」跋、茇相近。
11 鹿案：《廣注》引《駢雅》曰「植楮可以已癲，葶藶可以毒魚」。又南方有醉魚草，莖如黃荊，七八月開花成穗，紅紫色，漁人采以毒魚，亦葶藶類也。一名擁木。

西二百里曰熊耳山[1]，其上多漆，下多椶。浮濠水出焉[2]，西北注洛，其中多人魚。有草狀如蘇而赤華，名曰葶薴[3]，可以毒魚。

西二百里曰牝山[4]，其上多文石，下多竹箭、䉋，其獸多㸲牛、羬羊，鳥多赤鷩[5]。

西三百五十里曰讙舉山。雒水出焉，東注玄扈水，其中多馬腸之物[6]。此二山者，洛間者也[7]。

凡釐山之首，自鹿蹄山至扈[8]，凡九山，千六百七十里。其神狀皆人面獸身。其祠之毛用白雞，祈而不糈[9]，出采采之[10]。

---

1 郭注：今在上洛縣南。
劉評：今在河南陝州西南，兩峯相並如熊耳。
2 鹿案：曹本、尤本皆作「濠」，畢、王、郝諸家校改作「豪」。又《御覽》卷42地部引《荊州記》亦作「浮豪」，「浮豪」為允。
3 郭注：耳中盯聹二音。
4 鹿案：尤本作「牡山」。《爾雅疏》引此經作「牝山」，與曹本同。
5 郭注：音蔽；即鷩雉也。
6 鹿案：馬腸，或作馬腹；女媧之腸，或作女媧之腹。劉評「形猛而音細者，類是此物」。
7 郭注：洛水在洛冢嶺山。《河圖》曰「玄扈洛汭」，謂此間也。
鹿案：曹本郭注「洛水在洛冢嶺山」，尤本作「洛水今出上洛縣冢嶺山」。
8 鹿案：尤本作「玄扈之山」，曹本應有脫落。
9 郭注：言宜祈禱。
10 郭注：以衣飾雞。
鹿案：曹本「出采采之」，尤本作「以彩衣之」。劉評「句亦光彩射人」。

圖5-5，中次四經山神，〈神異典〉、汪本。

〈中次五經〉薄山之首曰苟牀山[1]，無草木，多怪石[2]。

東三百里曰首山，其陰多穀、柞，草多苿、芫[3]，其陰[4]多㻬琈之玉，木多槐。陰有谷，曰机谷，中多䭾[5]鳥。其鳥如梟而三目，有耳，其音如錄，食之已蟄[6]。

1 郭注：或作苟林。
鹿案：《文選・江賦》注引此經正作「苟林山」，與尤本、曹本注文同。

2 郭注：怪石似玉，《書》曰「鉛、松、怪石」。

3 郭注：苿，山薊也；芫華，十樂。
鹿案：曹本郭注「十樂」，尤本作「中藥」。
汪紱云：苿，山薊也，有倉朮、白朮二種；芫，芫華也，皆入藥用。

4 鹿案：尤本作「其陽」。

5 郭注：音〇。
鹿案：曹本郭注字音闕漏，尤本作「音如鉗釱之釱」。

6 郭注：未詳。
鹿案：尤本作「已墊」，汪紱云「墊，下濕病。」郝疏「《方言》，墊，下也。下濕之疾。」曹本作「已蟄」。《玉篇》引此作「亡熱」。《類聚》卷5引《神異經》云「北方曾冰萬里，厚百丈，有磎鼠在冰下土中，其形如鼠，食冰草木根，肉重萬斤，可以東三百里曰縣斸[1]山，無草木，多文石。

南三百里曰葱聾山，無草木，多痒石[2]。

東北五百里曰條谷山，其木多槐、桐，其草多芍藥、虋冬[3]。

北十里曰超山，其上多蒼玉，其陽有井，冬有水而夏竭。

東五百里曰成侯山，其木多櫄[4]，其草多芃。

東五百里曰朝歌山，谷多美堊。

東五百里曰槐山，谷多金、錫。

東十里曰歷山[5]，其木多槐，其陽多玉。

東十里曰尸山，多蒼玉，其獸多麖[6]。尸水出焉，注洛，其中多玉。

東十里曰限餘谷，其中多穀、柞，無石。餘水出于其陰，北注河；乳水出其陽，東注洛。

東南十里曰蟲尾山[7]，多礪、赤銅。龍餘水出焉，注于洛。

作脯，食之已熱」。曹本為允。

1 郭注：音〇。
鹿案：曹本缺字，尤本「音如斤斸之斸」。

2 郭注：未詳。

3 郭注：《本草》曰「門冬，一名蒲辛。」
劉評：此山草木皆美。

4 郭注：似樗樹，中車輮。吳人呼櫄香，音輴車。

5 劉評：山東濟南府有歷山，山西平陽府蒲州亦有歷山，乃舜耕之處。

6 郭注：似鹿而中，黑色。
鹿案：尤本郭注作「似鹿而小」。《爾雅》云「麖，大鹿。」《說文》云「牛尾一角，或从京。」

7 鹿案：尤本作「蟲尾之山」。《水經・洛水注》云「洛水又東，會于龍餘之水。水出蟲尾之山，東南流入洛。」陳橋驛《水經注校東北二十里曰外山[1]，其木多穀、柞、棘，其草多藷藇、藼[2]，多寇脫[3]。黃酸水出焉，北注河，其東多琁玉[4]。

東十二里曰陽虛山[5]，多金，臨于玄扈之水[6]。

凡薄山之首，自苟牀山至陽虛山，凡十五山[7]，而二千九百八十二里。外山[8]，冢。其祠祀太牢，嬰吉玉。首山，䰠也，其祠用稌、黑犧、太牢之具、蘖釀[9]，干舞[10]，置鼓[11]；嬰用一璧。尸水，合出天[12]，肥

證》所引明鈔本均作蟲尾之山。可見「蟲尾山」有所據。

1 鹿案：尤本作「升山」。《類聚》卷81引作「天帝之山，其下多蕙。外山之下，其草蕙。」與曹本同。

2 郭注：香草。
鹿案，《說文》云「藼，令人忘憂艸也。」

3 郭注：寇脫草生南方，高丈許，似荷葉而肥，莖中有瓤。

4 郭注：石次玉也；《荀卿子》曰「琁玉，瑤珠不知佩」。

5 郭注：音墟。

6 郭注：《河圖》曰「蒼頡為帝，南巡狩，登陽虛之山，臨于玄扈、洛汭，靈龜負書，丹甲青文以從此水中」。
鹿案：曹本郭注「丹甲青文以從此水中」，尤本作「丹甲青文以授之，出此水中也。」

7 鹿案：尤本作「十六山」，有誤。

8 鹿案：尤本作「升山」。

9 郭注：以蘖作醴酒。

10 郭注：干，盾；万舞。

11 郭注：擊之以舞。

12 郭注：天，神之所憑。
鹿案：尤本作「合天也」。

牡祠之，用一黑犬于上，牲用一雄雞[1]于下，刉一牝羊，獻血[2]。嬰用吉玉，采之[3]，饗之[4]。

〈**中次六經**〉縞山之首曰平逢山，望南伊洛，東穀城中[5]，無草木，無水，多沙石。有神，其狀如人二首，名曰驕虫，是為螫虫[6]，寔惟蜂蜜之廬[7]。其祠：用一雄雞，禳飛而忽殺也[8]。

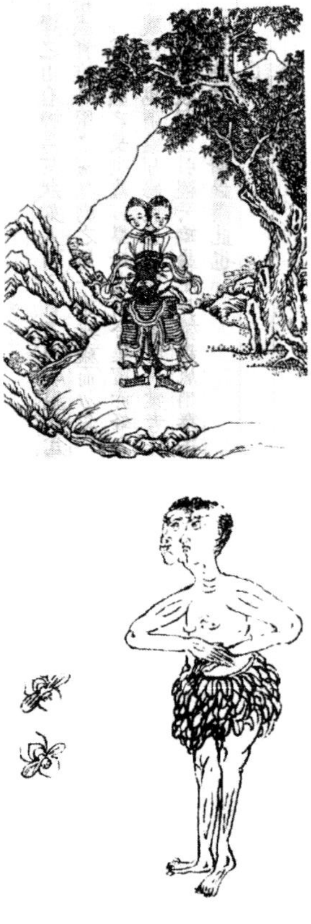
圖5-6，驕蟲神，〈神異典〉、汪本。

1 鹿案：尤本作「雌雞」。

2 郭注：以血祭之；刉，刲也。《周禮》曰「刉衈，奉其犬牲也。」鹿案：鄭注《周禮・秋官・士師》云「刉衈，釁禮之事。用牲，毛者曰刉，羽者曰衈。」

3 郭注：又加錦采之飾。

4 郭注：勸勉之也。《特牲・饋食》曰「執奠祝饗」是也。

5 郭注：在濟北穀城縣西，黃石公石出此山下，留侯取以合葬。

6 郭注：為螫虫之長。

7 郭注：群蜂之所舍集。亦蜂名也。鹿案：《御覽》卷950引經曰「平逢山有神如人，二首，名曰嬌蟲。是盤蟲，實推蜜之廬。」下有郭注「嬌為盤蟲之長。群蜂所舍集。蜜亦蜂名也。」

8 郭注：禳亦祭名，謂禳卻惡氣。汪紱云：禳，祈禱以去災惡，使勿螫人，其雞則放之而不殺也。

西十里曰瘣[1]山，其陰多㻬琈。其西有谷，名曰雚谷，其木多柳、楮。其中有鳥，狀如山雞而長尾，赤如丹火而青喙，名鴒鸚[2]，其鳴自呼，服之不目。交觴之水出于其陽，南注于洛；俞隨之水出于其陰，北注穀水。

西三十里曰瞻諸山，其陽多金、文石。謝[3]水出焉，東南注于洛；少水出其陰，東注穀水。

西三十里曰婁涿山，無草木，多金玉。瞻水出其陽，東注洛；陂水出其陰，北注穀水，其中多茈石、文石。

西四十里曰白石山，惠水出其陽，南注洛，其中多水玉。澗水出其陰[4]，北注穀水，其中多麋石、櫨○[5]。

西五十里曰穀山，上多穀，下多桑。爽水出，其○注穀水，其中多碧。

西七十里，密山[6]，其陽多玉，其陰多鐵。豪水出焉，南注洛，其中多旋龜，其狀鳥首而鼈尾，其音如判木。

西百里曰長石山，無草木，多金玉。其西有谷，名曰共谷，多竹。共水出焉，南注洛，其中多鳴石[7]。

西百二十里曰傅山，無草木，多瑤、碧。猒梁水出其陽，南注洛，其中多人魚。其西有林，名曰播冢[8]。

---

1 郭注：音瑰。
2 郭注：鈴要二音。
3 郭注：音謝。
4 郭注：《書》曰「伊、洛、瀍、澗」。
5 郭注：未詳。
鹿案：尤本作「麋石櫨丹」。郝疏以為「麋石或是畫眉石，眉、麋古字通也。櫨丹疑即黑丹，櫨、盧通也。」
6 郭注：今滎陽、密陽亦有密山。疑此非。
7 郭注：晉永康元年，襄陽郡有鳴石，似玉，色青，擊之，聲聞七八里。今零陸、泉陵縣永正鄉有鳴石二所，其一狀似鼓，俗因名曰石鼓，即此類也。
劉評：歸德亦有鼓山，如鼓鳴則起兵
8 郭注：音番。

穀水出焉，東注洛[1]，其中多珚玉[2]。

西五十里曰橐山，其木多樠木[3]，其陽多金玉，陰多鐵、多蒿。橐水出焉，北注河。其中多脩辟之魚，狀如黽[4]而白喙，其音如鴟，食之已白癬。

西九十里曰常烝山，無草木，多堊。潐水出焉[5]，東注河，其中多蒼玉。

西九十里曰夸父山，其木多椶枏，多箭，其獸多㸲牛、羬羊，其鳥赤鷩，其陽多玉，陰多鐵。其北有材，名曰桃林，廣員三百里，其中多馬[6]。湖水出焉，北注河，其中多珚玉。

西九十里曰陽華山，其陽多金，陰多青雄黃，其草多藷藇，多若華[7]，狀如楸，其實如楸爪，甘酸，食之已瘧。楊水出焉，西南注于洛，其中多人魚。門水出焉，東北注河，其中多玄䃌[8]。緒姑水出其陰，東注門水至于河，七百九十里雒水。

1 郭注：今穀水出穀陽，東北至谷城縣入河洛。
2 郭注：未詳；珚音暗。
鹿案：尤本作「瑂玉」。《廣韻》「珚，玉名。」《玉篇》卷七「珚，齊玉也。」
3 郭注：今蜀中有俻木，七八月中吐穗，穗成，如有鹽粉著狀，可以酢羹；音備。
鹿案：曹本郭注「俻木」，尤本作「樠木」。「酢美」，尤本作「酢羹」。劉評「構木可以酢羹，蔞葉可以作醬，皆天生奇品。」《御覽》卷961引作「樠樹生蜀中，七八月吐穗，成，有鹽梅粉，可以酢羹。」曹本「羹」誤為「美」。
4 郭注：蛙屬。
5 郭注：音譙。
6 郭注：桃林，今弘農湖縣閿鄉南谷中是；饒山羊、山牛。
劉評：今閿鄉下有桃林，武王放牛於桃林之野即此。
7 鹿案：尤本作「苦莘」，曹本作「若華」。《御覽》卷743引作「陽華山多若華，華實如芃，味酸甘，食之已瘧」。曹本為允。
8 郭注：黑砥石，生水中也。
鹿案：「玄䃌」，尤本作「玄礵」。「䃌」，見〈西山經〉之首「洗石」。郭注「澡洗可以䃌體去垢。」尤本似更為允當。

凡縞牂之首，自平逢山至陽華山，凡十四山，七百九十里。嶽在中，以六月祭之，如諸嶽之祠法，則天下安寧。

〈中次七經〉苦山之首曰休與山。其上有石，曰帝臺之棋[1]，五色而文，狀如鶉卵，帝臺之石，所以禱百神[2]，服之不蠱。有草，狀如蓍而赤葉本生[3]，名曰夙條，可以為幹[4]。

東三百里曰鼓鍾山。帝臺，所以觴百神也[5]。有草，方莖黃華，員葉而三成[6]，名曰烏酸[7]，可以為毒[8]。其上多礪，下多砥。

東三百里曰姑媱山[9]，帝女死焉，其名曰女尸，化為䔄草，胥成[10]，其華黃，其實如菟絲[11]，服之媚於人[12]。

1 郭注：帝臺，神人名；棋謂博棊。
2 郭注：禱祠百神，則用此石。
3 郭注：叢生也。
4 郭注：中箭笴者也。
劉評：騷雅。
5 郭注：舉觴燕會，則於此山，因名為鼓鍾。
6 郭注：葉三重。
7 鹿案：尤本作「焉酸」。《御覽》卷42、藏經本皆作「烏酸」。曹本同。
8 郭注：為，治。
9 郭注：音瑤，或无山字。
10 郭注：言葉相重，音瑤。
11 郭注：兎絲，見《廣雅》。
12 郭注：為人所愛。《傳》曰「人服媚之」。一名荒夫草也。
劉評：冉冉香生。

東二十里曰苦山。有獸焉，名山膏，狀如遂[1]，赤若丹火，善詈[2]。其上有木曰黃棘，黃華而員葉，其實如蘭，服之不字[3]。有草，員葉無莖，赤華不實，名曰無條，服者不癭。

東二十七里曰堵山，神天愚居之，多怪風雨。上有木，名曰天楄[4]，方莖而服狀，服者不哽[5]。

東五十里曰放皋山[6]。明水出焉，南注伊，其中多蒼玉。有木，其葉如槐，黃華而不實，其名曰蒙木，

圖5-7，文文圖，〈禽蟲典〉、汪本。

1 郭注：即豚字也。

2 鹿案：尤本作「逐」。曹本作「遂」，王念孫也校作「遂」，同「豚」。《御覽》卷466引經「山膏，其狀如豚，赤若丹火，善詈。」正作如豚，善詈。

3 郭注：字，生。《易》曰：「女子貞，不字。」

4 郭注：音鞭。

5 郭注：不噎。

6 郭注：或作効。

服之不惑。有獸，狀如蜂，枝尾而反舌，善呼[1]，名曰文。[2]

東五十七里曰大苦山[3]，多㻬琈玉，多麋玉[4]。有草，其葉如榆，方莖而蒼傷，名曰牛傷[5]，其根蒼文，食之不瘚[6]，可以禦兵。其陽狂水出焉，西南注伊水，中多三足龜[7]，食者無大疾，可以已腫。

東七十里曰半石山，其上有草，生而秀，高丈餘，赤華不實[8]，名曰嘉榮，服之不霆[9]。來需[10]水出其陽，西流注伊，其中多鯩魚[11]，黑文，狀如鮒，食者不腫[12]。合水出其陰，北注洛，多鰧[13]魚，狀如鱖，居逵[14]，食者癰，可以瘻[15]。

---

1 郭注：好呼叫。
2 劉評：刻劃精工。
3 鹿案：尤本作「大砦」。《御覽》卷931作「大苦山」，曹本同。
4 郭注：未詳。
郝疏：「麋，疑瑂之假借字也。《說文》云『瑂，石之似玉者，讀若眉。』」
5 郭注：如曰朱棘。
6 郭注：瘚，逆氣病。
7 郭注：今吳陽羨縣有君山，山上有池，水中有三足六眼龜、鱉。《爾雅》曰：「龜三足者曰賁」。
8 郭注：初生先作穗，卻著葉，花生穗中。
9 郭注：不畏雷霆。
鹿案：《御覽》卷42引作「半石山，其上有草，生而秀，高大，葉與花皆赤而不實，其名嘉榮，服者不遷喜怒，在緱氏南十五里。」
10 郭注：音須。
11 郭注：音倫。
12 鹿案：「不腫」，尤本作「不睡」，曹本為允。李善注郭璞〈江賦〉引此經作「食之不腫」。《御覽》卷939亦作「食者不腫」。
13 郭注：音滕。
14 郭注：鱖魚，大口目細，而鱗有班采。逵，水中穴道交通。鱖音劌。
鹿案：《初學記》卷30〈鱗介部〉引作「鱖魚大口而細鱗，有班采」。尤本作「（居逵）蒼文赤尾……」，曹本無。
15 郭注：瘻，○屬，中有虫。《淮南子》曰「雞頭已瘻。」音漏。

東五十里曰少室山[1]，百草木成囷[2]。其上有木，名曰帝休，葉如楊，其枝五衢[3]，黃華黑實，服者不怒。其上多玉[4]，其下多鐵。休水出焉，北注洛，其中多鯑魚，狀如盩蜼[5]而長距[6]，足白而對具[7]，食者無蠱疾，可以禦兵。

東三十里曰泰室山[8]，其上有木，葉如棃而赤理，名曰栯木[9]，服者不妬。有草，狀如茺[10]，白華黑實，澤如蘡薁[11]，其草名䔄，服之不眯[12]。上多美石[13]。

鹿案：「食者癰」，尤本作「食者不癰」，曹本脫「不」字。曹本郭注有脫漏，尤本作「瘻，癰屬也。」

1 郭注：今在河南陽城縣西，俗名泰室。
劉評：少室在河南懷慶府登封縣，嵩山乃中嶽也。東曰泰室，西曰少室，有三花。

2 郭注：未詳。
鹿案：尤本作「囷」。郝疏「言草木屯聚如倉囷之形也」。

3 郭注：言枝葉交錯，相重五出，有象衢路。《楚詞》曰「靡苹九衢」。

4 郭注：此山頂亦有白玉膏，服之即仙道，士不得上。《詩含神霧》云。
鹿案：曹本郭注「士不得上」，尤本作「世人不能上也」。

5 郭注：未詳。盩音輈。

6 鹿案：汪紱以「盩」為青黑色，「蜼」為蛙，此魚如青綠色之蛙而長距也。距，《說文》「雞距也。」段注「鳥距如人與獸之叉」。

7 郭注：未詳。
鹿案：尤本作「足白而對」。郝疏「對，蓋謂足趾相向也」。

8 郭注：即中岳嵩高山，今在陽城縣西。

9 郭注：音郁。

10 郭注：茺似薊。

11 郭注：言子滑澤。

12 鹿案：尤本作「服之不昧」，《御覽》卷39也引作「服者不昧」。考索全書，「不昧」僅出現一次，「不眯」出現四次，〈西山經〉的冉遺魚與〈中山經〉的「植楮」、「蠪蚔」、「鴒鸚」，皆有「食之不眯」的功效。

13 郭注：次石者，啟母化為石，在此山。見《淮南子》。

北三十里曰講山，其多玉、多柘、多柏。有木，名帝屋，葉狀如椒，反傷[1]，赤實，可以禦凶。

北三十里曰嬰梁山，上多蒼玉，錞于玄石[2]。

東三十里曰浮戲山，有木，葉如樗而赤實，名曰亢木，食之不蠱[3]。巳水[4]出焉，北注河。其東有谷，名曰蛇谷[5]，上多少辛[6]。

東四十里曰少陘山，有草，名䔄草[7]，葉狀如葵而赤莖白華，實如蘡薁，食之不愚[8]。器難之水出焉[9]，北注于役[10]。

圖5-8，鯑魚，汪本。

鹿案：曹本郭注「次石者」，尤本作「次玉者也」。

1 郭注：反傷，刺下勾也。

2 郭注：言蒼玉依黑石而生。或曰錞于，樂器名，形似椎頭。

3 鹿案：尤本作「食者不蠱」。

4 鹿案：尤本作「汜水」。

5 郭注：此谷中出蛇，因名之。

6 郭注：細辛。

7 郭注：音剛。

8 郭注：言益人智。
劉評：益人神智在損忘憂之上。
王崇慶曰：䔄草食之不愚，要未可知。今醫家以遠志、菖蒲通氣去健忘，理或有之。

9 郭注：亦作嚚。

10 尤本作「北流注于役水」，王念孫校作「沒水」。

東南十里曰泰山[1]，有草曰棃，其葉如萩[2]而赤華，可以為疽[3]。太水出其陽，其東南注于役[4]。承水出其陰，東北注于役。

東二十五里曰末山，多金。木水出焉，北注役。

東二十五里曰役山，多白金、多鐵。役水出焉，北注于河。

東三十里曰敏山，有木，狀如荊，赤華而白實[5]，名曰薊柏，服者不寒[6]。其陽多㻗琈之玉。

東三十里曰大騩[7]，其陰多鐵、美堊[8]。有草，狀如蓍而毛，青華白實，名曰蒗[9]，服之不夭[10]，可以為腹疾。

凡苦山之首，自休與山至于大騩山，凡十九山，千一百八十里，其十六神者，皆豕身而人面。其祠，毛

---

1 郭注：別有東小泰山，在朱盧縣，汶水所出，疑此非。
鹿案：「朱盧」，尤本作「朱虛」。朱虛在山東，朱盧在珠崖。郝疏引《地理志》云「瑯琊郡朱虛，東泰山，汶水所出。」

2 郭注：亦蒿也，音秋。

3 鹿案：《御覽》卷998引此經作「泰山有草焉，名曰藜，如荻，可以為疽。」尤本作「太山」。

4 鹿案：尤本作「沒水」，郝本作「役水」，曹本作「役水」，或為俗寫，曹本常有將「彳」部作「人」部情況。

5 鹿案：尤本作「白華而赤實」。

6 郭注：令人耐寒。

7 郭注：今滎陽密縣有騩山。鬼國，濟水所出。音歸。
鹿案：尤本郭注作「……有大騩山，騩因溝水所出，音歸」。

8 郝疏：劉昭注《郡國志》引此經作「多美堊」。

9 郭注：音很。
鹿案：蒗字，尤本作「𦽃」，王本、郝本皆作「蒗」。《玉篇》云「蒗，胡懇切，草名，似蓍，花青白。」

10 郭注：言壽也。或作芺。
劉評：柳州有不死草如茅，食之令人多壽。即蒗類也。
郝疏：芺即夭，古今字爾。

牲用一羊羞[1]，嬰用一藻玉瘞[2]。苦山、少室、太室皆冢也，其祠之，太牢之具，嬰以吉玉。其神狀皆人面而三手，其餘屬皆豕身人面。[3]

〈中次八經〉荊山之首曰景山[4]，其上多金玉，其木多杼、檀[5]。雎水出焉[6]，東南注江[7]，其中多丹粟，文魚[8]。

東北百里曰荊山[9]，其陰多鐵，其陽多赤金，其中多犛牛[10]，多豹，多虎，其木多松柏，其草多竹，多橘、柚[11]。漳水出焉，東南注雎[12]，其中多黃金，鮫魚[13]。其獸多閭、麋[14]。

---

1 郭注：言以羊為薦羞。
2 郭注：玉有五采者也。或曰，盛玉。藻，藉。
3 鹿案：「三手」，尤本作「三首」。劉評：風姿絕世。
4 郭注：今在南郡界中。
5 郭注：杼柞。
6 郭注：音苴。
7 郭注：今雎水出新城昌魏縣東發阿山，東南至南郡枝江入江。
8 郭注：有斑采。
9 郭注：今在新城沶鄉縣南也。
10 郭注：旄牛，黑色，出西南激水；音貍，一音來。
11 郭注：柚似橘而大，皮厚，味醋。
鹿案：柚，尤本作「櫾」，郭注作「味酸」。
12 郭注：出荊山，至南郡陽當縣入沮水。
13 郭注：鮫，鯌類。皮有珠文而尾長三四尺，末有毒，螫人。皮可飾弓釰口，錯治材角，今臨〇郡亦有此。
14 郭注：似鹿而大。
鹿案：「麋」，王念孫與郝懿行並校作「麈」。郝疏以為，張揖注《上林賦》云「麈，似鹿而大。」《埤雅》亦云「麈似鹿而東北百五十里曰驕山，其上多玉，其下多青雘，其木多松柏，多桃枝、鉤端。神蟲圍處之[1]，狀如人面，羊角虎爪，常游於雎、漳之淵[2]，出入有光。

東北百二十里曰女几山[3]，其上多玉，其下多黃金，其獸多豹、虎，多閭、麋、麐[4]，其鳥多白鷮[5]，多翟，多鴆[6]。

東北二百里曰直諸山，其上多金玉，其下多青雘。淹水出焉[7]，南注漳[8]，其中多白玉。

東北二百五十里曰論山[9]，其木多梓、枏，多桃、柤、栗、橘、柚[10]，其獸多閭、麈、麢、㚟[11]。

大。」並與郭注合。

1 郭注：音鼉。

2 郭注：淵，水之府。

3 劉評：神女上升遺几處也。

4 郭注：麐似獐而大，穠毛，豹腳；音几。
鹿案：《御覽》卷906「麂」引作「女几之山有獸，多麕。」《廣注》引《爾雅》「麂，大麕，旄尾狗足。」《字說》曰「山中有虎，麂必鳴以告，其聲几几然，故名。」

5 郭注：鷮雉似雞，長尾，走且鳴。音〇。

6 郭注：大如鵰，紫綠色，長頸赤喙，食蛇頭；雄名運日，雌名陰諧。
郝疏：《說文》云「鴆，毒鳥也。」體有毒，古人謂之鴆毒。

7 郭注：音詭。

8 郭注：今淹水出南郡東淹山，至華容縣入江。

9 郭注：音倫。

10 郭注：柤似梨而澁酢。
鹿案：尤本作「多桃枝，多柤栗橘柚」；郭注「澁酢」，尤本作「酢澀」。

11 郭注：㚟似兔而鹿腳，青色，音赤略反。

東北百里曰陸鄃山[1]，其上多㻬琈之玉，其木多杻、橿。

東百里曰光山，其上多碧，其下多木。神計蒙處之，其狀人身而龍首，恒游于漳淵，出入必用飄風暴雨。[2]

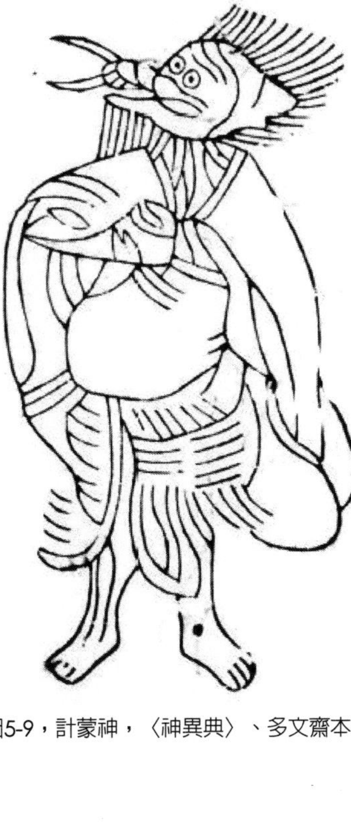

圖5-9，計蒙神，〈神異典〉、多文齋本。

1　郭注：音詭。

2　劉評：其神龍首，所以風雨隨。

東百五十里曰岐山，其陽多赤金，其陰多白瑉[1]，其上多金玉，其下多青雘，其木多樗。神涉鼉處[2]，其狀人身而方面，三足。

東百三十里曰銅山，其上多金銀鐵[3]，其木多穀柞柤栗橘柚，其獸多豹。

東北百里曰美山，其上多兕牛，多閭、麋，豕、鹿，其上多金，下多青雘。東百里，曰大堯山，其木多松、柏、梓、桑、机，其草多竹，其獸多豹、虎、麢、㚟。

東北三百里曰靈山，其上多金玉，下多青雘，其木多桃、李、梅、杏。

東七百里曰龍山，多寓木[4]，其上多碧，下多赤錫，草多桃枝、鉤端。

東南五十里曰衡山，多寓木、穀、柞，多黃堊、白堊。

南七十里曰石山，其下多青雘，寓木。

南百二十里曰若山，其上多㻬琈之玉，多頳[5]，多邦石[6]，多寓木，多柘。

圖5-10，涉𧑒神，〈神異典〉。

1 郭注：石似玉者也。
2 鹿案：曹本「神涉鼉處」，尤本作「神涉𧑒處之」。
3 郝疏：銅山，蓋以所產三物得名。
4 郭注：寄生也，一名宛童。見《爾雅》。
5 郭注：赤土。
鹿案：「頳」，尤本作「赭」，較合郭注，曹本或誤寫。
6 郭注：未詳。

東南百二十里曰𥟍山，多美石，多柘。

西百五十里曰玉山，其上多金玉，下多碧鐵，其木多柏。

東南七十里曰讙山，其木多檀，多邦石、白錫。郁水出其上，潛于其下，其中多砥礪。

東北百五十里曰仁舉山，其木多穀柞，其陽多赤金，陰多赭。

東五十里曰師每山，其陽多砥、礪，陰多青雘，其木多柘、檀，其草多竹。

東南二百里曰琴鼓山，其木多穀、柞、椒[1]、椐[2]，其上多白珉，其下多洗石，其獸多豕、鹿、白犀，其鳥多鴆。

凡荊山之首，自景山至琴鼓山，凡二十三山，二千八百九十里。其神狀皆鳥身人面。其祠，用一雄雞祈、瘞[3]，用一藻圭，糈用稌。驕山，冢也，其祠，羞酒，祠毛，少牢祈，瘞，嬰毛一璧。

〈中次九經〉岷山之首曰女几山，其上多石涅，其木多杻、橿，其草多菊、苿。洛水出焉，東注〇〇[4]，其中多雄黃[5]，獸多虎、豹。

---

1 鹿案：尤本作「邽石」，下文讙山中的曹本的「邦石」，尤本也作「邽石」。邽、邦似常混用，非曹本訛誤。
郭注：椒為樹小而叢生，下有草木則蠹死。

2 尤本作「柘」。

3 郭注：禱請以埋之也。

4 鹿案：尤本作「東注于江」。

5 郭注：出水中。

東北三百里曰岷山，江水出焉[1]，東北注于海[2]，其中多良龜，多鼉[3]。其上多金玉，下多白珉，其木多梅、棠，其獸多犀、象、夔牛[4]，其鳥多翰、鷩[5]。

東北百里曰崍山，江水出焉[6]，東注大江。其陽多黃金，其陰多麋、麈，其木多檀、柘，其草多薤、韭，多葯[7]、空奪[8]。

1 郭注：岷山今在汶山郡廣陽縣西，大江所出。
劉評：岷山今四川茂州，即隴山之南。

2 郭注：至廣陵而入海。

3 郭注：似蜥蜴，大者長二丈，有鱗，皮可為鼓。

4 郭注：今蜀中有大牛，重數千斤，名曰夔牛。晉大興元年，此牛出上庸郡，人以弩射之，得肉三十擔，即《爾雅》槐牛也。
鹿案：曹本郭注「三十擔」，尤本作「三十八擔」，「槐牛也」，尤本僅作「魏」。「魏」異體字可寫作「䅶」，曹本「槐」近似之。郝疏云「今本《爾雅》作『犩』」。

5 郭注：白翰、赤鷩。

6 郭注：邛來山，今在漢嘉嚴道縣南，中江所出，山有九折坂，出狛，似熊而黑白駮，食銅鐵。
鹿案：《御覽》卷44引作「崍山，江水出焉。其陽多黃金，其陰多麋，其木多檀柘也。」有郭注「今在漢嚴道縣南，中江所出有九折坂，出貘，似熊。」白居易曾有〈貘屏贊并序〉：「貘者，象鼻、犀目、牛尾、虎足，生南方山谷中。寢其皮，辟溫；圖其形，辟邪。予舊病頭風，每寢息，常以小屏衛其首。適遇畫工，偶令寫之。按《山海經》，此獸食鐵與銅，不食他物。因有所感，遂為贊曰：邈哉奇獸！生於南國。其名曰貘，非鐵不食……」《永樂大典》有貘圖，胡文煥《新刻山海經圖》、晚明建陽日用類書〈諸夷門〉亦有之。尤本無貘獸，郭注所言狛獸，有如貘，能食銅鐵。圖5-11。

7 郭注：即囂。

8 郭注：即寇脫。

圖5-11，貘圖，《永樂大典》、《妙錦萬寶全書》。

東百五十里，曰岷山[1]，江水出焉，東注大中江，其中多怪蛇[2]，多鰲魚[3]，其木多楢、杻[4]，多梅、梓，其獸多夔牛、麢、㚟、犀、兕。有鳥，狀如雞[5]而赤身白首，其名曰竊脂[6]，可以禦火。

東三百里曰高梁山，其上多堊，下多礪、砥，其木多桃枝、鉤端。其草狀如葵而赤華，美實[7]白柎，可以走馬。

東四百里曰蛇山，其上多黃金，下多堊，其木多栒、預樟，其木[8]多嘉榮、少辛。有獸，狀如〇[9]而白尾，長耳，名曰狏狼[10]，見則其國有兵。

東五百里，曰鬲山，其陽多金，陰多白珉。蒲鸛[11]之水出焉，東注江，其中多白玉。其獸多犀、象、熊、羆，多猨、蜼[12]。

東北三百里曰隅陽山，其上多金玉，下多青雘，其木多梓、桑。武徐之水出焉，東注江，其中多丹粟。

---

1 郭注：音居。
2 郭注：今永昌郡有鉤蛇，長數丈，尾岐。在水中，鉤斷岸上人、牛、馬，啖之。蓋此類也。
3 郭注：音至；未詳。
4 郭注：楢，剛木，中車材。音啾。
5 鹿案：尤本作「狀如鴞」。《御覽》卷44與卷869引此經也作「狀如鴞」。
6 郭注：今呼小青雀曲觜肉食者為竊脂，疑此非也。
郝疏：與《爾雅》竊脂同名異物。
7 鹿案：曹本「美實」，尤本作「莢實」。
8 鹿案：曹本「其木」，尤本作「其草」。
9 鹿案：曹本缺字，尤本作「其狀如狐」。
10 郭注：音蛇。
11 郭注：音弟。
12 郭注：蜼似猴而鼻露上向，尾長四五尺，頭有岐，蒼色。雨則自懸於樹，以尾塞鼻，或以兩指也。

東二百五十里曰岐山[1]，其上多白金，下多鐵，其木多梅[2]、梓、杻、楢。咸水出焉，東南注江。

東三百里曰勾檷[3]，其上多玉，下多金，其木多櫟、柘，其草多芍藥。

東百五十里曰風雨山，其上多白金，下多白石涅，其木多椒、樿[4]，多楊。宣余之水出焉，東注江，其中多蛇。其獸多閭、麈、豹、虎，其鳥多白鷸。

東北百里曰玉山，其陽多銅金，陰多赤金，其木多豫章、梓、楢、杻，其獸多豕、鹿、麢、㚖，其鳥多鴆。

東百五十里曰熊山。有穴焉，曰熊穴，恒出神人。夏啟而冬閉；是穴，東[5]啟則必有兵[6]。其上多白玉，下多白金，其木多樗、柳，其草多寇脫。

東百四十里曰醜山[7]，其陰多美金，其陰多鐵，其木多荊桃、芑[8]。

東二百里曰葛山，其上多赤金，下多瑊石[9]，其木多柤、栗[10]、橘、柚、楢、杻，其獸多麢、㚖，其草

1 郭注：今在扶風美陽縣西。
劉評：《禹貢》治梁及岐。
2 郭注：梅一作蘛，音編。
3 郭注：音絡柅。
4 郭注：椒木，未詳。樿木，白理，中櫛。騶、善兩音。
5 鹿案：曹本「東啟」，尤本作「冬啟」，參照前文「夏啟」，應以尤本為是。
6 郭注：今鄴西北有鼓山，上有石鼓象懸著山旁，鳴則有軍，與此穴殊象而同應。
劉評：物反其恆，則為變異。
7 尤本作騩山。
8 鹿案：芑，尤本作「芭」。郝疏：芭蓋芑字之譌，芑又杞之假借字也。《南次二經》云：「虖勺之山，其下多荊杞。」《中次十一經》云：「歷石之山，其木多荊芑。」「荊芑」連文為是。
9 郭注：瑊石似玉。
10 鹿案：栗，曹本作「粟」，疑訛誤，據尤本改。《御覽》卷964引作：南山，其上多栗。葛山、銅山，其木多栗。

多嘉榮。

東百七十里曰賈超山，其陽多黃堊，其陰多美赭，其木多柤、栗、橘、柚，其中多龍脩[1]。

凡岷山之首，自女几山至賈超山，凡十六山，三千五百里。其神狀皆馬身而龍首。其祠，毛用雄雞瘞，糈用稌。文山、勾檷、風雨、醜之山[2]，是皆冢也，其祠之，羞酒也[3]，祠，少牢具，嬰毛一吉玉。熊○[4]，帝，其祠羞酒，祠[5]用[6]太牢具，嬰毛五璧。干舞，用兵以禳[7]祈，繆絻舞[8]。

〈中次十經〉首陽山之首曰首山[9]，多金，無草木。

西五十里曰虎尾山，多椒、椐、封石，其陽多赤金，陰多鐵。

西南十里曰繁繢山，其木多楢、杻，其草多枝、句[10]。

---

1 郭注：龍鬚也，似莞而細，生山石空穴中，莖倒垂，可以為席也。

2 尤本作「騩之山」。

3 郭注：先進酒以酹神。

4 鹿案：曹本「熊○」遭蛀蝕，尤本作「熊山」。

5 郭注：帝者，神之所憑也。

6 鹿案：曹本「帝也」，尤本作「席也」；曹本「其祠饈酒，祠用太牢具」，尤本作「其祠饈席，大牢具」。

7 鹿案：尤本作「一璧」。劉思亮以為，熊山為楚族龍興之地，祀禮尤隆，他山皆以一璧為祀，此以五璧，方顯其禮之隆。

郭注：禳，祓除之祭名。舞者持酒肴武舞。

鹿案：曹本「禳祈」，尤本作「禳祓」，尤本或混淆經文與郭注，應從曹本。曹本郭注「舞者持酒餚武舞」，尤本作「儛者持盾武儛也」，應以尤本為允。

8 郭注：祈求福也。祭用玉，舞者冕服也。美玉曰璆。

鹿案：尤本作「璆冕」，曹本作「繆」，似誤，「絻」同「冕」。汪紱云「求福祥則祭用璆玉，舞者用冕服以舞也。」

9 劉評：首陽山有二，一屬山西蒲州，一屬河南偃師縣。

10 郭注：今山中有此草。

西南二十里曰勇石山，無木，多草，多白金。

西二十里曰復州山，其木多檀[1]，其名曰跂踵，見則其國大疫[2]。

西三十里曰堵山[3]，多寓木、椒、椐、柘、堊。

西二十里曰史原山[4]，其陽多青雘，陰多鐵，其鳥多鸛鵒[5]。

西七十里曰丙山，其木多梓、檀，多弞、杻[6]。

凡首陽山之首，自首山[7]至丙山，凡九山，二百六十七里。其神狀皆龍身人面。[8]其祠之，毛一雄雞瘞，糈用五種之糈。堵山，冢也，其祠之，少牢之具，羞酒祠，嬰毛一璧瘞。醜山[9]，帝也，其祠，羞酒祠，太牢具，合巫、祝二人舞，嬰一璧。

汪紱云「枝句，蓋桃枝、句端也。」

1 鹿案：「其木多檀」下曹本疑脫，尤本作「其木多檀，其陽多黃金。有鳥，狀如鴞而一足，彘尾。」《御覽》卷742作「復州之山有企踵之鳥，如鴞一足，彘毛，見則其國中大疫」。

2 郭注：跂踵為鳥，一足似夔。不為樂與，反以悲來。

3 尤本作「楮山」。

4 尤本作「又原之山」。

5 郭注：鴝鵒也。音懽。
鹿案：尤本猶有此後尚有「西五十里，曰涿山，其木多穀、柞、杻，其陽多㻬琈之玉」，曹本缺。

6 郭注：弞，未詳。
郝疏：《方言》云「弞，長也。東齊曰弞。」郭注云「弞，古矧字。」然則弞杻，長杻也。杻為木多曲少直，見陸璣《詩疏》。此杻獨長，故著之。俟考。

7 郝疏：首山即首陽山。

8 劉評：婀娜可愛。

9 尤本作「騩山」。

〈中次一十一山經〉[1]

荊山之首曰翼望山。湍水，東注于淯[2]。貺水出焉[3]，東南注漢，其中多蛟[4]。其上多松、柏，下多漆、梓，其陽多赤金，陰多瑉。

東北百五十里曰朝歌山。潕水出焉[5]，東南注滎，其中多人魚。其上多梓、柟，其獸多麢、麋。有草曰莽草，可以毒魚[6]。

東南二百里曰帝囷山[7]，其陽多㻬琈之玉，陰多鐵。帝囷之水出于上，潛于下，多鳴蛇。

東南五十里曰視山，其上多韭。有井焉名曰天井，夏有水而冬竭。其上多桑，多美堊、金、玉。

東南二百里曰前山，其木多韮[8]，多柏，其陽多金，陰多赭。

東南三百里曰豐山。有獸焉，狀如蝯，赤目、赤喙、黃身，其名曰雍和，見則其國有大恐。神耕父處之，

---

1 鹿案：尤本、曹本都作「中次一十一山經」，山字疑衍。

2 郭注：今湍水經南陽穰縣而入淯水。

3 郭注：音況。

4 郭注：似蛇而四腳，小頭細頸，頸有白嬰，大十數圍，卵如一二石甕。能吞人。
鹿案：曹本郭注「白嬰」，尤本作「白癭」。《類聚》卷96引此注作「蛟似龍蛇而小頭細頸，頸有白嬰，大者數十圍，卵生子，如三斛甕，能吞人。」《御覽》卷930引作「蛟，似蛇而四腳，小頭細頸，有白嬰。大者十數圍，卵生子，如一二斛甕。能吞人。」劉評：蛟之老者為蜄。

5 郭注：潕水今在南陽舞陰縣，音武。

6 郭注：今用殺魚。

7 郭注：去倫反。
郝疏：囷，《廣韻》作箘。

8 郭注：似柞，子可食。冬夏生，作屋難腐。音諸。
鹿案：曹本「韮」，尤本作「櫧」。《御覽》卷961引經作「前山，其木多韮。似柞，子可食。冬夏恒青，作柱難腐。」注文兩者也一致，曹本作「韮」為允。「生」、「青」義同。

常游清泠之淵，出入有光[1]，見則其國為敗。有九鐘焉，是和霜鳴[2]。其上多金，下多穀、柞、杻、橿。

東北八百里曰兔牀山[3]，其陽多鐵，其木多藷萸[4]，其草多雞穀[5]，其本如雞卵，其味酸，食者利於人。

東六十里曰皮山，多堊、赭，其木多松、柏。

東六十里曰瑤碧山，其木多梓、枏，其陰多青雘，陽多白金。有鳥狀如雞，常食蜚，名曰鴆[6]。

東四十里曰支離山，清水出焉，南注漢[7]。有鳥名嬰夕，狀如鵲，赤目、赤喙、白身，其尾若勺[8]，其鳴自呼。多㸲牛、羬羊。

1 郭注：清泠水在西槮縣山上，神來時水赤有光。今在屋祠。
2 郭注：霜降則鐘鳴，是言和也。物有自然感應而不可為。
鹿案：尤本作「知霜鳴」。《北堂書鈔》卷108、宋本《初學記》卷2引此經及郭注皆作「和」，同曹本。清古香齋本《初學記》所引則同尤本，與曹本不類。《御覽》卷14引作「豐山有九鐘，霜降其鐘即鳴」。劉評：東風至而酒溢，蠶聽絲而絃絕，揔是類應。
3 鹿案；尤本作「兔牀之山」。
4 鹿案：郝疏云「木藷萸，未聞其狀。」然汪紱云「藷萸非木也，此疑當是櫧芧，芧，小栗也。」
5 鹿案：郝疏引《廣雅》曰「雞狗獳，哺公也」，即現在一般人熟悉的蒲公英。《唐本草》云「一名耩耨草」。郝懿行認為「耩耨」、「狗獳」聲相近，「穀」字古有「構」音，「構」、「狗」之聲又相近。
6 郭注：蜚，負盤也。此更一種鳥，非食蛇者鴆。
劉評：蜚最毒，行水則竭，行草則死，此鳥又食之，其毒甚矣。
7 郭注：今清水出酈縣西北中，南入漢，離與酈同。
8 郭注：似酒勺形。
郝疏：鵲尾似勺，故後世作鵲尾勺，本此。

東北五十里曰袟苘[1]山，其上多松、柏、机、桓[2]。

西北三百里曰薰裹山[3]，其上多松、柏，多美梓，其陰多青臒，多金，其獸多豹、虎。有鳥狀如鵲，青身白喙，白尾白目，名曰青耕，可以禦疫，其鳴自叫。

東南三十里，曰依軲山[4]，其木多杻、橿，多柤[5]。有獸狀如虎，爪有甲，名曰獜[6]，善駚坌[7]，食者不風[8]。

---

1 郭注：音彫。
尤本作「袟筒」。

2 郭注：葉似柳，皮黃白不〇。子似楝，著酒中飲之，辟惡氣。浣衣去垢，核堅正可以間香。一名捨樓。
鹿案：曹本郭注「皮黃白不〇」，尤本作「皮黃不措」；「核堅正，可以間香」，尤本作「核堅正黑，可以閒香纓」。曹本「捨樓」，尤本作「栝樓」，曹本錯落訛誤。

3 郭注：一作裹。
尤本作「堇理之山」。

4 郭注：音祜。

5 郭注：未詳；音葅。
鹿案：尤本作「苴」。郝疏：經內皆云其木多苴，疑苴即柤之假借字也；柤之借為苴，亦如杞之借為芑矣。

6 郭注：言體有鱗甲，音忝。
鹿案：曹本「狀如虎，爪有甲」，尤本作「狀如犬，虎爪有甲」。宋釋贊寧編《東坡先生物類相感志》卷10引獜獸作「狀如虎，爪有甲。」與曹本同。

7 郭注：跳躍自撲也；鞅奪二音。
鹿案：曹本郭注「鞅奪」，尤本作「鞅奮」，應以尤本為允。郝疏以為「駚坌」二字，當為「鞅掌」，即奮迅之意。劉評「新想。」

8 郭注：不畏天風。
汪紱云：或云無風疾也。

東南三十五里，〇〇山[1]，多美玉、玄豹[2]，多閭、麈，多麢、㚖。其陽多珉，其陰多青雘。

東南四十里曰雞山，其上多美梓，多桑，其草多韭。

東南五十里曰高前山[3]。上有水，甚寒而潛[4]，曰帝臺之漿[5]，飲者不心痛。其上有金，其下有赭。

東南三十五里曰游戲山，多穀，多玉，多封石。

東南二十里曰從山，其上多松柏，下多竹。從水出其上，潛其中，多三足鱉[6]，食之無蠱疾。

東南三十里曰嬰硜山[7]，其上多松柏，其下多梓、橦[8]。

東南三十里曰旱山，帝此水出焉[9]，東北注于視，其中多水玉，多蛟，其上多瑘琈玉。

東南二十里曰樂馬山，有獸，狀如彙，赤如丹火，其名曰猍[10]，見則其國大疫。[11]

---

1 尤本作「即谷山」。

2 郭注：黑豹。今荊州山中出黑虎。

3 《御覽》卷59引作「高箭之山」。

4 鹿案：尤本作「甚寒而清」，下郭注「或作潛」。《北堂書鈔》卷144、《類聚》卷8、《御覽》卷59皆引作「甚寒而清」。可見有曹本與尤本為兩版本。

5 郭注：今河東解縣南檀首山，上有水，潛出不停流，俗名曰盎漿，即此類也。
鹿案：《御覽》卷59引此注做「檀道山」劉評「帝臺之漿，所謂神瀵也。」

6 郭注：三足鼈曰能。見《爾雅》也。

7 郭注：音真。

8 郝疏：橦即杶字，見《說文》。

9 鹿案：尤本作「畢山，帝此水出焉。」郝懿行引畢沅注云「畢山疑即旱山，字相近，在河南泌陽。《水經注》有比水，出潕陰縣旱山，東北注於瀙。此帝苑之水疑即比水也。」「比水」，朱謀㙔《水經注箋》本作「此水」。

10 郭注：音戾。

11 劉評：韻絕。

東南二十五里曰葴山，視水出焉[1]，東南注汝水，其中多人魚，多蛟，多頡頡[2]。

東四十里曰嬰山，其上多金，其下多青雘。

東三十里曰虎首之山，其木多苴、椆、椐[3]。

東二十里曰嬰侯山[4]，其上多封石，下多赤錫。

東五十里曰大孰山。殺水出焉，東注于視[5]，其中多白堊。

東三十里曰卑山，其上多桃、李、苴、梓，多纍[6]。

東三十里曰倚帝山，其上多玉，下多金。有獸焉，狀如鼣鼠[7]，白喙[8]，其名狙如[9]，見則其國有大兵。

東三十里曰鯢山，鯢水出其上，潛其下，多美堊。上多金，下多青雘。

---

1 郭注：或曰視宜為溉，水今在南陽。

2 郭注：如青狗也。
鹿案：曹本「頡頡」，尤本只作單字「頡」。

3 郭注：椆音彫，未詳。

4 尤本作「矦」。

5 郝疏：視當為溉。《水經注》云「溉水又東北，殺水出西南大孰之山，東北流注於溉。」

6 郭注：今虎豆、貍豆之屬。纍，一名縢。音誄。
鹿案：尤本作「多櫐」。《爾雅》云「欇，虎櫐。」郭注「今虎豆。纏蔓林樹而生，莢有毛刺。」《太平御覽》卷995引作「卑山，其上多櫐」，同曹本。

7 郭注：《爾雅》鼠有十三種，中有此鼠，形所未詳也。音吠。
鹿案：尤本作「鼣」。《類聚》卷95引《爾雅》作「鼥」。犬、犮、火常因形近而誤。劉評「鼠是不祥之物，故西山經木曰礜草，曰無條，皆以毒鼠為言。」

8 尤本作「白耳白喙」。

9 郭注：音蛆。

東三十里曰雅山，澧水出焉[1]，東注視，其中多大魚。其上多美桑，下多苴，多赤金。

東五十里曰宣山，淪水出焉，東南注視，其中多蛟。其上多桑焉，大五十尺[2]，其枝四衢[3]，其葉大尺，赤理黃華青柎，名曰帝女之桑[4]。

東四十里曰衡山[5]，其上多青雘、多桑，其鳥多鸜鵒[6]。

東四十里曰豐山，其上多封石，其木多桑，多羊桃，狀如桃而方莖[7]，可以為皮張[8]。

東七十里曰嫗山，其上多玉，下多金，草多雞穀。

東三十二里曰鮮山，其木多楢、杻、苴，其草多虋冬，多陽多金，陰多鐵。有獸，狀如瞑犬[9]，赤喙、赤目、白尾，見則其邑有火，名曰移即[10]。

---

1 郭注：今澧水出南陽。
2 郭注：圍五丈也。
3 郭注：其枝交互四出。
4 郭注：婦人主蠶，故以名桑。
5 郭注：今在衡州湖南縣，南岳也，其俗謂之為岣嶁山也。
鹿案：曹本郭注「衡州湖南縣」，尤本作「衡南湘陽縣」。劉評：今在長沙府善化縣，周八百里，回雁為首。又曰：嶽麓為足。
6 尤本作「鸜鵒」。
7 郭注：一曰鬼桃。
8 郭注：治皮腫起。
劉評：古雅。
9 鹿案：曹本「瞑犬」，尤本作「膜大」。應作「膜犬」為允。郝疏云「郭注《穆天子傳》云『西膜，沙漠之鄉』。是則膜犬即西膜之犬。
10 郭注：音夷。
劉評：即名以火騾亦可

東三十里曰章山[1]，其陽多金，陰多美石。皋水出焉，東注于澧水，其中出脃石[2]。

東二十五里曰大𤘽山，其陽多金，其木多榖柞，無草木。

東五十里曰區吳山，其木多苴。

東五十里曰聲匈山，其木多穀，多玉，上多封石。

東五十里曰大騩山[3]，其陽多赤金，陰多砥石。

東十里曰踵臼山，無草木。

東北七十里曰歷石山，其木多荊芑，其陽多黃金，陰多砥石。有獸，狀如貍，而白首虎爪[4]，名曰梁渠，見則國有大兵。

東南百里曰求山。求水出其上，潛于其下，中有美赭。其木多䈞[5]。其陽多金，陰多鐵。

東二百里曰丑陽山，其上多椆椐。有鳥，狀如烏而赤足，名曰駅餘[6]，可以禦火。

東三百里，奧山，上多栢、杻、檀，其陽多㻬琈之玉。奧水出焉，東注視。

東三十五里曰服山[7]，其木多苴，其上多封石，其下多赤錫。

東三百里曰杳山，其上多嘉榮，多金玉。

1 郭注：一作童。
2 郭注：魚詭反，未詳。
3 郭注：上已有此山，疑名同。
4 劉評：此獸象西方蓐收。
5 郭注：篠屬。
6 郭注：音只。
7 尤本作「服山」。

東三百五十里曰几山，其木多楢檀，其草多杻[1]。有獸，狀如彘，黃身、白頭、白尾，其名曰聞獜，見則大風。

凡荊山之首，自翼望山，凡四十八山，三千七百三十二里。其神狀皆彘身人首。其祠，毛用一雄雞祈，瘞，用一珪，糈用五種之糈。禾，帝也，其祠，太牢之具，羞瘞酒[2]，毛用一璧，牛無常[3]。堵山、王山，冢也，皆酒祠，羞毛少牢，嬰毛吉玉。

〈中次十二經〉洞庭山之首曰篇遇山[4]，多草無木，多黃金。

東南五百里曰雲山，無草木。有桂竹，甚毒，傷人必死[5]。其上多黃金，下多瑤琈之玉。

東七十里曰丙山，無木，多桂竹、黃金、鐵。

東南百三十里曰龜山，其木多穀、柞、椆、椐，上多黃金，下多穀、青雄黃，多扶竹[6]。

---

1 鹿案：曹本「草多杻」，尤本、郝本作「草多香」。

2 郭注：薦羞及酒牲埋之。
鹿案：「羞瘞」當為誤乙。前文皆是「羞酒」而祠，經文似以「太牢之具瘞，羞酒」為允。

3 汪紱云：「不必犧牲具也。」

4 郭注：或作肩。
尤本作「篇遇」。

5 郭注：今始興郡淮縣出桂竹，大者圍二尺、長四丈。趾又有箖竹，實中，勁強，有毒，銳似刺虎，中之則死，亦此類也。
鹿案：曹本郭注「始興郡淮縣」，尤本作「始興郡桂陽縣」；「趾又有箖竹」，尤本作「交趾又有箖竹」，曹本蓋脫字。曹本「銳似刺虎」，尤本作「銳以刺虎」。《吳都賦》注引《異物志》曰「箖竹大如戟穫，實中，勁強。交趾人銳以為矛，甚利。箣竹有毒，夷人以為觚，刺獸，中之則必死。」察《本草圖經》，刺虎為植物名，也稱虎刺，有直刺。應以曹本「似刺虎」為允。

6 郭注：邛竹也。高節實中，名曰扶老竹。

東南五十里，風伯山，其上多金玉，其下多痠石、文石[1]，多鐵，其木多柳杻楮。其東有林曰恭浮之林[2]，多美木、鳥獸。

東百五十里曰夫夫之山，其上多黃金，下多青雄黃，其木多桑楮，其草多竹、雞穀[3]。神于兒居之，其狀人身而兩蛇頭[4]，常遊于江淵，出入有光。

圖5-12，于兒神，胡本、〈神異典〉。

1 郭注：痠石，未詳。
2 鹿案：曹本「恭浮之林」，尤本作「莽浮之林」。
3 鹿案：尤本作「雞鼓」。畢云「即上雞穀草，穀、鼓聲相近。」曹本作「穀」，構音。
4 尤本作「人身而操兩蛇」。

東南百二十里曰洞庭山[1]，多黃金，下多銀鐵，其木多柤、棃、橘、柚，其草多葌、蘪蕪、芍藥、芎藭[2]。帝之二女居之[3]，是常淤[4]于江淵，澧沅之風，交瀟湘之淵[5]，是在九江之間[6]，出入必以飄暴雨。是多恠神，狀如人而戴蛇帶蛇，左手右手操蛇，是多怪蛇、怪鳥。

東南百八十里曰暴山，其木多椶、柟、荊、芑、竹、箭、䉋、箘[7]，其上多黃金玉，下多文石鐵，其獸

---

1 郭注：今長沙巴陵西又有洞庭，陂必潛洑入江。《離騷》曰「邅吾道兮洞庭」、「洞庭風兮木葉下」，皆此謂也。字或作銅，宜敖水者也。

鹿案：曹本郭注「宜敖水者也」，尤本作「宜從水者也」。「邅吾道兮洞庭」出〈湘君〉；「洞庭風兮木葉下」出〈湘夫人〉，皆出〈九歌〉。

2 郭注：蘪蕪似蛇床而香。

3 郭注：天帝二女處江為神。《列仙傳》江妃二女也。《離騷・九歌》所謂湘夫人、稱「帝子」者是也。而《河圖玉版》曰湘夫人者，帝堯女也。秦始皇浮江至湘山，逢大風而問博士「湘君何神？」博士曰「聞之堯二女，舜妃也而葬此。」《列女傳》曰「二女死於湘江之際，俗謂為湘君」鄭司農亦以舜妃為湘君，說者皆以舜陟方而死，二妃從之，俱溺死於湘江，遂号湘夫人。案，《九歌》湘君、湘夫人自是神，湘江之有夫人，猶河洛之有宓妃也。以此之為靈與天地并矣，安得謂之堯女？且既謂之堯女，得揔云湘君哉？何以考之？《禮記》舜葬蒼梧，二妃不從。明二妃生不從征，死不從葬，義可知矣。即今從之，二女靈達，鑒通無方，上能以鳥工龍裳救井廩之難，豈當不能自免於風波，而有淪沒之患乎？欲復如此，《傳》曰「生為上公，死為貴神」《禮》五岳比三公；四瀆比諸侯。今湘川不及四瀆，無秩於命祀，而二女帝者之後，配靈地祇，無緣當復下降小水為夫人也。參五其義，義既混錯，錯綜其理，理無可據，斯不然矣，原其致謬之由，由乎俱以帝二女為名，名實可相亂，莫矯其失，習非勝是，而終古不寤，悲矣。

鹿案：曹本郭注「即今從之」，尤本作「即令從之」；「上能以鳥工龍裳」，尤本作「尚能以鳥工龍裳」。

4 鹿案：曹本「常淤」，尤本作「常遊」，尤本為允。

5 郭注：此言游戲江之淵府，則能鼓動三江，令風波之象相共交通，言其有靈饗祀也，江、湘、沅水皆共會巴陵頭，故号三江口。澧又去之七八十里而入江焉。《淮南子》曰「戈鉤瀟〇」，今所在，未詳也。

鹿案：「戈鉤瀟〇」，尤本作「弋釣瀟湘」。

6 郭注：《地里志》九江今在潯陽，兩江自潯陽而分為九，皆東會于大江，《書》曰「九江孔殷」。

7 郭注：箘亦篠，中箭；見《禹書》。

多麋、鹿、麢就[1]。

東南二百里曰即公山，其上多黃金，下多㻬琈之玉，其木多柳、杻、檀、桑。有獸，狀如白龜，而白身赤首，其名曰蛫[2]，是可以禦火。

東南百五十里曰堯山，其陰多黃堊，其陰多黃金，其木多荊、芑、柳、檀，其草多藷[3]、藇、苀。

東南百里曰江浮之山，其上多銀，其下多砥礪，無草木，其獸多豕、鹿。

東二百里曰真陵山，其上多黃金，其下多玉，其木多穀、柞、柳、杻，其草多榮草。

東南百二十里曰陽帝山，多美銅，其木多檀、杻、檿、楮[4]，其獸多麢、麝。

南九十里曰柴桑山[5]，其上多銀，其下多碧，多泠石、赭，其木多柳、芑、楮、桑，其獸多麋、鹿，多

1 郭注：就，鵰屬；見《廣雅》。
2 郭注：音詭。
3 鹿案：曹本「藷」，尤本作「諸」，郝本作「藷」。
4 郭注：檿山桑也。
5 郭注：今在潯陽柴桑縣南，与盧山相連也。

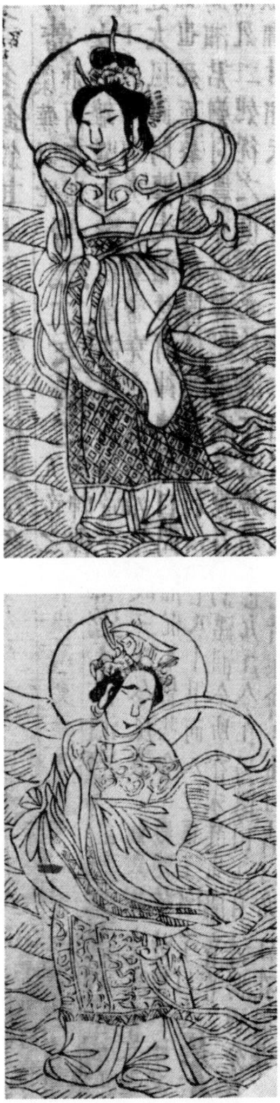
圖5-13，帝二女，成或因本

白蛇、飛蛇[1]。

東南二百里曰榮余山，其上多銅，下多銀，其木多柳、芑，其虫多蛇、怪虫。

凡洞庭之山首，自篇遇山至榮余山，十五山，二千八百里。其神皆鳥身而龍首。其祠毛用一雄雞、一牝豚刉[2]，糈用稌。凡夫夫之山、即公之山、堯之山、陽帝之山，皆冢也，其祠：皆肆瘞[3]，祈用酒，毛少牢，嬰毛一吉玉。洞庭、榮余是山神，其祠，皆肆瘞，折酒[4]，太牢祠，嬰用圭玉璧十[5]，五采惠之[6]。

右中經之山志，大凡百九十七山，二萬一千三百七十里。

大凡天下名山五千三百七十，居地，大凡六万四千五十六里。

禹曰：天下名山，經五千三百七十山也，六万四千五十六里也。言五臧[7]，蓋其餘小山甚眾，不足記云。天地之東西二万八千里，南北二万六千里，出水者八千里，受水者八千里，出銅之山四百六十山，出鐵之山三千六百九十山。此天下之所分壤樹穀也[8]，戈矛之所發也，刀鎩之所起也，能者有餘，拙者不足。封于泰山，禪於梁甫，七十二家，得之，數，皆在內，是謂國用[9]。

1 郭注：即騰蛇，乘霧而飛也。
2 郭注：刉，割刺也。
3 郭注：肆，陳之牲玉而後埋藏之。
4 鹿案：曹本「折酒」，尤本作「祈酒」。「圭玉璧十」，尤本作「圭璧十五」。
5 尤本作「十五」。
6 郭注：惠猶飾也；方言爾。
郝疏：惠義同藻繪之繪，蓋同聲假借字也。
7 郝疏：藏，古字作臧，才浪切；《漢書》云「山海天地之臧」，故此經稱五臧。
8 鹿案：尤本作「天地」。《御覽》卷339作「天下」。
9 郭注：《管子・地數》云「封禪之王七十二家」。

右《五臧山經》五篇，大凡一万五千五百三字[1]。

《圖讚》四十五首

櫔木

弘羊心算，安世默識。爰有櫔木，食之洞記。觸問則應，動不勞思。

鬼草

焉得鬼草，是樹是蓺。服之不憂，樂天傲世。如彼浪舟，任彼住滯。

豪魚飛魚

豪鱗除癬，天嬰已痤。飛魚如鮒，登雲游波。○朏之皮，終年行歌。[2]

䴢 犀渠、獺

有獸八目，厥號曰䴢。犀渠如牛，亦是啖人。獺若青狗，有鬣被鮮。

1 郝疏：今二萬一千兩百六十五字。

2 鹿案：曹本此字漫漶，郝本無此讚。

陽靈山

四目之帝，登于陽虛。下臨玄扈，神龜負書。所謂靈感，見于河圖。

䭾鳥　鵸鵌鳥

三眼有耳，厥狀如梟。鳥似山雞，名曰鵸鵌。赤若丹火，所以辟妖。

桃林

桃林之谷，實惟塞野。武王克商，休牛歸馬。阨越三塗，作險西夏。

鳴石

金石同類，潛響是韞。擊之雷駭，厥聲遠聞。苟以數通，無氣不運。

旋龜　人魚循鱉魚

聲如破木，號曰旋龜。循鱉似龜，厥鳴如鴟。人魚類鯑，出于洛伊。

帝臺棋

茫茫帝臺，惟靈之貴。爰有石棋，五色煥蔚。觴祈百神，以和天氣。

若華　烏酸草

療瘧之草，厥實如瓜。烏酸之葉，三成黃華。可以為毒，不畏蚖蛇。

蓄草

蓄草黃華，實如兔絲。君子是佩，人服媚之。帝女所化，其理難思。

山膏　黃棘

山膏如豚，厥性好罵。黃棘是食，匪字匪化。雖無貞操，理同不嫁。

三足龜

造物惟鈞，靡偏靡頗。少不為短，長不惟多。賁能三足，何異黿鼉。

嘉榮

霆惟天精，動心駭目。曷以禦之，嘉榮是服。所正者神，用〇口腹。[1]

牛傷　天楄　文獸　䲢魚

牛傷鎮氣，天楄弭噎。文獸如蜂，枝尾反舌。䲢魚青班，處于逵穴。

帝休

帝休之樹，厥枝交對。竦本少室，層陰雲霮。君子服之，匪怒伊愛。

1 曹本有缺字，郝本作「用口腸腹」。

太室

嵩維岳宗，華岱恆衡。氣通天漢，神洞幽明。巍然中立，眾山之英。

栯木

爰有嘉樹，厥名曰栯。薄言采之，窈窕是服。君子惟歡，家無反目。

䔄草

䔄草赤莖，實如嬰薁。食之益智，忽不自覺。殆齊生知，功奇於學。

鷃鳥

鷃之為鳥，同群相為。疇類被侵，雖死不避。毛飾武士，魚厲以義。

鳴蛇　化蛇

鳴化二蛇，同類異狀。拂翼俱游，騰波漂浪。見則並災，或淫或亢。

赤銅

昆吾之山，名銅所在。切玉如泥，火炎其采。尸子所難，驗之彼宰。

神熏蛇

泰逢虎尾，武羅人面。熏池之神，厥狀不見。爰有美玉，河林如蒨。

武羅

有神武羅，〇腰白齒。聲如鳴珮，以鍰貫耳。〇帝密都，是宜女子。[1]

鴢

鴢鳥似鳧，翠羽朱目。既麗其采，亦奇其肉。婦女是食，子孫繁育。

荀草

荀草赤實，厥狀如菅。婦人服之，練色易顏。夏姬是艷，厥媚三還。

馬腸獸　飛魚

馬腸之物，人面似虎。飛魚如豚，赤文無羽。食之辟兵，不畏雷鼓。

神泰逢

神号泰逢，好游山陽。濯足九州，出入流光。天氣是動，孔甲迷惶。

---

1 鹿案：「〇腰」，郝本作「細腰」；「〇帝」，郝本作「司帝」。

薊柏

薊柏白華，厥子如丹。肥○變氣，食之忘寒。物隨所染，墨子所歎。[1]

橘櫞

厥苞橘柚，其味惟甘。朱實金鮮，葉蒨翠藍。靈均是詠，以為美談。[2]

蒗

大騩之山，爰有奇草。青華白實，服之不夭。雖不增齡，可以窮老。

鮫魚

魚之別屬，厥號曰鮫。珠皮毒尾，匪鱗匪毛。可以錯角，魚飾孟勞。

鴆鳥

蝮維毒魁，鴆鳥是噉。拂翼鳴林，草莁木慘。羽行隱藏，○罰難犯。[3]

---

1 鹿案：曹本「肥○」，郝本作「實肥」。

2 鹿案：「其味惟甘」，《御覽》卷966引作「厥苞橘柚，精者口甘」。

3 鹿案：曹本「草莁」，郝本作「草瘁」；曹本「隱藏」，郝本作「隱戮」；「○罰」，郝本作「厥罰」。

計蒙

○○○○，○○○○。計蒙龍首，獨稟異表。升降風雨，茫茫渺渺。[1]

椒

○○○○，○○有倫。拂穎霑霜，朱實芬辛。服之洞見，可以通神。[2]

岷山

岷山之精，上絡東井。始出一多，終致森暝。作紀南夏，天清地靜。

夔牛

西南巨牛，出自江岷。體若垂雲，肉盈千鈞。雖有逸力，難以揮輪。

崍山

邛崍峻險，其坂九折。○陽逡巡，王遵逞節。殷有三仁，漢稱二哲。[3]

狏狼　雍和猨

狏狼之出，兵不外擊。雍和作恐，猴乃流疫。同要殊災，氣各有適。

1 此六字曹本蛀蝕，郝本作「涉蠱三腳，蠱圍虎爪」。
2 首二句曹本蛀蝕，郝本作「椒之灌殖，實蘗有倫」。
3 鹿案：曹本「○陽」蛀蝕，郝本作「王陽」。

蜼

寓屬之才，莫過于蜼。雨則自懸，塞鼻以耳。厥形雖隨，列象宗彝。

熊穴

熊山有穴，神人是出。與彼石鼓，象殊應一。祥雖先見，厥事非吉。

跂踵

青耕禦疫，跂踵降災。〇〇相反，各以氣來。見則昏咨，實為病媒。[1]

帝臺漿

帝臺之水，飲蠲心病。靈府是滌，和冲養性。食可逍遙，濯髮浴泳。

帝女桑

爰有洪桑，生〇淪潭。厥圍五丈，枝幹交參。園客是採，帝女所蠶。[2]

1 鹿案：曹本「〇〇相反」，郝本作「物之相反」。

2 鹿案：「生〇淪潭」，郝本作「生瀆淪潭」，郝懿行並云「《類聚》作濱」。

〈海外南經〉第六

地之所載，六合之間[1]，四海之內，照之以日月，經之以星辰，紀之以四時，要之以太歲，神靈所生，其物異形[2]，或夭或壽，惟聖人能通其道[3]。

海外自西南陬[4]，至東南陬香[5]。

結胷國在其西南，其為人結胷[6]。

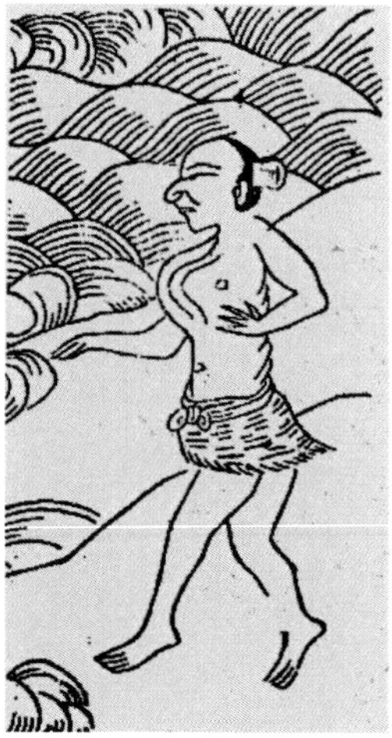

圖6-1，結胷民，蔣本、〈邊裔典〉、成本。

1 郭注：四方上下為六合。
郝疏：《淮南・齊俗訓》「往古來今謂之宙，四方上下謂之宇」。《列子・湯問篇・夏革》引此經「六合之閒」以下四十七字，而稱「大禹曰」，則此經亦述禹言，禹前文「禹曰」之例同。
2 畢注：《列子・湯問篇》「夏革曰大禹曰六合之閒」云云，凡四十七字，正用此文。又云無此者，蓋此文承上卷「禹曰天下名山」云云，劉秀分為二卷耳。
3 郭注：言非窮理盡性者，則不能原極其情變。
4 郭注：陬，隅也。
5 鹿案：「香」，尤本作「者」，曹本形近訛誤。
6 郭注：臆前胅出，如結喉也。
鹿案：曹本經文「胷」，尤本、明清各本皆作「匈」。《說文》云，「匈，膺也」，即「胸」之本字。曹本郭注「胅」，《說文》云：「胅，骨差也」。段注「謂骨節差忒不相值」。胅音蝶。

南山在其東南。自北山來蟲蛇，蟲號為蛇，蛇號為魚[1]。一曰南山在結匈東南[2]。

比翼鳥在其東，為鳥青赤[3]，兩鳥翼比。一曰在南山東。

羽民國在其東南，其為人長頭，身生羽[4]。一曰比翼鳥東南，其為人長頰[5]。

圖6-2，羽民國，《五車萬寶全書》、〈邊裔典〉

1 郭注：以蟲為蛇，以蛇為魚。
鹿案：劉評「原無定名，有何不可。」《補注》云「今嶺南呼蛇為訛，或為茅鱓。」郝疏「今東齊人亦呼蛇為蟲也。《埤雅》云「恩平郡譜蛇謂之訛。蓋蛇古字作它，與訛聲相近；訛，聲轉為魚，故蛇復號魚矣。」」

2 鹿案：畢沅以為凡「一曰」云者，是劉秀校此經時附著所見他本異文也。郝疏以為，「蓋後人校此經時附著所見，或別本不同也。疑初皆細字，郭氏作注，改為大字，遂與經並行矣。」

3 郭注：似鳧。

4 郭注：能飛不遠，卵生，蓋似仙人。
劉評：即鼯鼠之技。

5 郭注：《啟筮》曰「羽民之狀，鳥喙赤目白首。」
郝疏：《文選・鸚鵡賦》注引《歸藏・啟筮》曰：「金水之子，其名曰羽蒙，是生百鳥。」即此也，羽民、羽蒙聲相轉。

有神人二八[1]，連臂，為帝司夜於比野[2]。在羽民東。其為人小頰赤眉[3]。書十六人[4]。

畢方鳥在其東，青水西，其為身青，人面[5]。一曰二八神東。

讙頭國在其南，其為人，人面有翼，鳥喙，方捕魚[6]。一曰○畢方東。或曰讙朱國。

圖6-3，畢方圖，〈禽蟲典〉。

1 《淮南子・墬形訓》作「有神二人連臂，為帝候夜」。

2 郭注：晝隱夜見。
鹿案：曹本「比野」，尤本作「此野」。

3 鹿案：《玉篇》卷4「頁部」也作「其為人小頰赤眉」。

4 郭注：疑後人增此四字。

5 郭注：一腳。
鹿案：尤本經文作「其為鳥人面一腳」，無「身青」二字。

6 郭注：懽兜，堯臣，有罪，自投南海而死。帝矜之，命其子居南山而祠之。亦似仙人。
鹿案：曹本郭注「懽兜」，尤本作「讙兜」，「南山」作「南海」，「亦似」作「畫似」。〈大荒南經〉也有類似記載，作「驩頭國」。《博物志・外國》「驩兜國，其民盡似仙人。帝堯司徒。驩兜民常捕海島中，人面鳥口，去南國萬六千里，盡似仙人也。」
劉評「佛國鳥頻伽亦人面，羽山之北有善鳴之禽，亦人面鳥喙，一足，名曰青鸐，其聲似鐘磬、笙竽。」

厭火國在其國南，獸身，黑色，炎火[1]出其口中[2]。一曰在讙朱東。

圖6-4，讙頭國，〈邊裔典〉、汪本、多文齋本。

圖6-5，厭火國，《妙錦萬寶全書》、〈邊裔典〉、《三才圖繪》。

1 鹿案：尤本作「生火」。《類聚》卷80引此經無「生」字。

2 郭注：言能吐火，蓋似猿猴而黑色。《博物志》云：「厭光國民，光中口中，形盡似獮猴，黑色。」

三株樹[1]在厭火北，生赤水上，其為樹如柏，葉皆為珠。一曰其樹若彗[2]。

三苗國在赤水東，其為人相隨[3]。一曰三毛[4]。

臷國[5]在其東，其為人黃，操弓射蛇[6]。一曰臷國在三毛東。

圖6-6，臷民國，蔣本、〈邊裔典〉。

1 鹿案：尤本、曹本、吳本、郝本皆作「三株樹」。《初學記》卷27、《淮南子・墬形訓》及《博物志》引此經皆作「珠」。查考《山海經》原文，罕見單位詞的運用，或應依唐宋人用法，作「三珠樹」為是。曹本《圖讚》作「三珠樹」，與經文異。陶詩作「粲粲三珠樹，寄生赤水陰」。張九齡〈感遇〉詩作「側見雙翠鳥，巢在三珠樹」、李白詩「蒼蒼三珠樹，冥目焉能攀」。《御覽》卷803引作「三珠樹生赤水山，其為樹如柏，葉皆為珠，一曰其狀若彗。」卷954亦引「三珠樹，生赤水上。其為樹如柏，葉、實皆為珠。」「三珠樹」為允。

2 郭注：如彗星。

3 郭注：堯以天下讓舜，三苗之君非之，帝殺之，有苗之民叛入南海，為三苗國也。
劉評：猶陸渾之戎，遷于伊川，尚名曰陸渾。

4 畢沅云：苗、毛音相近。

5 郭注：音秩，亦音替。

6 郭注：《大荒經》云「此國自然有五穀、衣服。」

貫匈國在其東，其為人匈有竅[1]。一曰臷國東。

圖6-7，穿胷人圖，《永樂大典》、《異域圖志》。

交脛國在其東[2]，其為人交脛[3]。一曰穿匈東。

圖6-8，交脛人圖，蔣本、《三才圖會》、〈邊裔典〉

1 郭注：《尸子》曰「四夷之民有貫匈者、深目者、長肱者，黃帝之德昌致之。」《異物志》「穿胸之國，去其衣則然者，蓋以放此貫匈人也。」

鹿案：「貫胸」或作「穿胸」。《御覽》卷790引《異物志》作「穿胸人，其衣則縫布二幅，合兩頭，開中央，以頭貫穿，胸身不突穿。」《永樂大典》的穿胸人在明清圖像中極為特殊。圖6-7。

2 郭注：或作頸。

3 郭注：言腳脛曲戾相交，所謂雕題、交趾也。或作頸，其為人，交頸而行。

鹿案：郝疏引《廣韻》劉欣期《交州記》云「交阯之人，出南定縣，足骨無節，身有毛，臥者更扶始得起。」《御覽》卷790引《外國圖》曰「交脛民長四尺」。《淮南・墬形訓》有「交股民」，高誘注云「交股民，腳相交切。」

不死民在其東，其為人黑色，壽而不死[1]。一曰在穿胷國東[2]。

圖6-9，不死人圖，《永樂大典》、《新刻贏蟲錄》，〈邊裔典〉。

岐舌國在其東[3]。一曰在不死民東。

圖6-10，岐舌國，蔣本、〈邊裔典〉；下為〈邊裔典〉鑿齒國。

1 鹿案：《後漢書・東夷傳》引作「不死」。《太平御覽》卷388引此作「壽考，不死」，又卷790引作「壽考」。明代圖像皆強調不死民「黑色」，如圖6-9。

2 郭注：有員丘，上有不死樹，食之乃壽；亦有泉，飲之即不老也。
劉評：中國亦有酒香山，上有美酒，數年飲者即仙。

3 郭注：其人舌皆岐，或曰支舌。
鹿案：《類聚》卷17引此經作「反舌國，其人反舌。」《御覽》卷367引經同《類聚》，又云「一曰交」。

崑崙墟在其東，其墟四方[1]。羿與鑿齒戰於壽華之野，羿射殺之。在崑崙墟東。羿持弓矢，鑿齒持盾[2]。一曰戈。

三首國在其東，一身三首。一曰在鑿齒東。

圖6-11，三首國，《妙錦萬寶全書》、〈邊裔典〉

周饒國在其東，其為人短小，冠帶[3]。一曰焦嶢國在三首東[4]。

1 劉評：在烏思藏山，極高峻。

2 郭注：鑿齒亦人，齒長五六尺，因以名。
鹿案：《御覽》卷357作「羿與鑿齒戰于壽華之野，羿射殺之，羿持弓矢，鑿齒持戟盾。」又引郭注「鑿齒人類，齒如鑿，長五六尺。」

3 郭注：其人長三尺，穴居，能善機巧，有五穀居。

4 郭注：《外傳》云「焦嶢民長三尺，短之至也。」《含神霧》曰「從中州以東四十萬里，得焦嶢國人，長尺五寸。」
鹿案：《御覽》卷790引此作「周饒國為人短小，官帶。一曰焦國在三首東。」又引《外國圖》曰「焦僥民善沒游，善捕鷙鳥，其草木夏死而冬生，去九疑三萬里。」又曰「從啖水南，曰焦僥，其人長尺六寸，一曰迎風則偃，背風則伏，不衣而野宿。」劉評「鶪國男女，長七寸，尤矮。」郝疏引《神異經》云「有鶴國，人長七寸，海鵠遇則吞之。」明清圖像小人國皆有鶴鳥盤旋其上。見圖6-12。

圖6-12，小人國，《文林妙錦萬寶全書》，《新增懸金萬寶全書》。

長臂國在其東，捕魚水中，兩手各操一魚[1]。一曰在僬僥東，捕魚海中。

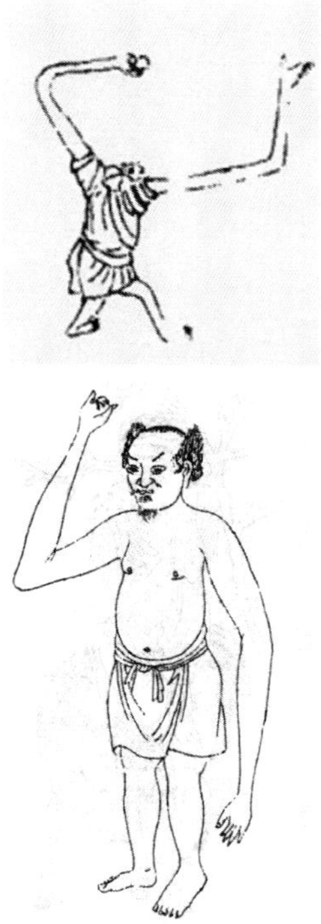

圖6-13，長臂民，《永樂大典》、〈邊裔典〉。

1 郭注：舊說云：其人手下垂至地。魏黃初中，玄菟太守王頎討高句麗王宮，窮追之，過沃沮國，其東界臨大海，日日之所出，問者老海東復有人否？云：常於海中得布衣兩褶，身如人，袖長三丈，此即長臂人衣也。

狄山，帝堯葬于陽[1]，帝嚳葬揆于陰[2]。爰有熊、羆、文虎[3]、蜼[4]、豹、離朱[5]、視肉[6]。吁咽[7]、文王皆葬其所[8]。一曰湯山。爰有熊、羆、文虎、蜼、豹、離朱、鴟久[9]、視肉、雩交[10]。其汜林方三百里[11]。

---

1 郭注：《呂氏春秋》曰「堯葬穀林」。今陽城縣西，東河縣城次鄉城中，赭陽縣湘亭南，皆有堯冢。
劉評：中國有西方聖人之跡，想外國亦必有中華聖人之跡。

2 郭注：嚳，堯父，號高辛，今冢在頓丘縣城南臺陰野中也。

3 郭注：彫虎也。《尸子》曰「中黃伯：余左執太行之獶而搏彫虎。」

4 郭注：蜼，獮猴屬。

5 郭注：木名也，見《莊子》。今圖作赤鳥。

6 郭注：聚肉，形如牛肝，有兩目；食之不盡，尋復更生如故。
鹿案：《北堂書鈔》卷145引此注作「食之盡」。《初學記》卷26引《神異經》云「西北荒有遺酒、追復脯焉，其味如麞，食一片，復一片。」《博物志》云「越嶲國有牛，稍割取肉，牛不死，經日肉生如故。」《神異經》云「南方有獸，似鹿而豕首，有牙，善依人求五穀，名無損之獸。人割取其肉不病，肉復自復。」劉會孟評「視肉，猶南方無損獸」。

7 郭注：未詳。

8 郭注：今文王墓在長安鄗東社中。案，帝王冢墓皆有定所，而《山海經》往往復見之者，蓋聖人於其位，仁廣化及，恩洽鳥獸，至於殂亡，四海若喪考妣，無思不哀。故殊俗之人，聞天子崩，各自立坐祭醊哭泣，起土為冢，是以所在有焉。亦猶漢氏諸郡國皆有天子國廟，皆其遺法。

9 郭注：鵂鶹。

10 郭注：未詳。

11 郭注：言林木汜濫繁衍也。

南方祝融，獸身人面，乘兩龍[1]。

圖6-14，祝融神圖，成本。

1 郭注：大神也。鹿案：尤本作「火神也」。郝疏引《越絕書》云「祝融治南方，僕程佐之，使主火」。《尚書大傳》云「南方之極，自北戶南至炎風之野，帝炎帝、神祝融司之」。

《圖讚》十六首

蟲號為蛇　蛇號為魚

賤無定貢，貴無常珍。物不自物，物物由人。萬事皆然，豈伊蛇鱗。[1]

羽民國

鳥喙被羽，厥生別卵。矯翼而翔，能飛不遠。人維倮屬，何狀之反。[2]

有神十六

羽民之東，有神伺夜。二八連臂，自〇羈駕。晝隱宵出，詭時淪化。[3]

讙頭國

讙頭鳥喙，行則杖羽。潛于海濱，惟食杞秬。實惟嘉穀，所謂瑞黍。[4]

---

1 鹿案：曹本「物物由人」，吳本、郝本作「自物由人」。

2 鹿案：曹本此讚與吳本、郝本有異。吳本、郝本此讚作「鳥喙長頰，羽生則卵。矯翼而翔，龍飛不遠。人維倮屬，何狀之返」。

3 鹿案：曹本「伺夜」，郝本作「司夜」；「自〇羈駕」，曹本缺字，郝本作「自相羈駕」。

4 鹿案：曹本「祀秬」，郝本作「秜秬」；曹本：「瑞黍」郝本作「濡黍」。

厭火國

有人獸躰，厥狀怪譎。吐納元精，火隨氣烈。推之無奇，理有不熱。1

三珠樹

三珠所生，赤水之際。翹葉柏竦，美狀若彗。濯采丹波，自相映翳。2

𢦏國

不績不經，不稼不穡。百獸率舞，〇鳥拊翼。是号𢦏民，自然衣食。3

結胷國　貫胷　交頸　交舌

鑠金洪鑪，洒成萬品。造物無私，各任所稟。歸於曲成，〇見兆朕。4

不死國

有人爰處，員丘之上。赤泉駐年，神木養命。稟此遐齡，悠悠無竟。

---

1 鹿案：曹本「元精」，郝本作「炎精」。

2 鹿案：曹本「自相映翳」，郝本作「自相霞映」。郝本下有臧庸案語「映字無韻，蓋誤」。

3 鹿案：曹本「不績不經」，郝本作「不蠶不絲」。「〇鳥」，郝本作「群鳥」。

4 鹿案：曹本「洪鑪」，郝本作「洪爐」；曹本「〇見」缺字，郝本作「是見兆朕」。

鑿齒

鑿齒人類，實有桀牙。猛越九嬰，害過長蛇。堯乃命羿，斃之壽華。

三首國

雖云一氣，呼吸異道。觀則俱見，食則皆飽。物形自周，造化非巧。

焦僥國

群籟舛吹，氣有萬殊。大人三丈，焦僥尺餘。混之一歸，此亦僑如。

長臂國

雙肱三丈，[1] 躰如中人。彼曷為者，長臂之民。脩腳是負，捕魚海濱。

狄山　堯葬于陽　帝嚳葬于陰

聖德廣被，物無不懷。爰及殂落，封墓表哀。異類猶然，矧乃華黎。

視肉

聚肉有眼，而無腸胃。與彼馬勃，類相髣髴。奇在不盡，食人薄味。

1 鹿案：「雙肱三丈」，《初學記》卷19作「雙臂三丈」，明藏經本作「雙肱三尺」。

南方祝融

祝融火神，雲駕龍驂。氣御朱明，正陽是含。作配炎帝，列位于南。

〈海外西經〉第七

海外自西南陬至西北陬者。

滅蒙鳥在結胷國北[1]，為鳥青，赤尾。

大運山高三百仞，在滅蒙鳥北。

大樂之野，夏后啟於此舞九代馬[2]；乘兩龍，雲蓋三層[3]。左手操翳[4]，右手操環[5]，佩玉璜[6]。在大運山北[7]。一曰大遺之野[8]。

三身國在夏后開北，一首而三身[9]。

---

1 鹿案：畢沅云「蓋結匈國所有，承上文起西南陬言，其圖像在結匈國北也。」《博物志》云「結匈國有滅蒙鳥」。《海內西經》又有孟鳥。

2 郭注：九代，馬名，舞謂盤作之。

鹿案：「舞九代馬」，尤本、郝本皆作「儛九代」。《類聚》卷93、《御覽》卷82引此經皆作「夏后啟於此舞九代馬」。郝疏以為「九代」為樂名，並以《類聚》、《御覽》所引「九代馬」之「馬」為衍字，認為舞馬之戲恐非上古所有。袁珂亦從郝說，以「九代」為樂名，非舞馬之戲。杜詩「舞馬更登牀」，唐世猶有此戲。李善注王融〈三月三日曲水詩序〉引此經亦云「舞九代馬」。由曹本經文「舞九代馬」，或見郝說無據。關於舞馬的討論，可見柯睿〈大唐的舞馬〉。

3 郭注：層，重也。

4 郭注：葆幢也。

5 郭注：玉空邊等為環。

6 郭注：半璧曰璜。

7 郭注：《歸藏•鄭母經》曰「夏后啟，御飛登于天。」明啟亦仙者也。

鹿案：尤本作「御飛龍登于天」。

8 郭注：〈大荒經〉云「大穆之野」。

郝疏：〈大荒西經〉作「天穆之野」，此注云「大穆之野」。《竹書》「天穆、大穆二文並見」。此經又云「大遺之野」、「大樂之野」，諸文皆異，未詳孰是。

9 鹿案：「開」，尤本作「啟」。《類聚》卷35引《博物志》云「三身國，一頭三身三手。」曹本無「三手」二字。明清圖本皆作「三身六手」，圖7-1。

一臂國在其北，一臂一目、一鼻孔[1]。有黃馬虎文，一目一手。

圖7-1，三身國，《永樂大典》、《異域圖志》、〈邊裔典〉

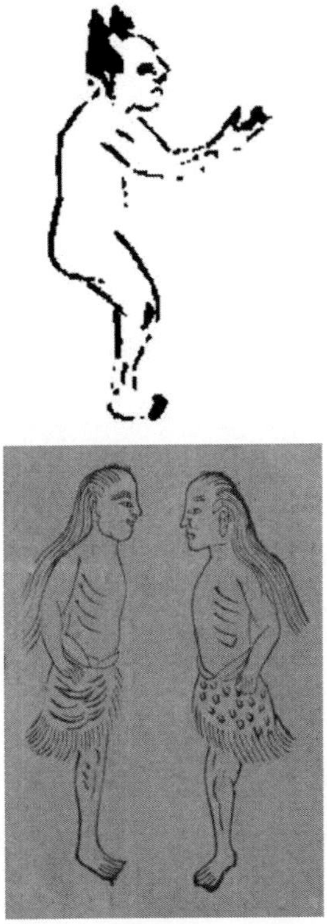

圖7-2，一臂民，《永樂大典》、《異域圖志》。

1 鹿案：《淮南子》云「海外三十六國，西南方有一臂民。」《呂氏春秋》云「其肱、一臂之鄉。」《爾雅》云「北方有比肩民焉，迭食而迭望。」郭注「此即半體之人，各有一目、一鼻孔、一臂、一腳。」《異域志》云「半體國，其人一目一手一足。」圖7-2。

奇肱之國[1]在其北，其為人一臂[2]。有[3]文馬，有鳥兩頭，赤黃色，在其旁[4]。

刑夭[5]與帝至此爭神，帝斷其首，葬之常羊之山[6]，乃以乳為目，以臍為口，操干戚以舞[7]。

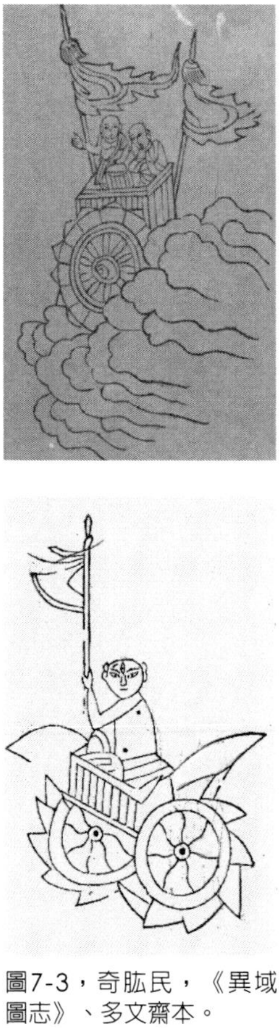

圖7-3，奇肱民，《異域圖志》、多文齋本。

1 鹿案：曹本無注，尤本有郭注「或作弘，奇音羈」。《呂氏春秋・〇〇篇》云「其肱一臂」，其肱即奇肱。《淮南・墬形訓》作「奇股」。高誘注云「奇，隻也；股，腳也。」與此異。前有「一臂國」，此作「奇股」為佳，《淮南子》作「奇股」為允。

2 鹿案：尤本作「一臂三目有陰有陽」，其下郭注「陰在上，陽在下，文馬即吉良也。」曹本只作「一臂」，無郭注。恐曹本脫落。

3 尤本作「乘文馬」。

4 郭注：其人善為機巧，以取百禽。能作飛車，從風遠行。湯時得之於預州界中，即壞之，不以示人。後十年，西風至，復作遣之。

鹿案：郭注「預州」，尤本作「豫州」。郝疏引《博物志》說奇肱民「善為栻扛，以殺百禽。栻扛蓋機巧二字之異。」、「湯破其車，不以視民，視即古示字，當作眎。」「十年東風至，乃復作車遣返。」郝懿行以為，郭注「西風至，西字譌也。云其國去玉門關四萬里，當須東風至乃得遣返矣。」「一臂」後有「其股」，才與「作飛車」呼應。圖7-3。

5 鹿案：尤本作「形天」。曹本《圖贊》作「形夭」。《御覽》卷555引作「形天」，又卷887則引作「刑夭」。形夭、形天、刑天、刑夭，都是形近或音同所致。

6 郝疏：《宋書・符瑞志》云：有神龍首感女登於常羊山，生炎帝神農。即此也。《大荒西經》有偏勾、常羊之山，亦即此。

7 郭注：干，盾；戚，斧。是為無首人。

鹿案：劉評「律陀有天眼，形天有天口。何必兩頭合哉？」郝疏引《淮南・墬形訓》云「西方有形殘之尸」。高誘注云「一說曰形殘之尸，於是以兩乳為目，肥臍為口，操干戚以舞，天神斷其手，後天帝斷其首也。」高氏所說即本此經。其肥臍疑朏臍之譌也。肥本亦作腹。

女祭、女戚在其北，居兩水間，戚操魚䱇[1]，祭操俎[2]。䳐鳥、鸇鳥[3]，青黃鳥，所經國亡[4]。在女祭北。䳐鳥人面，居山上。一曰維鳥，青鳥、黃鳥所集。

丈夫國在維鳥北，其為人衣冠帶劍[5]。

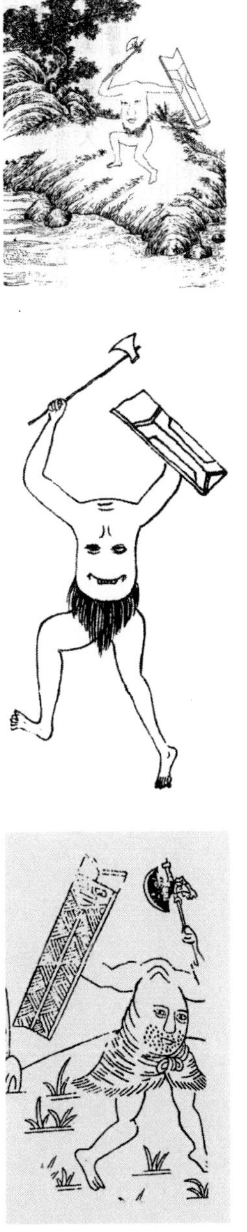

圖7-4，刑夭，〈神異典〉、汪本、成本。

---

1 郭注：䱇魚屬也。

2 郭注：肉几也。

3 郭注：恣瞻二音。

4 郭注：此應禍之鳥，若今梟、鵂鶹也。

鹿案：曹本郭注「應福」，尤本作「應禍」，與經文「國亡」呼應，尤本為允。郝疏「郭氏但舉類以曉人。《玉篇》云『䳐鸇，鵂鶹』非也。〈大荒西經〉云『青鳶、黃鷔、青鳥、黃鳥，其所集者，其國亡。』是鳶、鷔，即䳐、鸇之異名，非鵂鶹也。《廣韻》云『䳐鳥似梟』本此經及郭注。」

5 郭注：帝殷大伐使王孟採藥於西王母。至此絕糧，不能退，食木實、衣皮，終身無妻而生二子，皆從州出，其父即死，是丈夫民。

鹿案：曹本郭注「大伐」，尤本作「太戊」，曹本誤。曹本郭注「不能退」，尤本作「不能進」。曹本郭注「衣皮」，尤本作「衣木皮」。曹本郭注「從州出」，尤本作「從形中出」。《御覽》卷361引《玄中記》「丈夫民，殷帝大戊使王英采藥於西王母。至此絕糧，不能進，乃食木實，衣以木皮，終身無妻，產子二人，從背脅間出，其父則死，是為丈夫民，去玉門二萬里。」《御覽》卷女丑之尸，十日炙殺之。在丈夫北，其手鄣其面，十日居女丑之上。

巫咸在女丑北，右手操青蛇，左手操赤蛇，在登葆山，群巫所從上下也[1]。

并封在巫咸東，其狀如彘，前後皆有首，黑[2]。

圖7-5，丈夫民，蔣本、〈邊裔典〉、成本。

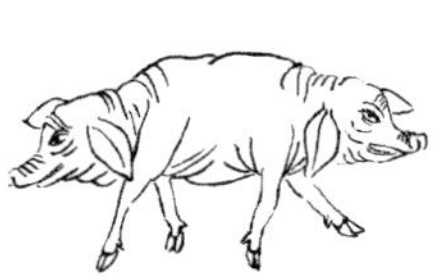

圖7-6，〈邊裔典〉巫咸。蔣本、汪本并封。

790又引《括地圖》「殷帝大戊使王孟採藥於西王母。至此絕糧，食木實、衣木皮，終身無妻而生二子，從背間出，是為丈夫民，去玉門二萬里。」「從州出」，《御覽》所引或作「從背脅間出」，或作「從背間出」。

1 郭注：採藥往來。

2 鹿案：《御覽》卷50引作「巫咸之神，以右手操青蛇，左手操赤蛇，在葆登，群巫所從上下也。」
郭注：今弩絃蛇似此。

女子國在巫咸北，兩女子居，水周之[1]。一曰居門中[2]。

圖7-7，女子國，《異域圖志》、〈邊裔典〉

軒轅之國在此，窮山之際[3]，其人不壽者八百歲。在女子國北，人面蛇身，尾交首上。

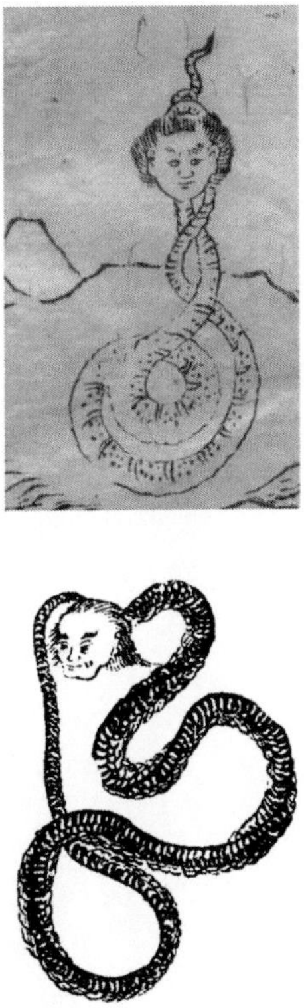

圖7-8，軒轅之國，蔣本、汪本

1 郭注：有黃池，婦人入浴，出則懷妊。生男三歲即死。周，猶繞也。《楚詞》曰「水周于堂下」。

2 鹿案：《御覽》卷360引《外國圖》曰「方丘之上暑濕，生男子三年而死，其潰水婦人入浴，出則乳矣，是去九疑二萬四千里。」郝疏云「居一門中，蓋謂女國所居同一聚落也。」

3 郭注：其國在山南。《大荒經》曰「江山之南」。
鹿案：劉會孟評「最少者亦為籛鏗。黃帝所臥遊也。」郝疏以為，經文「此」字疑衍。李善注〈思玄賦〉引此經云「在窮山之際。」《史記・五帝紀》索隱引經也無「此」字。

窮山在其北，不敢西射，畏軒轅之丘[1]。在軒轅北，其丘方，四蛇相繞[2]。

此諸夭之野[3]，鸞鳥自歌，鳳鳥自舞；鳳皇卵，民食之；甘露，民飲之，所欲自得[4]。百獸與群居。在四蛇北，其人兩手操卵食之，兩鳥居前[5]。

龍魚陵居在北，狀如貍[6]。一曰鰕魚[7]。即有神聖乘此以行九野[8]。一曰鱉魚在野北，其為魚也如鯉魚。

圖7-9，乘黃，蔣本、吳本、汪本。

1 郭注：言畏黃帝威靈，故不敢向西而射。
2 郭注：相繚繞也。
鹿案：尤本郭注作「繚繞樛纏」。
3 郭注：夭音沃。
鹿案：尤本作「諸夭」。《類聚》卷90、99引作「清沃之野」，《御覽》卷916也作「清沃之野」。
4 郭注：言滋味無不有，所願自得。
5 郭注：尊之。
郝疏：亦言圖畫如此。
6 郭注：或曰「龍魚似貍，一角。」
郝疏「貍當為鯉，字之譌。」
7 郭注：音瑕。
畢沅云：一作如鰕，言狀如鯢魚有四腳也。《爾雅》云「鯢大者謂之鰕」。
8 郭注：九域之野。

白民之國在龍魚北，白身被髮[1]。有乘黃，狀如狐，而背上有角[2]，乘之壽二千歲[3]。

肅慎之國在白民北，有樹名曰雒常[4]，先人代帝於此取衣[5]。

長股之國在雒常北，被髮[6]。一曰長腳[7]。

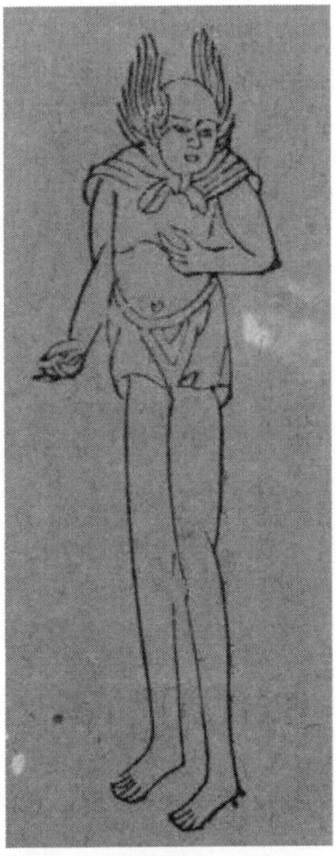

圖7-10，長股民，《永樂大典》、《異域圖志》。

1 郭注：言其人體同白。

2 郭注：《周書》曰「白民乘黃，似狐，背有兩角。」即飛黃也。《淮南子》曰「天下有道，飛黃伏皂。」

3 劉評：固知穆王乘八駿，亦地仙也。

4 鹿案：曹本「雒常」，尤本作「雄常」，下有郭注「或作雒」，曹本經文正是尤本郭注的「或作」。《淮南・墬形訓》謂之「雒棠」。

5 郭注：其俗無衣服，有聖帝代立，則此木生皮可衣。
鹿案：《御覽》卷784引作「不咸出在肅慎國，有樹名雄，先人代帝，於此取依。」下有注文「其俗無衣，中國有聖帝代立者，則此木皮可衣。」

6 郭注：國在赤水東，長臂人身如人而臂長三丈，以類推之，股過三丈矣。黃帝時至。或曰，長腳人常負長臂人入海中捕魚。

7 郭注：或曰喬國。今伎家喬人，蓋象此。
鹿案：吳任臣云「喬人，雙木續足之戲，今曰躧蹻。」郝疏「今喬人之戲，以木續足謂之踏喬是也。」圖7-10。

西方蓐收，在左耳蛇[1]，乘兩龍[2]。

圖7-11，蓐收，《文林妙錦萬寶全書》、汪本、多文齋。

1 鹿案：尤本作「西方蓐收，左耳有蛇。」曹本「耳」應同「珥」意。

2 郭注：金神也，人面、虎爪、白毛、執鉞。見《外傳》。
鹿案：劉評「即虢君之所見者」。郝疏：郭說蓐收本《國語・晉語》，文已見〈西次三經〉泑山注。《尚書大傳》云「西方之極，自流沙西至三危之野，帝少皞、神蓐收司之。」《呂氏春秋》孟秋紀子曰「該皆有金德，死託祀為金神」。

《圖讚》十六首

夏后啟

筮御飛龍，果舞九代。雲翮是揮，玉璜是佩。對揚帝〇，稟天靈誨。[1]

一臂國　三身國

品物流形，以散混沌。增不為多，減不為損。厥變難原，請尋其本。

奇肱國

妙哉工巧，奇〇之人。因風構思，制為飛輪。凌頹隧軌，帝湯是賓。[2]

形天

爭神不勝，為帝所戮。遂成厥形，口齊乳目。仍揮干戚，雖化不伏。[3]

女祭　女戚

彼姝者子，誰氏二女。曷為水間，持魚操俎。厥儷安在，離群逸處。

1 鹿案：曹本「帝〇」，郝本作「帝德」。
2 鹿案：曹本「奇〇」，郝本作「奇肱」。曹本「隧軌」，郝本作「遂軌」。
3 曹本「遂成厥形」，郝本作「遂厥形夭」；「口臍乳目」，郝本作「臍口乳目」；「雖化不伏」，郝本作「雖化不服」。

鵹鳥　鶬鳥

有鳥青黃，號曰鶬鵹。〇〇妖會，所集禍至。類則梟鶹，厥狀難媚。[1]

丈夫國

陰有偏化，陽無產理。丈夫之國，王孟是始。感靈所通，桑石無子。

女丑尸

十日並熯，女丑以斃。暴于山阿，揮袖自翳。彼美誰子，逢天之厲。

巫咸

群醫有十，巫咸所繞。經枝是搜，術藝是綜。採藥靈山，隨時登降。[2]

并封

龍過無頭，并封連載。物狀相乖，如驥分背。數得自通，尋之愈闕。[3]

女子國

簡狄有吞，姜嫄有履。女子之國，浴于黃水。乃娠乃字，生長則死。

---

1 曹本「〇〇妖會」，郝本作「與妖會合」；曹本「所集禍至」，郝本作「所集會至」。

2 曹本「群醫有十」，郝本作「群有十巫」；「所繞」，郝本作「所統」；「經枝」，郝本作「經技」。

3 曹本「尋之愈闕」，郝本作「尋之愈閡」。

軒轅國

軒轅之人，承天之祜。冬不襲衣，夏不扇暑。猶氣之和，家為彭祖。

龍魚

龍魚一角，似鯉處陵。俟時而出，神聖攸乘。飛騖九域，乘雲上昇。[1]

乘黃

飛黃奇駿，乘之難老。揣角輕騰，忽若龍矯。實監有德，乃集厥皁。[2]

威蒙鳥　大運山　雄常樹

青鳥青尾，號曰威蒙。大運之山，百仞三重。雄常之樹，應德而通。[3]

西方蓐收

蓐收金神，白尾虎爪。珥蛇執鉞，專司無道。立號西河，恭行天討。[4]

1 曹本「似鯉處陵」，《藝文類聚》卷96引作「似鯉居陵」，《御覽》卷939引作「似鯉居陵」，郝本作「似狸處陵」。曹本「神聖攸乘」，郝本《藝文類聚》作「神靈攸乘」。「乘雲上昇」，《藝文類聚》引同曹善本，但昇作「升」；明藏經本作「乘龍上昇」，郝本同明藏經本。

2 曹本「實監」，郝本作「實鑒」。

3 曹本「威蒙」，郝本作「滅蒙」。曹本「青鳥青尾」，郝本作「青質赤尾」。

4 曹本「白尾」，郝本作「白毛」。「西河」，郝本作「西阿」。

〈海外北經〉第八

海外東北陬至西北陬者。

無脅之國[1]在長股東，其為人無脅[2]。

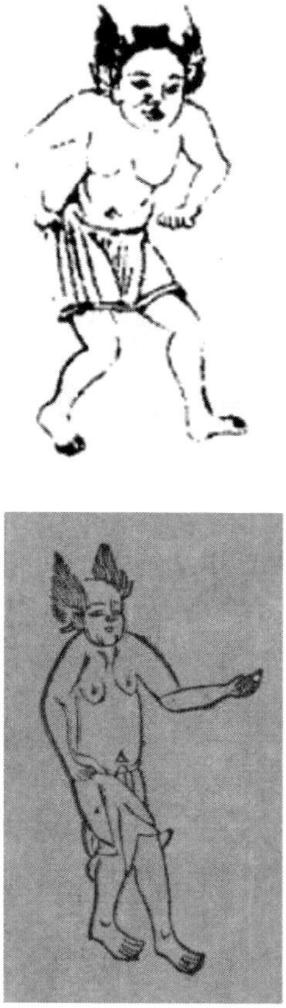

圖8-1，無脅民，《永樂大典》、《異域圖志》

鍾山之神，名曰燭陰[3]，視為晝，瞑為夜，吹為冬，呼為夏，不飲，不食，不息，息則風[4]，身長千里[5]。無脅之東。其為物，人面蛇身而赤，居鍾山下[6]。

一目國在其東，其為人，一目，中面而居。一曰有手足[7]。

1 郭注：音啟，一作臂。

2 郭注：脅，腸也。其人穴居，食土，無男女，死即埋之，不朽，死一百二十歲乃復生也。

3 郭注：燭龍也，是燭九陰，因以名之也。

4 郭注：氣息也。

5 鹿案：《類聚・鱗介部》卷96引此經，燭龍「身長三千里」。《御覽》卷27引作「鍾山之神，名曰燭陰。視為晝，瞑為夜，吹為冬，呼為夏。不飲不食不息，息則為風。身長千里。」燭陰下注曰「燭龍也，是燭九月，因名云」；息則為風下注「息，氣息也。」

6 郭注：《淮南子》曰「龍身一足。」

7 鹿案：《太平御覽》卷790作「一目國，一目中其面也。」郝疏疑「有手足」三字譌。

柔利國在一目東，為人一手一足反，膝曲，上[1]。一曰留利之國，人足反，折。

圖8-2，一目民，《永樂大典》、《異域圖志》

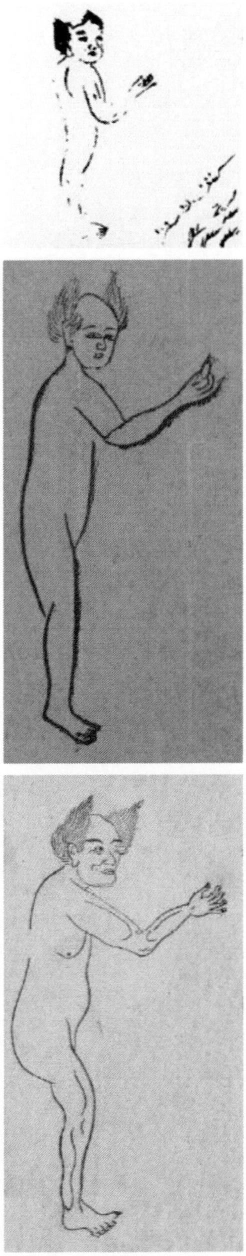

圖8-3，柔利民，《永樂大典》、《異域圖志》、《三才圖會》

1 郭注：一手一足反，卷曲。
鹿案：尤本作「膝曲足居上」。《圖讚》作「柔利之人，曲腳反肘。」《太平御覽》卷790引作「和利國在一目東，為人一手足反，膝曲，足居上。一曰留利之國，人手反，折。」《異林》云「柔利國，其人曲膝向前，一手一足。」《三才圖會》云「柔利國國人曲膝，一手一足。」郝疏「足反，卷曲，有似折也。」圖8-3。

共工之臣曰相柳氏[1]，九首，以食于九山[2]。相柳之所抵，所厥為澤溪[3]。禹殺相柳，其血腥，不可以樹五穀種[4]。禹厥之，三仞三沮[5]，乃以為眾帝之臺[6]。在崑崙之北[7]，柔利之東。相者，九首，人面，蛇身，而不敢北射，畏共工之臺也。在其東[8]，臺四方，隅有一蛇，蛇虎危銜[9]南方[10]。

深目國在其東，其為人舉一手，一曰[11]在共工臺東。

無腹之國在深目東，其為人長，無腹[12]。

---

1 郭注：共工，霸九州者。

2 郝疏：相柳，〈大荒北經〉作「相繇」。
郭注：頭各食一山之物，其貪暴難厭。
郝疏：九山，〈大荒北經〉作「九土」。《楚詞・天問》云「雄虺九首，儵忽焉在」，王逸注云「虺蛇別名也，言有雄虺一身九頭」。今案雄虺疑即此物也，經言此物九首蛇身。

3 郭注：柢，觸；厥，掘也。

4 鹿案：《御覽》卷647引作「不可以樹槃」，無「五」字。「槃」與「穀」二字通。

5 郭注：掘塞之而土三陷，言其膏血浸潤壞地。

6 郭注：其土地濕潤，惟可積土以為臺榭。

7 郭注：此崑崙在海外。
郝疏：〈海內北經〉云「臺四方，在昆侖東北。」是此昆侖亦在海內者，郭注恐非。

8 尤本作「臺在其東」。

9 尤本作「隅有一蛇，虎色，首衝南方」。

10 郭注：銜猶向也。

11 鹿案：「一曰」，尤本作「一目」，其下郭注「一作曰」。曹本正作「一曰」，無郭注。郝疏以為「一目」作「一曰」，連下讀是也。

12 鹿案：尤本、明清諸本作「無腸」。《御覽》卷790引此作「無腸之國在深目東，為人長而無腸。」《異域志》、《異域圖志》、《三才圖會》、《新刻嬴蟲錄》、日用類書等都只有「無腹國」而無「無腸國」。

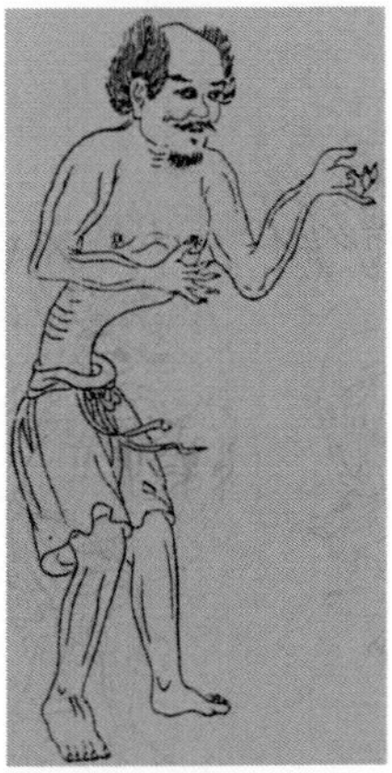

圖8-4，無腹民，《永樂大典》、《異域圖志》、〈邊裔典〉。

聶耳國在其東，使兩文虎，為人以兩手聶其耳[1]。縣居海水中[2]，及水所出之奇物[3]。兩虎在其東。

圖8-5，聶耳國，蔣本、〈邊裔典〉、多文齋本

1 郭注：言耳長，行則以手攝持之；音諸頰反。

2 鹿案：《太平御覽》卷790作「聶耳國在無腸國東，為人兩手聶其耳，縣居海水中。」

郭注：縣，邑。

3 郭注：言盡規有之也。

夸父與日逐走，入日[1]。渴，欲飲河渭；河渭不足，北飲大澤。未至，道渴而死。棄東杖化為鄧林[2]。

在聶耳東，其為人大，右手操青蛇，左手操黃蛇。鄧林在其東，二樹木[3]。一曰博父。

禹所積石之山在東，河水所入[4]。

拘纓之國在其東，其人以一手把纓[5]。一曰纓之國。

尋木長千里，在拘纓南，生河上西北。

跂踵國在纓國東，其為人大，兩足皆大[6]，一曰大踵[7]。

歐絲之野在大踵東，一女子方跪，據樹而歐絲[8]。

圖8-6，歐絲國，〈邊裔典〉。

1 郭注：言及日於將入也。

2 郭注：夸父，蓋神人，必其能及日景而傾河渭，豈以走寄用於是飲矣，幾乎不疾而迷矣。此以一體為萬殊，存亡為代謝，寄鄧林而遯形，孰得尋其靈化？
鹿案：「東」，尤本作「其」，曹本誤。《御覽》卷3引作「夸父逐日，扶飲河渭不足，北飲大澤，未至，道渴而死，棄其杖化為鄧林。」卷57又引經作「夸父逐日走，渴，飲河不足，道渴死，其杖化為鄧林。」劉會孟評「奇人奇事，千古若新。」

3 郝疏：二樹木，蓋謂鄧林二樹而成林，言其大也。

4 郭注：河出崑崙而潛行地下，至葱嶺復出，注鹽澤，從鹽澤復行，至南出於此山而為中國河，遂注海也。《書》曰「導河自積石」。

5 郭注：常以手持冠纓，一作癭。

6 郭注：其人行，腳腫不著地。《孝經・鉤命決》曰「焦僥跂踵，重譯欵塞」。

7 郝疏：大踵疑當為支踵或反踵，並字形之譌。

8 郭注：言噉桑而吐絲，蓋蠶類。
鹿案：劉會孟評「因祇園獻女子以五色絲內於口中，手引而結之，則成文錦，與此同。」《太平廣記》卷816引《拾遺記》云「周成王五年，因祇國獻女工一人，善於工巧，體貌輕潔，被纖羅新繡之衣。」

三桑無枝，在其東，其木長而無枝[1]。

范林方三百里[2]，在三桑東，洲環其下[3]。

務隅之山[4]，帝顓頊葬其陽[5]，九嬪葬于陰[6]。一曰爰有熊、羆、文虎、離朱、鴟久、視肉。

平丘在三桑東，爰有遺玉[7]、青馬、視肉、楊柳、甘柤[8]、甘華[9]，百果所在。兩山夾上各二木丘中，其中名曰平丘[10]。

---

1 郭注：言皆長百仞。

2 鹿案：《太平御覽》卷57引顧愷之《啟蒙記》曰「汎林鼓於浪巔」，注云「西北海有汎林，或方三百里，或方百里，皆生海中浮土上，樹根隨浪鼓動。」

3 郭注：洲，水中可居者；環，繞也。

4 鹿案：《山海經》關於「務隅山」的記載有三次，名稱皆稍異。〈海外北經〉作「務隅山」、〈海內東經〉作「鮒魚山」、〈大荒北經〉作「附禺之山」。

5 郭注：顓頊，號高陽，今灌陽故帝丘也。一曰頓丘縣城門外廣陽里。
鹿案：郭注「灌陽」，尤本作「濮陽」。劉會孟評「亦招魂葬衣冠之所，非濮陽帝邱也。」亦作「濮陽」。

6 郭注：嬪，婦。

7 郭注：玉名。

8 郭注：其樹枝幹皆黃葉、白華，黑實。《呂氏春秋》曰「箕山之東，有甘柤焉。」音柤梨。
鹿案：「青馬」，尤本作「青鳥」。

9 郭注：亦赤枝幹，黃華。

10 尤本作「兩山夾上谷，二大丘居中，名曰平丘。」

北海內有獸，其狀如馬，名曰騊駼[1]。其獸[2]名曰駮，狀白馬，鋸牙，食虎豹[3]。有青獸[4]，狀如馬，名曰蛩蛩[5]。有青獸，狀如虎，名曰羅羅[6]。

北方禺強，黑身、手、足，乘兩龍。[7]

圖8-7，禺彊，《神異典》。

1 郭注：音陶塗，見《爾雅》。
郝疏：《爾雅》注引此經騊駼下有「色青」二字，《史記・匈奴傳》徐廣注亦云：「似馬而青。」疑此經今本有脫文矣。

2 鹿案：尤本作「有獸」。

3 郭注：《周書》曰「義渠茲白，若白馬，鋸牙，食虎豹。」按此二說與《爾雅》。
劉評：茲白乘龍皆似馬。

4 鹿案：尤本作「有素獸焉」。考諸《山海經》對白色獸鳥的形容，多直接使用「白」字。張揖注〈子虛賦〉也說蛩蛩是「青獸，狀如馬」。《山海經》中的「素」僅出現一次，〈海內經〉「帝俊賜羿彤弓素矰，以扶下國」。「素」恐為「青」的形近之誤。曹本為允。

5 郭注：即邛邛距虛也，走百里，見《穆天子傳》。

6 鹿案：吳任臣引《駢雅》曰「青虎謂之羅羅。今雲南蠻人呼虎亦為羅羅，見《天中記》。」

7 郭注：水神也，人面鳥身。莊子曰「禺強立於北極」。
鹿案：尤本作「北方禺彊，人面，鳥身，珥兩青蛇，踐兩青蛇」。郭注「字玄冥，水神也。莊周曰「禺彊立于北極」。一曰禺京。一本云：北方禺彊，黑身，手足乘兩龍。」而曹本的郭注則作「水神也，人面，鳥身」。曹本與尤本郭注「一本云」相合。

《圖讚》十五首

無脅國

萬物相傳，非子則根。無脅因心，構肉生魂。所以能然，尊形者存。

燭龍

天缺西北，龍銜火精。氣為寒暑，眼作昏明。身長千里，可謂至靈。[1]

一目國

蒼四不多，此一不少。子野名瞽，洞見無表。形猶逆旅，所貴惟道。[2]

柔利國

柔利之人，曲腳反肘。子永之容，方此無醜。所貴者神，形于何○。[3]

1 鹿案：《類聚》卷96引作「天缺西土，龍銜火精」。「龍銜火精」，明藏經本作「龍衡火精」。「可謂至靈」，明藏經本作「可謂至神」。

2 鹿案：「形猶」，郝本作「形遊」。

3 鹿案：「子永」，胡震亨本作「子求」。最後一缺字，郝本作「有」。

共工臣相柳

共工之臣，號曰相柳。稟此奇表，蛇身九首。恃力桀暴，見禽夏后。

深目國

深目類胡，但服絕縮。軒轅道隆，款塞歸服。穿胷長服，同會異域。[1]

聶耳國

聶耳之國，海渚是縣。雕虎斯使，奇物畢見。形有相須，手不離面。

夸父

神哉夸父，難似理尋。傾河及日，遯形鄧林。觸類而化，應無常心。[2]

尋木

眇眇尋木，生于河邊。竦枝千里，上干雲天。垂陰西極，下蓋虞淵。

跂踵國

厥形惟大，其腳則跂。跳步雀躍，踵不閡地。應德而臻，款塞歸義。

---

1 曹本「類胡」，吳本作「類戎」；「但服」，吳本作「但覺」。「道隆」，吳本作「道降」；「長服」，吳本作「長腳」，「異域」，「異族」。

2 曹本「傾河及日」，《初學記》卷19引同曹善本，明藏本作「傾河逐日」。

歐絲野

女子鮫人，體近蠶蚌。出珠匪甲，吐絲匪蛹。化出無方，物豈有種。

無腸國

無腸之人，厥體惟洞。心實靈府，餘則外用。得一自全，理無不共。

平丘

兩山之間，丘號曰平。爰有遺玉，駿馬惟青。視肉甘華，奇果所生。

騊駼

騊駼野駿，產自北域。交頸相摩，分背翹踛。雖有孫陽，終不能服。

北方禺強

禺強水神，人面黑色。乘龍踐蛇，凌雲拊翼。配靈玄冥，立于北極。

〈海外東經〉第九

海外自東南陬至東北陬者。

嗟丘[1]，爰有遺玉、青鳥[2]、視肉、楊柳、甘柤、甘華，百果所生[3]。在東海，兩山夾丘，上有樹木。一曰差丘[4]。一曰百果所在，在堯葬東。

大人國在其北，為人大，坐而削舡[5]。一曰在差丘北。

奢比之尸在其北[6]，獸身、人面、大耳[7]，珥兩青蛇[8]。一曰肝榆之尸在大人北。

君子國在其北，冠帶劍，食獸，使二文虎[9]在其旁。[10]一曰在肝榆之尸北。

---

1 郭注：音嗟，或作髮。
鹿案：《北堂書鈔》卷92引《山海經》曰「帝堯葬髮丘」。

2 鹿案：尤本作「青馬」。〈西山經〉、〈海內北經〉、〈大荒東經〉、〈大荒西經〉皆有「三青鳥」；〈海外西經〉、〈海外北經〉、〈大荒西經〉、〈大荒北經〉皆有「青鳥」。曹本僅有〈大荒東經〉一例，經作「有青馬。有赤馬，名曰三騅」，青馬與赤馬相對。

3 鹿案：尤本作「甘果」。考索全書，「甘果」僅見於此，〈北山經〉、〈海外北經〉、〈海外東經〉皆有「百果」，應以曹本為允。

4 鹿案：尤本作「嗟」，《續文獻通考》作「差丘」。

5 鹿案：劉會孟評大人國云「穆滿升巨人之臺，古有此國。」郝疏「削當讀若稍，削船謂操舟也。」

6 郭注：神名。

7 鹿案：奢比之尸亦見〈大荒東經〉，尤袤本、曹善本兩次皆作「人面大耳」。《太平御覽》卷790大人國條引作「大人國為人獸身人面犬耳，珥兩青蛇。」《永樂大典》卷3007引同《御覽》，郝本據《秘書二十一種》前後兩次不同，〈海外東經〉作「大耳」、〈大荒東經〉作「犬耳」。

8 郭注：珥，以蛇貫耳也。

9 鹿案：「文虎」，尤本作「大虎」，文、大二字形近。《後漢書・東夷傳》注引此經作「文虎」，高誘注《淮南子・墬形訓》亦作「文虎」。曹本為允。

10 郭注：其人不爭好讓。
鹿案：尤本此作經文，曹本為郭注。《類聚》卷21引此曰「君子國民，衣冠帶劍，土方千里，多薰華之草，好讓，故為君子國。」《御覽》卷790作「君子國人，冠衣帶劍」，下有郭注「其人好不爭也」，疑有脫字，然亦是郭注，與曹本可互見。〈大荒東經〉亦有君子國，郭注「亦使虎豹好謙讓」。劉會孟評君子國「禮失求諸野，更失則求諸外國，此夫子有居夷之歎。」

虹虹在其北，各有兩首[1]。一曰在君子北。

朝陽之谷[2]，神曰天吳，是為水伯，在虹北兩水間。其為獸也，八首人面，八足八尾，皆青黃[3]。

圖9-1，君子國，《永樂大典》、《新刻贏蟲錄》、〈邊裔典〉。

圖9-2，天吳圖，〈神異典〉、多文齋本。

1 郭注：虹，螮蝀。
2 郝疏：《爾雅》云「山東曰朝陽，水注谿曰谷。」
3 郭注：〈大荒東經〉云「十尾」。
鹿案：宋本、明本、清本《初學記》卷6引天吳神皆做「十八尾」，明清的圖本，天吳的形象都作八首、八足、八尾。

青丘國在其北[1]，其狐四足九尾[2]。

帝令豎亥步，自東極至于西極，五億十選[3]九千八百八步。豎亥右手把筭，左手指青丘北。一曰禹令豎亥[4]。

黑齒國在其北[5]，其為人黑[6]，食稻啖蛇，一赤一青在其旁。一曰在豎亥北，為人黑手，食稻，使其一蛇赤。下有湯谷[7]。湯谷上有扶木[8]，十日所浴，在黑水北[9]。居水中有大木，九日居下枝，一日居上枝[10]。

---

1 郭注：其人食五穀，衣絲帛。
劉評：青邱國亦君子國。
2 郭注：《汲郡竹書》曰「伯杼征于東海，及三壽得九尾狐」，即此。
3 郭注：豎亥，善行人。選，萬也。
4 郭注：《詩含神霧》曰「天地東西二億三萬三千里，南北二億一千五百里。天地相去一億五萬里也。」
5 郭注：〈東夷傳〉曰「倭國東四千餘里有裸國，裸國東南有黑齒國，舡行一年可至。」《異物志》云「四屠染齒」，亦放此人也。
鹿案：「四屠」，尤本作「西屠」。《太平御覽》卷790引《異物志》云「西屠國在海外，以草漆齒，用白作黑，一染則歷年不復變。一號黑齒。」曹本訛誤。
6 鹿案：郝疏以為「黑下當脫齒字」。王逸注《楚辭・招魂》云「黑齒，齒牙盡黑。」高誘注《淮南子・墬形訓》云「其人黑齒，食稻啖蛇，在湯谷上。」是古本有齒字之證。《御覽》卷368引作「黑齒國，為人黑齒。」
7 郭注：中水熱也。
8 郭注：扶桑。
9 鹿案：尤本作「在黑齒北」，曹本誤。
10 郭注：莊周曰「昔十日並出，草木焦枯。」《淮南子》亦云「堯乃令羿射十日，中其九，日中烏盡死。」《離騷》所謂「羿焉畢日，烏焉落羽」。《歸藏・鄭母經》云「昔羿射畢十日」。《竹書》曰「胤甲即位，居西河，有妖孽，十日並出。」明此自然之異，有自來矣。《傳》曰「天有十日」。日之數十，此云「九日居下枝，一日居上枝」。〈大荒經〉又曰「一日方至，一日方出」。明天雖有十日，自使以次第迭出運照，而今俱出，為天下妖災，故堯命羿射之，九日潛退。假器用可以激水烈火，精感可以降霜回景，然羿之鑠明離狸而斃陽烏，未足為難也。若搜之常情，則無理以然，推之以數，則無往不通，達觀之士，宜領其玄，致歸之冥會，則逸義無滯，而奇言不廢矣。

雨師妾在其北[1]，為人黑，兩手各操一蛇，左耳有青蛇，右耳有赤蛇。一曰在十日北，其為人黑身、面首，兩手各操一龜[2]。

玄股國在其北[3]，其為人衣魚[4]，食鴎[5]，使兩鳥夾。一曰在雨師妾北。

毛民國在其北，為人身生毛[6]。一曰在玄股北。

圖9-3，玄股國，汪本、〈邊裔典〉。

1 郭注：雨師，屏翳也。

2 尤本作「黑身、人面，各操一龜」。

3 郭注：髀以下盡黑。

鹿案：《御覽》卷790引作「玄服之國，其人衣魚，食鷗。鷗，水鴞也。」卷925亦引作「玄服國，其人食鷗」。

4 郭注：以魚皮為衣。

鹿案：劉會孟評「中國亦有假鳥皮為衣者」。郝疏以為「今東北邊有魚皮島夷，正以魚為衣也。其冠以羊鹿皮戴其角，如羊鹿然。」

5 郭注：水鴞也，音憂。

鹿案：「鴎」，尤本作「驅」。楊慎以為，驅即鷗。衣魚食鷗，蓋水中國也。曹本《圖贊》也作「玄股食鷗」。

6 郭注：今去臨海郡東南二千里，有毛人在大海中洲島上，為人短小，而體盡有毛，如豬能，穴居，無衣服。晉永嘉四年，吳郡司盜都尉戴達在海畔得一舡，上有男女四人，狀皆如此，言語不通，自詣丞相府，未至，三人道死，惟有一人在。上賜之婦，生子，出入市井，漸曉人語，自說是毛民。《東荒經》「毛民食黍」。

鹿案：郭注「而體盡有毛」，尤本作「面體盡有毛」。《御覽》卷790與明藏經本皆作「面體」。郝懿行以為藏經本「面體」為「而體」字譌，對照曹本，可見郝懿行推斷無誤。另，曹本「司盜都尉戴達」，尤本作「司鹽都尉戴逢」。

勞民國在其北，其為人黑[1]。或曰教民。一曰在毛民北，為人面目手足盡黑。

圖9-4，毛民國，汪本、〈邊裔典〉。

圖9-5，勞民國，蔣本、〈邊裔典〉

東方勾芒，鳥身人面，乘龍[2]。

1 郭注：食草實，有一鳥兩頭。

2 郭注：木神也，方面素服。《墨子》曰「昔秦穆公有明德，上帝使句芒賜之壽十九年。」
鹿案：尤本作「乘兩龍」。《漢書》張揖注〈大人賦〉云「句芒，東方青帝之佐也，鳥身人面，乘兩龍。」劉會孟評「東方青龍也，故人乘兩龍」。明清的圖像中，勾芒神都是以乘兩龍造型出現。

圖9-6，勾芒，蔣本、成本。

《圖讚》八首

君子國

東方氣仁，國有君子。薰華是食，雕虎是使。雅好禮讓，端委論理。

天吳

眈眈水伯，號曰谷神。八頭十尾，人面虎身。龍摅兩川，威無不震。

九尾狐

青丘奇獸，九尾之狐。有道則見，出則銜書。作瑞周文，以摽靈符。[1]

豎亥

禹命豎亥，青丘之北。東盡太遠，西窮邠國，經字宙〇，以明靈德。[2]

1 曹本「有道則見」，《初學記》卷29作「翔」，《類聚》卷95、《御覽》卷909皆作「祥」。「以摽靈符」，郝本作「標」。《初學記》、《類聚》皆作「摽」。

2 曹本「經字宙〇」，郝本作「步履宇宙」。

十日

十日並出，草木焦枯。羿乃控弦，落羽陽烏。可謂感動，天人懸符。[1]

毛民國

牢悲海鳥，西子駭麋。或貴穴裸，或尊裳衣。物我相傾，孰辨是非。

黑齒國　雨師妾　玄股國　勞民

陽谷之上，國號黑齒。雨師之妾，以蛇掛耳。玄股食鷗，勞民黑體。

東方句芒

有神人面，鳥身素服。銜帝之命，錫齡秦穆。皇天無親，行善有福。

1 曹本「落羽陽烏」，郝本作「仰落陽烏」

〈海內南經〉第十

海東南陬以西者[1]。

甌居海中[2]。閩在海中[3]，其西北有山。一曰門中居海中。

三天子鄣山[4]，在閩西海北[5]。一曰在海中。

桂林八樹，在賁隅東[6]。

圖10-1，雕題國，〈邊裔典〉。

1 郭注：從南起也。

2 郭注：今臨海永寧縣，即東甌，在岐海也。
鹿案：《太平御覽》卷171引郭注作「今臨海永寧縣即東甌故地也。若在南海中郁林郡為西甌。」劉評「甌今溫州府城北，東至磐石村，會于海洋是曰甌海。」

3 郭注：閩即西甌，今建安郡是，亦在岐海中。
鹿案：吳任臣引何喬遠《閩書》曰「按謂之海中者，今閩中地有穿井闢地，多得螺蚌殼、敗槎，知洪荒之世，其山盡在海中，後人乃先後填築之也。」

4 郭注：音章。

5 郭注：今新安歙縣東，謂之王山，浙江其邊。《土地記》曰「東陽永康縣南四里有○○○○○○，云黃帝曾遊，即三天子都。」
鹿案：曹本郭注「王山」，尤本作「三王山」。曹本漫漶不清，尤本作「東陽永康縣南四里有石城山上有小石城」。劉評「今屬徽州績溪」。

6 郭注：八樹成林，言大也。賁隅即番○。
鹿案：曹本郭注缺字，尤本作「隅」。《御覽》卷172引經曰「桂林八樹在賁禺東，注云賁禺即番禺也」。劉會孟評「宋守范成大建八桂堂」，又評「桂林又有睡草，見之則令人睡。」

○慮國[1]、離耳國[2]、雕題國[3]、北朐國[4]皆在鬱水南，鬱林出湘陵南山。一曰湘慮[5]。

梟陽在其北，朐之西，其為人，人面長唇，黑身有毛，反踵，見人笑亦笑，左手操管[6]。

圖10-2，梟陽國，《三才圖會》、〈邊裔典〉

1 郭注：未詳。
鹿案：曹本「○慮」，尤本作「伯慮」。

2 郭注：離其耳分，令下垂以為飾，即儋耳也。朱崖海渚中，不食五穀，但食蚌及藷。

3 郭注：點涅其面，畫體為鱗采，即鮫人也。

4 郭注：未詳，音劬。

5 鹿案：尤本作「相慮」。畢沅以為「相字當為柏字，伯慮一作柏慮也。」

6 郭注：《周書》曰「州靡髪者，人身反踵，自笑，笑則上脣掩其目。」《爾雅》云「髴髴」。《大傳》曰：「周成王時州靡國獻之。」〈海內經〉謂之「贛巨人」。今交州及南康郡，深山中皆有此物也。長丈許，腳跟反向，健走，被髮，好笑笑。雌者作乳汁即病，土俗呼為山都。郡南康贛水，今似有此人，因名水也。猶〈大荒經〉說地有蜮山，亦此類。
鹿案：「髪」即髮。曹本「州靡髪」，尤本作「州靡髣髴」，郝本作「州靡髴髴」，郝本為允。「上唇掩其目」，尤本作「上唇掩其面」。郭注「雌者作乳汁即病」以下句，曹本多訛誤，尤本作「雌者能作汁，灑中人即病，土俗呼為山都。南康今有贛水，以有此人因以名水，猶〈大荒〉說地有蜮人，人因號其山為蜮山，亦此類也。」

兕在舜葬東，湘水南，其狀如牛，黑[1]，一角。
蒼梧[2]山，帝舜葬于陽[3]，帝丹朱葬于陰[4]。
其氾林方三百里，在狌狌東[5]。
狌狌知人名，其為獸如豕而人面[6]，在舜葬西北。
犀牛，其狀如黑牛[7]。

圖10-3，兕，《三才圖會》，《天地瑞祥志》。

1 鹿案：尤本作「蒼黑」。《天地瑞祥志》引《爾雅》郭注「一角，青黑色」。
2 尤本作「蒼梧之山」。
3 郭注：即九疑山。《禮記》亦曰「舜葬蒼梧之野。」
鹿案：《史記》引《皇覽》曰「舜冢在零陵營浦縣，其山九谿皆相似，故曰九疑。」劉評「今屬湖廣永州府寧遠縣，其山九溪皆相似。」
4 郭注：今丹陽縣亦有丹朱冢。《竹書》亦曰「后稷放帝丹朱。」與此義符。陽山之南也。稱帝者，猶死加獻帝之謚爾。
劉評：堯時有鳥如雀丹州而來，吐五色之氣，氤氳如雲，名曰憑霄雀，群飛銜土成丘墳。
5 郭注：或作猩猩，字同。
6 郭注：《周書》曰「鄭郭狌狌者，若黃犬，人面。頭妃雌雄，服之不眯。今交阯封溪出狌狌，土人云，狀似豚，亦似犬，聲如小兒啼也。
鹿案：《逸周書‧王會篇》「都郭生生、欺雨生生若黃狗，人面能言。」注云「都郭，北狄；生生，獸名。」《山海經》注「都郭」作「鄭郭」，生生一作狌狌。「頭如雄雞」，曹本作「頭妃雌雄」。考之〈王會篇〉，其云「都郭生生、欺雨生生若黃狗，人面能言，奇幹善芳，善芳者，頭若雄雞，佩之令人不昧，皆東嚮。」則不論尤本、曹本之郭注，皆有脫誤，曹本「頭妃雌雄」，不通，或為「頭如雄雞」之譌。然頭如雄雞乃指來自奇幹的善芳鳥，非是對生生獸之形容，疑原來寫善芳鳥的注解脫去。奇幹為北狄的一支。
7 郭注：似水牛，豬頭，痺腳，三角。

夏后啟之臣曰孟涂，是司神于巴人[1]，諸訟[2]于孟涂之所[3]，其衣有血者乃執之[4]，是謂生[5]。居山上，在丹山西。丹山在丹陽南，丹陽屬也[6]。

窫窳[7]龍首，居弱水中，在狌狌知人名之西，其狀如龍首，食人首[8]。

有木，其狀如牛[9]，引之有皮若纓黃蛇[10]。其葉如羅[11]，其實如欒[12]，其木若蓲[13]，其名曰建木[14]，在窫窳西弱水。

---

1 郭注：聽其獄訟，為之神主。

2 鹿案：「諸訟」，尤本作「請訟」。劉評「後漢季子長臥木囚」。

3 鹿案：郝疏引《水經・江水注》作「血涂」，《御覽》卷639作「孟余」或「孟徐」。劉評「于坎中祝之罪正者，不動可與為伍。」

4 郭注：不直者即血見于衣。

5 郭注：言其好生也。
鹿注：「謂生」，尤本作「請生」。

6 郭注：今建平郡有丹陽城秭歸縣東七里，即孟涂所居也。

7 郭注：窫窳，本蛇身人面，為貳負臣所殺，復化成此物也。

8 鹿案：尤本作「食人」。郝疏引劉逵注〈吳都賦〉云「南海之外，有猰　，狀如貙，龍首，食人。」未言「食人首」。劉評「舌吐青蓮」，會孟語出驚人。

9 郭注：《河圖玉版》云：芝草樹生，或如車馬，或如龍蛇、人狀，亦此之類。

10 郭注：言其皮剝如人冠纓黃蛇狀。

11 郭注：如綾羅也。

12 郭注：木名，黃本、赤枝、青葉，生雲雨；或作卵，或作麻，出山。

13 郭注：亦木名，未詳。

14 郭注：建木青葉紫莖，黑華黃實，其下聲無響音。
鹿案：「聲無響音」，尤本作「聲無響，立無影也」。

互人國[1]在建木西，為人人面而魚身，無足[2]。

巴蛇食象，三歲而出其骨，君子服之，無心腹之疾[3]。其為蛇青黃赤黑。一曰黑蛇青首，在犀牛西。

圖10-4，氐人，《永樂大典》、〈邊裔典〉。

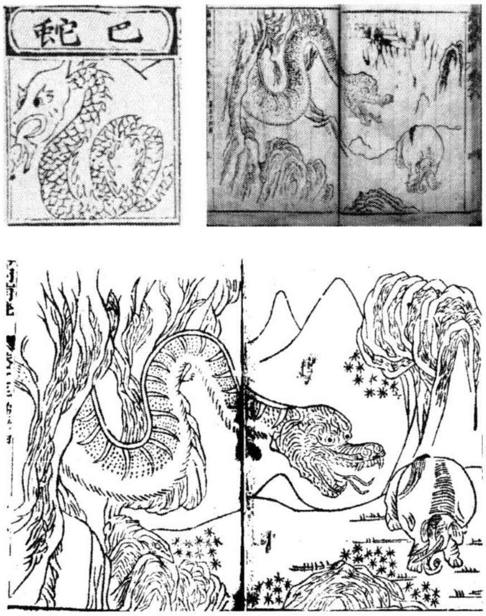

圖10-5，巴蛇，《文林妙錦萬寶全書》、蔣本、成本。

1 郭注：音栝。
鹿案：尤本與明清諸書皆作「氐人」，曹善作「互人」。

2 郭注：匈以上人，匈以下魚。

3 郭注：今南方蚺蛇吞麢，爛，自絞於樹，腹中骨皆穿鱗甲間出，此其類也。《楚詞》曰：「有蛇象，厥大如河？」說者云長千尋。
鹿案：「吞麢」，尤本作「吞鹿」。麢即狍也，為中型的鹿。曹本作「有蛇象」，尤本作「有蛇吞象」；「厥大如河」，尤本作「厥大何如」。劉評「羿屠巴蛇于洞庭，積骨為丘，故曰巴丘。」臺靜農《楚辭天問新箋》，提到宋《楚辭集注》本也作靈蛇吞象，「厥大何如」，大或作骨，以作「骨」為是。

旄馬，其狀如馬，四節有毛[1]。巴蛇西北，高山南。

匈奴[2]、開題之國、列人之國，在西北焉。

《圖讚》六首

楊梟

髴髴怪萌，被髮操竹。獲人則笑，唇蔽其目。終亦号咷，反為我戮。[3]

狌狌

狌狌之狀，乍豚乍犬。厥性識往，為物警辨。以酒招災，自詒嬰罥。[4]

夏后啟臣孟涂

孟涂司巴，聽訟是非。厥理有曲，血乃見衣。所謂靈斷，嗚呼神微。[5]

1 郭注：《穆天子傳》「所為豪馬」。亦有旄牛。

2 郭注：一曰獫狁。

3 曹本「楊梟」，郝本作「梟陽」；曹本「唇蔽其目」，《御覽》卷908引作「唇蓋其目」。

4 鹿案：曹本與吳本、郝本多處有異。吳本引作「狌狌之狀，形乍如犬。厥性識往，為物警辨。以酒招災，自治纓罥」。郝本所引近似吳本，唯末句作「自貽纓罥」。

5 鹿案：曹本「所謂靈斷」，郝本作「所請靈斷」。

建木

爰有建木，黑實紫柯。皮如蛇嬰，葉有素羅。絕蔭弱水，義人則過。[1]

互人

炎帝之苗，實生互人。死則復穌，厥半為鱗。雲雨是訖，浮游天津。[2]

巴蛇

象實巨獸，有蛇吞之。越出其骨，三年為期。厥大如何，屈生所疑。

1 鹿案：曹本「黑實紫柯」、「皮如蛇嬰」，郝本作「黃實紫柯」、「皮如蛇纓」。

2 鹿案：曹本「厥半為鱗」、「雲雨是託」。郝本作「厥身為鱗」、「雲南是託」。「雲南」句下郝懿行有案語曰「南疑當為雨」，應從曹本，以「雲雨是託」為允。

〈海內西經〉

第十一

海內西南陬以北者。

貳負之臣曰危，與貳負殺窫窳。帝乃括之疏屬之山[1]，桎[2]其右手足，反縛兩手與髮[3]，繫之山木上。開題西北[4]。

圖11-1，貳負之臣，蔣本、成本。

1 郭注：括，繫縛也，音活。

鹿案：「括之疏屬之山」，尤本、郝本皆作「梏之疏屬之山」。「括」，曹本、尤本郭注作「音活」，郝本作「古沃切」，「括」、「活」音同。曹本為允。劉評「疏屬山今陝西延安府綏德縣」。

2 郭注：桎，械。

3 郭注：勒髮令縛之也。

4 郭注：漢宣帝使人作上郡，發盤石，石室中得一人，徒踝、被髮、反縛，械一手足，以問群臣，莫知。劉子正按此以言，宣帝大驚，於是人爭學《山海經》。論者多以為是其尸象，非真體也。意者以為靈怪變化，難以理測；物稟異氣，出于不然，不可以常理推，不可以數揆。魏時有人發周王冢者，得殉女子不死，不數日而有氣，數月而能語，狀如二十許。送詣京師，鄧太后愛養之，常在左右。十餘年，太后崩，哀思哭泣，一年餘乃死。亦此類也。

鹿案：「繫之山木上」，尤本作「繫之山上木」。《北堂書鈔》卷44引作「繫之山木之上」、《御覽》卷50引作「繫之山上，磐石之下」。曹本郭注「劉子正」，乃「劉子政」。「鄧太后」，尤本作「郭太后」，《御覽》引郭注亦作「郭太后」。劉會孟評「非劉子政此經，幾石蘚埋深矣。」

大澤方百里，群鳥所生所解[1]。在鴈門北。

鴈門山，鴈出其間[2]，在高柳北。

高柳在大中。后稷之葬，山水環之[3]，在氐國西。

流黃酆氏國，中方三百里[4]。有塗四方[5]，中有山。在后稷葬西。

流沙出鍾山。西行，又南行崑崙墟，西南海[6]黑水之山[7]。

東胡在火澤[8]東。夷人在東胡東。貊貃國在漢水東北[9]。蛇于燕之。

滅孟鳥[10]在貊貃國東北，其鳥文：赤、黃、青，東鄉。

---

1 郭注：百鳥於此生、乳及解脫毛羽。

2 鹿案：《水經注》及《初學記》卷30引此經皆作「鴈出其門」。

3 郭注：在廣都之野。
鹿案：《華陽國志・蜀志》云「廣都縣，郡西三十里，元朔漢二年置，有鹽井漁田之饒。」楊慎《補注》云「黑水廣都，今之成都也。」

4 郭注：言國城內。

5 郭注：塗，路。

6 尤本作「西南入海黑水之山」。

7 郭注：今西海居近澤。《尚書》所謂「流沙」者，形如月生五日也。
鹿案：「近澤」，尤本作「延澤」。《地理志》云「居延澤在東北，古文以為流沙。」

8 鹿案：尤本、郝本皆做「大澤」。曹本誤。

9 郭注：今夫餘國即穢貊故地，有長安城北，去玄菟千里，出名馬、赤玉、〇皮，大珠如酸棗。
鹿案：曹本郭注「穢貊」，尤本作「濊貊」；「長安城北」，尤本作「在長城北」；「〇皮」，尤本作「貂皮」。

10 郭注：亦鳥名。

海內崑崙虛在北[1]，帝之下都。崑崙之虛，方八百里，高万仞[2]。上有木禾，長五尋[3]，大五圍[4]。面有九井，以玉為檻[5]。面有五門[6]，門有開明獸守之，百神之所在。在八隅之巖[7]，赤水之際，非人[8]羿莫能上岡之巖[9]。

赤水出東南隅，以行其北[10]。西南流，注南海獸火

圖11-2，開明獸，蔣本、汪本。

1 郭注：言海內者，明海外別有崑崙山也。
2 郭注：此謂其虛基廣輪之高尒。自此以上二千五百餘里，上有醴水泉、華池，去嵩高五万里，天地之中也。見《禹紀》。
3 鹿案：《太平御覽》卷38引作「上有木，木長五尋，大五圍，面有井，以玉為檻」。
4 郭注：木禾，穀類，生黑水河，可食，見《〇〇子傳》。
鹿案：曹本郭注缺字，尤本作「穆天子傳」。《穆天子傳》卷云「黑水之阿，爰有野麥，爰有荅堇，西膜之所謂木禾。」
5 郭注：欄檻。
6 尤本作「九門」。
7 郭注：在巖間也。
8 尤本作「仁羿」。
9 郭注：言非仁人及才藝如羿者，不能登此山崗嶺巉巖頭也。羿當請藥西王母，言亦得道者也。羿或作聖。
10 尤本作「東北」。

東[1]。

河水出東北隅，以行其北，西南又入渤海，又出海外，即西北[2]而北，入禹所積石山[3]。

洋水[4]、黑水出西北隅，以東行，又東北，南入海，羽民之南。

弱水、青水出西南隅[5]，以東，又北，又西、又南，過畢方鳥東。[6]

崑崙南淵深三百仞。[7]開明獸身大，類虎身[8]而九首，人面，東向立崑崙上。[9]

開明西有鳳皇、鸞鳥，皆戴踐[10]，膺有赤蛇。

---

1 鹿案：郝本無此句，明藏經本也有「西南留住南海，獸火東。」同曹本。

2 尤本無「北」字。

3 郭注：禹治水復決疏出之，故書云「導河積石」。

尤本作「所導積石山」。

4 郭注：音翔。

郝疏：高誘注《淮南・墬形訓》云「洋水經隴西氐道東至武都為漢陽，或作養也。」《水經注》引闞駰云「漢或為漾，漾水出昆侖西北隅，至氐道，重源顯發而為漾水。」是洋水及漾水，字之異也。《書・禹貢》云「嶓塚導漾，東流為漢。」

5 郭注：《西域傳》「弋國去長安万三千餘里，西行可百餘日至條支國，臨西海。長老傳聞有弱水、西王母。」〈東夷傳〉亦曰「長城數千，亦有弱水。皆所未見也。」《淮南子》云「弱水出窮石。」窮石，今西郡〇舟，蓋其次別之源爾。

6 〈海外南經〉云：畢方鳥在青水西。

7 郭注：靈淵。

鹿案：〈海內北經〉云「昆侖虛南所，有氾林方三百里。從極之淵，深三百仞，維冰夷恆都焉。」

8 郭注：身或作直。

鹿案：尤本作「身大類虎」。

9 郭注：天獸也。

鹿案：「天獸」，尤本郭注作「大獸」。今郭璞〈圖贊〉云「開明天獸，稟茲金精；虎身人面，表此桀形；瞪視崑山，威懾百靈。」

10 尤本作「戴蛇踐蛇」。

開明北有視肉、珠樹、文玉樹[1]、玗琪樹[2]、不死樹[3]。鳳皇、鸞鳥皆戴瞂[4]。又有離朱、木禾、柏樹、甘水[5]、聖木[6]、曼兌[7]，一曰旋木雩交[8]。

開明東有巫秪[9]、巫陽、巫履、几[10]、巫相[11]，窫窳之尸[12]，皆操不死之藥以距之[13]。窫窳者，蛇身人面，貳負臣所殺也。

圖11-3，窫窳，蔣本、汪本。

1 郭注：五采玉樹。
鹿案：《淮南子・墬形篇》云「玉樹在其西」。《楚辭・離騷》王逸注引《河圖括地象》云「崑崙上有瓊玉之樹」。
2 郭注：亦玉屬。吳天璽元年，臨海郡吏任曜於海際得石樹，高三尺，枝莖紫色，詰曲傾靡，有光，即玉碧樹之類也。于、其二音。
3 郭注：言常生也。
4 郭注：盾也，音伐。
鹿案：《太平御覽》卷357引此經「開明北有鳳皇、鸞鳥皆戴瞂。」
5 郭注：醴泉。
《史記・大宛傳》云：《禹本紀》言崑崙上有醴泉。
6 郭注：食之令人智。
7 郭注：未詳。
8 郭注：《淮南子》作琁樹。琁，玉之類。
鹿案：尤本作「挺木牙交」。郝疏引《淮南子》云「昆侖之上有璇樹」，蓋璇樹一名挺木牙交，故郭氏引之，疑經文上下當有脫誤。
9 鹿案：尤本作「巫彭、巫秪」，曹本似有脫落，因郭注中有「巫彭作醫」。
10 鹿案：，此處似有脫落，尤本作「巫凡」。
11 郭注：神醫也。《世本》曰：「巫彭作醫」。《楚詞》曰：「帝告巫陽」。
郭璞〈圖贊〉云：「窫窳無罪，見害貳負；帝命群巫，操藥夾守；遂淪弱淵，變為龍首。」
12 尤本作「夾窫窳之尸」。
13 郭注：為距即死氣，求更生也。

服常樹，其上有三頭人、琅玕樹[1]。

開明南有樹，鳥六首，蛇[2]、蝮蛇、蜼、豹、鳥秩樹[3]，於水池樹木[4]，誦鳥[5]、鶽[6]、視肉。

圖11-4，三頭人，蔣本、成本。

1 郭注：服常木，未詳。琅玕，子似珠，《爾雅》曰「西北之美者，有崑崙之琅玕。」莊子「有人三頭，遞臥遞起，以司琅玕與琅琪。」謂此人也。
鹿案：尤本作「三頭人，伺琅玕樹」。

2 郭注：似蛇而四腳，龍類。
鹿案：曹本經文作「蛇」，郭注又云「似蛇」。尤本作「蛟」為允。

3 郭注：未詳，木名。

4 郭注：言列樹以表，池即華池。
鹿案：「水池」，尤本作「表池」。

5 郭注：未詳。

6 郭注：鵰也。《穆天子傳》曰「爰有白鳥、青鵰。」音隼。

《圖讚》十一首

貳負臣危

漢擊磻石，其中則危。劉生是辨，群臣莫知。可謂博物，山海是奇[1]。

流黄酆民國

城圍三百，連阿比棟。動則塵昏，烝氣成霧。焉得游之，以傲以縱[2]。

大澤方百里

地號積羽，厥方千里。群鳥雲集，鼓翅雷起。穆王旋軫，爰榮騄耳[3]。

流沙

天限內外，分以流沙。經帶西極，頹溏委蛇。注於黑水，承溺餘波[4]。

1 鹿案：郝本作「漢擊磐石」、「劉生是識」、「山海乃奇」。
2 鹿案：郝本作「連河比棟」、「動是塵昏」、「烝氣霧重」、「以敖以縱」，「連河」句下郝懿行有案語云「河疑當作阿」。
3 鹿案：郝本作「厥方百里」、「策榮騄耳」。
4 鹿案：曹本「頹溏委蛇」、「承溺餘波」，郝本作「頹唐委蛇」、「永溺餘波」。

木禾

崑崙之陽，鴻鷺之阿。爰有嘉穀，號曰木禾。匪藝匪殖，自然雲播。[1]

開明

開明天獸，稟茲金精。虎身人面，表此桀形。瞪眎崑山，威懾百靈。

文玉玗琪樹

文玉玗琪，以方類叢。翠葉猗萎，丹柯玲瓏。五光爭煥，采艷火龍。[2]

不死樹

萬物暫見，人生如寄。不死之樹，壽蔽天地。請藥西母，烏得如羿。

甘水　聖木

醴泉璿木，養齡盡性。增氣之和，祛神之冥。何必生如，然後為聖。[3]

---

1 鹿案：曹本「匪蓺匪殖，自然雲播」，郝本作「匪植匪藝，自然靈播」。
2 鹿案：曹本「五光爭煥」，郝本作「玉光爭煥」。
3 鹿案：曹本「何必生如」，郝本作「何必生知」；「璿木」下郝懿行有案語曰「璿當作睿」。

窫窳

窫窳無罪，見危貳負。帝命群巫，操藥夾守。遂淪溺淵，變為龍首[1]。

服常琅玕樹

服常琅玕，崑山奇樹。丹實珠離，綠葉碧布。三頭是司，遞望遞顧[2]。

1 鹿案：郝本作「見害貳負」。
2 鹿案：郝本作「崑山奇樹」、「三頭是伺」。

〈海內北經〉第十二

海內西北陬以東者。

蛇巫之山，上有人操杯[1]而東向立。一曰龜山。

西王母梯机而戴勝[2]，其南有青鳥，為西王母取食[3]。在崑崙墟北。

圖12-1，西王母圖，蔣本、成本。

1 鹿案：尤本另有郭注「杯或作棓，字同。」郝疏以為，「杯」即「棓」字之異文。

2 郭注：梯謂憑也。

3 郭注：又有三足烏主給使。
劉會孟評：杜詩云「青鳥飛去啣紅巾」，極言供給之盛，蓋本諸此。

有人曰大行伯，把戈，其東有犬封國[1]。犬封國、戎國[2]，桓如犬[3]。有一女子，方跪進柸食[4]。有文馬，縞身[5]朱鬣，目若黃金，名曰吉量[6]，乘之壽千歲[7]。

圖12-2，犬封國，《異域圖志》、蔣本、〈邊裔典〉。

1 郭注：昔盤瓠殺戎王，高辛以美女妻之，不可以訓，乃浮之會稽東南海中，得地三百里封之，生男為狗，生女為美人，是為狗封國。

2 郭注：黃帝之後，弁明生白犬二頭，自為牝牡，遂為此國。

鹿案：「戎國」，尤本作「曰犬戎國」二字。

3 郭注：言狗國也。

鹿案：「桓如犬」，恐有誤，尤本作「狀如犬」。劉評「今長沙武陵蠻是瓠犬之後」。

4 郭注：典狗人也。

鹿案：尤本郭注作「與狗食也」。《類聚》卷73引此經作「犬戎國有一女子，方跪進玉杯食。」

5 郭注：縞，白。

6 郭注：一作良。

7 郭注：《周書》曰「犬戎文馬，赤鬣白身，目若黃金，名曰古黃之乘，成王時獻之。」《六韜》曰「文身朱鬣，眼若金，項若雞尾，名雞斯之乘。」《大傳》曰「駮身朱鬣雞目」。《山海經》亦有「吉黃之乘，壽千歲」者，雖名不同，其實一物。今博舉之者，以廣異聞爾。

鬼[1]在貳負尸之北，為物人面而一目，一曰貳負臣[2]在其東，為物人面蛇身。

蜪犬[3]如犬，青[4]，食人從首始。

窮奇，狀如虎，有翼[5]，食人從首始，所食被髮。在蜪犬。一曰從足。

帝堯臺、帝嚳臺、帝丹朱臺、帝舜臺，各二臺，臺四方，在崑崙東北[6]。

大逢其狀如螽，朱蛾其狀如蛾[7]。

蟜，為人虎文，脛有䏿[8]。在窮奇東。一曰，狀如人。崑崙墟所有[9]。

圖12-3，鬼國，〈邊裔典〉。

1 鹿案：尤本作「鬼國」。《魏志・東夷傳》云「女王國北有鬼國」。劉評「羅施鬼國，今貴州」。
2 尤本作「貳負神」。
3 郭注：音陶。
4 郭注：或作**蚼**。蚼，青蚼。
鹿案：尤本郭注作「或作蚼。蚼，音鉤。」《類聚》卷94作「蜪犬如犬，青色」，《御覽》卷904作「蜪犬如犬而青」。
5 郭注：毛如謂毛。
鹿案：「毛如謂毛」，未聞。尤本作「毛如蝟」。
6 郭注：此蓋天子巡狩所經，夷狄慕聖人恩德，輒共築臺觀，以標顯其跡。
鹿案：劉會孟由此聯想武侯，評「今西南絕徼處處有武侯遺跡，何疑于帝王哉？」
7 郭注：蛾，蚍蜉是也。《楚詞》曰「玄蜂如壺，赤蛾如象。」謂此。
8 郭注：言腳在腨腸，音橋。
9 郭注：皆因上物事。

闟非，人面獸身，青色。

據比之尸，其為人折頸，被髮，無一手。

圖12-4，據比尸，《永樂大典》、蔣本。

環狗，其為人，獸首人身，一曰蝟如狗，黃。

袜[1]，其為人，身黑首白[2]。

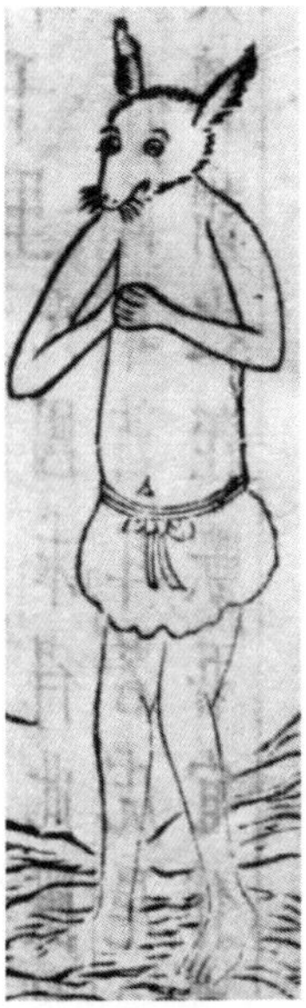

圖12-5，蔣本環狗圖，汪本袜圖。

1 郭注：袜即魅也。

2 鹿案：尤本、郝本皆作「其為物，人身，黑首、從目。」

戎，其為人，人身三角[1]。

林氏有珍獸，大若虎，五采畢具，尾長於身，名曰騶吾，乘之行千里[2]。

圖12-6，戎，蔣本、汪本。

圖12-7，騶虞，蔣本、〈禽蟲典〉、汪本。

1 鹿案：尤本作「人首三角」。《廣韻》云「戎，人身三角也。」與曹本同。

2 郭注：《六韜》云「紂囚文王，閎夭之徒詣林氏國，求得此獸獻之，紂悅，乃釋之。」《周書》曰「史林酋耳，酋耳若虎，尾參於身，食虎豹。」《大傳》謂之怪獸，直作虞。

鹿案：曹本郭注「直作虞」，尤本作「吾宜作虞」，尤本為允。《御覽》卷890引經曰「騶虞如虎，五色具。」一曰「尾長于身。出孟山，亦出鳥鼠同穴山，囿林氏之國，日行千里。」下有注《東京賦》曰「囿林氏之騶虞」。劉評「五色斑斕為婆羅花，五色畢具為騶虞獸，皆稟五行之精者。」明清圖本「騶吾」都作「騶虞」。見圖12-7。

崑崙南所[1]，有氾林方三百里。

從極之淵深三百仞，惟冰夷常都焉[2]，冰夷人面，乘兩龍[3]。一曰忠極之淵。

陽汙[4]之山，河出其中；凌門之山，河出其中[5]。

王予枝之尸[6]，兩手、兩股、胷、首、齒，皆斷異處[7]。

舜妻登皆氏[8]生宵明、燭光[9]，處河大澤[10]，二女之靈能照此所方百里[11]。

蓋國在鉅燕南，倭北。倭屬燕[12]。

朝鮮在列陽東，海北山南。列陽屬燕[13]。

---

1 尤本作「崑崙虛南所」

2 郭注：冰夷，馮夷也。《淮南子》云「馮夷得道，以潛大川。」即河伯也。《穆天子傳》作「无夷」，《竹書》作「馮夷」。或作弟。
鹿案：尤本作「維冰夷恆都焉」，「恆」字缺筆，避趙恆諱。曹本或也避諱而改為「常」字。

3 郭注：盡四面，各乘雲車，駕二龍。
鹿案：《水經注》引《括地圖》云「馮夷恆乘雲車，駕二龍。」《御覽》卷61引此注也作「乘雲車，駕二龍。」

4 鹿案：尤本作「陽汙之山」。郝疏以為「陽汙即陽紆」，《類聚》卷8引作「陽紆」、「陵門」。

5 郭注：皆河支源所出之處。

6 鹿案：「王予枝」，尤本、郝本皆作「王子夜」。曹本《圖讚》作「予夜之尸」。「王予枝」，曹本或誤。劉評「東方有解形之民，頭飛於南海，左手飛於東山，右手飛於西澤，自臍以下，兩足孤立，至暮，頭還肩上。」

7 郭注：此蓋形解而神連，體離而氣合；連不為密，離不為疎者也。

8 尤本作「登比氏」。

9 郭注：即二女字也，以能光照，故名之。

10 郭注：澤，河邊溢漫處。

11 郭注：言貳女神光所照。

12 郭注：倭國在帶方東大海內，以女為王，其俗露結，衣服无針功，以丹朱塗身。不妬，一男子必數十婦。

13 郭注：朝鮮今樂浪縣，箕子所封。列亦水名，今在帶方，帶方在列口縣。

列姑射在海河州中[1]。

姑射國在海中，屬列姑射，西南，山環之。

大蟹在大海中[2]。

陵魚人面，手足，魚身，在海中。大鯾居海中[3]。明組邑居海中[4]。

蓬萊山在海中[5]。大人之市在海中[6]。

鹿案：尤本作「帶方有列口縣」。帶方郡為東漢末年所設，列口縣歸在帶方郡，或應從尤本為是。劉評「朝鮮地分八道，又名三韓。」

1 郭注：山名，上有神人。河州在海中，河水所經者。莊子所謂姑射山者。

2 郭注：蓋千里之蟹。

3 郭注：鯾即魴；音鞭。

4 郭注：音祖。

5 郭注：上有仙人宮室，以金玉為之也，鳥獸盡白，望之如雲，在渤海中。
鹿案：《史記・封禪書》云「蓬萊、方丈、瀛洲，此三神山者，其傳在渤海中，諸仙人及不死之藥皆在焉。其物禽獸盡白，而黃金銀為宮闕，未至，望之如雲。」《御覽》卷38引作「蓬萊山，海中之神山，非有道者不至。」劉評「秦皇、漢武所想望而不能至。」

6 郭注：亦山名。

《圖讚》九首

吉良

金精朱髦，龍行駿跱。拾節鴻鶩，塵不及起。是謂古皇，拔聖牖里。[1]

蛇巫山　鬼神　蚼犬　群帝臺　大蜂　朱蛾

蛇巫之山，有人操杯。鬼神蚼犬，主為妖災。大蜂朱蛾，群帝之臺。

闒非　據比尸　袜　戎

人面獸身，是謂闒非。被髮折頸，據比之尸。戎三其角，袜豎其眉。[2]

騶虞

恠獸五彩，尾三於身。矯足千里，倏忽若神。是謂騶虞，詩稱其仁。[3]

---

1 鹿案：曹本「朱髦」，郝本作「朱鬣」；「塵不及起」，郝本作「塵下及起」；「古皇」尤本作「吉黃」、「拔聖」，郝本作「釋聖」。

2 鹿案：郝本作「袜」、「袜豎其眉」。

3 鹿案：曹本「倏忽」，郝本作「儵忽」、曹本「詩稱」，郝本作「詩歎」。

冰夷

稟華之精，練食八石。乘龍隱淪，往來海若。是謂水仙，號曰河伯。

王予夜尸

予夜之尸，體分成七。離不為疏，合不為密。苟以神御，形歸其一。[1]

宵明燭光

水有佳人，宵明燭光。流耀河湄，稟此奇祥。維舜二女，別處一方。

列姑射山　大蟹　陵魚

姑射之山，實栖神人。大蟹千里，亦有陵鱗。曠哉溟海，含怪藏珍。[2]

蓬萊山

蓬萊之山，玉碧構林。金臺雲館，皜哉獸禽。實惟靈府，王主甘心。[3]

1 鹿案：曹本「予夜」，郝本皆作「子夜」，「形歸其一」，郝本作「形歸於一」。
2 鹿案：「實栖」，郝本作「實西神人」，郝懿行有案語曰「西當作有」。
3 鹿案：曹本「王主」，郝本作「玉主」。

〈海內東經〉第十三

海內東北陬以南者。

鉅燕在東北陬。

國在流沙中者，惇端[1]、璽⿰虫奐[2]，在崑崙虛東南。一曰海內之郡，不為郡縣，在流沙中。

國在流沙外者，大夏[3]、豎沙、居繇[4]、月支[5]。

驢西胡白玉，在大夏東，蒼梧在白玉山西南，皆在流沙西，崑崙虛東南。崑崙山在西，皆在西北[6]。

雷澤中有雷神，龍身而人頭，鼓其腹。在吳西[7]。

圖13-1，大尾羊，《學海群玉》。

1 郭注：音郭。

2 郭注：音煥
鹿案：曹本作「⿰虫奐」，尤本作「喚」，郭注「音喚，或作繭㬇」。郝疏：㬇即暖字也。《玉篇》作璽㬇國。

3 郭注：大夏國城方二三百里，分為數十國，地溫和，宜五穀。

4 郭注：音姚。

5 郭注：月支國多好馬、美果，有大尾毛，如羊，即羬羊也。小月支、天竺，皆附庸也。
鹿案：曹本郭注「大尾毛，如羊」，語句似不通。尤本作「大尾羊，如驢尾」。清張澍輯《涼州異物志》云「月氏國有羊，尾重十斤，割之供食，尋生如故。」又云「有羊大尾，車推乃行，用累其身。」晚明日用類書的「諸夷門」卻幾乎都有大尾羊「其尾大者重三斤，小重一斤」。參見圖13-1。

6 郭注：《地理志》「崑崙在臨差西，又有西王母祠。」
鹿案：「臨差西」，尤本作「臨羌」。《漢書・地理志》云「金城郡臨羌西北至塞外，有西王母石室。」又云「有弱水昆侖山祠」。尤本為允。

7 郭注：今城陽有堯冢靈臺，雷澤在北。《河圖》曰「大人迹出雷澤，華胥履之而生伏羲也。」

圖13-2，雷神，蔣本、汪本、成本、潘重規先生藏本。

都州在海中，一曰郁州[1]。琅琊之東[2]，其北有山，一曰海間。朝鴈[3]在海中，都州南。始鳩在海中，轅屬南[4]。會稽山在大楚南[5]。三江[6]首，大江汶山[7]，海江曼山，南江出高山。高山在城都，在其東[8]，在閩西，入海餘暨南[9]。

1 郭注：今東海中鬱州山在東海朐縣，世傳此山在蒼梧，從東來，其上皆有南方物。郁音鬱。
劉評：都州齊伯氏駢邑。
2 郭注：今郎耶臨海邊，有山嶕嶢特起，狀如高臺，此即瑯○臺也。
3 鹿案：尤本作「韓鴈」郝疏云「韓鴈蓋三韓古國名」。韓有三種，見《魏志・東夷傳》。
4 郭注：國名。或曰鳥名。
5 劉評：紹興南城東南古防山上有陽明洞，唐封為南鎮。
6 鹿案：尤本作「岷三江，大江出汶山，海江出曼山，南江出高山。」
7 郭注：今江水在汶州升遷縣泯山，東南經屬郡犍為至江陽，東北經巴東、經建平、宜都、南郡、江夏、弋陽、安豊至盧江南界，東北經淮南、下邳至廣陵郡入海。
8 郭注：《地理志》「浙江出黟縣南蠻中，東入海。」今之浙江是也。
9 郭注：餘暨縣屬會稽，今為永興縣。

廬江出三天子鄣，淮水出餘山，餘山在朝陽東義鄉西，入海淮浦北[1]。

湘水出帝舜葬東南陬，西環之[2]，入洞庭下[3]。一曰東南西澤。

漢水出鮒隅之山[4]，帝顓頊葬于陽，九嬪葬于陰，四蛇衛[5]。

濛水出漢陽西[6]，入江聶陽西。

溫水出空同山，空同山在臨汾南[7]，入河華陽北。

潁水出少室山[8]，在緱氏[9]南，入淮西鄢北[10]。一曰緱氏[11]。

1 郭注：今淮水出義陽平氏縣桐柏山，東北經汝南、安陰、淮南、譙國、沛國、下邳至廣陵入海，朝陽縣今屬新。
鹿案：曹本郭注「安陰」，尤本作「汝陰」。

2 郭注：環，繞。今湘水出零陵營道陽朔山，入江也。

3 郭注：洞庭，地穴也，在巴陵。今吳縣南太湖中有包山，下有洞庭，穴道潛行水底，云无所不通，號為地脈。
劉評：南潯之國，有洞穴陰源，其下通地脈，同此。

4 郭注：《書》曰嶓冢道漾水，東流為漢中。案：水出武都沮縣東狼谷，漢中至南鄉，東經襄陽，至江夏安陸入江。別為沔水，又為滄浪之水。」
鹿案：曹本「鮒隅」，尤本作「鮒魚」。曹本郭注前半部與尤本異，尤本作「嶓冢導漾，東流為漢。按《水經》漢水出武都沮縣東狼谷，經漢中、魏興至南鄉」，以下與曹本同。劉評「今嘉定州犍為縣，漢成帝得石磬十六枚于水濱，乃此也。」

5 郭注：四蛇衛守山下。

6 郭注：漢陽郡居朱提。

7 郭注：今溫水在京兆陰盤縣，常水暖。臨汾縣屬平陽。

8 劉評：今河南登封縣，禹避陽城即此也。

9 尤本作「雍氏」。

10 郭注：今穎水出河陰陽城縣乾山，東南經襄城穎川汝陽，至淮南下蔡入淮。鄢陵縣，屬穎川。

11 郭注：縣屬河南。音鉤。

汝水出天息山，天息山在梁勉鄉西南，入淮極西北[1]，一曰淮在期思北[2]。

涇水出長城北山，長城北山在郁郅長恒北[3]，北入渭、戲北[4]。

渭水出鳥鼠同穴山，東注河，入華陰北[5]。

白水出蜀而東南注江[6]，入江州城下[7]。

沅水出象郡鐔城西[8]，而[9]東注江，入下雋西[10]，合洞庭中[11]。

贛水出聶都東山[12]，東北注江，入彭澤西。

泗水出吳東北而南，西南過湖陵西，東南注東海，入淮陰北[13]。鬱水在象郡，而西南海[14]入須陵東南。

---

1 郭注：今汝州出南陽魯陽縣大盂山，東北至河梁縣，東南經襄城、穎川、汝南，至汝陰褒信縣入淮。淮極，地名也。
劉評：今出河南汝寧府，由上蔡西平汝陽入淮。

2 郭注：期思屬弋縣。

3 郭注：皆縣名。

4 郭注：今涇水出安定朝郝縣西开頭山，東南新平扶風，至京兆高陸縣入渭。戲，地名，在新豐縣。
鹿案：「東南新平扶風」，尤本作「東南經新平扶風」；高陸，尤本作「高陵」。劉評「涇水今陝西西安府涇陽縣」。

5 郭注：鳥鼠同穴山今在隴西首陽，渭水出其東，經南安、天水、略陽、扶風、始平、京兆、弘農、華陰入河。

6 郭注：水色微白濁，今在梓潼白水，源從臨洮西頃山東來，經沓中，東流通陰平漢壽縣入潛江。

7 郭注：江州縣屬巴郡。

8 郭注：象郡今日南也，鐔城縣今屬武陵。音滛。

9 鹿案：「而」尤本作「入」。郝疏以為「入」字疑衍，或「又」字之譌。曹本為允。

10 郭注：下雋縣，今屬長沙；音昨允反。

11 郭注：《水經》曰「沅水出牂牁且蘭縣為沅水。又東過臨沅縣南，又東至長沙下雋。」

12 郭注：今贛水出南康南冶縣西北；音感。

13 郭注：今泗水出魯國卞縣，西南至高平胡陸縣，東南經沛國、彭城、下邳至臨淮下相縣入淮。

14 尤本作「西南注南海」。

肄水出，臨晉西南，又東[1]注海，入番禺西[2]。

潰水出桂陽西北山，東南注肄水，入敦浦西。

洛水出洛西山，東北注河，入成皋之西[3]。

汾水出上窳北而西南注河，入懷東南[4]。

濟水出共山東南丘[5]，絕鉅野澤[6]，注渤海，入濟[7]琅槐東北[8]。

潦水出衛白平東[9]，東南注渤海，入潦隊、雩池[10]。

---

1 尤本作「東南」。

2 郭注：番禺縣屬南海。

3 郭注：《書》曰「導洛自熊耳」。案《水經》洛水今出上洛冢領山，東北經弘農到河南鞏縣入河。成皋縣亦屬河南。

4 郭注：懷縣屬河內，河內北有井陘山。
鹿案：尤本在「入懷東南」前有「入皮氏南，沁水出井陘山東，東南注河」句，曹本無，此已見〈北次三經〉。

5 郭注：音恭。

6 郭注：絕，猶截度也；鉅野，在高平。
鹿案：「鉅野」，尤本作「鉅鹿」。《水經注》及《初學記》卷6作「鉅野」，與曹本合。

7 鹿案：曹本「入濟」，尤本、郝本作「入齊」。

8 郭注：今濟水自滎陽卷縣，東經陳留至〇濟陰，北至高平至濟北，東北經濟南，至樂安博昌縣入海，今竭也。此諸所出，又入與《山經》舛錯，以為凡山川有同名而異實，實異而名同，或一實而數名，似是而非，似非而是。且歷代綿久，今古變易，語有楚夏，名號不同，未可詳也。
鹿案：曹本郭注「至〇濟陰」，尤本作「至潛陰北」；「北至高平至濟北」，尤本作「東北至高平」；「今竭也」，尤本作「今碣石也」，曹本為允。郭注從《水經注》作「今河竭而來」。曹本「此諸所出」以下，尤本作「此諸水所出，又與《水經》違錯……」。

9 郭注：去塞外衛白平山。玄菟高句麗縣有潦山，小潦水所出。西南注大涼，潦音僚。
鹿案：「衛白平東」，尤本作「衛皋東」。

10 郭注：潦隊縣屬遼東。
鹿案：尤本郭注作「潦陽縣屬潦東」。《水經注》卷14「大遼水」條下有「又南逕遼隊縣故城西，王莽更名之曰順睦也。公孫淵遣雩池水出晉陽城南，而至曲陽[1]北，而東注渤海[2]，入越章武北[3]。

漳水出山陽東，東注渤海，入章武南[4]。

將軍畢衍拒司馬懿于遼隊，即是處也。」「小遼水」條下有「西南至遼隊縣，入於大遼水也。」曹本為允。

1 尤本作「西至陽曲北」。

2 郭注：經河間樂城，東北注渤海。晉陽陽曲縣皆屬太原。

3 郭注：章武，郡名。

劉評：水自真定府城南來，自鴈門經靈壽平山晉州衛水武邑。

4 郭注：新城汴鄉縣亦有漳水。

鹿案：曹本郭注「汴鄉」，尤本作「汴陰」。

《圖讚》五首

郁州

南極之山，越處東海。不行而至，不動而改。惟神所運，物無常在。

韓雁　始鳩　雷澤神　瑯琊臺

韓雁始鳩，在海之州。雷澤有神，鼓腹優遊。瑯琊嶕嶢，屹若雲樓。

豎沙　居繇　崞端璽

豎沙居繇，崞端璽㬇。沙漠之都，絕地之館。或羈于秦，或賓于漢。

大江　北江　南江　浙江

廬惟湘漢，濛溫潁汝。涇渭自沅，贛泗鬱隸。潢洛汾沁，濟潦雩池。

漳水

川瀆交錯，渙瀾流帶。潛潤旁通，經營華外。殊派同歸，混之東會。

鹿案：郝本將此《圖讚》作讚題「大江北江南江浙江盧淮湘漢……虖池漳水」。

〈大荒東經〉第十四

東海之外大壑[1]，少昊之國[2]，少昊孺帝顓頊[3]棄其琴瑟[4]。有甘山者，甘水出焉，生甘淵[5]。

大荒東南隅有山，名皮母地丘。

東海之外，大荒之中有山，名曰大言[6]，日月所出。

圖14-1，大人國，汪本、〈邊裔典〉。

1 郭注：《詩含神霧》曰「東注無底之谷」，謂此壑也。《離騷》曰「降望大壑」。鹿案：《類聚》卷9引此經曰「東海之外有大壑」，又引《列子》曰「渤海之東，不知幾億萬里，有大壑，實惟無底之谷。」尤本、曹本「大壑」下都無「有」字，《類聚》為允。

2 郭注：少昊氏金天，帝摯之號。

3 郭注：孺義未詳。

4 郭注：今壑中有琴瑟。

5 郭注：水積則成淵也。

6 鹿案：《箋疏》提到《初學記》卷五引此經作「大谷」。檢視明清本皆作「大谷」，宋本《初學記》引經則作「大言」，與曹本同。

有波谷山者，有大人之國[1]。有大人之市，名曰大人之堂[2]。有一大人駿，張其兩臂[3]。

有一小人，名曰靖人。[4]

有神，人面獸身，名曰犁䰠之尸[5]。

有潏山，楊水出焉[6]。

有蒍國，黍食[7]，使四鳥，虎、豹、熊、羆。

---

1 郭注：晉元嘉二年，有鶖集于始安縣南廿里之鶖陂中，民周虎捕得之，有木矢貫之鐵鏃，其長六尺有半，以箭計之，其射者人身應長丈五六尺。又，平州別駕高會語吾云「倭國人嘗行，遭風吹度大海外，見一國，人皆長丈餘，形狀似胡，蓋是長翟別種。」箭始將從此國来也。《外傳》曰「長者不過十丈，長之至也。」《河圖玉版》云「崑崙以北九萬里，得龍伯國，人長三十丈，生萬八千歲而死。從崑崙而東，得大秦國，人長十丈，皆衣帛。從此以東十萬里，得能人國，長三丈五尺。從此以東十萬里，得中秦國，人長一丈。」《穀梁》說「長翟身橫九畝，載其頭於車，眉見於軾。」秦時大人見臨洮，長五丈，腳跡六尺。推斯以言，然則此人之長短，亦未可得而限度也。

鹿案：「元嘉」，尤本、郝本皆作「永嘉」，晉朝無「元嘉」年號，曹本誤。尤本《外傳》「長者不過十丈」前有「焦僥人長三尺，短之至也」，曹本無，似脫落。曹本郭注「能人國長三丈五尺」，尤本作「佻人國長三十丈五尺」，考諸《初學記》卷19引《河圖》作「佻國人長三丈五尺」，可見尤本郭注「十」字衍也。劉評「海外又有人焉，長二千里，兩腳中間相去二千里，腹一千六百里，此大之至也。」會孟所言，可謂詩人誇飾筆法。

2 郭注：亦山名，形狀似堂室。言大人時集 其上，作市肆也。

3 郭注：踆一作俊，皆古蹲字。莊子曰：「俊會稽」。

鹿案：經文「駿」，尤本作「踆」，曹本誤。曹本「兩臂」，尤本作「兩耳」，曹本為允。《御覽》卷377引此作，有大人之國，有大人之市，名曰大人堂。有一人蹲其上，張其兩臂。」又卷394引經作「有大人之堂。有一大人踆其上，張其兩臂。」

4 郭注：《詩含神霧》曰「東北極有人長九寸，殆謂此小人也。」靖一作〇。

鹿案：曹本缺字，尤本郭注作「竫」。

5 郭注：古靈字也，或作羿魂。

6 郭注：音譎。

7 郭注：言此國惟有禾黍。音口為反。

大荒之中有山，名曰含虛[1]，日月所出。有中容之國，帝俊生中容[2]。中容，食獸，木食[3]，使四鳥，虎、豹、熊、羆。

有東口山。有君子國，其人衣冠帶劍[4]。有司幽國，帝俊生晏龍，晏龍生司幽。司幽，思士不妻；思女不夫[5]。食黍，食獸，使四鳥。

有大阿山者。

大荒中有山，名曰明星，日月之所出。

有白民之國，帝俊生帝鴻，帝鴻生白民，銷姓，黍食，使四鳥，虎、豹、熊、羆[6]。

有青丘國，有狐九尾[7]。

有柔僕民，是惟嬴土國[8]。

1 鹿案：「含虛」，尤本作「合虛」。《北堂書鈔》卷149引此經亦作「含虛」，與曹本同。

2 郭注：俊亦舜字，假借音。

3 郭注：此國赤木、玄木，其華實美，見《呂氏春秋》。

鹿案：「木食」，尤本作「木實」。《呂氏春秋・本味篇》云「指姑之東，中容之國，有赤木、玄木之葉焉。」高誘注云「赤木、玄木，其葉皆可食，食之而仙。」

4 郭注：亦使虎豹好謙讓。

5 郭注：言其人直思感而氣通，無配合而生，此莊子所謂「白鶴視，眸子不運而感風化」之類也。

鹿案：《御覽》卷50引此作「有司幽之民，帝俊生星龍，星龍生司幽，思士不妻，思女不夫。」其下有注曰「言其人直思而氣通，魄合而生子。此莊子所謂『白鶴相視，眸子不運而風化』之類也」。《御覽》卷888引《莊子》作「白鵙之相視」，《御覽》卷925引《莊子》則作「白鵠」。《博物志》曰「思士不妻而感，思女不夫而孕。后稷生乎巨跡，伊尹生乎空桑。」

6 郭注：又有乘黃獸，乘之以致老壽。

7 郭注：太平則出為瑞。

8 郭注：嬴猶沃，衍。

有黑齒國[1]，帝俊生黑齒[2]。姜姓，黍食，使四鳥。

有夏州國，有蓋余國。有神，八首，人面，虎身，十尾，其名天吳[3]。

大荒之中有山，名曰鞠陵于天、東極、離瞀[4]，日月所出，有山名曰折丹[5]，東方曰折[6]，來風曰俊[7]，東極以出入風[8]。

東海之渚，有神，人面鳥身，珥兩黃蛇，踐兩黃蛇，名曰禺虢。禺虢生禺京[9]，禺京處北海，禺虢處東海，是惟海神[10]。

有招搖山，融水出焉。

圖14-2，蓋余國，〈邊裔典〉。

---

1 郭注：齒如漆也。

2 郭注：聖人神化無方，故其後世所降育，多有殊類異狀之人。凡言生者，多謂其苗胄，未必親所生。

3 郭注：水伯也。

4 郭注：山名。

5 郭注：神人。
鹿案：《北堂書鈔》卷151、《御覽》卷9引經皆作「有人名曰折丹」。尤本作「名曰折丹」，郝疏疑脫「有神」二字，「有神」似不通，如此郭注「神人」顯得無端。

6 郭注：單呼之也。

7 郭注：未詳来風所在處。

8 郭注：言此人能節宣風氣，時其出入。

9 郭注：即禺強也。

10 郭注：言分治一海而各為神。

有國曰玄股[1]，黍食，使四鳥。

有困民國，勾姓，而食人，曰有王亥，兩手操鳥，方食其頭。王亥託于有易河僕牛[2]，有易殺王亥，取僕牛[3]。河念有易，有易潛出為國，於獸方食之，名曰搖民國[4]。

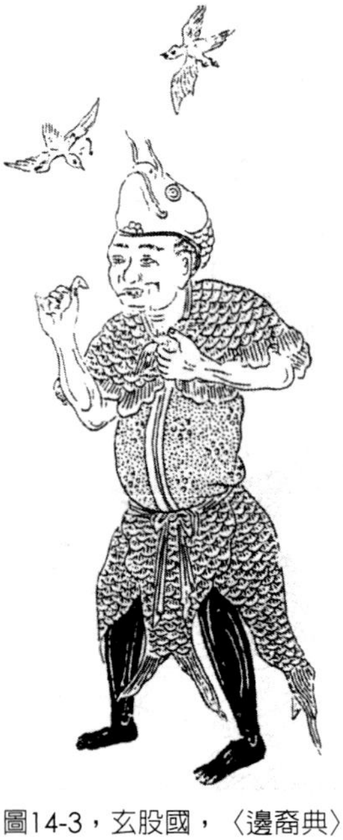

圖14-3，玄股國，〈邊裔典〉

圖14-4，王亥，蔣本、汪本。

1 郭注：自髀以下如漆。
鹿案：清代類書或作「元股國」，避康熙諱。見圖14-3。

2 郭注：河，河伯，牛，土人姓名。託，寄也。

3 郭注：《竹書》曰「殷王子亥賓于有易而淫焉。有易之君綿臣殺而施之，是故殷上甲微師于河伯以伐滅之，遂殺其君綿臣也。」

4 郭注：言有易本與河伯友善，上甲仙之賢王。假師以義伐罪，故河伯不得不助滅之，既而哀念有易，使得潛化而出為搖民國也。
劉評：冀州西二萬里有孝養之國，親死，刻木為影，事之如生。黃帝表為孝養之術，亦君子國之類。

帝舜生戲，戲生搖民。搖民，海內有兩人[1]，名曰女丑[2]，女丑有大蟹[3]。

大荒之中有山，名曰孽搖頵羝，上有扶木，柱三百里。其葉如芥[4]，曰浴溫源谷[5]，湯谷上有扶木[6]，一日方至，一日方出[7]，皆載於烏[8]。

有神，人面大耳，獸身，珥兩青蛇，名曰奢比尸[9]。

圖14-5，奢比尸，《永樂大典》、《三才圖會》、《文林妙錦萬寶全書》。

1 郭注：此乃有易所化作者。

2 郭注：即女丑之尸，言其變化無常也。然則涉化津而遯神域者，亦無往而不之，觸類而寄迹矣。范蠡之論，亦聞其風。

3 郭注：廣千里也。

4 郭注：柱猶起高也。葉似芥菜。

5 郭注：溫源即湯谷也。

6 郭注：扶桑在上。

鹿案：陶潛詩「洪柯百萬尋，森散復暘谷」，暘谷即湯谷。而經文中柱三百里的扶木，陶詩是「百萬尋」，《御覽》卷60引《十洲記》曰「扶桑在碧海中，樹長數千尺，一千餘圍，兩兩同根，更相依倚，是以名扶桑。」

7 郭注：言交會相代也。

8 郭注：中有三足烏。

9 鹿案：「大耳」，郝本作「犬耳」，似與「珥兩青蛇」不倫，曹本為允。「奢比尸」，明清類書或作「奢北尸」、「奢尸」。見圖14-5。

有五彩之鳥，相鄉棄沙[1]。惟帝俊下友[2]，帝下兩壇是鳥司[3]。

大荒之中有山，名曰猗天蘇門，日月所生。壎民之國[4]。

有其山[5]，又有搖山，䰝山[6]。門戶出盛山，待山有五彩之鳥。

東荒之中有山，名曰壑明俊疾，日月所出，有中容國。

東北海外又有三青鳥，三騅[7]。甘華爰有遺玉、青鳥、三騅、視玉。甘華，甘旨[8]，百穀所生[9]。

有女和月母之國。有人名曰鳧[10]。北方曰鳧，來之風曰棪[11]。是處東極隅以止日月，使無相間出沒，司其短長[12]。

---

1 郭注：未聞沙義。
鹿案：吳任臣以為沙、莎二字通，鳥羽婆娑也。相鄉棄沙，言五彩之鳥相對斂羽，猶云仰伏而秣羽也。郝疏則以為沙疑與娑同，鳥羽婆娑然也。學者對「棄」都無解釋。「棄沙」恐似狀聲之詞。

2 郭注：未詳。

3 郭注：言山下有舜二壇，五采鳥主之。

4 郭注：音諠。

5 郭注：音忌。

6 郭注：音甑。

7 郭注：馬蒼黃白，雜毛為騅。

8 鹿案：曹本作「甘旨」，尤本作「甘柤」。考之〈海外北經〉、〈海外東經〉、〈大荒東經〉、〈大荒南經〉、〈大荒西經〉皆有「甘柤」而無「甘旨」。

9 郭注：言自生也。

10 郭注：音婉。

11 郭注：言亦有兩名也，音剡。
尤本作「猋」。

12 郭注：言鳧主察日月出入，不令得相間錯，知景之長短也。

大荒東北隅中有山，名曰凶犁土丘，應龍處南極[1]，殺蚩尤與夸父[2]，不得復上[3]，故下數旱[4]，旱而為應龍之狀，乃得大雨[5]。

圖14-6，應龍，《三才圖會》、〈神異典〉。

1 郭注：應龍有翼。
2 郭注：蚩尤作兵者。
3 郭注：應龍遂止此。
4 郭注：上無復作雨者。
5 郭注：今之土龍本此。氣應自然，寔感非人所能為者。

東海中有流波山，入海七千里，其上有獸，狀如牛，蒼身而無角，一足。出入水則必風雨，其光如日月，其聲如雷，其名曰夔。黃帝得之，以其皮作鼓，橛以雷獸之骨[1]，聲聞五百里，以威天下[2]。

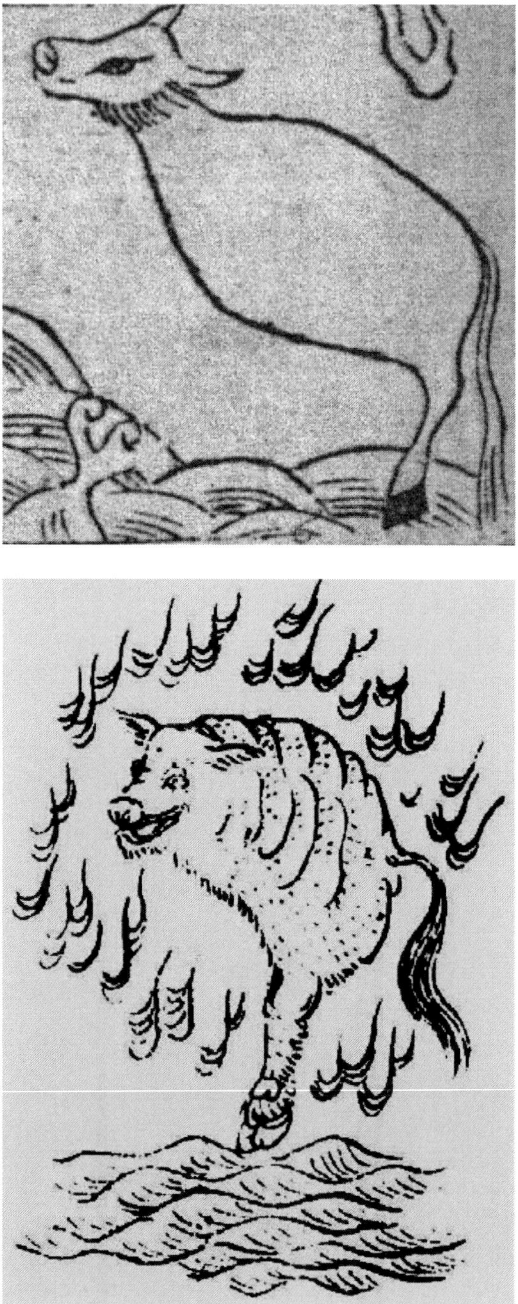

圖14-7，夔，《萬寶全書》、汪本。

1 郭注：雷獸即雷神。人面龍身，鼓其腹者。橛猶擊也。

2 鹿案：尤本作「為鼓」，《北堂書鈔》卷107引此作「作鼓」。劉會孟評點「須以此骨為擊乃能聞遠，如臨平石鼓，非蜀中桐材，則亦不鳴。」

《圖讚》六首

東海外大壑

寫溢洞穴，暎昏龍燭。爰有大壑，無底之谷。流宗所灌，豁然滲漉。

竫人

焦嶢極麼，竫人又小，四體取足，眉目財了。大人長臂，與之共狡。

中容國木食

鳩民啾麵，出於二木。杪則石餘，桄榔百斛。中容所食，盖亦此屬。

司幽國

鯇以鳴風，白鶴瞪眸。感而遂通，亦有司幽。可以數盡，難以言求。

應龍

應龍奮翼，助黃弭患。用濟靈慶，南極是遷。象見兩集，〇氣自然。

夔

剡夔〇鼓，雷骨作桴。聲震五百，響駭九州。神武以濟，堯炎平尤。

〈大荒南經〉第十五

南海之外，赤水之西，流沙之東[1]，有獸，左右有首，名曰跊踼[2]。有三青獸相并，其名曰雙雙[3]。

圖15-1，跊踼，蔣本、吳本、汪本。

有阿山者，南海之中，有氾天之山，赤水窮焉[4]。赤水之東，有蒼梧之野，舜與叔均之所葬也[5]。爰有

1 郭注：赤水出崑崙山，流沙出鍾山。
2 郭注：出狖民國，怵惕二音。
3 郭注：言體合為一。《公羊傳》曰「雙雙而俱至」，盖謂此。
劉評：此之蛩蛩為尤異。
4 郭注：流極於此山。
5 郭注：叔均，商均。
鹿案：尤本此處猶有「舜巡狩，死於蒼梧而葬之。商均因留，死亦葬焉。基今在九疑之中」。

文貝[1]、離俞[2]、鴟久[3]、鷹賈[4]、熊、羆、象、虎、豹、狼、視肉。

有榮山，榮水[5]出焉。黑水之南，有玄蛇食鹿[6]。

有巫山者，西有黃鳥，帝藥，八齊[7]。黃鳥於巫山，司此玄蛇[8]。

大荒之中有不庭之山，滎水窮焉。有人三身，帝俊妻娥皇，生此三身之國[9]，姚黍食，使四鳥。有淵正方，四隅皆達[10]，北屬黑水，南屬大荒[11]，北旁名曰少和之淵，南旁名曰從淵[12]，舜之所浴也[13]。

---

1 郭注：紫貝。

2 郭注：離朱。

3 郭注：鵂鶹。

4 郭注：即委蛇也。
鹿案：尤本郭注「賈亦鷹屬」。曹本無此注。曹本似亦脫漏經文「委維」，而將此注誤接「鷹賈」。

5 鹿案：曹本「榮山」、「榮水」，尤本作「滎山」、「滎水」。

6 郭注：今南方蚺蛇吞鹿，亦此比。
鹿案：尤本作「食麈」。「南方蚦蛇吞鹿」，又見〈海內南經〉。

7 郭注：天帝神仙藥在此。
鹿案：尤本作「八齋」，未知孰是？郝疏以為後世謂精舍為齋，蓋本於此。

8 郭注：言主之也。

9 郭注：帝舜苗裔。

10 郭注：言淵四角皆旁通也。
鹿案：《御覽》卷395引經作「有淵正方，四隅皆通」，注作「言淵四海皆旁通」。劉評「四夷荒服之地，皆古聖王遺種。」

11 郭注：屬連。

12 郭注：音驄。

13 郭注：言在此中澡浴。

又有成山，甘水窮焉[1]。有季禺之國，顓頊之子，食黍[2]。

有卵民之國，其民皆生卵[3]。

大荒之中有不姜之山，黑水窮焉[4]。又有賈山，汔水出焉。又有焉山，又有登備之山[5]，有恝恝之山[6]。又有蒲山，澧水出焉。又有隗山，其西有丹，其東有玉。又有南山，溧水出焉[7]。有尾山，有翠山[8]。

有盈民之國，於姓，黍食，又有一方食木葉[9]。

有不死之票國，阿姓，甘木是食[10]。

1 郭注：甘水出甘山，極此中。
2 郭注：言此國人顓頊之裔。
3 郭注：卵生。
鹿案：尤本在「卵民之國」前誤植「有羽民之國其民皆生毛羽」，曹本無。劉會孟評點以為此事平常，「中國徐偃王尚然卵生，何況荒服？」
4 郭注：黑水出崑崙。
5 郭注：即登葆山，群巫所從上下者也。
6 郭注：音契。
7 鹿案：「溧水」，尤本作「漂水」。
8 郭注：上多翠鳥。
劉評：周時有國獻青鳥，想是此鳥。
9 鹿案：「一方食木葉」，尤本作「人方食木葉」。郝疏引《呂氏春秋》高誘注曰「赤木、玄木，其葉皆可食，食之而仙也」。
10 郭注：甘木即不死樹，食之不死。
鹿案：「不死之票國」，尤本做「不死之國」，曹本疑衍字。曹本郭注「食之不死」，尤本作「食之不老」。劉評「祖州海島，產不死草，一株可活一人。」

圖15-2，卵民國，〈邊裔典〉。

大荒之中有山，其名曰去痓。南極果，比不成，去痓果[1]。

南海渚中，有神，人面，珥兩青蛇，踐兩赤蛇，曰不返胡余[2]。

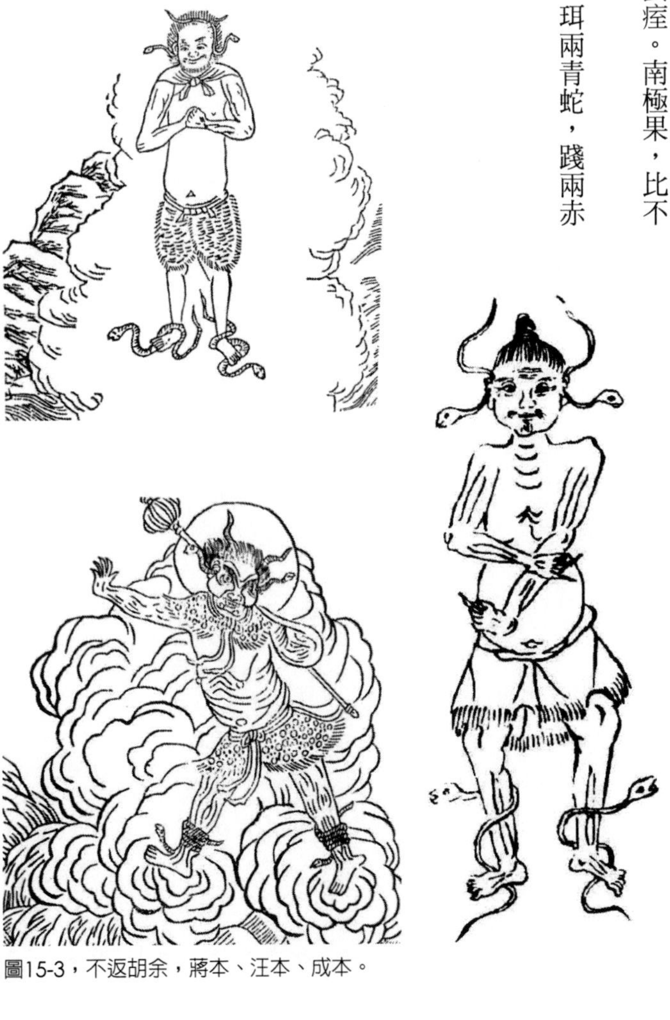

圖15-3，不返胡余，蔣本、汪本、成本。

1 郭注：音風痓。所未詳。鹿案：尤本郭注作「音如風痓之痓，未詳。」郝氏以為「郭氏又因如今，疑有譌字」。

2 郭注：一神名爾。鹿案：尤本作「不廷胡余」。

有人名曰因因乎，南方曰困乎，風曰乎艮[1]。處南極以出入風。

有襄山，又有重陰之山。有人食獸，名曰季釐。帝俊生季釐，故曰季釐之國。有緡淵。少昊生倍，倍降處緡淵。有水四方，名曰俊壇[2]。

有臷民之國[3]。帝舜生巫滛、巫臷。巫臷民，盼姓，食穀，不績不經而服也[4]；不稼不穡而食[5]。爰有歌舞之鳥，鸞鳥自歌，鳳鳥自舞。爰有百獸，相群爰處，百穀所聚。

大荒之中有山，名融天，海水南入焉。有人曰鑿齒，羿殺之[6]。

有蜮山者，有蜮民之國，桑姓，食黍，射蜮是食[7]。有人方扜弓射黃蛇[8]，名曰蜮人。

有宋山者，多赤蛇，多育蛇。有木生山上，名曰楓木。楓木，蚩尤所棄其桎梏[9]，是謂楓木[10]。有人方

圖15-4，因因乎，汪本。

1 郭注：亦有三名。
鹿案：「南方曰困乎，風曰乎艮」尤本作「南方曰因乎，夸風曰乎民」郝本亦同。曹本郭注「亦有三名」郝本「亦有二名」。
2 郭注：水狀似土壇，因名舜壇。
3 郭注：為人黃色。
4 郭注：言自然有絲帛。
5 郭注：言五穀自然生。
鹿案：尤本郭注作「言五穀自生也，種之為稼，收之為穡。」
6 郭注：射殺。
7 郭注：蜮，短狐也；似鼈，含沙射人，中之則病死。此山因以名云。
8 郭注：扜，挽也，音紆。
9 郭注：蚩尤，黃帝所滅。殺之，棄其械，化而為樹。
10 郭注：今風香樹。

齒虎尾，名曰祖狀之尸[1]。

圖15-5，祖狀之尸，蔣本。

圖15-6，祖狀之尸　蜮民國，成本。

有小人，名曰焦僥之國[2]，幾姓，嘉穀是食。

大荒之中有山，名巧塗之山[3]，青水窮焉[4]。有雲雨之山，有木名曰欒。禹攻雲雨[5]，赤石焉生欒[6]，

1 郭注：音相棃。

2 郭注：皆長三尺。

3 郭注：音朽。

鹿案：「巧塗」，郝本作「㱙塗之山」。郝疏以為「㱙」、「朽」古字同。「㱙」、「醜」聲相近，「㱙塗」及「醜塗」也。曹本或誤。

4 郭注：水青出崑崙也。

5 郭注：攻謂伐其木林。

6 郭注：言山有精靈，復變生此木於赤石上。

黃本，赤枝，青葉，群帝焉取藥[1]。

有國曰顓頊，生伯服，食黍。有翹姓之國[2]。有苕山，又有宗山，又有姓山，又有壑山，又有陳州山，又有東州山，又有白水山。白水出焉，而生白淵，昆吾之師所浴也[3]。

有人名曰張弘，在海上捕魚。海中有張弘國[4]，食魚，使四鳥。有人焉，鳥喙，有翼，方捕魚於○。

大荒之中，名驩頭。鮌妻士敬，士敬子曰炎融，生驩頭。驩頭人面鳥喙，有翼，食海中魚，杖翼而行[5]。維宜芑秬，穋楊是食[6]。有驩頭之國。

帝堯與帝嚳、帝舜葬於岳山[7]。爰有文貝，離俞、鴟久、鷹、賈、延維、視肉、熊、羆、虎、豹；赤木，赤枝，青萃，玄實。有申山者。

大荒之中有山，名曰天臺高山，海水入焉。

鹿案：郝疏以為，《初學記》卷30引《拾遺記》作「黑鯤魚千尺如鯨，常飛往南海，或死，骨肉皆消，唯膽如石上仙欒也。」「仙欒」，檢閱今存宋、明、清本《初學記》皆作「仙藥」，不知郝本何據？袁珂《山海經校注》據郝本也作「仙欒」。

1 郭注：言樹花、實皆為藥也。
鹿案：《御覽》卷984引作「大荒之中有黃木，赤枝青葉，群帝取藥。」

2 郭注：音柚。

3 郭注：昆吾，古帝王。

4 郭注：或云即奇肱人，疑非。

5 郭注：翅不可飛，倚杖之用行而已。

6 郭注：說地所宜云「其種穋、祀」、黑莖。」皆秀禾類也。秬，黑黍；字從禾。

7 郭注：即木山。

東南海之外，甘水之間，有羲和之國。有女子名曰羲和，方浴日於甘淵[1]。羲和者，帝俊之妻，生十日[2]。

有盖猶山者，其上有甘柤，枝幹皆赤，黃葉，白華，黑實。東又有甘華，枝幹皆赤，黃葉。有青馬，有赤馬，名曰三騅。有視肉。

有小人名曰菌人[3]。

有南類之山，爰有遺玉、青馬、三騅、視肉、甘華，百穀所在。

圖15-7，羲和國，〈邊裔典〉、汪本。

1 郭注：羲和，天地所生，主日月者也。故《啟筮》曰「空桑之蒼蒼，八極之既張，乃有夫羲和，是主日月，職出入以為晦明。」又曰「瞻彼上天，一明一晦，有夫羲和之子，出于暘谷。」故堯因此而立羲和之官，以主四時，其後世因以為國。作日月之象而掌之，沐浴運轉之於甘水中，以效其出入陽谷虞淵，所謂世不失職也。
鹿案：《類聚》卷1引「有女子，名曰羲和，浴日於甘泉。羲和者，帝俊之妻，是生十日。」《初學記》卷1「有女子，曰羲和，為帝俊之妻。是生十日，常浴日於甘泉。」《御覽》卷3作「有女子，名羲和，為帝俊之妻。是生十日，常浴日於甘泉。」唐宋類書「甘淵」都做「甘泉」，是避唐高祖李淵諱。

2 郭注：言十子各以日名名之，故言生十日，日數十。

3 郭注：音朝菌。

《圖讚》七首

雙雙
赤水之東，獸有雙雙。厥體雖合，心實不同。動必方軀，走則齊蹤。

蒼梧之野　舜與叔均葬
重華陟方，合體九疑。民用遺愛，南風是思。爰樹靈壇，百世祀之。

氾天山　巫山玄蛇　四方淵
赤水所注，極乎氾天。帝藥八齊，越在巫山。司蛇之鳥，四達之淵。

蜮民國
蝴惟怪〇，短狐災氣。南越是珍，蜮人斯貴。惟性所安，孰知正味。

因乎　舜壇淵　楓木
人號因乎，風氣是宣。舜淵所在，重陰之間。盜械為楓，香液流連。

欒木　白淵
雲雨靈化，乃主欒木。群帝爰游，洪蔭盖嶽。昆吾之師，白淵是浴。

羲和國

渾沌始判，羲和御日。消息晦明，察其出入。世異厥象，不替先術。

〈大荒西經〉第十六

西北海之外，大荒之隅，有山而不合，名曰不周負子[1]。有兩黃獸主守之，有水曰寒暑之水，水西有濕山，水東有幕。有禹攻共工國山[2]。

有國名曰淑士，顓頊之子[3]。

有神十人，名曰女媧之腸[4]，化為神，處栗廣之野[5]，橫而處[6]。

有人名夷，來風曰韋[7]，處西北隅，以司日月之短長[8]。

圖16-1，女媧，〈神異典〉、成本。

1 郭注：《淮南子》曰「昔共工與帝爭，怒而頭觸不周山，天維絕，地柱折。」故此山壞缺不周。
2 郭注：攻其國，殺其臣相柳於此山。《啟筮》曰「共工，人面而蛇身，朱髮。」
3 郭注：言亦出於高陽氏。
4 鹿案：尤本有郭注「或作女媧之腹」，曹本無。
5 郭注：女媧，古神女而帝者。人面蛇身，一日中而七十變，其腸化為此神。栗，廣也。媧音瓜。
劉評：天尚可補，腸化為神，又何疑哉？
6 郭注：言斷道也。
7 郭注：或亦作本。
8 郭注：言察日月晷度之節。

有五采之鳥，有冠，名曰狂鳥[1]。

有大澤之長山，有白民之國。

西北海之外，赤水之東，有長脛之國[2]。

有西周之國，姬姓，食穀。有人方耕，名曰叔均。帝俊生稷[3]，稷降以百穀。稷之弟曰台璽，生叔均。叔均是大，其父乃稷，播百穀，始作耕。有赤國妻氏。有雙山。

西海之外，大荒之中，有方山，上有青樹，名曰柜格之松，日月所入。

西海之外，赤水之西，有先民之國，黃帝之孫曰始均，始均生北狄。

有芒山，有桂山，有搖山[4]。其上有人，名子大子長琴。顓頊生老童[5]，老童生祝融[6]，祝融生大子長

圖16-2，北狄　太子長琴　十巫，汪本。

1 郭注：《爾雅》云「狂，夢鳥」，即此也。鹿案：《爾雅》郭注「狂鳥，五色，有冠。」《山海經》與《爾雅》經注互見。劉評「狂鳥冠而似鳳」。

2 郭注：腳出三丈。

3 郭注：「俊」宜為「嚳」，嚳第二妃生后稷。

4 郭注：此山多桂并搖木，因名之。

5 郭注：《世本》云，顓頊娶于滕墳氏之女而生老童。

6 郭注：即重黎也，高辛氏父正，號曰祝融。

琴，是處搖山，始作樂風[1]。

有五采鳥三：一名星鳥，一名鸞，一名鳳皇[2]。有蟲狀如兔，胷以後者裸不見[3]，青如猨狀[4]。

大荒之中，有山名曰豐沮玉門，日月所入。

有靈山，巫咸、巫即、盼、巫彭、巫姑、巫真、巫禮、牴、謝、巫羅[5]，十巫從此升降，百藥爰在[6]。

有西王母之山、壑海[7]。有沃之國[8]，沃民是處。沃之野，鳳鳥之卵是食，甘靈是飲。凡其所欲，其味盡存[9]。爰有甘柤、白柳、視肉、三騅、璿瑰、瑤碧[10]、白木[11]、琅玕、白丹、赤丹[12]，銀鐵。鸞鳥自歌，

---

1 郭注：創樂制風曲也。
鹿案：《御覽》卷565引此經無「風」字。

2 鹿案：曹本作「星鳥、鸞、鳳皇」，文後又出現鸞鳥、鳳鳥，故以尤本為主，作「皇鳥、鸞鳥、鳳鳥」。

3 郭注：言皮色青，故不見其裸露處。

4 郭注：狀似猨也。

5 鹿案：《御覽》卷984引作「有靈州，巫咸、巫昉、巫即、巫盼、巫彭、巫姑、巫真、巫祀、巫謝、巫羅，十巫從此升降，百藥爰在。」

6 郭注：群巫在此采之。
鹿案：尤本郭注作「群巫上下此山采之也」，《水經注》引作「采藥往來也」。

7 郭注：皆群大靈之名山也。
鹿案：曹本「壑海」，尤本作「壑山、海山」。

8 郭注：言其土饒沃。

9 郭注：言其所願滋味，無有不備。

10 郭注：璇、瑰，二玉名，《穆天子傳》曰「枝斯、璿、瑰」。

11 郭注：樹色正白。今南方文木亦黑木。

12 郭注：又有黑丹。《孝經·援神契》曰「王者德至山陵而黑丹出」，然則丹者別是采名，亦猶黑白黃皆大黑也。

鳳鳥自舞，爰有百獸，相群是處，是謂沃之野。有青鳥，赤首黑目，一名大黎[1]，一名少鵹[2]，一名畏軒轅之臺[3]。

大荒之中有龍之山，日月所入。有三澤水，名曰涫，昆吾之所食[4]。有人衣青，以袂蔽面[5]，名曰女丑之尸[6]。

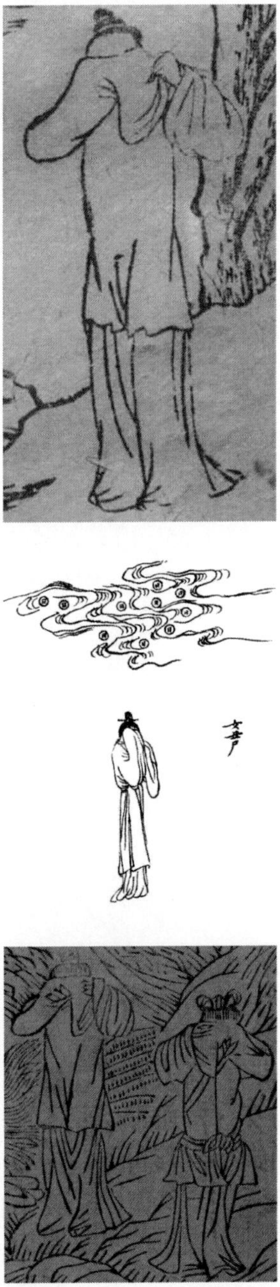

圖16-3，女丑之尸，蔣本、汪本、成本。

1 鹿案：「大黎」，尤本作「大鵹」。經文有「少鵹」，作「大鵹」為允。
2 郭注：音黎。
3 郭注：敬憚黃帝。
4 郭注：《穆天子傳》曰「滔水，濁繇氏之所食。」亦此類也。
5 郭注：袂，袖。音藝。
6 郭注：王頎至沃沮國，盡東界，問其耆老。云「國人常乘舟捕魚，遭風見吹數十日，東見一國在大海中，純女無男。」即此國也。

有桃山，有⿱宀虫山，有桂山，有干土山，有丈夫之國[1]。

有弇州之山，五采之鳥仰天[2]。

有軒轅之國[3]。江山之南棲為吉[4]，不壽者亦八百歲[5]。

西海陼中，有神人[6]，人面鳥身，珥兩青蛇，踐兩赤蛇[7]，名曰弇茲。

大荒之中，有山名曰月山、天樞、吳矩、天門，日月所入。有神，人面無臂，兩足反屬于頭

圖16-4，弇茲，蔣本、成本。

1 郭注：其國無女。
2 郭注：張口噓天。
3 郭注：其人人面蛇躰也。
4 郭注：即窮山之際，山名為棲。吉者言無凶夭。
5 郭注：壽者數千歲。
6 鹿案：「有神人」，尤本作「有神」。
7 劉評：海外國神多以蛇為珥踐，又有蛇洲。

上，名曰噓[1]。顓頊生老童，老童生重及黎[2]。

帝令重獻上天，黎卬地[3]，下地是生噓於西極，以行日月星辰之行次[4]。

有人反臂，名曰夭虞[5]。

有女子方浴月，帝俊妻常羲，生月十有二，此始浴之[6]。

有玄丹之山者[7]，有五彩之鳥，人面有髮。爰有黃鳥、鸗、青鳥，其所集者其國亡。

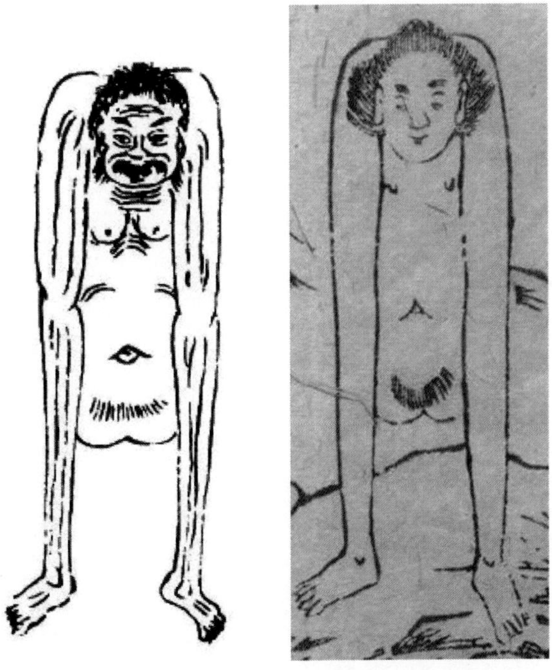

圖16-5，噓，蔣本、汪本。

1 劉評：一噓一噫，總是自然之氣所結成，不可思議。

2 郭注：《世本》云，老童娶于根水氏謂之驕福，產重及黎。

3 郭注：古者人神雜擾無別，顓頊乃命南正重司天以屬神，命北正黎司地以屬民。重實上天，黎實下地。卬，義未詳也。

4 郭注：主察日月星度數次舍也。

5 郭注：亦作尸虞。
鹿案：「夭虞」，尤本作「天虞」。

6 郭注：義與羲和浴日月同。

7 郭注：出黑丹。

有池名孟翼之政，顓頊之池[1]。

大荒之中，有山名曰鹿金鷟鉅[2]，日月所入。有獸，左右有首，名曰屏蓬[3]。

有巫山者，有壑山者，有金門之山，有人名曰黃姖之尸，有比翼之鳥，有白鳥，青翼，黃尾，玄喙[4]。有赤犬，名曰天犬，其所下者，有兵[5]。

西海之中，流沙之濱，赤水之後，黑水之前，有大山，名曰崑崙之丘。有神，人面，虎身，有文有尾[6]，皆白處之[7]。其下有弱水之淵

圖16-6，屏蓬，汪本、成本。

1 郭注：孟翼，人姓名也。
2 郭注：音敖。
3 郭注：即并封也，語有輕重。
4 郭注：奇鳥者也。
5 郭注：《周書》云「天狗所止，地盡傾，餘光在天為流星，長數十丈，其疾如風，其聲如雷，其光似電。」吳、楚七國反時，天狗吠過梁國爾。
6 鹿案：《類聚》卷7引作「有神，人面虎身，有尾。」《御覽》卷9引作「昆侖之丘有神，人面虎身，文尾，其下有弱水泉。」尤本、曹本皆作「虎身，有文有尾」。
7 郭注：言其毛以白為點駮也。
鹿案：「其毛」，尤本郭注作「其尾」。郝疏言「神人即陸吾也」。

環之[1]，其外有炎之山[2]，投物輒燃[3]。有人，戴勝，虎齒，有尾[4]，穴處，名曰西王母[5]。此山萬物盡有。

大荒之中，有山名曰常陽，日月所入。

有寒荒之國。有二人曰女祭、女薎[6]。

有壽麻之國[7]。南岳取州山女名曰女虔。女虔生季格，季格生壽麻。壽麻是西立[8]無景，疾呼無響[9]。爰有大暑，不可以往[10]。

有人無首，操戈盾立，名曰夏耕之尸[11]。故成湯伐夏桀于章山，克之[12]，斬耕厥前[13]。耕既立，無首，

---

1 郭注：弱水不能勝鴻毛也。
2 尤本作「炎火之山」。
3 郭注：今去夫東南萬里，有耆薄國；復五千里有火山國，其山雖霖雨，火常燃。火中白鼠，時出山畔求食，人捕得之，以毛作布，今火澣布是也。即此火山之類。
4 鹿案：「有尾」，尤本作「有豹尾」，《漢書・張衡傳》亦引作「有尾」。
5 郭注：《河圖玉版》曰「西王母居崑崙之山」。〈山西經〉曰「西王母居玉山」，《穆天子傳》曰「乃紀跡于弇山，西王母之山也。」然則西王母雖以崑崙為宮，亦自有離宮別窟、遊息之所，不專在一山也，記事者各舉其所見而言之也。
鹿案：曹本郭注「山西經」，與書前目錄相合。尤本作「西山經」。劉會孟評「蓬壺閬苑，可望而不可即。」
6 郭注：或持觶，或持俎。
7 郭注：《呂氏春秋》曰「西服壽麻，北懷闟耳。」
8 鹿案：「西立」，尤本作「正立」。尤本為允。劉評「行日中無影，中國時有其人」。
9 郭注：言其稟形氣異於人。《神仙傳》曰「玄俗無景」。
10 郭注：言熱炙殺人。
11 郭注：亦形天尸之類。
12 郭注：于章，山名。
13 郭注：頭亦在前。

走厥咎[1]。

有人名曰吳回，子奇[2]，奇右[3]，是無右臂[4]。

有蓋山之國，有樹，赤支幹，青葉，名曰朱木[5]。有一臂民[6]。

大荒之中，有山名曰大荒之山，日月所入。有人三面，是顓頊子，三面一臂[7]，三面之人不死[8]，是謂大荒之野。

圖16-7，夏耕之尸，蔣本、汪本、成本。

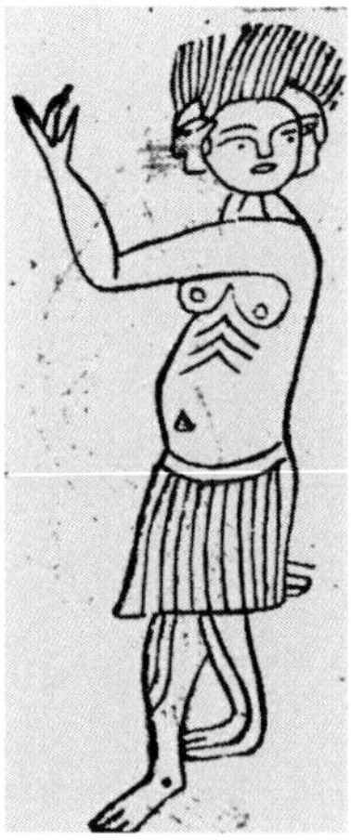

圖16-8，三面人，多文齋本。

1 郭注：自竄於巫山，今在建平縣。

2 鹿案：尤本、明清諸本無此二字。曹本作「子奇」，恐形誤，《說文》：「孑，無右臂也」。「孑奇」與無右臂呼應。

3 鹿案：尤本作「奇左」，只有左臂。曹本「奇右」，或訛誤。

4 郭注：即甘眩也。回，祝融弟，亦火正也。

鹿案：「甘眩」，不知何指？尤本作「奇肱」，郝疏以為此非奇肱國。

5 郭注：或作三威木。

鹿案：〈大荒南經〉已見枝榦皆赤的樹，或青華，或黃葉，不一而足。

6 郭注：北極下亦有一腳人，見《河圖玉版》。

7 郭注：在左臂。

8 郭注：言人頭三邊各有面。玄菟太守王頎至沃沮國，問其耆老，云「常有一破舡，隨波出在海岸，上有一人，項上復有面，與語不解，了不食而死」。此即兩面人也。《呂氏春秋》曰「一臂三面之鄉」。

西南海之外，赤水之南，流沙之西，有人珥兩青蛇，乘兩龍，名曰夏后開。開上三嬪于天[1]，得《九辨》與《九歌》已下[2]。此天穆之野，其高二千仞[3]，開焉得始歌《九招》[4]。

有互人國[5]，炎帝之孫[6]，名曰靈恝[7]，靈恝生互人，是能上下于天。[8]

圖16-9，夏后開，〈神異典〉。

1 郭注：嬪，婦也，獻三美人于上帝。
2 郭注：皆天帝樂名，啟登天而竊以用之。〈啟筮〉曰「昔彼《九冥》，是與《九辨》同容之序，是謂《九歌》。」又曰「不可竊《九辨》、《九歌》以國于下。」見《歸藏》。
3 郭注：《竹書》曰「顓頊產伯 ，是惟若陽，居天穆陽阪」也。
4 郭注：《竹書》曰「夏后啟舞《九韶》」。
5 郭注：人面魚身。
6 郭注：炎帝，神農。
7 郭注：音契。
8 郭注：能乘雲雨。

有魚偏枯，名曰魚婦。顓頊死即復穌[1]。風道此來[2]，天乃大水泉[3]，蛇乃化為魚，是謂魚婦。顓頊死即復穌[4]。

有青鳥，黃頭身，赤足，共[5]首，名曰鸀鳥[6]。

其大巫山，有金之山。西南大荒之中，隅有偏句、常羊之山。

圖16-10，鸀鳥，蔣本、多文齋本、成本。

1 郭注：言其人能變化。
2 鹿案：尤本與曹本皆作「風道此來」，郝本作「風道北來」。
3 郭注：言泉得風暴溢出。道，猶從也；《韓非》曰「玄鶴二八，道南方來。」
4 郭注：《淮南子》曰「后稷龍在建木西，其人死復蘇，其半為魚。」蓋此。
鹿案：郭注「其半」，尤本作「其中」。郝疏以為，郭注「龍」當為「隴」，「中」當為「半」。曹本正是作「半」。此出〈墬形訓〉，今查嘉靖本《淮南子》作「壠」，龍與壠通。
5 鹿案：「共首」，尤本作「六首」。尤本為允。明清圖本皆作「六首」。見圖16-10。
6 郭注：音觸。

《圖讚》十二首

不周共工

共工赫怒，不周是觸。地虧巽維，天缺乾角。理外之言，難以語俗。

有神人十

女媧靈洞，變化無主。腸為十神，中道橫處。尋之靡狀，誰者能睹。

太子長琴　靈山群巫

祝融光照，子號長琴。搖山是處，創樂理音。群巫爰集，採藥靈林。

沃民

爰有大野，厥號曰沃。鳳卵是吞，甘露是酌。所願自從，可謂至樂。

鳴鳥　神奄茲

有鳥五彩，噓天凌風。奄茲之靈，人顏鳥躬。鼓翅海峙，翻飛雲中。

白丹　赤丹

采雖殊號，丹則其質。考之神契，厥色非一。德及山陵，於是乎出。

神噓
腳屬於頭，人面無手。厥號曰噓，重黎其後。處運三光，以襲氣母。[1]

天犬
闞闞天犬，光為飛星。所經邑滅，所下地傾。七國作變，吠過梁城。

弱水
弱出崑山，鴻毛是沉。北淪流沙，南映火林。惟水之奇，莫測其深。

炎火山
木含陽精，氣構則然。焚之無盡，是生火山。理見乎微，其妙如傳。

壽麻國
壽麻之人，靡景靡響。受氣自然，稟之無象。玄俗是徵，驗之於往。

三面人
稟形一駈，氣有萬變。長體有益，無若三面。不勞傾睇，可以並見。

1 鹿案：曹本「重黎其後」，吳本作「重黎所處」。

〈大荒北經〉第十七

東北海之外，大荒之中，河水之間，附魚之之山[1]，帝顓頊與九嬪葬焉[2]。爰有鴟久、文貝、離俞、鸞鳥、鳳鳥、大物、小物[3]。青鳥、琅鳥、玄鳥、黃鳥、虎、豹、熊、羆、黃蛇、視肉、璿瑰、瑤碧，皆出衛於丘[4]。

丘方員三百里，丘南帝俊，竹林在焉，大可為舟[5]。有赤澤水[6]，名曰封淵[7]。有三葉無枝[8]。丘西有沉溺，顓頊所浴。有胡不與之國[9]，列姓[10]，黍食。

---

1 鹿案：《海外北經》作「務隅」，《海內東經》作「鮒隅」。《文選》注謝朓〈哀策文〉引此經作「鮒禺之山」。

2 郭注：此盖殊俗，慕義所作冢。

3 郭注：言備具也。
王崇慶云：大物小物，皆殉葬之具也。

4 郭注：其在邊也。
鹿案：尤本作「出衛于山」。《北堂書鈔》卷137作「衛丘」，《初學記》卷28、《類聚》卷89皆作「衛丘山」。

5 郭注：言舜林中竹一節則可以為舟也。
鹿案：《初學記》卷28引《神異經》作「南方荒中有沛竹，其長百丈，為二丈五六尺，後八九寸，可以為船。」劉評「南方荒中有涕竹，長數百丈，圍三丈五六尺，厚八九寸，可以為船。」《初學記》所言「沛竹」為誤，「涕竹」為允。

6 郭注：水色赤。

7 郭注：封，大。

8 郭注：皆高百仞。
鹿案：〈海外北經〉的三桑無枝下也有郭注「皆長百仞」。然而，考諸《類聚》卷88，「皆高百仞」四字在經文。〈北次二經〉的三桑無枝經文也有「高百仞」，並無郭注。正如郝疏所言，「皆高百仞」四字恐原是經文誤作注文耳。

9 郭注：一國復名尔，今胡夷俗語皆通然。

10 鹿案：尤本作「烈姓」。郝疏以為，烈姓蓋炎帝神農之裔，《左傳》稱烈山氏，〈祭法〉稱厲山氏；鄭康成注云「厲山，神農所起。一曰有烈山」。

大荒之中，山名不咸，有肅慎之國[1]。有蜚蛭，四翼。有虫，獸首蛇身，名曰琴虫[2]。有人名大人。有大人之國，釐姓，黍食。有大青蛇，黃頭方[3]，食麈[4]。

有榆山，有鯀攻程州之山[5]。

大荒之中，有山名曰衡天。有先民之山，有槃[6]千里。

有叔歜國[7]。顓頊之子，黍食，使四鳥，虎、豹、熊、羆。有黑虫，如熊狀，名曰猪猎[8]。

---

1 郭注：今此國去遼東三千餘里，穴居，無衣，衣豬皮，冬以膏塗體，厚數分，以卻風寒。其國皆工射，弓長四尺，勁強。箭以楛木為之，長尺八寸，青石為鏑，此春秋時，隼集陳侯庭所得也。晉大興三年，平州刺史崔瑟遣別駕高會來獻。肅慎氏之弓矢箭鏃有似銅骨作者。問之，云，轉與內國，通得用此。今名之挹婁國，出好貂、赤玉。豈從海外來至此乎？

鹿案：女直原為女真，避遼興宗「宗真」諱改。見陳垣《史諱舉例》。劉評「今女直。漢曰婁，魏曰勿吉，唐曰靺鞨。」

2 郭注：亦蛇類。

3 鹿案：「黃頭方」，尤本作「黃頭」。《類聚》卷6、《御覽》卷37引作「頭方」。類書為允。

4 郭注：皆南方蚺蛇，食鹿，鹿亦麈類。

5 郭注：皆因其事名山。

6 劉評：槃木之國，見于正史。

鹿案：尤本作「槃木」。郝疏以為《類聚》卷86引經作「桃樹曲蟠三千里」與此相關。

7 郭注：昨感反，一作觸。

8 郭注：或作獡，音同。

鹿案：「猪猎」，尤本作「猎猎」。郝疏：《玉篇》云「猎，秦亦切，獸名。」《廣韻》亦云獸名，引此經。蓋蟲、獸通名耳。獡見《說文》。

有北齊之國，姜姓，使虎、豹、熊、羆。

大荒之中，有山名曰先檻大逢之山，河、濟所入海北注焉[1]。其西有山，名曰禹所積石。

有陽山者。有順山者，順水出焉。有始州之國，有丹山[2]。

有大澤，方千里，群鳥所解[3]。

有毛民之國[4]，依姓，食黍，使四鳥。禹生均國，均國生役采，役采生循軨[5]，循軨殺綽大[6]。帝念之，潛以為國[7]，此是謂毛民。

有儋耳之國[8]，任姓，禺虢子，食穀。在北海之渚中[9]，有神，人面鳥身，珥兩青蛇，踐兩赤蛇，名曰禺彊[10]。

圖17-1，禺彊，蔣本。

1 郭注：河濟注海，復出海外，入此山中。

2 郭注：此山純出丹朱。《竹書》曰：「神甲西征，得一丹山。」今所在亦有丹山，出穴中也。

3 郭注：《穆天子傳》曰：「北廣原之野，飛鳥所解其羽，乃于此獵，鳥獸絕群，載羽百車。」《竹書》亦曰：「穆王北征，行流沙千里，積羽千里。」皆謂此澤也。

4 郭注：其面體皆生毛。

5 郭注：音給。

6 郭注：人名。

鹿案：尤本、郝本作「綽人」，未知孰是。

7 郭注：密用之作國。

8 郭注：其人耳下垂，儋在肩上。朱崖儋耳，畫鏤其耳。

鹿案，此郭注尤本作「其人耳大下儋垂右有上。朱崖儋耳，鏤畫其耳，亦以放之也」。參校曹本、《廣注》等書，「右有上」應為「在肩上」之誤。

9 郭注：在海島中種粟給食，謂禺強。

10 郝疏：〈大荒東經〉云「禺虢，珥兩黃蛇，踐兩黃蛇」與此異，餘則同也。又，〈海外北經〉云「禺彊踐兩青蛇」，亦與此異。

大荒之中，名曰北極櫃[1]，海中水北注焉。有神人，九首，人面，鳥身，名曰九鳳。又有神銜蛇操蛇，其狀虎首，人身，四蹄，長肘，名曰彊良[2]。

大荒之中，有山名曰成都載天。有人，珥兩黃蛇，把兩黃蛇，名夸父。后土生信，信生夸父。夸父不量力，欲追日景，逮之於隅谷[3]。

圖17-2，彊良，蔣本、汪本、多文齋本。

又，「帝命禺彊使巨龜十五，舉首而戴五山」，見《列子・湯問篇》。

1 郭注：音匱。
尤本作「北極天櫃」。

2 郭注：亦在畏獸畫中。

3 郭注：隅淵，日所入，今作虞。
鹿案：尤本作禺谷。陶詩言夸父與日競走，「俱至虞淵下，似若無勝負」。

欲飲河而不足也，將走大澤，未至，死于此[1]。應龍已殺蚩尤，又殺夸父[2]，乃去南方處之，故南方多雨[3]。

有無腸之國[4]，是任姓，無繼子，食魚[5]。

共工臣曰相繇[6]，九首蛇身，自環[7]，食于九土[8]。其所歍所尼[9]，即為原澤[10]，不辛仍苦[11]，百獸莫能處。[12]禹湮之，三仞三沮[13]，乃以為池，群帝是因以為臺[14]。在崑崙之北。有岳山，尋竹生焉[15]。

圖17-3，蚩尤圖，汪本。

1 郭注：竭死。
2 郭注：上云夸父不量力，與日競而死，今復云為應龍所殺，變化無方，不可揆度。
3 郭注：言龍水物以類相感。
4 郭注：為人長也。
5 郭注：繼亦作脊，謂膞腸。
6 郭注：相柳也，語聲轉爾。
7 郭注：言轉旋也。
8 郭注：貪殘。
9 郭注：歍，嘔，猶噴吒。
郝疏：《說文》云「歍，心有所惡若吐也。」又云「歐，吐也。」《爾雅・釋詁》云「尼，止也。」
10 郭注：言多氣力。
11 郭注：言其氣酷烈。
12 郭注：畏之。
13 郭注：言禹以土塞之，地陷壞。
14 郭注：土下宜積土，故眾帝因來此共作臺。
15 郭注：尋，大竹名。

大荒之中，有山名曰不句，海水北入焉。

有係崑之山，有共工之臺，射者不敢北向[1]。有人衣[2]，名曰黃帝晏妖[3]。蚩尤作兵伐黃帝，黃帝乃令應龍攻之冀州之野[4]。應龍蓄水[5]，蚩尤請風伯、雨師，縱大風雨[6]。黃帝乃下天女曰妖，雨止，遂殺蚩尤。妖不得復上，所居不雨[7]。叔均言之帝俊，置之北水之北[8]，叔均乃為田祖[9]。妖得之亡也[10]。所欲逐之者，

1 郭注：畏之。
2 鹿案：「有人衣」，《御覽》、尤本皆作「衣青衣」。
3 郭注：音旱妖也。
鹿案：尤本、郝疏作「女魃」、「旱妭」，郭注作「音如旱妭之魃」。曹本則作「晏妖」、「女妖」，《類聚》卷79作「女魃」、《御覽》卷35作「女妖」。「宴妖」、「女妖」似為「旱妭」、「女妭」之誤，明清圖像皆作「女魃」。
4 郭注：冀州、中土也；黃帝亦教虎、豹、熊、羆，與炎帝教戰於阪泉之野而滅之，見《史記》。
5 鹿案：尤本作「畜水」，《御覽》作「蓄水」。
6 鹿案：郝疏以為「縱當為從」。《史記》正義引此經作「以從大風雨。」《類聚》卷79及《御覽》卷79引此經亦作從。
7 郭注：旱風在也。
鹿案：曹本郭注「旱風」，尤本作「旱氣」。劉評「除一害旋生害，何上帝之不仁也。」會孟有詩人悲憫情懷，言風雨後又旱災，去一害來一害，憂蒼生受苦，怨天地不仁。
8 郭注：遠徙之也。
尤本作「叔均言之帝，後置之赤水之北」。
9 郭注：生田之官。《詩》曰「田祖有神」。
10 郭注：畏見逐。
鹿案：尤本作「魃時亡之」。郝疏「亡謂善逃逸也」。

今曰北行[1]！先除水道，決通瀆[2]。

圖17-4，女魃，蔣本、汪本、成本。

有人方食魚，名曰深目民之國，盼姓，食魚[3]。

1 郭注：向水低也。鹿案：尤本作「神北行」。郝疏「北行者，今歸赤水之北也。」

2 郭注：言逐之必得雨，故見先利水道，今之逐魃是也。鹿案：郝疏以為，《類聚》卷100引《神異經》云「南方有人長二三尺，袒身而目在頂上，走行如風，名曰魃，所見之國大旱，赤地千里。一名狢。遇者得之，投溷中乃死，旱災消。」可見古有逐魃之說。

3 郭注：亦胡類，但眼深，黃帝時巫也。

有鍾山者。有女子衣青衣，曰赤水女子獻[1]。

大荒之中，有山名曰融父山，順水出焉。有人曰犬戎。黃帝生苗龍，苗龍生融、吾，融[2]生弄明，弄明生白犬二，有牝牡[3]，是為犬戎，肉食。有赤獸，馬狀，無首，名曰戎宣王尸[4]。

有山名曰齊州、君山、鬵山[5]、鮮野山、魚山。

有人一目，一目是滅姓，少昊子，黍食[6]。

有繼無民，繼無民，任姓，無骨子[7]，食氣、魚[8]。

圖17-5，宣王之尸，汪本、〈禽蟲典〉

1 郭注：神女。
2 鹿案：「融」，尤本作「融吾」。郝疏以為〈匈奴傳〉索隱引此經云「黃帝生苗，苗生龍，龍生融，融生吾，吾生并明，并明生白，白生犬，犬有二牝，是為犬戎。」所引一人俱為兩人，所未詳聞。
3 郭注：自相配合。
4 郭注：犬戎之神名也。
5 郭注：音潛。
6 鹿案：尤本作「有人一目，當面中生。一曰威姓」。「黍食」，尤本作「食黍」。
7 郭注：言有無骨人也。《尸子》曰「徐偃王有筋無骨。」
8 鹿案：郝疏「食氣、魚者，此人食氣兼食魚也。」《大荒北經》也有「無繼子，食魚。」《大戴禮・易本命篇》云「食氣者，神明西北海外，流沙之東，有國曰中輪，顓頊之子，食黍。

有國曰賴丘。有犬戎國。有神，人面、獸身，名曰犬戎[1]。

西海外[2]，黑水之北，有人有翼，名曰苗[3]。顓頊生讙頭，讙頭生苗民，苗民，釐姓，視肉民[4]。有山名曰章山。

大荒之山，衡石山、九陰山、灰野之山[5]，有赤樹，青葉，名曰若木[6]。

有牛黎之國。有大人無骨[7]，儋耳之子[8]。

而壽。」神話中有許多女子國、地底人食烝氣的情節。

1 劉評：白犬盤瓠之類。
2 尤本作「西北海外」。
3 郭注：三苗。
4 尤本作「食肉」。
5 鹿案：明清學者皆作洞野之山，不知何據?《水經・若水注》、《文選・甘泉賦》及〈月賦〉注、《藝文類聚》卷89引此經並作灰野之山。尤本、明藏經本亦作灰野之山。
6 郭注：生崑崙西附西極，其花光赤照地。
7 尤本作「有人無骨」。
8 郭注：儋耳人生無骨子也。

西北海之外，赤水之北，有章尾山。神，人面蛇身而赤[1]，直目正乘[2]，其眠[3]乃晦，其視乃明[4]，不食，不寢，不息，風雨是謁[5]。是燭九陰[6]，是謂燭龍[7]。

圖17-6，燭九陰，蔣本、《三才圖會》。

1 郭注：身長千里。
鹿案：《御覽》卷882四字在經文，《類聚》卷79也在經文，唯「千里」作「千尺」。〈海外北經〉也有鍾山燭龍，《類聚》卷96引此經，又謂燭龍「身長三千里」。

2 郭注：直目，目從也；正乘，未詳。
鹿案：《類聚》與《御覽》引此經都未見此四字經文，或他處誤植耳。

3 鹿案：尤本作「瞑」。《文選》〈思玄賦〉李善注、《類聚》79引此經皆作「眠」。

4 郭注：視為晝，眠為夜。

5 郭注：言能請禱風雨。
鹿案：《類聚》及《御覽》皆與曹本同，吳任臣《廣注》、郝懿行《箋疏》亦同。

6 郭注：照九陰之幽陰也。

7 郭注：〈離騷〉曰「月安不到？燭龍何燿？」《詩含神霧》曰「天不足西北，無〇陰陽消息，故有龍含火精以往照天門中。」《淮南子》曰「弊于委羽之山，不見日也。」鹿案：曹本郭注「無〇」，尤本作「無有」。「龍含火精」，尤本作「龍銜精」，曹本為允。

《圖讚》九首

肅慎國

武王克商，肅慎納貢。在晉中興，越海自送。人事款塞，天應旁洞。

附隅丘　舜竹木、琴虫

群珍所集，附隅之丘。舜林之竹，一節中舟。爰有琴虫，蛇身獸頭。

青蛇　槃木、猎猎、丹山、神元鳳

有蛇食麈，盤木千里。猎猎如熊，丹山霞起。九鳳軒翼，北極是時。

強梁

仡仡強梁，虎頭四蹄。妖厲是御，唯鬼咀魑。銜蛇奮猛，畏獸之奇。

黃帝女妖

蚩尤作丘，從御風雨。帝命應龍，爰下天女。厥謀無方，所謂神武。

赤水女子獻

江有窈窕，水生豔濱。彼美靈獻，可以寤神。交甫喪佩，無思遠人。

犬戎

犬戎之先，出自白狗。厥育有二，自相配偶。實犬豕心，稟氣所受。

無骨子

無骨之人，以肉構體。吸氣如鮮，食不粒米。偃王是裔，仁而有禮。

若木

若木之生，崑山是濱。朱華電照，碧葉玉津。食之靈智，為力於人。

〈海內經〉第十八

東經之內，北海之隅，有國名朝鮮、天毒，其人水居[1]，偎人愛人[2]。

西海之外[3]，流沙之中，有國名曰壑市。

西海之內，流沙之西，有國名曰氾葉。

流沙之西，鳥山者，有三水焉[4]。有黃金、有璿瑰、丹貨、銀鐵，皆流于此水中也[5]。又有淮水[6]，好水出焉。

流沙之東，黑水之西，有朝雲之國、司彘之國。黃帝妻雷祖，生昌意[7]，昌意降處若水，生韓流[8]。韓流，擢首、謹耳[9]、人面、豕喙、麟身、渠股[10]、豚止[11]，取淖子曰阿女，生帝顓頊[12]。

---

1 郭注：朝鮮今樂浪郡也。天竺國，貴道德，有文書、金銀、錢貨，浮屠出此國中。晉大興四年，天竺南王來獻。

2 郭注：偎亦愛，音滔陷。

鹿案：曹本「音滔陷」，未詳其義，尤本作「音隱隈」。劉評「娟媚」二字。

3 鹿案：尤本作「西海之內」，與下句重。曹本為允。

4 郭注：三水同出一山。

5 郭注：言其中有雜珍奇寶。

6 鹿案：尤本作「淮山」。

7 郭注：《世本》云「黃帝娶西陵氏之子，謂之纍祖，生青陽及昌意。」

劉評：又云昌意出河濱，遇黑龍負玄玉圖，時有一老謂昌意「而生子必叶水德而王」，至十年顓頊生。

8 郭注：《竹書》曰「昌意降居若水，生帝乾荒。」乾荒即韓流也，生帝顓頊。

9 郭注：擢首，長咽也；謹耳，未詳。

10 郭注：渠，車輞，言跰腳也。《大傳》曰「如大車之渠」。

11 郭注：趾，足。

12 郭注：《世本》云「顓頊母，　山氏之子，名濮。」

流沙之東，黑水之間，有山名曰不死之山[1]。

華山，青水之東，有山名曰肇山，有人名曰柏高[2]，柏高上下於此，至于天[3]。

西南黑水之間，有都廣之野，后稷葬焉[4]。爰有膏菽、膏稻、膏黍、膏稷[5]，百穀自生，冬夏播琴[6]。

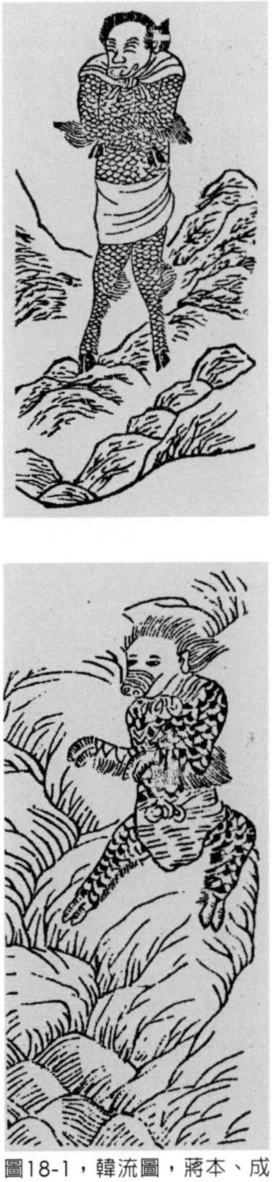

圖18-1，韓流圖，蔣本、成本。

1 郭注：即負丘也。

2 郭注：柏子高，仙者。

3 郭注：翱翔雲天，往來此山。

4 郭注：其城方三百里，蓋天下之中，素女所出。《楚詞》曰「絕都廣」。

鹿案：《後漢書》張衡傳注、《御覽》卷837作「都廣之野」，《御覽》卷916、卷959作「廣都之野」。《類聚》卷6作「都廣之野」，卷85、卷90作「廣都之野」。

5 郭注：言其美好皆滑如膏。《外傳》曰「膏粱之子，菽，豆也；粱，穀也。」

鹿案：劉評「四膏勝《詩經》四實」。楊慎《補注》曰「嘉穀之米，炊之皆有膏。」

6 郭注：播琴猶播殖，方俗言耳。

鸞鳥自歌，鳳鳥自舞，靈壽實華[1]，草木所聚[2]。爰有百獸，相群爰處[3]。其草冬夏不死。

南海之內，黑水、青水之間，有木，曰若木[4]，若水出焉。

有禺中之國。有列襄之國。有靈山，有赤蛇在木上，名曰蝡蛇，木食[5]。

有鹽長之國。有人焉，鳥首，名曰鳥民[6]。

圖18-2，鹽長國，蔣本、〈邊裔典〉。

---

1 郭注：靈壽，木名。似竹，無節。
鹿案：曹本郭注「似竹，無節」，尤本作「似竹有枝節」。

2 郭注：在此叢植。

3 郭注：於此群聚。

4 郭注：葉青樹赤。
鹿案：尤本郭注作「樹赤華青」，郝疏以為「華」為「葉」字之誤。〈大荒北經〉言「若木」作「赤樹青葉」，與曹本合。

5 郭注：言不食禽獸；音懦。

6 郭注：今佛畫中有此人，即鳥夷。
鹿案：《太平御覽》卷797引此經，「西海中有塩長國，其人鳥首，亦名鳥民」。王念孫云「《書鈔・地部二》兩引鳥民，下有四蛇相繚四字。」

有九丘，以水絡之[1]，名曰陶唐[2]之丘、叔得之丘、昆吾之丘[3]、盈盈之丘、黑白之丘、赤望之丘、參衛之丘、武夫之丘[4]、神氏之丘[5]。有木，青葉，茈莖，玄華，黃實，名曰建木，百仞無枝，有九欘[6]，下有九枸[7]，其實如麻[8]，其葉如芒[9]，大皞爰過[10]，黃帝所為[11]。有窫窳，龍首，是食人首[12]。有青獸，人面，名曰猩猩[13]。

西南有巴國[14]。大皞生咸鳥，咸鳥生乘，乘生釐，釐生復胎[15]，復胎是為巴人[16]。

---

1 郭注：絡，繞。
2 郭注：堯號。
3 郭注：昆吾出金。《尸子》曰「昆吾之金」。
4 郭注：此山出美石。
5 郭注：上有神人。
鹿案：「神氏之丘」，尤本作「神民之丘」。《文選》的〈遊天台山賦〉注引此經作「神人之丘」，《北堂書鈔》作「神民之丘」。
6 郭注：枝回曲也；音斸。
7 郭注：根盤錯也。《淮南子》曰「木大則根欋」，音劬。
8 郭注：似麻子。
9 郭注：芒似木索梨。
鹿案：尤本郭注作「芒木似棠梨也」，曹本恐誤。
10 郭注：庖羲於此山經過也。
11 郭注：言治護也。
12 郭注：在弱水中。
13 郭注：能言。
14 郭注：今三巴是。
15 鹿案：尤本、郝本作「後照」。《御覽》卷168作「咸鳥生乘釐，乘釐生後昭」。
16 郭注：今人始祖。

有國曰流黃辛氏，其城中三百里，其出是塵土[1]。有巴遂山，繩水出焉[2]。有木卷之，有黑蛇，青首，食象[3]。

南方有贛巨人[4]，人面長脣，黑身有毛，反踵，見人笑亦笑，脣蔽其面，因可逃也。有黑人，虎首，鳥足，兩手操蛇，方啗之。

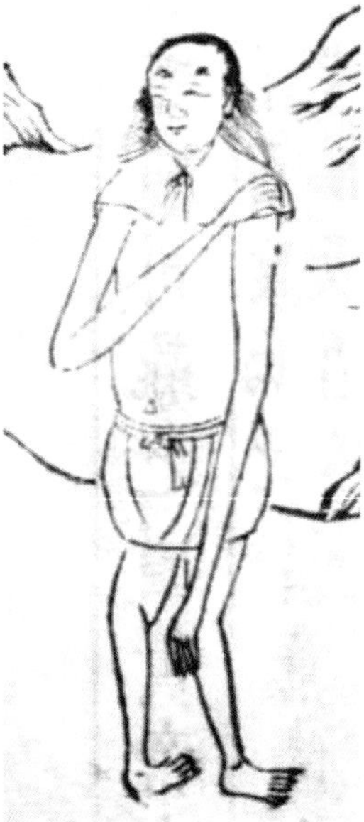

圖8-3，贛巨人，蔣本。

圖18-4，黑人，《永樂大典》、《萬寶全書》、《三才圖會》。

1 郭注：言殷盛也。
鹿案：「城」，藏經本同，尤本作「域」；「塵土」，尤本作「塵土」，藏經本作「出塵」。

2 鹿案：尤本作澠水。郝疏引《水經・若水注》作「繩水出徼外」，引此經作繩水與曹本同。曹本為允。

3 郭注：即巴蛇。

4 郭注：即梟陽也。音感。

有羸[1]，有封豕[2]。有人曰苗民[3]。

有神，人首蛇身，長如轅[4]，左右有首[5]，衣紫衣，冠旃冠，名曰延維[6]，人主得而食之，伯天下[7]。

圖18-5，苗民國，蔣本、〈邊裔典〉。

圖18-6，延維圖，〈神異典〉、成本。

1 鹿案：「羸」字，尤本作「贏」，郝本作「嬴」，皆有郭注「音盈」。曹本無「民」字，疑曹本脫，然「羸民」似又難曉。
2 郭注：大豬也，羿射殺之。
3 郭注：三苗。
4 郭注：大如車轂；澤神也。
5 郭注：岐頭。
6 郭注：委蛇。
7 郭注：齊桓公出游於澤，見之，遂霸諸侯。亦見《莊子》，作「朱冠」。

有鸞鳥自歌舞也。鳳鳥首文曰順，膺文曰仁，背文曰義，見則天下和[1]。

有青獸，如兔，曰⿱山囷狗[2]，有翠鳥，有孔鳥[3]。

南海之內有衡山[4]，有菌、有桂山[5]。有山名三天子之都。

南方蒼梧之淵[6]，中有九嶷山[7]，舜之所葬，在長沙零陵界中[8]。

北海之內，有蛇山者，蛇水出焉，東入於海。有五采之鳥，飛蔽一鄉[9]，有五采之鳥，名曰翳鳥[10]。又有不距之山，巧倕葬其西[11]。

北海之內，有反縛盜械、帶戈常倍之佐，名曰相顧之尸[12]。

---

1 郭注：和平。
鹿案：尤本作「鳳鳥首文曰德，翼文曰順，膺文曰仁，背文曰義，見則天下和。」對鳳鳥形象的討論亦見〈南次三經〉。

2 郭注：音菌。

3 郭注：孔雀。

4 郭注：南嶽。

5 郭注：或云衡山有菌桂，負以竹，見《本草》。
鹿案：郝疏以為，劉逵〈蜀都賦〉引《神農本草經》曰「菌桂出交趾，圓如竹，為眾藥通使」。「有菌有桂山」，尤本作「有菌山有桂山」，考諸《本草》，「山」似皆為衍字。

6 鹿案：尤本作「蒼梧之丘」。

7 郭注：音疑。

8 郭注：山今在陵營道南，其山九溪皆相似，故云「九疑」；古者　名其地為蒼梧。

9 郭注：漢宣帝元康元年，五色鳥以萬數，過蜀都，即此鳥。

10 郭注：鳳屬也。〈離騷〉曰「駟玉虬而乘翳」。

11 郭注：倕，堯之巧工；音瑞。

12 郭注：貳負臣之類也。

伯夷父生西岳，西岳生先龍，先龍是始生氐羌，乞姓[1]。

北海之內，有山名曰幽都之山[2]，黑水出焉。其上有玄鳥、玄蛇、玄豹、玄虎[3]、玄狐蓬尾[4]。有大玄之山，有玄民之丘[5]。有幽之國[6]，有赤脛之民[7]。

有釘靈之國，其民從膝已下有毛，馬蹄善走[8]。

圖18-7，丁靈國，《異域圖志》、《文林妙錦萬寶全書》、多文齋本。

1 郭注：伯夷父顓頊師，今氐羌其苗裔。

2 鹿案：《類聚》卷99作「武都」，《御覽》卷909引此經作「武都之山有黑水焉，其上有玄狐蓬尾。」

3 郭注：黑虎名儵，見《爾雅》。

4 郭注：蓬，茸也。《說苑》「蓬狐，文豹之皮。」

5 郭注：其上物盡黑。

6 郭注：即幽民，穴居無衣。

7 郭注：膝以下正赤。

8 郭注：《詩含神霧》曰「馬蹄羌，自鞭其足，日行三百里。」鹿案：尤本、郝本郭注作「馬蹏自鞭其蹏」，疑脫羌字。曹本郭璞《圖讚》「馬蹄之羌，揮鞭自策」。《太平廣記》卷482引《博物志》「蹄羌之國，其人自膝已下，有毛如馬蹄，常自鞭其脛，日行百里」。曹本郭注為允。圖18-7。

炎帝之孫伯陵，同吳權之妻河女涿婦[1]，涿婦孕三年[2]，是生鼓、延、殳，始為使[3]。鼓、延是始為鍾[4]，為樂風[5]。

黃帝生駱明，駱明是生白馬，白馬是為鮌[6]。

帝俊生禺猇，禺猇生淫梁，淫梁生番禺，是始為舟[7]。番禺生奚仲，奚仲生吉光，吉光是始以木為車[8]。

少皞生般[9]，般是始為弓矢[10]。

帝俊賜羿彤弓、素矰[11]，以扶下國[12]，羿是始去衈下土之百艱[13]。

帝俊生晏龍，晏龍是始為琴瑟[14]。

---

1 郭注：同猶淫之也。吳權，人姓名。

2 鹿案：尤本作「阿女緣婦，緣婦孕三年」。

3 郭注：三子名也。

鹿案：「始為使」，尤本作「始為侯」，未知孰是？

4 郭注：《世本》云「毋句作磬，倕作鍾」。

5 郭注：作樂之曲制也。

6 郭注：即禹父。《世本》曰「黃帝生昌意，昌意生顓頊，顓頊生鮌。」

7 郭注：《世本》云「共鼓、狄貨作舟」。

8 郭注：《世本》云「奚仲作車」。此言吉光，明其父子共創作意，是以子稱之也。

9 郭注：音班。

10 郭注：《世本》云「牟夷作矢，揮作弓」。弓矢一器而作者二人，於義有疑，此言般作之是也。

11 郭注：矰，矢名，以白羽羽之。〈外傳〉曰「羽之矰，望之如荼」。音增。

12 郭注：羿以射除患，扶助下國也。

13 郭注：言射殺封豕之屬也。有窮慕羿射，故効此名。

14 郭注：《世本》云「伏羲作瑟，神農作琴」。

帝俊有子八人，是始為歌舞。

帝俊生三身，三身生義均，義均是始為巧倕，是始作下民百巧。后稷是播百穀。稷之孫曰叔均，是始作耕[1]。大比赤陰[2]，是始國[3]。禹鯀是始布土，均定九州[4]。

炎帝之妻，桑水之子，聽訞生炎居，炎居生節並，節並生戲器，戲器生祝融[5]。祝融降處江水，生共工，共工生術器，術器首方鎮[6]，是復生壤，以處江水[7]。共工生后土，后土生噎鳴，噎鳴生歲十有二[8]。

洪水滔天，鯀竊帝之息壤以堙洪水，不待帝命[9]，令祝融殺鯀于羽郊[10]。鯀復生[11]。帝乃命禹卒布土以

鹿案：尤本作「是為琴瑟」。《北堂書鈔》引此經作「是始為琴瑟」，曹本亦然，曹本為允。

1 郭注：用牛犁也。
鹿案，尤本作「牛耕」。

2 郭注：或作音。

3 郭注：得封為國。

4 郭注：布穀也。《書》曰「禹敷土，定高山大川」。

5 郭注：祝融，高辛，火帝之號。

6 郭注：頭頂平。
鹿案：「首方鎮」，尤本作「首方顛」。郝疏以為，「顛」字衍，《藏經》本無。

7 郭注：復祝融之所也。
鹿案：「生壤」，尤本作「土穰」，郝疏以為，穰當為壤，或古字通用；《藏經》本正作壤。

8 郭注：生十二子皆以歲為首。

9 郭注：息壤者，言土為息，長息無限，故可以塞洪水也。《啟筮》曰「滔滔洪水，無所至極，伯鯀乃以息壤，以填洪水。」漢元帝時，臨淮徐縣地長五六里，高二丈，即息土之類。

10 郭注：羽山之郊。

11 郭注：《啟筮》曰「鯀死三歲不腐，剖之以吳刀，是用生禹。」
鹿案：曹本《海內經》中只有鯀復生，未及生禹一事。

定九州[1]。

《圖讚》十五首

朝鮮

箕子避商，自竄朝鮮。〇潛倭穢，靡化不善。賢者所在，豈有隱顯。

有鳥山三水

三水之淵，珎物惟錯。爰有瑤瑰，金沙丹礫。流光映煥，星布磊落。

柏高

子高恍惚，乘雲升霞。翱翔天際，下集嵩華。眇焉難希，求之誰家。

都廣野

都廣之野，珍怪所聚。爰有膏穀，鸞鳳歌舞。后稷純絡，樂哉斯土。[2]

1 郭注：鮌績用不成，故命禹終其功。

2 鹿案：曹本「純絡」，《類聚》卷6引作「託終」。

蝡蛇　鳥氏九丘

赤蛇食木，有夷鳥首。因川嬰帶，厥土惟九。聖賢所游，群寶之藪。

封豕

有物貪惏，號曰封豕。荐食無猒，肆其殘毀。羿乃飲羽，獻商文技。[1]

延維

委蛇霸祥，桓見致病。管子雅曉，窮理析命。吉凶由人，安有咎慶。

五彩鳥　翳鳥相顧之尸

五彩之鳥，飛蔽一邑。翳惟鳳屬，有道翔集。盜械之尸，誰者所執。

幽都

幽都玄丘，其上有國。儵虎蓬狐，群物盡黑。是讚委羽，窮海之比。

赤脛民

或黑其股，或赤其脛。形不虛授，皆循厥性。知周万類，通之惟聖。

1 鹿案：曹本「文伎」，《類聚》卷95、吳本皆引作「效伎」。

釘靈民

馬蹄之羌，揮鞭自策。厥步如馳，難與等跡。體无常形，惟理所適。

奚仲

奚仲作車，厥輪連推。周人與〇，玉輅乘飛。巧心茲生，焉得無機。

盤為弓矢

飾角鍊金，以精弧矢。鋒加銖文，札亦犀兕。巧不可長，倕銜其指。

帝舜賜羿彤弓素矰

羿受弓矢，仰熸九日。馮夷殞明，風伯摧膝。豈伊控弦，其中有術。

鮌竊帝息壤

鮌切息土，以堙洪水。傲佷違命，卒以殛死。化為黃熊，作晉厲鬼。

〈上《山海經》表〉

劉歆

侍中奉車都尉光祿大夫臣秀、校秘書臣言[1]、校秘書太常屬臣望，所校《山海經》凡十三卷[2]，已安。

《山海經》者，出於唐虞之際。洪水洋溢[3]，漫衍中國，民人失據，崎嶇於山陵，巢父[4]、鯀既無功，帝堯使禹繼之。禹乘四載，隨山刊木，定高山大川。益[5]與伯翳主駈[6]禽獸，命山川，類草別土[7]。四嶽佐之，以周四方，逮人跡之所稀至，舟輿之罕到。內別五方之山，外別[8]八方之海，紀其珍寶奇物，異方之所生，水土草木、禽獸昆蟲、麟鳳之所止，禎祥之所隱，及四海之外、紀域之國[9]、殊類之人。

---

1 尤本作「領校秘書言」，明顯為劉秀領校秘書所上表。而曹本作「校秘書臣言」，「言」似為人名，與劉秀、望並列為校秘書。版本有出入，難以判定。

2 尤本作「凡三十二篇，今定為一十八篇，已定。」《漢書・藝文志》亦作「《山海經》十三篇」。宋代薛季宣〈《山海經》序〉亦云「古《山海經》，劉歆所上書，十三篇」。曹本言十三卷，或是較早的本子。

3 尤本作「昔洪水洋溢」。

4 尤本作「巢於樹木」。

5 尤本作「蓋」。

6 尤本作「驅」。鹿案：「駈」即「驅」，二字通。

7 尤本作「類草木，別水土」。

8 尤作「分」。

9 尤本作「絕域」，曹本或誤。

禹變[1]九州，任土作貢；而益等類物，蓋著《山海經》[2]。皆賢聖人之遺事，古文之著明者也，其事明有信[3]。

孝武皇帝時，嘗有獻異鳥者，食之百物，不肯[4]。東方朔見之，言其鳥名，又言其所食[5]，皆[6]如朔言。問朔何以知之，云出《山海經》[7]。孝宣帝時，擊磻石於上郡，石室中有反縛盜械人。時臣秀父向為諫議大夫，言此貳負之臣也。詔問[8]，亦以《山海經》對。其文曰：「貳負殺窫窳，帝乃括[9]之疏屬之山，桎其右足，反縛兩手。」上大驚。朝士由是多奇《山海經》者，文學大儒皆獨學[10]，為奇可以考禎祥變怪之物，見外國異事記之也[11]。

---

1 尤本作「別」。
2 尤本作「益等類物善惡，著《山海經》。」。
3 尤本作「質明有信」。
4 尤本作「食之百物所不肯食」。
5 尤本作「所當食」。
6 尤本無「皆」字。
7 尤本作「即《山海經》所初也」
8 尤本作「詔問何以知之」。
9 尤本與明清諸本皆作「梏」，曹本作「括」為允。參見〈海內西經〉。
10 尤本作「讀學」。
11 尤本作「以為奇可以考禎祥變怪之物，見遠國異人之謠俗。故《易》曰：『言天下之至賾而不可亂也。』博物之君子，其可不惑焉。臣秀昧死謹上。」

姚綬跋

曹世良名善，號樗散生，松江人，有詩名，侍母至孝。處事剛正，不合於時。徙居吳門婁侯里，慕范仲淹為人，復遷天平山。苦志臨池，初學鍾元常，行草學貳王，與兄世長、兄子恭俱有書名。壹時稱為東吳弎曹。與高季迪、張羽友善。宋景濂薦於朝，太祖屢徵不起。後買舟放浪山水間，攸攸自得。壽八十六，歿於秀水，吾鄉貝助教具棺葬焉。貝名瓊，楊鐵厓門人也。

七十老人姚綬公父書

王世貞跋

《山海經》最為古文奇書，至曼倩之名畢方、子政之識貳負，皆於是取衷。而國師公後序，直以為大禹、伯益著，惟司馬子長亦云：「〈禹本紀〉、《山海經》所有怪物，余不敢言。」蓋亦疑之而未能決也。貞竊以為不然，經內語如「西望大澤，后稷所潛」，稷之稱后，追自周始耳；「南望墠渚，禹父所化」，禹寧忍紀父化也？「狄山，文王葬其所」，注「即周文王也」，「有易殺王亥取僕牛」，注引「殷王子亥淫於有易見弒也」；又「成湯伐夏桀於章山，克之」，及「禹生均國，均國生役采，役采生循鞈」之類，不可枚舉。豈禹本經不傳，或簡略非備，而周末文勝之士為之傅會而增飾者耶？即卷後稱「侍中奉車都尉光祿大夫臣秀」亦有誤也，國師為此官在哀帝中，正名歆耳，至平帝初元為京兆尹，而始名秀也。經為松江曹善世良手錄，善以元至正乙巳錄完，至高皇時累徵不起。嘉興姚綬紀其事頗詳，而云「有詩名，苦志臨池，初學鍾元常，行草學二王。」考此書是初年筆，有元常《薦季直表》遺意，與鍾他體殊不類也。

避暑園居，偶閱一過，為題於後。

陳繼儒跋

曹永字世長，松郡人。正書學鍾元常，行草學二王，載顧文僖舊志。獨世良諱善者，見姚侍御跋，手書見《山海經》。屢辭高皇帝徵辟，生則宋濂薦之，歿則貝瓊葬之，惜不入志中，留記補遺。此經僉題姚公綬筆，「元亨利貞」四字，王元美筆也。崇禎丙子五月十四日同王毗翁觀於頑仙廬。陳繼儒時年七十有八。

曹應符字泰叔，華亭小蒸人，宋甲戌進士。有族人諱光遠者，丁未進士，宋亡不仕，與應符同。獨其衣冠不改，人稱為大頭巾相公。孫即慶孫，號安雅先生。子宗儒，洪武初即為華亭本邑教諭，孫諱衡，工科給侍中。俱工行草，或皆世良宗派。今不可考矣，記此以詢之博聞譜學者。眉公又題。

附錄

《山海經》的再發現——曹善抄本的文獻價值考述

一、珍貴的《山海經》抄本

元末曹善（活動於西元十四世紀後期）楷書抄本《山海經》共有四冊，為宋牋烏絲欄本，現藏於臺北國立故宮博物院。這是一個長久以來未受到重視的珍貴抄本，這個抄本可以補充郭璞《山海經圖讚》的佚文，也可校正南宋尤袤以來《山海經》版本的缺失。

明代的學者王崇慶（1484-1565）、楊慎（1488-1559），清代的學者吳任臣（1628-1689）、汪紱（1692-1759）、畢沅（1730-1797）、郝懿行（1757-1825）都未曾提及曹善手書《山海經》，他們所據的版本大都與南宋尤本差異不大。

周士琦曾有專文討論曹善的抄本，認為曹善抄本「決不是從宋刻本出，其所據祖本當為更早的寫本」。[1] 周士琦未見過故宮所藏抄本，所見來自《故宮周刊》，討論只能限於〈東山經〉以前，卻極肯定曹善抄本的價值，是指出曹抄本優於尤本的學者。其後吳郁芳、賈雯鶴皆曾撰文討論過曹善抄本《山海經》，由於未曾讀到完整文本，二人論文也都如周士琦，僅處理《故宮周刊》所摘印的曹本《山海經》前三卷部分。[2]

1 周士琦：〈論元代曹善手鈔本《山海經》〉，《中國歷史文獻研究集刊》，1980年1集，頁117-122。

2 吳郁芳：〈元曹善《山海經》手抄本簡介〉，《古籍整理研究學刊》，1997年1期，頁9-11。吳郁芳的論文僅有三頁，是名符其實的簡介，討論也不出周士琦的觀點。近來賈雯鶴也曾撰寫多篇論文討論曹善抄本，賈雯鶴：〈《山海經》疑誤考證三十例〉，《中陳連山也提到曹善抄本，也自言只看過《故宮周刊》所刊載內容，他認為尤袤、曹善二本的分卷方法完全相同，曹本的祖本應與尤本所用的「劉歆所定本」類似，周士琦提到的曹本優於尤袤本，應是尤袤校對不精所致。[1] 實際上，明清以後的《山海經》刊本大都與尤本相似，而曹本自成一個系統，常與郭璞注的「一曰」、「或作」相合，二者的差別、優劣，顯然非校對精審與否的問題。

國立故宮博物院所藏曹善手書《山海經》不只是難得的書法作品，更是海內外重要的《山海經》孤本善本，有文獻上不可忽視的價值。

曹善小楷書《山海經》，抄寫於元至正乙巳年（1365），在明代輾轉經過許多文人之手，包括姚綬（1423-1495）、王世貞（1526-1590）、陳繼儒（1558-1639）等人。姚綬作文敘述曹善的生平，附於書末，王世貞有〈跋〉，陳繼儒則在此書多處留下藏書印，並在書末題寫〈跋〉。

陳繼儒收藏曹善這件書法作品的時間極長，他多次請友朋來家賞鑒，據陳繼儒所言，曾在崇禎九年（1636）五月十四日「同王毗翁觀於頑仙廬」、崇禎十一年（1638）四月「宋獻同王毗翁觀於眉公古香亭院」。

董其昌（1555-1636）是眉公的一生知交，多次造訪，又是書畫名家，也在崇禎乙亥年（1635）六月受邀觀賞、題字，並紀錄姚、王、陳三位明代文人曾收藏此書。有趣的是，這三篇文章是以不同的書體寫成，姚綬為篆體，王世貞寫楷書，陳繼儒則以行書呈現，看來像似文人們藏書的風雅表現。

曹善是松江人，其生平罕見正史、府志記載，因而書末姚綬所寫的文章，是非常重要的參考資料。曹善

華文化論壇》，2019年1期，頁91-98；賈雯鶴：〈《山海經》舊注辯正十九則〉，《西北民族大學學報（哲學社會科學版）》，2019年6期，頁119-125；賈雯鶴：〈《山海經》及郭璞注校議二十八例〉，《西華師範大學學報（社會科學版）》，2019年6期，頁93-98。二者皆未提及徵引周氏1980年的論文。

1 陳連山：《〈山海經〉學術史考論》（北京：北京大學出版社，2012），頁77。

抄本最後存入清宮，《欽定秘殿珠林石渠寶笈續編》仔細記錄此書的書況，包括哪幾頁有陳眉公書印，哪幾個書印又漫漶不清，並且抄錄姚、王、陳所寫三篇文章。

> 第四冊後副頁姚公綬篆書識云：曹世良名善，號樗散生，松江人，有詩名。侍母至孝，處事剛正，不合於時。徙居吳門婁侯里，慕范仲淹為人，復遷天平山。苦志臨池，初學鍾元常，行草學二王，與兄世長、兄子恭俱有書名，一時稱為東吳三曹。與高季迪、張羽友善。宋景濂薦於朝，太祖屢徵不起。後買舟放浪山水間，攸攸自得，壽八十六，歿於秀水，吾鄉貝助教具棺葬焉。貝名瓊，楊鐵厓門人也。[1]

《欽定秘殿珠林石渠寶笈續編》稱此抄本形制的記錄「高六寸九分，廣五寸二分」；國立故宮博物院網站公布的形制，則此書高為22.1公分，橫16.6公分，清制一寸約等於3.2公分，一分約等於0.32公分，換算結果六寸九分為22.08公分，五寸二分為16.64公分，兩者相差不大。[2]

不止如此，《欽定秘殿珠林石渠寶笈續編》還提到「董其昌題字有『有贊』二字，考無贊語，疑佚」。其實，在每卷經文之後，曹善皆抄錄了數量不等的郭璞圖讚，無一卷無圖讚。

《欽定秘殿珠林石渠寶笈續編》引姚綬所言，曹善與兄世長、兄子恭合稱東吳三曹。這樣的說法有學者提出疑問，認為曹世長即曹永，是曹知白之子，曹世長並無兄弟，曹善可能只是其族弟。[3]遺憾的是，筆者一直未覽閱到更多曹善的資料。

1 國立故宮博物院編：《秘殿珠林・石渠寶笈　續編》（臺北：國立故宮博物院，1971），冊4，頁1894-1895。
2 據臺大資工數位典藏與自動推論實驗室「度量衡換算系統」http://thdl.ntu.edu.tw/thdl_tool/weight_measure/（檢索日期：2021.05.11）
3 朱惠良：〈元曹善書山海經〉，收入朱惠良：《雲間書派特展圖錄》（臺北：國立故宮博物院，1994），頁127-128。

目前所見現存較早的《山海經》刊本，是南宋淳熙七年（1180）的尤袤（1127-1194）池陽郡齋刻本。[1]（以下一律稱尤本）。而今人習用的，皆是明清學者的研究版本，如明代的王崇慶《山海經釋義》（以下一律稱王本）[2]，清代吳任臣《山海經廣注》[3]（以下一律稱吳本）、畢沅《山海經新校正》[4]（以下一律稱畢本）、郝懿行《山海經箋疏》[5]（以下一律稱郝本），近人袁珂的《山海經校注》[6]，便是以郝懿行的《箋疏》為底本。

曹善手抄本《山海經》所據版本不詳，只能從全書看到他避諱一些字，如「敬」、「弘」、「殷」、「禎」、「貞」等都缺筆，可見避太祖之祖趙敬、太祖之父趙弘殷的諱，書中普遍避的是宋仁宗趙禎的諱。本文撰述之際，很幸運地從友朋處見到 2019 年劉思亮先生的博士論文，以曹善抄本來校箋《五藏山經》，其中亦肯定此書當刊於仁宗一朝（1022-1063）。即使刊於在位最後一年，也比尤本的淳熙七年早了 117 年。[7]劉先生參考他人忽略的曹本來做《山海經》前五卷校箋，全書功底扎實，極具參考價值。

---

1 尤袤編撰有《遂初堂書目》，其中《山海經》被分在「史部・地理類」，尤袤所藏的《山海經》計有秘閣本、池州本兩種，郭璞《山海經圖讚》一種。尤袤刻本《山海經》見晉・郭璞注，《山海經》，收入文清閣編委會編：《歷代山海經文獻集成》，冊1（西安：西安地圖出版社，2006，據南宋尤袤池陽郡齋刻本影印）。

2 明・王崇慶：《山海經釋義》，收入文清閣編委會編，《歷代山海經文獻集成》（西安：西安地圖出版社，2006，據萬曆年間大業堂刻本影印），冊4。

3 清・吳任臣：《山海經廣注》（康熙六年彙賢齋刻本，臺北國家圖書館藏）。

4 清・畢沅：《山海經新校正》，收入文清閣編委會編，《歷代山海經文獻集成》（據光緒三年浙江書局刻本影印），冊7-8。

5 清・郝懿行：《山海經箋疏》（臺北：臺灣中華書局，1972，據《郝氏遺書》本重新排印），本文所引用的《山海經箋疏》，皆據此本，後文引用僅在段落之後註明卷數、頁數，不另加說明。

6 袁珂：《山海經校注》（臺北：里仁書局，1982）。

7 劉思亮：〈《山海經・五藏山經》校箋〉（上海：復旦大學中國古典文獻學博士學位論文，2019），頁17。此博士學位論文尚未開放網上查閱，作者或還有修改考慮，故筆者不方便引述其中觀點。

關於避諱，令人不解的是，宋真宗趙恆理應要避諱，而〈中次九經〉與〈中山經圖讚〉的恒字都未缺筆，或是曹善手抄時不察所致，恒字缺筆只在〈中次八經〉出現一次。曹本〈中次十一經〉「有鳥狀如雞，常食蜚，名曰鴆」，「常食蜚」，尤本作「恆食蜚」；〈海內北經〉從極之淵「冰夷常都焉」，尤本作「恒都焉」。改恒為常，似乎也是避諱的手法。

張宗祥（1882-1965）曾經在1935年借閱曹抄本《山海經》，撰成《足本山海經圖讚》一書，援引郝懿行《箋疏》、嚴可均校本《山海經圖讚》進行校勘，張宗祥提出看法：

> 是書原藏故宮博物院，乙亥歲得以借鈔。經文校通行嚴郝本異同頗少，獨贊語相去逕庭。[1]

其實不只圖讚，曹本中的經文注文皆與尤本、明清版本有異，殊異頗大，是一個長久被忽略的孤本、珍本。

從南宋尤袤池陽郡齋本到吳任臣、郝懿行，一直到近代的袁珂《山海經校注》，各版本之間雖有作者考訂後的調整，但字句的差異不大，形成一個系統。比較之下，曹善的手書《山海經》不論是經文、注解或是郭璞的圖讚，皆有與尤本不同的異文，曹本固然偶有筆誤，但有多處的曹本經文反而較目前通行的版本流暢，也比較有意義。可以肯定的是，曹善所寫錄的，是一個不同於尤本的《山海經》版本，以今傳的幾個版本與曹善的手抄本比較，對當代的《山海經》研究，必能有所補充與修正。下文將以尤袤池陽郡齋刻本與曹善手書本為主，比對二者在經文、郭璞注解以及圖讚之間的異同，彰顯曹善手書《山海經》的文獻價值。

1 張宗祥：《足本山海經圖讚》（上海：古典文學出版社，1958），頁57。

二、尤本與曹本《山海經》的比較

南宋尤袤刻本的編排依序是郭璞《山海經・序》、〈《山海經》目揔十八卷〉，其後緊接劉秀〈上《山海經》表〉、《山海經》十八卷正文、尤袤《山海經・跋》。曹善抄本的編排則較少見，依序為郭璞《山海經・序》（附十八卷目次）、《山海經》十八卷正文、劉秀〈上《山海經》表〉。相較於尤袤刻本的〈《山海經》目揔十八卷〉注明《山海經》各卷的正文、郭璞注字數，以及全書的總字數，曹善本的目錄隨附於郭〈序〉之後，只是簡單的目次，並不及於各卷及全書的字數統計。

特別需要注意的是，曹抄本的劉秀〈上《山海經》表〉一文在書末，其他刊本很少出現這樣的情況，我們似難斷定曹善是漏抄才在書末補上；如果不是遺漏所補，那麼是否說明，曹本所據是一個把〈上《山海經》表〉放在書末的本子？不僅在目次的安排有所差異，曹善抄本的郭璞〈山海經序〉，許多字句皆與尤袤刻本不同。

抄錄郭璞〈序〉之際，曹善難免偶有筆誤，如將「夫玩所習見而奇所希聞，此人情之常蔽也」的「常蔽」誤寫作「常獘」；又如將「大宛傳」寫作「大苑傳」，將「玉石珍瑰之器」寫作「玉石珍傀之器」。在全書中有些明顯的筆誤，曹善常會立即訂正，或在字旁以黑點表示刪去，或作勾畫倒轉，表示上下順序更換。

比較通行的尤本系統，曹抄本郭璞〈序〉似乎就說明他另有所據。如尤本作「穆王西征見西王母，執璧帛之好，獻錦組之屬。」曹本作「執璧帛禮之」，尤本兩句對偶，曹本的「禮之」則表現出動態性。如尤本「眺鐘山之嶺，玩帝者之寶」，曹本鐘山作「鍾山」，考之《山海經》正文，不論尤本或曹本皆作「鍾山」，故此應以曹本為佳。又如尤本云「玉石珍瑰之器，金膏燭銀之寶」，燭銀或指光彩鑑人的銀子；曹本作「金膏銀燭」，則金、銀、膏、燭兩兩對仗，從語句看來，似較尤本為佳。此外又如尤本文末的「達觀博物之客」，曹本作「達觀博物之士」，略有差異，可一併參考。

而曹本與尤本郭璞〈序〉最大的差異，乃在討論《山海經》之怪與不怪的段落，尤袤本〈序〉云：

> 夫玩所習見而奇所希聞，此人情之常弊也。……不怪所可怪，則幾於無怪矣；怪所不可怪，則未始有可怪也。夫能然所不可，不可所不可然，則理無不然矣。

郭璞云：「不怪所可怪，則幾於無怪矣；怪所不可怪，則未始有可怪也。」字面上的意思為：以事物之怪為不可怪，事無可怪；以不可怪、無須怪之事物為怪，則事亦無可怪。簡言之，事無怪與不怪之區分，一切皆不可怪，若照會前言，世人有怪與不怪之分，乃肇因於「奇所希聞」的人情常弊。

逐句讀來，「夫能然所不可」之「然」，表肯定、贊同，「然所不可」，指**以**「不可」為然；後句「不可所不可然」，第一個「不可」表否定，「不可所不可然」指**不以**「不可」為然。似乎一下該以何者為然，一下又不該以何者為然，文句牴牾；也與前文「不怪所可怪，則幾於無怪矣；怪所不可怪，則未始有可怪」所傳達的態度不盡相同。

相較而言，曹善本則作「夫能然所不可，可可所不然」比尤本行文要通順一些。曹本下句的第一個「可」字，與上句的「能」相當，皆指可以、能夠，兩句語意相對應，指能夠「然所不可」、「可所不然」，即以不可為然、不然為可。延續〈序〉中有關世人少見多怪，以可怪為不怪，以不怪為奇怪的討論，曹善本不區分可或不可更貼近郭璞〈序〉的命意。當然，曹本為手抄，下句「可可所不然」的第一個「可」是衍字的成分也很大，「然所不可，可所不然」似乎更通順。

尤袤本〈五藏山經〉的目錄作〈南山經〉、〈西山經〉、〈北山經〉、〈東山經〉、〈中山經〉，曹善抄本的目錄則作〈山南經〉、〈山西經〉、〈山北經〉、〈山東經〉、〈山中經〉。尤袤本〈北次三經〉

「人魚，其狀如鯑魚」，郭璞注曰：「鯑見〈山中經〉」，〈中山經〉明顯也有〈山中經〉的異文出現。「山南經」、「山西經」等的說法，可能另有根據，並非曹善手誤。曹抄本似乎意謂著《山海經》的〈五藏山經〉或作〈山南經〉、〈山西經〉、〈山北經〉、〈山東經〉、〈山中經〉，即〈山經〉的南、西、北、東、中五卷。

尤、曹二本，於劉歆〈上《山海經》表〉的文字有所落差。尤本〈上《山海經》表〉開頭云：「所校《山海經》凡三十二篇，今定為一十八篇，已定。」曹善本則作「凡十三卷，已安。」此與《漢書・藝文志》所著錄「《山海經》十三篇」相合。[1]南宋薛季宣（1134-1173）也提到了十三篇的說法，其〈序《山海經》〉提到：「古《山海經》，劉歆所上書十三篇，內別五山，外紀八海。」[2]可見早先有個版本都作《山海經》十三篇，而曹善的抄本所根據也是這個系統的本子。

曹本與尤本的差異當然不只在劉歆〈上《山海經》表〉與郭璞〈序〉，而是在《山海經》的文本。以下就按〈五藏山經〉、〈海外四經〉、〈海內四經〉、〈大荒四經〉的順序，分項敘述，來比較曹善本與尤袤本的異同。

（一）〈五藏山經〉

〈南山經〉

1. 尤本〈南山經〉之首「䧿山」，曹本作「鵲山」，北宋李昉（925-996）等所編的《太平御覽》[3]、宋

1 漢・班固：《漢書》（臺北：鼎文書局，1986，據清王先謙《漢書補注》重排），冊2，頁1774。
2 宋・薛季宣：《薛季宣集》（上海：上海社科院出版社，2003，據清瑞安孫氏詒善堂祠塾本重排），頁426。
3 宋・李昉：《太平御覽》（臺北：商務印書館，1997，據靜嘉堂文庫藏宋刊本影印），冊1，卷50，〈地部十五〉，頁375。

元之際的劉辰翁《評山海經》亦作鵲山[1]。吳任臣《廣注》案語曰「今本作鵲山」，郝懿行《箋疏》也說《文選》注所引作鵲山，可見曹本鵲山有版本上的依據。

2. 尤本「猨翼之山，其中多怪獸，水多怪魚」，曹本作「稷翼之山，其中多怪水，多怪魚」，內容上多所出入。曹本所記「稷翼之山」也出現在唐代徐堅（659-729）等編纂的《初學記》[2]，可見所據刻本的系統很早。

3. 尤本云基山「其陽多玉，其陰多怪木。」曹本作「其陽多玉，其陰多金，多怪木。」以同為礦物的金玉並舉，似更符合《山海經》敘事的習慣，《太平御覽》卷五十提到基山「其陽多玉，其陰多金、多怪木」[3]。曹本記載基山的內容與《太平御覽》絲毫不差。

4. 尤本記會稽之山：「勺水出焉，而南流注于湨」，曹善作：「夕水出焉，南注于浿」。吳《廣注》案：「勺水，《水經注》作夕水」。

5. 尤本記鳳凰曰：

有鳥焉，其狀如雞，五彩而文，名曰鳳皇，首文曰德，翼文曰義，背文曰禮，膺文曰仁，腹文曰信。是鳥也，飲食自然，自歌自舞，見則天下安寧。

王崇慶《釋義》、吳任臣《廣注》、郝懿行《箋疏》皆與尤本同。曹本則作：

1 宋・劉辰翁評、明・閻光表校：《山海經》（明閻光表刊本，湖北省圖書館藏），卷1，頁1A。
2 唐・徐堅輯：《初學記》（北京：中華書局，2004，據清代古香齋本重排），冊下，卷27，〈玉第四〉，頁651。
3 宋・李昉：《太平御覽》，冊1，卷50，〈地部十五〉，頁376。

有鳥焉，其狀如鶴，五彩而文，名曰鳳鳥，首文曰德，翼文曰順，背文曰義，膺文曰仁，腹文曰信。是鳥也，飲食，自歌自舞，見則天下大寧安。

《史記・司馬相如傳》唐代張守節正義[1]、《文選》注顏延之〈贈王太常詩〉[2]、《藝文類聚》卷九十九[3]、《初學記》卷五[4]引〈南山經〉皆作「其狀如鶴」，與曹善本同。尤本〈海內經〉亦云：「鳳鳥首文曰德，翼文曰順，膺文曰仁，背文曰義，見則天下和。」其實與〈南山經〉有異，而與曹本相近。不只與唐代的引用刊本侔合，曹本引用《山海經》的內容也同《太平御覽》。[5]可見曹抄本所據是一個值得注意的刻本。

6. 尤本記青丘之山有「青雘」，曹善本雘字皆作「臒」。《初學記》卷五引用此段，也作「青臒」。[6]畢沅的《山海經新校正》也作「青臒」：

1 漢・司馬遷撰、唐・張守節正義：《史記・司馬相如傳》，《百納本二十四史》，冊3（臺北：商務印書館，1977，據武英殿銅活字本影印），頁1239，下左。張守節正義曰鳳皇，「〈東山經〉云：其狀如鶴，五采，而首文曰經、翼文曰順、背文曰義、膺文曰仁、股文曰信。」鳳皇應出於〈南山經〉，張守節誤為〈東山經〉。

2 《昭明文選》注云：「《山海經》曰丹穴之山有鳥焉，其狀如鶴。五采，名曰鳳鳥。」梁・蕭統等編、唐・李善等注，《增補六臣注文選》（臺北：華正書局，1980，據鄱陽胡氏宋淳熙本重刊本影印），卷26，頁478。

3 《藝文類聚》〈祥瑞部・鳳皇〉云「《山海經》曰，丹穴之山，有鳥，狀如鶴，五色而文，名曰鳳，首文曰德，翼文曰順，背文曰義，膺文曰仁，腹文曰信，是鳥自歌自舞，見則天下安寧。」唐・歐陽詢編：《藝文類聚》（上海：上海古籍出版社，2013，據宋紹興年間刻本影印），冊下，卷99，頁2523。

4 唐・徐堅輯：《初學記》卷5注「丹穴」云「丹穴山，丹水出焉。有鳥如鶴，五采而文，名曰鳳鳥，不飲不食，自歌自舞，見則天下安寧。」。見唐・徐堅輯，《初學記》，冊上，卷5，〈總載山第二〉，頁92。

5 宋・李昉編：《太平御覽》，冊5，卷915，〈羽族2〉，頁4189。其文曰：「丹穴之山有鳥焉，其狀如鶴，五彩而文，名曰鳳鳥。首文曰德，翼文曰順，背文曰義，膺文曰仁，腹文曰信。是鳥也，飲食，自歌自舞，見則天下大安。」

6 唐・徐堅輯：《初學記》，冊上，卷5，〈總載山第二〉，頁92。

舊本作䨼。《玉篇》亦有䨼字，云青屬，非也。當从丹，又案《說文》臒讀若寉，郭音狐者，聲之緩急。顏師古注《漢書》曰，青臒，空青也。[1]

《箋疏》的案語也論及，《初學記》、顏師古注《漢書》、《文選注・白馬賦》都作「臒」。曹本的「青臒」是一個更早的版本。另外，曹善本〈南次二經〉記成山，「其上多金玉，其下多丹臒」；〈南次三經〉雞山「其上多金玉，其下多丹臒」。〈中次八經〉、〈中次九經〉等也反覆出現尤本「青䨼」、曹抄本「青臒」的情形。

7. 尤本「有虎蛟，其狀魚身而蛇尾，其音如鴛鴦，食者不腫，可以已痔。」曹本作「可以為痣」，《太平御覽》亦作「為痣」[2]。

8. 尤本記南禺之山曰：「有穴焉，水出輒入，夏乃出，冬則閉，佐水出焉。」「水出輒入，夏乃出」明顯不太通，曹本「水出輒入」作「水春輒入」，明王崇慶本、清代吳任臣本同曹本。郝本雖與尤本同，卻又加案語：「藏經本，出作春」，可見郝似乎也傾向「水春輒入，夏乃出」的經文，曹抄本明顯較佳。尤本「佐水」曹本作「恠水」，則呼應春入夏出而冬閉的水為「恠水」，更為合理。前文的稷翼之山，曹本也有「其中多怪水」。

1 清・畢沅：《山海經新校正》，卷7，頁3191。

2 宋・李昉編：《太平御覽》，冊4，卷743，〈疾病部6〉，頁3430。

〈西山經〉

1. 尤本崇吾之山：「有獸焉，其狀如禺而文臂，豹虎而善投，名曰舉父。」「豹虎而善投」不知所云，吳任臣《山海經廣注》云：「字有誤」，郝懿行本同作「豹虎」，其案語曰：「吳氏云，豹虎有誤。愚謂或有脫誤。」曹善本作「豹尾」，明顯比較通順，也讓人聯想到豹尾虎齒的西王母，「豹尾」的形容在《山海經》似是平常的。

2. 尤本記西王母「其狀如人，豹尾虎齒而善嘯，蓬髮戴勝，是司天之厲及五殘。」「蓬髮戴勝」，曹善本作「蓬頭戴勝」；更有意思的是，西王母的「善嘯」，曹善本作「善咲」。「咲」為笑的異體字，善咲即善笑。明代以來的王崇慶、胡文煥、吳任臣、郝懿行諸本，皆與尤袤刻本相同。小南一郎認為，善嘯是「像野獸吼叫那樣的『嘯』」，陳連山認為小南一郎的說法有誤，依據《說文》「嘯，吹聲也」的說法，認為西王母的善嘯應為「用嘴吹口哨」。[1]然而，與《山海經》文本的上下文參照而言，吹口哨的動作和西王母的形象不甚相符，若依曹善抄本作「咲」，似乎更符合陳連山對西王母吉神神格的推測。

3. 尤本符禺之山，「其鳥多鴟」，郝懿行云：「鴟當作鴖；《御覽》引此經正作『鴖』。《說文》云：鴖，鳥也。《廣韻》云：鴖鳥似翠而赤喙。」曹本正作「鴖」，同《太平御覽》、《廣韻》，並非無據。

4. 尤本記毫彘獸曰：「其狀如豚而白毛，大如笄而黑端。」[2]曹本作「其狀如豚而白毛，毛大如笄而黑

---

1 陳連山：《〈山海經〉學術史考論》，頁229。

2 此按袁珂《山海經校注》之標點，尤袤本此句亦可標點為「狀如豚而白，毛大如笄而黑端」。然而，「狀如豚而白」指的是皮色白或是毛色白？似不通。

端。」對照之下，曹本的語意較佳，此二句殆強調豪彘色白，其毛頂部為黑色，且大如髮簪。《初學記》卷二十九與《文選．長楊賦》之注引用此條，句同曹善抄本。[1]《太平御覽》卷九百三引此獸也作「豪豬如豚而白毛，毛大如笄而黑端。」[2]可見曹善本有所根據。

此外，尤本〈西山經〉許多例子中的「已」在曹本中皆作「止」：如「羬羊，其脂可以已腊。」曹本作可以「止腊」[3]。尤本「其木多椶柟，其草多條，其狀如韭，而白華黑實，食之已疥。」曹本作可以「止疥」。[4]尤本「黃雚，……浴之已疥，又可以已胕。」曹本作可以「止疥」、「止胕」。[5]尤本「薰草，麻葉而方莖，……佩之可以已癘。」曹本作「訓草」、「葉麻而方莖」、「可以止癘」。[6]尤本「有獸焉，其狀如狸，一目而三尾，名曰讙，其音如　百聲，是可以禦凶，服之已癉。」曹本作「有獸如狸，一目而三尾，名曰讙，……服之止癉。」[7]尤本「蕡草，……食之已勞。」曹本作「食之不勞」。[8]

周士琦提到，曹本「已」俱作「止」字，在言及某動物形狀像什麼時，尤本作「有某焉，其狀如某」，而曹本一般則無「焉」和「其」二字，只作「有某，狀如某」。例如尤本「有鳥焉，其狀如翟」，曹本作

1 唐・徐堅輯：《初學記》，冊上，卷5，〈總載山第二〉，頁92。
梁・蕭統等編、（唐）李善等注：《增補六臣注文選》，卷9，頁139。
2 宋・李昉編：《太平御覽》，冊5，卷903，〈獸部15〉，頁4139。
3 元・曹善抄：《山海經》（國立故宮博物院藏），冊1，頁11。
4 元・曹善抄：《山海經》，冊1，頁11。
5 元・曹善抄：《山海經》，冊1，頁12。
6 元・曹善抄：《山海經》，冊1，頁12。
7 元・曹善抄：《山海經》，冊1，頁19。
8 元・曹善抄：《山海經》，冊1，頁17。

「有鳥，狀如翟」；尤本「有獸焉，其狀如牛」，曹本作「有獸，狀如牛。」[1]與尤本的《山海經》版本相比，曹善抄本在字句上顯得非常簡練，行文間罕見介詞、代詞。

〈北山經〉

尤本虢山，曹本作「號山」，《初學記》[2]、《太平御覽》引經也作「號山」，曹本所據似乎是唐宋時版本，比尤本更習見。

尤本丹熏山，「其上多樗、柏，其草多韭、薤，……有獸焉，其狀如鼠而菟首麋身。」「其上」曹本作「其木」，較合理，原是樹木，又與下句「其草」對應。尤本「菟首麋身」，曹本作「兔首麋耳」，《初學記》卷二十九同曹本，郝懿行《箋疏》引《太平御覽》卷二十三亦作「兔首麋耳」，可見曹本所據是普遍出現於唐宋類書中的刊刻本。

尤本「有獸焉，其狀如麋，其川在尾上，其名曰羆。」「其川在尾上」，明清的本子引郭注皆曰：「川，竅也。」曹本作「其州在尾下」，郭注曰「州，竅也。」許慎解《說文・馬部》的「驠」字云：「馬白州也。」段玉裁注曰：「《山海經》曰：乾山有嘼，其州在尾上。今本譌作川。《廣雅》曰：州，豚臀也。郭注《爾雅》、《山海經》皆云：州，竅也。」[3]段玉裁所見《山海經》「其州在尾上」與曹本較吻合，而曹本所言「州在尾下」，又比「州在尾上」更合理。

---

1 周士琦：〈論元代曹善手鈔本《山海經》〉，頁118。
2 唐・徐堅編：《初學記》，冊下，卷29，〈駝第七〉，頁708。
3 漢・許慎、清・段玉裁注：《說文解字注》（臺北：黎明文化事業股份有限公司，1988，據經韻樓藏版影印），頁467。

〈東山經〉

尤本「餘峩之山」，曹本作「餘我山」，《太平御覽》卷九一三引此也作「餘我之山」。[1]曹本所據與宋代類書合。

尤本又記空桑之山至于硜山，「其神狀皆獸身人面，載觡」，載觡，載可訓解為「乘坐」、「裝運」、「記錄」，皆與文意不合。曹本正作「戴觡」，似比「載觡」合理。郝懿行則曰：「載亦戴也。」郭注：「麋鹿屬角為觡。」經文應指眾山神的形象為獸身人面，頭戴鹿角。

〈中山經〉

1. 尤本的〈中次四經〉扶豬之山上，「有獸狀如貉而人目，名曰䴦。」吳本、郝本皆與尤本同，吳任臣甚至引用萬曆年間編成的類書《事物紺珠》云：「䴦若貉而人目」。南朝梁顧野王所作的《玉篇》[2]、宋代的《廣韻》，此獸皆作「八目」。郝本認為「八目」為「人目」之誤。而曹善抄本「人目」正是作「八目」，曹本圖讚亦作「有獸八目，厥號曰䴦。」這應非曹善抄寫時的錯誤，而是有一個異於尤袤本的版本。

藏於美國賽克勒美術館的《山海百靈》圖卷，署為「唐胡瓌《番獸圖》真跡神品」，此圖究竟是否為唐人所繪，學者有不同的看法。[3]值得注意的是，《山海百靈》中部分的奇獸，與《山海經》經文、甚至明清流傳的《山海經》圖像如出一轍。卷軸中便繪有一隻八個眼睛、形似犬科的異獸，讓人

1 宋・李昉編：《太平御覽》，冊5，卷913，〈獸部25〉，頁4178。
2 梁・顧野王：《玉篇》（北京：中國書店，1983，據張氏澤存堂藏宋本影印），頁438。
3 王強：〈弗利爾美術館藏唐胡瓌《蕃獸圖》考〉，《中國美術研究》，2019年4期，頁42-75。

聯想到《廣韻》、《玉篇》、曹本《山海經》中麐獸的記載，這似乎不是巧合，可能說明原有八目的麐獸。

2.尤本〈中次七經〉記泰室山的䔄草：「其狀如茉，白華黑實，澤如蘡薁，其名曰䔄草，服之不昧。」服之不昧，曹善抄本作「不眯」。考索尤本《山海經》，提到「不昧」僅此一次，「不眯」出現四次，〈西山經〉的冉遺魚、〈中山經〉「狀如葵葉而赤華，莢實，實如椶莢」的「植楮」、「狀如彘而有角，其音如號」的「蠪蚳」、「狀如山鷄而長尾，赤如丹火而青喙」的「鴒䴋」，皆號稱有「食之不眯」的功效，同在〈中山經〉的䔄草，應也為「服之不眯」，「昧」恐為「眯」的形近之誤。

3.尤本〈中次七經〉記「焉酸」云：「有草焉，方莖而黃華，員葉而三成，其名曰焉酸，可以為毒。」曹本「焉酸」作「烏酸」，郝懿行《箋疏》云：「一本作烏酸」，考《太平御覽》卷四十二亦作「烏酸」，可見曹善本的說法，應非抄寫時的筆誤，而是曹氏所依據的，是另外一個不同的版本。

4.尤本〈中次一十一經〉記豐山：「神耕父處之，帝遊清泠之淵，出入有光，見則其國為敗。有九鐘焉，是知霜鳴。」「帝遊清泠之淵」，曹本作「常遊清泠之淵」，意為耕父神時常遊走於「清泠之淵」，出入時有光彩隨身，於文意較合，郝本也作「常遊清泠之淵」。「帝遊清泠之淵」，文意費解，「帝」恐為「常」的形近之誤。「有九鐘焉，是知霜鳴」，曹善本作「是和霜鳴」。尤本郭注：「霜降則鐘鳴，故言知也，物有自然感應而不可為也。」郝懿行曰：「《北堂書鈔》一百八卷引此經及郭注『知』并作『和』，疑今本字形之譌。」除《北堂書鈔》卷108，宋刊《初學記》卷2亦作「和」，但清古香齋本《初學記》所引則作「知」，同尤本，與宋本《初學記》不類。鐘和霜而鳴，非霜自鳴，曹本於意為長。

5.尤本〈中次十一經〉記鮮山：「有獸焉，其狀如膜大，赤喙、赤目、白尾……」其狀如「膜大」句，曹善本作「其狀如膜犬」，於意為長。郝懿行《箋疏》也認為，大當為犬字之譌，《廣韻》作犬可證。郭注《穆天子傳》云：西膜，沙漠之鄉。是則膜犬，即西膜之犬。

6. 尤本〈中次十二經〉記夫夫之山云：「……其草多竹、雞鼓。神于兒居之，其狀人身而身操兩蛇……」，「雞鼓」，曹本作「雞穀」。尤本〈中山經〉嫗山也出現雞穀一詞，曹本作「嫗山，其上多玉，下多金，草多雞穀」。清代吳本、郝本皆同尤本，〈中山經〉或作「雞穀」，或作「雞鼓」。吳任臣認為：「草類有雞涅、雞腸、雞蓊、雞腳、雞冠莧之名，無所為雞鼓者，疑即雞穀之譌」，認為「鼓」字是錯別字。郝懿行也說：「即雞穀也。穀、鼓聲相轉。」另外，經文中于兒神的形象，曹本與尤袤本也有不同，曹善本曰「其狀人身而兩蛇頭」。在在證明曹本所據版本與尤本有異。

由《五藏山經》的例子，可以見出曹善抄本不同尤本的行文特色，同一句子中，無之、又、于、而等介詞、助詞，曹善本《山海經》的文字所呈現的字句短促，韻律感較為緊湊。

曹本對《山海經》中山川道理的計算，也與尤袤本有所不同。〈中山經〉末總結〈中山經〉所志之山，一共有「百九十七山」。細數尤袤本〈中山經〉所記之山，共有一百九十八座；其中，尤本〈中次六經〉開頭云「〈中次六經〉縞羝山之首」，其後又云「西十里曰縞羝之山，無草木，多金玉」，曹本無「西十里曰縞羝之山」句，吳任臣本、郝懿行本同尤袤本，而郝懿行在此句下另有注解云：「《水經注》云平蓬山西十里廆山，是不數此山也。然得此乃合於此經十四山之數，疑水經注脫去之」。少去此「縞羝之山」，則〈中山經〉諸山的數目，便與經末總結之語相合。

此外，又如〈中次三經〉末總結「萯山之首、自敖岸之山至於和山」共有五山、四百四十里。實際上〈中次三經〉山與山之間的道理相差不遠，敖岸山又東十里是青要山、青要山又東十里是騩山、又東四十里是宜蘇山、最後一座和山在宜蘇山東方二十里，其所經之道里，曹善本作八十里，與之相近，尤袤本的四百四十里則大誤，吳任臣、郝懿行本皆同尤袤本，惟郝懿行有案語「今才八十里」。

（二）〈海外四經〉與〈海內四經〉

〈海外南經〉

尤本提到「南山在其（結胸國）東南。自此山來，蟲為蛇，蛇號為魚。」曹本則作「南山在其東南。自北山來蟲蛇，蟲號為蛇，蛇號為魚。」二本的語意有所落差：關於「蟲蛇」，尤本經文是以「南山」為起點，提出自南山以來「蟲為蛇，蛇號為魚」。究竟「蟲為蛇」如何解釋？經過南山以後，「蟲」是變化為蛇？或如同下句「以魚稱蛇」一樣，只是名稱的改變？經文提供的細節非常少，對此，郭璞注云：「以蟲為蛇，以蛇為魚。」似乎更傾向於改變名稱的闡釋。

曹本的經文則以「南山」為定點，並提及尤本所不及的「蟲蛇」來處的問題。依照曹本，蟲蛇乃是自南山的北方之山而來，而北山和南山兩個地域對「蟲」、「蛇」的稱呼有所不同。相較於尤本，曹本「蟲號為蛇，蛇號為魚」二句的句法是相對的，這也呼應郭璞的注解，蟲蛇和蛇魚之間，都是名稱的變化。當然，曹本的文本細節還是相對稀少，讀者無法清楚從文本中判讀「蛇號為蟲，蟲號為魚」者，是南山或北山的習慣。

二本間「此」或者「北」的差異，或是抄錄、刊刻之際，因形近而產生的譌誤，回歸文本脈絡，無論「此山」或者「北山」都解得通。在此，曹善本的價值或不在校勘錯誤，而是在常見的版本以外，代表不同詮釋的可能。

尤本又記「二八神人」云：「有神人二八，連臂，為帝司夜於此野。在羽民東。其為人小頰赤肩。盡十六人。」需要注意的是，尤本在「小頰赤肩」下，有郭璞注云：「當胛上正赤也。」「胛上正赤」句，明清本子幾乎皆作「脾上正赤」。「小頰赤肩」，曹本作「小頰赤眉」。《玉篇》的頁部引此經作「其為人小頰赤眉」[1]，曹本正與《玉篇》的說法相合。考諸文意，「頰」與「眉」同在面部，似較赤肩更為合理。

〈海外西經〉

尤本「大樂之野，夏后啟於此儛九代」；曹本作「夏后啟於此舞九代馬」，郭注：「九代，馬名，舞謂盤作之。」明代楊慎則云，「盤作之謂舉盤起之，令馬舞其上。」杜詩「舞馬更登牀」，唐世猶有此戲。李善注王融〈三月三日曲水詩序〉引此經云「舞九代馬」，《藝文類聚》卷九十三及《太平御覽》卷八十二引此經皆作「舞九代馬」。郝懿行卻質疑這樣的說法，《箋疏》云：「九代，疑樂名也……舞馬之戲恐非上古所有。」但在宋代以前的版本中，引此條率都有馬字，可見曹善抄本所據，是可與古本相呼應的。[2]

〈海外北經〉

尤本記敘夸父逐日的情節云：「夸父與日逐走，入日，渴欲得飲於河渭。」「欲得飲」之「得」頗為累贅，曹本作「渴欲飲河渭」，似比較簡明。此外，又如尤本〈海外北經〉云：「跂踵國在拘纓東，其為人大，兩足亦大，一曰大踵。」曹善本作「為人大」，於理為通。

尤本「有素獸焉，狀如馬，名曰蛩蛩。」曹本則作「有青獸，狀如馬，名曰蛩蛩。」考諸《山海經》對白色獸鳥的形容，多直接使用「白」字。《山海經》中的「素」僅出現一次，是〈海內經〉「帝俊賜羿彤弓素繒，以扶下國」。「素」獸可能為「青」獸的形近之誤。《箋疏》引張揖注〈子虛賦〉的條目，云「蛩

1 梁・顧野王：《玉篇》，頁74。

2 有關舞馬的討論，可見柯睿（Paul W. Kroll）：〈大唐的舞馬〉，收入柯睿著、童嶺等譯：《中古中國的文學與文化史》（上海：中西書局，2020），頁5-20。

蛩，青獸，狀如馬」。又加以說解：「此作素獸，蓋所見本異。」郝懿行認為青獸、素獸的差異，是版本的不同。從蛩蛩的例子看來，尤本與曹本的差異，有時肇因於字形上的譌誤。

〈海內西經〉

尤本記崑崙之墟：「上有木禾，長五尋，大五圍；面有九井，以玉為檻，面有九門，有開明獸守之」。「面有九門」，曹善本作「面有五門」，《史記・司馬相如傳》張守節《正義》引《山海經》，正作「面有五門」[1]。

尤本〈海內北經〉：「西王母梯几而戴勝，杖，其南有三青鳥，為西王母取食。」曹本作「西王母梯机而戴勝，其南有青鳥，為西王母取食」。郝懿行云：「如淳注《漢書》司馬相如〈大人賦〉引此經無杖字。」尤本的杖字有可能是衍字。

〈海內北經〉

尤本云：「鬼國在貳負之尸北，為物人面而一目。一曰貳負神在其東。」曹本作「鬼在貳負尸之北，其為物人面而一目。一曰貳負臣在東。」。曹本「貳負尸之北」的句子較為通順。貳負與貳負臣危非為一人，其記錄見於〈海內西經〉：「貳負之臣曰危，危與貳負殺窫窳。」經文指出貳負與其臣危殺死窫窳，因而遭「帝」處罰。宋本「一曰」再作「貳負神」，或有疊床架屋之嫌。曹本作「貳負臣」較合理。

尤本又云「袜其為物，人身，黑首，從目。」吳任臣本、郝懿行本同尤袤本。曹善抄本所記，與尤袤本大相逕庭，乃作「袜其為人，身黑、首白」。《山海經》提到「為物」者共四次，除了這裡的「袜」以外，

[1] 漢・司馬遷撰、唐・張守節正義：《史記・司馬相如傳》，頁1228。

皆為「蛇身」而非人形。尤本稱袜「為物」，卻言其「人身」，與《山海經》的敘事慣例不符，曹本所記，於義為長。

尤本又有「戎，其為人，人首，三角。」。曹本則作「其為人，人身，三角。」《廣韻》也作「人身，有三角也」。可見曹本有據。

（三）〈大荒四經〉與〈海內經〉

〈大荒東經〉

尤本記波谷山有大人之國：「有一大人蹲其上，張其兩耳。」「張其兩耳」，曹本作「張其兩臂」，《太平御覽》卷三七七、卷三九四引此經都作「張其兩臂」。[1]可見曹本所據版本「張其兩臂」語意較佳。

尤本「大荒之中有山名曰合虛，日月所出。」「合虛」曹本作「含虛」，《箋疏》也有案語，《北堂書鈔》卷百四十九引此經「合」作「含」。虞世南編纂的《北堂書鈔》，引用《山海經》的次數有五十次左右，相較於《初學記》、《藝文類聚》、《太平御覽》等類書，引用次數明顯少很多，然而引用集中於〈荒經〉、〈海經〉部分，保存很多異文，有版本參考的價值。[2]

〈大荒南經〉

尤本「大荒之中有不庭之山……，有淵四方，四隅皆達。」「有淵四方」，曹本作「有淵正方」，《太

1 宋・李昉編：《太平御覽》，冊2，卷377，頁1871。

2 唐・虞世南、清・孔廣陶校注：《北堂書鈔》（臺北：文海出版社，1962，影印南海孔氏三十有三萬卷堂校注重刊本）。相關的討論，可參考鹿憶鹿：〈《山海經箋疏》引唐代類書考〉，《東吳中文學報》，41期（2021.5），頁67-102。

平御覽》卷三九五引此經，正作「有淵正方」。[1]曹本所據與《太平御覽》同。

〈大荒西經〉

尤本記方山：「上有青樹，名曰柜格之松，日月所出入也。」「日月所出入」，曹本作「日月所入也」。考諸〈大荒西經〉，猶有豐沮玉門、龍山、吳姖天門、鏖鏊鉅山、常陽之山、大荒之山等六山，皆曰「日月所入」。〈大荒東經〉則有大言、合虛、明星、鞠陵于天、東極、離瞀、壑明俊疾七座山，皆曰「日月所出」。可見〈東經〉與〈西經〉的內容是相對的，東方為日月所出，而西方為日月所落之方位，尤本作「出入」應為衍字，曹善本為是。

尤本此經還有另一條對西王母的記載：「有人戴勝，虎齒，有豹尾，穴處，名曰西王母，此山萬物盡有。」吳任臣、郝懿行皆同尤本。曹善本作「有尾，穴處」。「有尾」是一種「不平常化」的人物塑造方法，為《山海經》所慣用，「有尾」本身就非同尋常，尤本對「豹尾」的強調，可能是為了與「虎齒」相對應。對西王母「有尾穴處」、安居之山「萬物盡有」的描述，讓人聯想到中國西南少數民族以及臺灣原住民的神話情節，有尾巴的地底人擁有豐富的資源，儼然「文化英雄」的角色，西王母「有尾」的情節，或也出於近似的神話思維。

尤本此經「來風曰韋，處西北隅以司日月之長短」，曹本作「司日月之短長」。對照尤本〈大荒東經〉：「北方曰鳧，來之風曰狻，是處東極隅以止日月，使無相間出沒，司其短長。」亦作「短長」，可見曹本所據較佳。

---

1 宋・李昉編：《太平御覽》，冊3，卷395，〈人事部三六〉，頁1954。

〈大荒北經〉

尤本〈大荒北經〉云：

> 西北海之外，赤水之北，有遼尾山。有神，人面蛇身而赤，直目正乘，其瞑乃晦，其視乃明，不食，不寢，不息，風雨是謂。是燭九陰，是謂燭龍。

「遼尾山」曹本作「章尾山」，郝懿行本也作「章尾山」，以為「海外北經作鍾山，此作章尾山，章鍾聲近而轉」，可見曹本所據有另一版本。「其瞑乃晦」曹本作「其眠乃晦」，李善注《文選》、《藝文類聚》引此皆作「其眠乃晦」；「風雨是謂」，曹本作「風雨是謁」，《藝文類聚》及《太平御覽》皆與曹本同，吳任臣《廣注》、郝懿行《箋疏》亦同此。[1]對照郭璞注「言能請風雨」，似乎曹本作「謁」比尤本好。

〈海內經〉

尤本「有國名曰流黃辛氏，其域中方三百里」，曹本作「城中方三百里」，郝懿行的案語：「藏經本，域字作城。」的確，曹抄本是出自一個比尤本好的版本。尤本〈海內經〉記南方贛巨人「人面長臂」，曹本則作「人面長脣」，郝懿行以「臂當為脣字」的訛誤，贛巨人就是〈海內南經〉的梟陽國，一樣「人面長

[1] 唐・歐陽詢編：《藝文類聚》，卷79，〈靈異部・下〉，頁2019。宋・李昉編：《太平御覽》，冊5，卷882，〈神鬼部二〉，頁4050。

脣」。這巨人當要長脣而非長臂，因為接著尤本還記其「脣蔽其面，因即逃也」。「即逃」，曹本作「可逃」，郝本也說，「藏經本即作可」。曹善抄本所據在明代似還流傳。

尤本記黑人：「虎首鳥足，四手持蛇」，明顯有誤，曹本作「兩手持蛇」，吳任臣本、郝本皆是「兩手」。書法家曹善手抄《山海經》，應不會自行考據訓詁或任意增刪字句，既是抄寫，必是文從字順，所據似是來自一個比南宋尤袤更早或更好的版本。

幾乎可以斷定，曹善抄本所據版本不同於尤袤本，其中的異文都與唐宋以來類書中所引《山海經》不謀而合。曹善抄本提供了一個更早的《山海經》版本，不但是海內外珍貴孤本，也是學術上非常有價值的文獻。

三、曹本的郭璞注

曹善的抄本異文常與郭注的「一曰」、「或作」、「一作」相合，而與尤本郭注相左之處，又常見出曹善抄本的異文更勝一籌。

〈南山經〉

尤本招搖山上有其狀如韭的「祝餘」草，郭注「或作桂荼」，《箋疏》云：「桂疑當為柱字之誤，柱荼、祝餘聲相近。」曹本郭注正是「或作柱荼」，與《箋疏》不謀而合，似說明尤本郭注的「桂荼」應是「柱荼」之誤。曹本的圖讚也作柱荼，可見曹本郭注「或作柱荼」應是正確的。陳劍〈郭店簡補釋三篇〉一文中提到，「柱」與「祝」通用，都有斷的意思。[1]可知郝懿行推斷「桂」為「柱」之訛誤是可信的，應從曹本「柱茶」為是。若據陳劍的解釋，祝餘或指此植物割斷不了，正如《說文》中久生的韭菜。[2]

尤本云「閼水出焉，而南流注於虖勺」。曹抄本作「南流注於雩夕」，其下郭注云「一作虖勺」，恰與尤本相對應。尤本又有虖勺之山，「其上多梓柟，其下多荊杞」，「虖勺之山」，曹善本亦作「雩夕山」。郝《箋疏》曰：「《文選》注阮籍〈詠懷詩〉引此經作雩夕之山。」《文選》注與曹本一致。

尤本「漆吳之山，無草木，多博石，無玉。」尤本無注；「漆吳之山」曹善本作「來吳山」，下有郭注「一作漆」。可見尤本的經文，正是曹本郭注的「一作」。

尤本記僕勾之山，郭注「一作夕」，曹本正是作「濮夕山」；尤本又記洵山，郭注「一作旬」，曹本正是作「旬山」，《太平御覽》卷九四一也作「旬山」，與曹本經文合，也與尤本郭注合。曹本常與尤本郭注的「一作」、「或作」不謀而合。

尤本南流注於即翼之澤的「英水」，曹本作「莫水」，曹本莫水下有郭注「一作英」。尤本記即翼之澤「其中多赤鱬」，赤鱬底下似乎應有郭注，因為明王崇慶《釋義》有郭注「音懦」，清代吳任臣《廣注》、郝懿行《箋疏》皆同。然郝懿行《箋疏》認為「懦」是「儒」之譌，曹善本郭注正作「音儒」。曹本不但補尤本所缺，又訂正明清學者的注本。

尤本云：「又東三百里曰堂庭之山，多棪木、多白猿。」白猿下郭注云：「今猿似獮猴而大臂，腳長便捷，色有黑有黃，鳴其聲哀。」「鳴其聲哀」，曹本郭注作「其鳴聲哀」。

尤本云虖勺之山上多梓柟，郭注：「《爾雅》以為柟。」曹本郭注「《爾雅》作梅」。《箋疏》引王引

1 陳劍：〈郭店簡補釋三篇〉，《戰國竹書論集》（上海：上海古籍出版社，2013），頁45-50。
2 漢・許慎、清・段玉裁注：《說文解字注》，頁340。

之曰：「《爾雅》以為枏，枏疑當作梅。」

〈西山經〉

尤本〈西次二經〉記高山：「其上多銀，下多青碧。」「青碧」下有郭注云：「青碧亦玉類，今越嶲會稽縣東山出碧。」會稽縣，曹善本作「會無縣」。郝懿行云：「郭注『會稽』當為『會無』字之譌。〈地理志〉云『越嶲郡，會無縣東山有碧』。」（卷二，頁9B）其後〈西次三經〉又有章義山多瑤碧，尤本郭注「碧亦玉屬」，曹本郭注則作「瑤亦玉屬」，尤本「碧亦玉屬」已見於〈西次二經〉高山之郭注，應以曹本為是。

尤本記述盂山：「其陰多鐵，其陽多銅，其獸多白狼白虎，其鳥多白雉白翟。」其下郭注「或作白翠」，曹本作「多白雉白翠」，其下郭注：「或作白翟」。尤本與曹抄本的經文注文互換，可見兩者各有來源。郝懿行曰：「雉翟一物二種，經曰白翟，當為白翠。」（卷二，頁25B）

尤本記厎陽之山：「其木多稷、枏、豫章，其獸多犀、兕、虎、犳、㸲牛。」其下郭注：「枏似松有刺、細理，音即。豫章大木，似楸，葉冬夏青生，七年而後復可知也。」「冬夏青生」，曹本作「冬青夏生」，可以互證。

尤本云「有鳥焉，一首而三身，其狀如鵅，其名曰鴟。」其下郭注云：「鵅似雕，黑文赤頸，音洛。下句或云扶狩則死，扶木則枯……」曹本的郭注扶狩句作「扶獸則死」。《箋疏》的郭注也作「扶獸則死」，與曹本同，看來郝懿行的本子也與尤本有異。

尤本〈西次二經〉之末云：「其祠之毛用少牢，白菅為席，其十輩神者，其祠之毛一雄雞，鈐而不糈，毛采。」「毛采」之下有郭注，尤本的郭注作「言用雄色雜也」，曹本作「言用雜色雜也」。以語意觀之，「雄色」指涉不清，曹本「雜色」於意較合。

〈北山經〉

帶山有䑏疏獸，尤袤本云「有獸焉，其狀如馬，一角有錯。」「一角有錯」，尤本的郭注云：「言角有甲錯也，或作厝。」「厝」字，曹本「或作厝」。《說文》云：「厝，厲石也」，段玉裁注「各本作厲石，今正。《小雅‧鶴鳴》曰：他山之石，可以為錯。《傳》曰，錯，錯石也……許書厝與措、錯義皆別，而古多通用。」《箋疏》亦云：「錯，依字正當為厝。」（卷三，頁1B）可見尤本郭注「或作厝」明顯有誤。

尤本虢山多橐駝獸，郭注：「善行流沙中，日行三百里」，尤本「日行三百里」曹本作「日三百里」，與「善行流沙中」接續。《爾雅》的郭注提及橐駝「健行者，日三百餘里」[1]，《太平御覽》卷九百一引此注亦作橐駞「善行流沙中，日三百里」[2]，似可見出曹本郭注「日三百里」應有所本，尤本郭注下句的「行」或為贅字。

〈中山經〉

尤本記姑媱山上，帝女死後的女尸，化為䔄草，經云「其葉胥成，其華黃，實如菟丘，服之媚於人。」

1 晉‧郭璞注、清‧郝懿行疏：《爾雅郭注義疏》（濟南：山東友誼書社，1992，影印道光年間木樨香館藏版），頁1057。
2 宋‧李昉：《太平御覽》，冊5，卷901，〈獸部十三〉，頁4129。

郭注：「菟丘，菟絲也，見《爾雅》。」明清各本此句也都作「《爾雅》」。然而，對照《爾雅》，其實並無郭注的引文，本段引文應出於《廣雅》而非《爾雅》。[1]我們注意到，曹善抄本的《爾雅》作「《廣雅》」，所據無尤本的郭注訛誤。

尤本記青要山的荀草，其下郭注云：「或作苞草」；曹本經文作「苟草」，注作「一曰苟」。顏師古注《急就篇》「荀貞夫」條云：「苟，草名也。所居饒之，因以命氏……荀氏之後，避難改族而稱苟。」[2]尤本郭注的「苞」，恐是「苟」之誤。

尤本記翼望之山：「湍水出焉，東流注于濟。」「東流注於濟」句，尤本郭注云：「今湍水逕南陽穰縣而入清水」郝懿行云：「案，經文濟水、注文清並當為淯字之譌也。《水經》亦云『湍水至新野縣，東入於淯。』《郡國志》云『盧氏有熊耳山，淯水出』《地理志》作「育水也。」曹善本作「淯水」，與《水經》合。

宣山，尤本云：「其上有桑焉，夫五十尺」。「夫五十尺」，曹善抄本作「大五十尺」，郝本亦作「大五十尺」。尤本的郭注云「謂五文也」，明顯訛誤，曹本郭注則作「圍五丈也」。曹本能改正尤本許多不通順之處，大五十尺而圍五丈，經文與郭注都明顯優於尤本。

尤本記高前之山：「其上有水焉，甚寒而清。」「甚寒而清」，「清」字下郭注「或作潛」，曹本正作「甚寒而潛」，下無郭注。可見曹本所據，應為郭璞所見另一版本，正是尤本郭注所謂的「或作」。

1 魏・張揖、清・王念孫：《廣雅疏證》（新北：廣文書局，1971，據王氏家刻本影印），卷10，頁318。

2 漢・史游、唐・顏師古注：《急就篇》，《叢書集成簡編》（臺北：臺灣商務印書館，1965，據天壤閣叢書影印），冊340，卷1，頁79-80。

〈海外南經〉

尤本「羽民國」曰：「其為人長頭，身生羽。一曰在比翼鳥東南，其為人長頰。」其下郭璞云：「能飛不能遠，卵生，畫似仙人也。」曹善抄本作「盖似仙人」；尤本記讙頭國則云「其為人，人面有翼，鳥喙，方捕魚。一曰在畢方東。或曰讙朱國。」其下郭注曰：「讙兜，有罪，自投南海而死。帝憐之，使其子居南海而祠之，畫亦似仙人也。」曹善本郭注作「帝矜之，使其子居南山而祠之，盖似仙人。」此外，尤袤本「厭火國」下的郭璞注云：「言能吐火，畫似獼猴兒黑色也」，曹善本則作「蓋似獼猴而黑色」，曹善本的「蓋」字有盖、葢等不同的寫法。從重複出現的現象看來，曹本作「蓋似」應有版本的依據，而非一時筆誤。

「交脛國」，尤袤本云：「交脛國在其東，其為人交脛」，郭注「言腳脛曲戾相交，所謂豫題交趾者也。」曹本郭注作「彫題交趾」較佳。「彫題交趾」典出《禮記・王制》，「南方曰蠻，彫題交趾」，〈海內南經〉亦有「彫題國」，豫題之豫應為譌字，從曹本郭注為佳。「交脛國」的郭注，尤本又「或作頸，其為人夾頤而行也」，頤指的是臉頰，夾頤而行或指臉頰貼著臉頰行走，此與「交頸」之稱不甚相合，曹本郭注則作「人交頸而行」，似較合理。尤本夾頤或為交頸的形近之誤。

〈海外西經〉

尤本肅慎之國「在白民北，有樹名曰雄常，先入代帝於此取之。」尤本郭注「或作雒」，曹本無郭注，經文作「雒」，就是郭注的「或作」。尤本經文「於此取之」，曹本作「於此取衣」，郭注：「其俗無衣服，有聖帝代立，則此木生皮可衣。」曹本曰「取衣」與郭注合；而《太平御覽》卷七百八十四引此經作「於此取依」，將「衣」訛誤為「依」。[1]

〈海外北經〉

尤本記述深目國「其為人舉一手一目。在共工臺東。」「目」下郭注「一作曰」，曹本作「為人舉一手，一曰在共工臺東」。郝懿行也認為：「一目作一曰，連下讀，是也。」可見曹本正是郭注的「一作」。禺彊，尤袤本云：「北方禺彊，人面鳥身，珥兩青蛇，踐兩赤蛇。」郭注云：「字玄冥，水神也。莊周曰，禺彊立於北海。一本云北方禺彊，黑身手足，乘兩龍」。曹本經文作：「黑身手足，乘兩龍」，與郭注的「一本云」相合。郭象注《莊子・大宗師》「禺彊」引《山海經》云：「《海外經》云北方禺強，黑身手足、乘兩龍，郭璞以為水神。」

〈海外東經〉

尤本「君子國」云：「衣冠帶劍，食獸，使二大虎在旁，其人好讓不爭。」曹本「使二大虎」作「使二文虎」，郝懿行《箋疏》云：「《後漢書・東夷傳》注引此經大虎作文虎。高誘注引《淮南子・墬形訓》亦作文虎。今本作大，字形之譌也。」另外，曹本郭注作「其人不爭好讓」。〈大荒東經〉亦記君子國，經文云：「有君子之國，其人衣冠帶劍。」並無「不爭好讓」之說。從曹本來看，〈海外東經〉的「君子國」

1 宋・李昉：《太平御覽》，冊4，卷784，〈四夷部五〉，頁3602。

中，應是注文誤作經文。

〈海內西經〉

尤本「后稷之葬，山水環之」，郭注云「在廣都之野」，曹本郭注則作「在都廣之野」，〈海內經〉亦云「都廣之野」，尤本郭注「廣都之野」應為刊刻之誤。

尤本記崑崙開明獸，郭注「天獸也。銘曰：開明為獸，稟資乾精，瞪視崑崙，威震百靈。」曹善本郭注僅作「天獸也」，無尤本「銘曰」以下的韻語。尤本「開明為獸」的銘曰，其實是《圖讚》。曹善本〈海內西經〉末有開明獸之圖讚：「開明天獸，稟茲金精。虎身人面，表此桀形。瞪眎崑山，威懾百靈。」與尤本郭注的銘文略有差異，郝疏：「銘亦郭氏《圖讚》也。」曹本的郭注，明顯未像尤本把《圖讚》與注解混淆。郝懿行《箋疏》所據道藏本《圖讚》，也與曹本《圖讚》吻合。

〈大荒東經〉

尤本大人國下的郭注引《河圖玉版》：「佻人國，長三十丈五尺」，郭注又引《穀梁傳》：「長翟身橫九畝，載其頭，眉見於軾。」「三十丈五尺」，曹本作「三丈五尺」，《博物志》、《初學記》引《河圖玉版》也作「三丈五尺」[1]，曹本所據為長。又，尤本郭注「載其頭」，曹本作「載其頭於車」，語義比較完

[1] 晉・張華撰、范寧校：《博物志校注》（北京：中華書局，2017，據王氏家刻本影印），卷2，頁23；唐・徐堅輯：《初學記》，冊下，卷19，〈長人第四〉，頁460。

整，有車才能「眉見於軾」。

〈大荒西經〉

尤本「帝令重獻上天，令黎邛下地」，郭注云「顓頊乃命南正重司天以屬神，命火正黎司地以屬民」，「火正」，曹本郭注作「北正」。從文義來看，上句是「南正」，下句是「北正」，似較合理。郝懿行也提到郭注來自楚語文，唐固的注就認為「火當為北」。曹本郭注作「北正」應有所據，似非筆誤。

〈大荒北經〉

尤本大荒中不咸山有肅慎國，郭注其人皆工射，「箭以楛為之，長尺五寸」，「長尺五寸」，曹本作「長尺八寸」。郝懿行也提到郭注肅慎本《魏志・東夷傳》，傳本正是作「用楛長尺八寸」。尤本系統的郭注似有訛誤，曹本所據版本為長。

曹善抄本不只為《山海經》書中常出現的「一曰」、「或作」提供佐證，佐證曹本所據也是尤袤在當時見過的版本。曹本提供一個不同尤本、明清本的《山海經》版本，也補正了尤本郭注的一些訛誤。與尤本有出入的曹本郭注又常與唐宋典籍的記載不謀而合，或見諸於唐宋的類書所引，曹本郭注讓研究者有另一個互見參照。

四、曹善抄本圖讚比較完整

晉代的郭璞除了注解《山海經》之外，另外也寫作了多首《山海經》的圖讚。陳連山認為，早期郭璞的《山海經》注、圖讚與《山海經圖》是一起流傳的，而後在《隋書．經籍志》、《舊唐書．經籍志》、《新唐書．藝文志》中，《圖讚》一直都是分開著錄，可見到了隋唐以後，《圖讚》是獨立成書的。[1] 曹善本的《山海經》注文與圖讚，根據的是宋以前的本子，如唐代流傳的《初學記》、《藝文類聚》等等。因此，我們見到其中的經文、注文與《初學記》、《藝文類聚》與宋《太平御覽》的版本有呼應。

南宋尤袤的池陽郡齋刻本只有注文而無圖讚，目前能見到的《圖讚》本子，皆為明代以後的版本，如正統年間的道藏本[2]、沈士龍、胡震亨（1569－1645）校本，郝懿行、嚴可均（1762-1843）也都整理過圖讚。正統道藏中的十八卷《山海經》，其中的第一到十三卷卷末附有圖讚，〈荒經〉及〈海內經〉的圖讚則付之闕如；萬曆年間，胡震亨與沈士龍校訂出版兩卷《山海經圖讚》，同樣也缺〈荒經〉之後的圖讚。

吳任臣在《山海經廣注》中，〈荒經〉、〈海內經〉殘卷注解所引用到的圖讚僅有9首。值得注意的是，胡震亨本《圖讚》在卷末另有〈補遺〉一卷，另外收入了14首圖讚，吳任臣所引的9首與胡震亨本完全相同；胡本14首中，〈翡翠〉、〈維延〉、〈猩猩〉為包括曹本在內的其他版本所無，卻為吳任臣注解引用。

考諸吳任臣的《山海經廣注》的參考書目，其中列了一部《山海經圖讚》，從《廣注》引用的內容看

---

1 陳連山：《〈山海經〉學術史考論》，頁81。

2 晉．郭璞注：《山海經》，收入文清閣編委會編，《歷代山海經文獻集成》（西安：西安地圖出版社，2006，據涵芬樓影本成化、正統《道藏》影印），冊1-2。

來，或許就是胡震亨校正的版本。

曹善本一共收入303首的圖讚，〈南山經〉24首、〈西山經〉53首、〈北山經〉29首、〈東山經〉18首、〈中山經〉45首、〈海外南經〉16首、〈海外西經〉16首、〈海外北經〉15首、〈海外東經〉8首、〈海內南經〉6首、〈海內西經〉11首、〈海內北經〉9首、〈海內東經〉4首、〈大荒東經〉6首、〈大荒南經〉7首、〈大荒西經〉12首、〈大荒北經〉9首、〈海內經〉15首。張宗祥據此撰成《足本山海經圖讚》。[1]

（一）曹本獨有《荒經》的圖讚

明清以後，學者所見的《圖讚》版本在《荒經》以下也大都缺漏，曹善本的圖讚相當齊全，《荒經》以下一共有49首，〈大荒東經〉6則，〈東海外大壑〉、〈竫人〉、〈中容國木食〉、〈司幽國〉、〈應龍〉、〈夔〉；〈大荒南經〉7則，〈雙雙〉、〈蒼梧之野〉、〈氾天山〉、〈蜮民國〉、〈因乎〉、〈欒木〉、〈羲和國〉；〈大荒西經〉12則，〈不周共工〉、〈有神十人〉、〈太子長琴〉、〈沃民〉、〈鳴鳥〉、〈白丹〉、〈神噓〉、〈天犬〉、〈弱水〉、〈炎火山〉、〈壽麻國〉、〈三面人〉；〈大荒北經〉9則，〈肅慎國〉、〈附隅丘〉、〈青蛇〉、〈強梁〉、〈黃帝女妖〉、〈赤水女子獻〉、〈犬戎〉、〈無骨子〉、〈若木〉。〈海內經〉則有15則，〈朝鮮〉、〈有島山三水〉、〈柘高〉、〈都廣野〉、〈蝡蛇〉、〈封豕〉、〈延維〉、〈五彩鳥〉、〈幽都〉、〈赤脛民〉、〈釘靈民〉、〈爰仲〉、〈盤為弓矢〉、〈帝舜賜羿彤弓素矰〉、〈鯀竊帝息壤〉。

縱使胡震亨本蒐羅了較多的圖讚，但與曹善抄本《山海經》所附相比，仍不成比例。曹本《山海經》寫

1 見張宗祥：《足本山海經圖讚》一書，作者將曹善、曹世良，訛誤為曹仲良。

於元代，稍晚於南宋池陽郡齋本；但是，曹本每卷之後皆附有圖讚，也就是說，曹本《山海經》保存了目前所見最早，也是最完整的圖讚版本。

值得注意的是，曹善抄本所附的圖讚，幾乎都與《藝文類聚》所引雷同，可窺見曹抄本圖讚與唐代類書之間的淵源。如〈大荒西經〉的〈弱水〉：「弱出崑山，鴻毛是沉。北淪流沙。南暎火林，惟水之奇，莫測其深。」〈大荒西經〉的〈炎火山〉：「木含陽精，氣構則然。焚之無盡，是生火山。理見乎微，其妙如傳。」又如〈大荒北經〉的〈若木〉：「若木之生，崑山是濱。朱華電照，碧葉玉津，食之靈智，為力於人。」這些曹本的圖讚與《藝文類聚》所引幾無二致，卻未見宋代類書引用。

郝懿行、嚴可均所整理的《圖讚》到了〈荒經〉之後缺漏甚多：郝懿行所蒐集的《荒經》圖讚僅有6首[1]，嚴可均有7首[2]。〈大荒東經〉郝本僅有〈埩人〉、〈九尾狐〉兩贊，後者又與〈海外東經〉重出，嚴本則有〈大海外大壑〉、〈埩人〉二贊；〈大荒西經〉郝、嚴二本皆只有〈弱水〉、〈火炎山〉二贊；〈大荒北經〉則郝、嚴二本皆有〈若木〉，郝本多了一首〈封豕〉，但「封豕」實為〈海內經〉的內容妄羼；〈海內經〉郝本全無圖讚，嚴本僅有〈都廣之野〉、〈封豕〉二首。由此可見，郝、嚴二位並未見過曹善抄本。

（二）曹本圖讚與唐宋類書的比較

曹本不只補明清本《圖讚》的不足，其中部分文字，更與明清版本有差異，兩相對照，表示曹善所書是

1 〈大荒東經〉2首，〈南經〉缺、〈西經〉2首、〈北經〉2首、〈海內經〉缺。

2 〈大荒東經〉2首，〈南經〉缺、〈西經〉2首、〈北經〉1首、〈海內經〉2首。

元末所見一個附有圖讚的更好版本。

曹本〈南山經〉的鹿蜀圖讚：「鹿蜀之獸，馬質虎文。驤首吟鳴，矯足騰群。佩其皮毛，子孫如雲。」《太平御覽・雜獸》鹿蜀條亦引圖讚：「鹿蜀之獸，馬質虎文。驤首吟鳴，矯矯騰群，配其皮毛，子孫如雲。」[1]郝懿行在《箋疏》整理了《山海經圖讚》，並附於全書之末作為附錄。《箋疏》中〈鹿蜀〉版本，與曹本同。

其實，曹善抄本所收的圖讚，與《太平御覽》及郝懿行《箋疏》的圖讚或有異同。例如同在〈南山經〉的猼訑，曹善本作：「猼訑似羊，眼反在背。視之則奇，推之無怪。若欲不恐，厥皮是佩。」《太平御覽》作「眼乃在背」、「欲不恐懼」，差異較大，《箋疏》則與曹本相同。

曹本〈西山經〉羬羊的圖讚：「月氏之山，其類在野。厥高六尺，尾赤如馬。何以審之，事見爾雅。」與《御覽》所引相似。

〈西山經〉鸚䳇，曹本圖讚作：「鸚䳇慧鳥，栖林啄蘂。四指中分，行則以觜。自貽伊籠，見幽坐伎。」啄蘂二字，明藏經本作「喙桑」，而曹本與《初學記》所引相同[2]，「坐伎」二字，明藏經本作「坐趾」，曹本則與《藝文類聚》所引相同。

〈北山經〉的幽鴳，曹本圖讚作：「幽鴳似猴，俾愚作智。觸物則突，見人則睡。好用小惠，終見嬰繫。」《太平御覽》作「觸物則笑，見人佯睡。好用小慧，終是嬰繫。」[3]兩者有些出入。

曹本的〈北山經〉山貚圖讚：「山貚之獸，見人懽謔。性善厥頭，行如矢激。見惟氣精，出作風

1 宋・李昉編：《太平御覽》，冊5，卷913，〈獸部二十五〉，頁4177。
2 唐・徐堅編：《初學記》，冊下，卷30，〈鸚鵡第八〉，頁737。
3 宋・李昉編：《太平御覽》，冊5，卷913，〈獸部二十五〉，頁4177。

作。」[1]《太平御覽》作「見乃歡唬。厥性善投，行如矢激。是惟氣精，出則風作」曹本與《太平御覽》本有些不同，其中「懽謔」明顯比《太平御覽》的「歡唬」的用法較好。

〈北山經〉的精衛，曹本圖讚作：「炎帝之女，化為精衛。沉形東海，靈爽西邁。乃銜木石，以填彼害。」「沉形東海」，明藏經本作「沉所東海」，曹本與《藝文類聚》所引相同；「以填彼害」，明藏經本作「以堙波海」，」，曹本與《藝文類聚》所引相似。

〈海外南經〉長臂國，曹本圖讚作：「雙肱三丈，體如中人。彼曷為者，長臂之民。修腳是負，捕魚海濱。」「雙肱三丈」，明藏經本作「雙肱三尺」，《初學記》作「三丈」[2]；「修腳是負」，明藏本作「修腳自負」，《初學記》作「是負」，曹本正與《初學記》相合。

〈海外西經〉龍魚，曹本圖讚作：「龍魚一角，似鯉處陵。俟時而出，神聖攸乘，飛騖九域，乘雲上昇。」「乘雲上昇」明藏經本作「乘龍上昇」，《藝文類聚》作「乘雲上昇」[3]，曹本與《藝文類聚》相同。

尤本以後的各種刊本《山海經》中，「一臂國」後是「奇肱」，並無「奇股」，曹本〈海外西經〉附圖讚則有奇股國：「妙哉工巧，奇〇之人。因風構思，制為飛輪。凌頹隧軌，帝湯是賓。」細觀〈海外西經〉的內容，在奇肱國之前，已有「一臂國」，二者並列，並不合理；此外，在《淮南子・墬形訓》以及諸多韓國所繪的《天下圖》[4]中，皆有「奇股國」與「一臂國」相鄰。韓國古地圖「天下圖」中，見到可能是《山海經》訊息，其中每幅圖都有奇股國，甚至很明顯的就在一臂國的北方，「一臂」與「奇股」應為一組對應

1 《太平御覽》，冊5，卷912，〈獸部二十四〉，頁4174。
2 《初學記》，冊下，卷19，〈長人第四〉，頁462。
3 《藝文類聚》，卷96，〈鱗介部上・龍〉，頁2462-2463。
4 韓國圖書館學研究會編：《韓國古地圖》（漢城：韓國圖書館學研究會，1977）。

的設計。曹本的奇股國圖讚似可證明《山海經》中的「奇肱」國，應為「奇股」國之誤。

〈海外北經〉燭龍，曹本圖讚作：「天缺西北，龍銜火精。氣為塞暑，眼作昏明。身長千里，可謂至靈。」「龍銜火精」，明藏經本作「龍衡火精」、「可謂至靈」明藏經本作「可謂至神」，《藝文類聚》則作「龍銜」、「至靈」[1]，曹本與《藝文類聚》所引相同。

〈海外北經〉夸父，曹本圖讚作：「神哉夸父，難以理尋。傾河及日，遯形鄧林。觸類而化，應無常心。」「傾河及日」明藏本作「傾河逐日」，《初學記》作「傾河及日」[2]，曹本與《初學記》所引相同。

曹善抄本的圖讚，或與宋代類書《太平御覽》所引有別，卻常與唐代類書《初學記》、《藝文類聚》所引圖讚雷同，可見曹本圖讚出處有據。

曹抄本《山海經》經文與圖讚合抄，這是頗為特殊的現象。中世官方著錄圖書時，《山海經》與《山海經圖讚》一直是分開著錄，如《隋書‧經籍志》、《舊唐書‧經籍志》、《新唐書‧藝文志》等；南宋尤本乃至明清幾種《山海經》刊本，如胡文煥校本、吳琯校本等等，也只刊刻《山海經》經注而不印《圖讚》。目前能夠見到經、注、讚合一的《山海經》版本，是正統道藏，但荒經以下散逸，曹善本的《山海經》有最完整的圖讚。

五、結語

元末曹善的抄本《山海經》保存了一種與尤袤本系統《山海經》有異的宋代版本。曹本《山海經》到了

1 《藝文類聚》，卷96，〈鱗介部上‧龍〉，頁2462。

2 《初學記》，冊下，卷19，〈長人第四〉，頁462。

明代，曾由姚綬、王世貞、陳繼儒等人收藏，後又轉手董其昌，董其昌為曹善手抄本《山海經》題寫封面，並為文細述此書在姚綬等文人間的流傳情況。入清以後，此書成為《欽定秘殿珠林石渠寶笈續編》所著錄的皇家收藏品，作為名家書法被收入內府，以致清代的《山海經》研究者、出版家似乎都罕見提及。

此書不只是蘇州書家曹善的抄本，是珍貴的書法作品，更提供《山海經》研究一個新的局面，曹抄本可能是據唐宋時期一個有經、注、圖讚三者合一的本子而來，這個本子比南宋尤袤的刻本更好。而郝懿行《箋疏》質疑的經文訛誤，他的推斷也都能在曹本中獲得證實，似乎曹本所據是另一個錯誤較少的宋代刊本。

經過比對，曹善抄本所據的版本，較尤本更佳。首先，尤本只有經文、注文，並無圖讚，曹善抄本《山海經》在每卷最後都附有郭璞圖讚，這是目前所見最早、最完整《山海經》的《圖讚》。其次，曹善抄本的《山海經》經文更簡潔、通順，甚至其使用的版本經文可與尤本郭注的「或作」、「一曰」、「一作」互見，似乎就是郭注中所言的另一版本。在閱讀、梳理的過程，也能發現郭注中有些明顯的刊刻錯誤，並未出現在曹善抄本，曹抄本提供校讎的無可取代價值。

除了尤袤的池陽郡齋刻本，唐宋以前《山海經》的資料幾乎只能從《初學記》、《藝文類聚》、《太平御覽》等類書中輯佚，而曹善抄本《山海經》不同於尤袤刻本，與各種唐宋時期的類書引《山海經》的經文注文不謀而合，似乎說明曹善抄本來自於比尤袤本更早的版本。尤本無《圖讚》，說明當時《圖讚》可能已經是獨立成書，不與正文合刊。曹善抄本所據的版本，應是附有圖讚的，而非曹善在抄寫時將圖讚加在每一卷的卷末。郝懿行《箋疏》所附的《荒經》圖讚僅有6首，而且是從類書蒐集來的。曹善抄本則每一卷都附了圖讚，尤其是《荒經》圖讚極為完整，高達49首，可說是補足了歷來圖讚的缺口。

從避諱字的情況看來，曹善抄本根據的底本來源，可能是較尤袤本更早的版本。但在材料不足的情況下，很難確知曹善拿到的，是抄本或是刻本？是宋人整理過的《山海經》本子，又或是唐人抄本？翻閱曹善抄本，可以注意到特殊的現象，同樣的怪獸、神靈，經文與卷末圖讚所記文字或有出入。如〈南山經〉經文的「生生」，《圖讚》作「牲牲」；「鮭魚」，《圖讚》作「鮭魚」。又如〈海外南經〉經文作「三株樹」，《圖讚》卻作「三珠樹」；〈海外西經〉正文作「奇肱之國」，《圖讚》作「奇股之國」，又正文「刑夭」，《圖讚》作「形天」。〈海外東經〉「天旲」，《圖讚》作「天吳」。〈海內東經〉「朝雁」，《圖讚》作「韓鴈」。這類的例子數見不鮮，似乎所據《山海經》的這本子，原來經文、《圖讚》各有來源，並非一書，後來合併，曹善所見已是完整經、注、圖讚三者俱足。

曹善手抄本《山海經》極其珍貴，此書可校正尤本以來《山海經》的經文注文缺失，也是一個據完整《圖讚》抄寫的《山海經》版本，可以補南宋尤袤系統的版本不足，是百年來《山海經》版本研究的一大突破。

本文原載於國立故宮博物院《故宮學術季刊》第39卷第一期（二〇二一年九月）

表一　尤袤本、曹善本《山海經》經文對照表

卷次	尤袤刻本	曹善抄本	其他版本
〈南山經之首〉	〈南山經〉之首曰䧿山	〈南山經〉之首曰鵲山	《御覽》、李善注《文選》同曹本。
	猨翼之山	稷翼之山	《初學記》同曹本。
	（基山）其陽多玉，其陰多怪木。	其陽多玉，其陰多金，多怪木。	《御覽》同曹本。
	（青丘之山）青䨼	青雘	《初學記》同曹本。
〈南次三經〉	（虎蛟）可以已痔	可以為痔	《御覽》同曹本。
	（鳳皇）有鳥焉，其狀如雞，五彩而文，名曰鳳皇	有鳥焉，其狀如鶴，五彩而文，名曰鳳鳥。	《類聚》、《初學記》等書皆作「其狀如鶴」。
	有穴焉，水出輒入，夏乃出，冬則閉，佐水出焉。	有穴焉，水春輒入，夏乃出，冬則閉，㳫水出焉。	王本、郝本同曹本作「水春輒入」。
〈西山經之首〉	（羬羊）其脂可以已腊。	……可以止腊。	
	（豪彘）有獸焉，其狀如豚而白毛，大如笄而黑端	其狀如豚而白毛，毛大如笄而黑端	《初學記》、《文選・長楊賦》注皆作「白毛，毛大…」。同曹本。
	其木多棫橿，其草多條，其狀如韭，而白華黑實，食之已疥。	……食之止疥。	
	黃雚，……浴之已疥，又可以已胕。	黃雚，……浴之止疥，又可以止胕。	
	薰草，麻葉而方莖，……佩之可以已癘。	訓草，葉麻而方莖，……佩之可以止癘。	
〈西次二經〉	有獸焉，其狀如狸，一目而三尾，名曰讙，……服之已癉。	有獸如狸，一目而三尾，名曰讙，……服之止癉。	

卷次	尤袤刻本	曹善抄本	其他版本
〈西次三經〉崇吾之山	……豹虎而善投，名曰舉父。	……豹尾而善投，名曰舉父。	郝本謂「豹虎」或有脫誤。
	蕡草，……食之已勞。	蕡草，……食之不勞。	
	（西王母）其狀如人，豹尾虎齒而善嘯，蓬髮戴勝，是司天之厲及五殘。	其狀如人，豹尾虎齒而善咲，蓬頭戴勝……	
〈北山經之首〉	尤本虢山	曹本作「號山」	《初學記》、《御覽》皆作「號山」。同曹本
	（丹熏山）有獸焉，其狀如鼠而菟首麋身。	有獸焉，其狀如鼠而兔首麋耳。	《初學記》、《御覽》皆作「兔首麋耳」。同曹本
〈北次二經〉	有獸焉，其狀如麋，其川在尾上，其名曰羆。	有獸焉，其狀如麋，其州在尾下，其名曰羆。	
〈東次二經〉	餘峩之山	餘我山	《御覽》作「餘我之山」
	其神狀皆獸身人面，載觡。	其神狀皆獸身人面，戴觡。	
〈中次三經〉	凡萯山之首，自敖岸之山至于和山，凡五山，四百四十里。	凡萯之首，敖岸山至和山，凡五山，七十里。	
〈中次四經〉麈	有獸狀如貉而人目，名曰麈。	有獸狀如貉而八目，名曰麈。	《玉篇》、《廣韻》、《圖贊》皆作「八目」
〈中次七經〉䔄草	有草焉，其狀如茮，白華黑實，澤如蘡薁，其名曰䔄草，服之不昧。	……澤如蘡薁，其名曰䔄草，服之不眯。	
〈中次七經〉焉酸	有草焉，方莖而黃華，員葉而三成，其名曰焉酸，可以為毒。	有草焉，方莖而黃華，員葉而三成，其名曰烏酸。	《御覽》亦作「烏酸」，同曹本。
〈中次十一經〉	（宣山）其上有桑焉，夫五十尺	其上有桑焉，大五十尺	
	（鮮山）有獸焉，其狀如膜大，赤喙、赤目、白尾	有獸焉，其狀如膜犬……	

卷次	尤袤刻本	曹善抄本	其他版本
	（豐山）神耕父處之，帝遊清泠之淵，出入有光，見則其國為敗。有九鐘焉，是知霜鳴。	神耕父處之，常遊清泠之淵，……有九鐘焉，是和霜鳴。	考諸《初學記》，宋刊同曹本，作「和霜鳴」；明安國桂坡館刊本、清古香齋刊本則作「知霜鳴」，同尤本。
〈中次十二經〉	（夫夫之山）其草多竹、雞鼓	其草多竹、雞穀	
〈海外南經〉	（南山）自此山來，蟲為蛇，蛇號為魚。	自北山來蟲蛇，蟲號為蛇，蛇號為魚。	
	在羽民東。其為人小頰赤肩。盡十六人。	在羽民東。其為人小頰赤眉。盡十六人。	《玉篇》作「其為人小頰赤眉」，同曹本。
〈海外西經〉	大樂之野，夏后啓於此儛九代。	夏后啓於此舞九代馬。	《類聚》、《御覽》都作「舞九代馬」。曹本同。
〈海外北經〉	夸父與日逐走，入日，渴，欲得飲於河渭。	……入日，渴，欲飲河渭。	
	有素獸焉，狀如馬，名曰蛩蛩。	有青獸，狀如馬，名曰蛩蛩。	張揖注〈子虛賦〉亦作青獸。
〈海內西經〉	（崑崙之墟）……面有九門，有開明獸守之	……面有五門，有開明獸守之	《史記》張守節正義作「五門」
〈海內北經〉	西王母梯几而戴勝，杖，其南有三青鳥，……	西王母梯机而戴勝，其南有青鳥……	如淳注《漢書》引此經無杖字
	鬼國在貳負之尸北，……一曰貳負神在其東。	鬼在貳負尸之北，……一曰貳負臣在東。	
	袜其為物人身，黑首，從目。	袜其為人身黑，首白。	
	蓬萊山在海中。	蓬萊山在海中。	
	（戎）其為人人首，三角。	其為人人身，三角。	《廣韻》引此同曹本。
〈大荒東經〉	（大人之國）有一大人蹲其上，張其兩耳。	有一大人蹲其上，張其兩臂。	《御覽》引此同曹本。
	有山名曰合虛	有山名曰含虛	《北堂書鈔》作「含虛」，同曹本。

卷次	尤袤刻本	曹善抄本	其他版本
	有神人八首，人面虎身，十尾，名曰天吳。	有神八首，人面虎身十尾，其名天吳。	《初學記》記天吳作「十八尾」。
〈大荒南經〉	不庭之山……，有淵四方，四隅皆達。	不庭之山……，有淵正方，四隅皆達。	《御覽》作「有淵正方」
〈大荒西經〉	方山上有青樹，名曰柜格之松，日月所出入也。	上有青樹，……日月所入也。	
	有人戴勝，虎齒，有豹尾，穴處，名曰西王母，此山萬物盡有。	……有尾，穴處，名曰西王母。此山……	
	來風曰韋，處西北隅以司日月之長短	來風……以司日月之短長。	
〈大荒北經〉	西北海之外，赤水之北，有遼尾山。有神，人面蛇身而赤，直目正乘，其瞑乃晦，其視乃明，不食，不寢，不息，風雨是謂。	……有章尾山。有神，……其眠乃晦，其視乃明，不食，不寢，不息，風雨是謁。	李善注《文選》、《類聚》作「其眠乃晦」。《類聚》、《御覽》作「風雨是謁」
〈海內經〉	有國名曰流黃辛氏，其域中方三百里	……其城中方三百里	明道藏本同曹本。
	（贛巨人）人面長臂，黑身有毛，反踵，見人笑亦笑，脣蔽其面，因即逃也。	人面長脣，……因可逃也。	明道藏本同曹本。
	（黑人）虎首鳥足，四手持蛇	虎首鳥足，兩手持蛇	吳本、郝本皆作兩手。

劉辰翁評點本《山海經》考論

一、前言

最早對《山海經》的評論出現於漢代，司馬遷（145-86B.C.）在《史記・大宛列傳》中提到「至《禹本紀》、《山海經》所有怪物，余不敢言之也。」[1]顯然，太史公對於《山海經》所記，態度保留。

明代的楊慎（1488-1559）認為《山海經》所記，為《禹貢》中九鼎上魑魅魍魎的形象，其《山海經補注》結合自身特殊的雲南經驗，以謫戍雲南的所見所聞來訓解《山海經》中的怪奇鳥獸、奇人殊俗。[2]胡應麟（1551-1602）則稱《山海經》為「古今語怪之祖」，係戰國時好奇之士，搜採軼聞編造而成。[3]清代的學者畢沅（1730-1797）依據《水經注》把《山海經》當成實際地理志，並全面的考證《山海經圖》，認為《海外》四經、《海內》四經是周秦時代禹鼎圖的產物。[4]

從郭璞注解十八卷《山海經》以下，似乎要到明清才有學者系統而深入的研究，明代的楊慎、王崇慶，

1 漢・司馬遷著，瀧川龜太郎考證：《史記會注考證》（臺北：中新書局，1977年），卷124，頁1284。

2 明・楊慎：《山海經序》，清・汪紱：《山海經存》，《歷代山海經文獻集成》（西安：西安地圖出版社，2006年），冊6，頁2624-2626。

3 明・胡應麟：《少室山房筆叢》（臺北：世界書局，1963年），頁412-414。

4 清・畢沅：《山海經新校正・序》，《山海經新校正》，《歷代山海經文獻集成》，冊7，頁3144-3154。

清代的吳任臣（1628-1689）、汪紱（1692-1759）、畢沅、郝懿行（1757-1825），都屬大家。清末以後，由於西學的引入，學者對《山海經》的說法與解讀更為多元，魯迅（1881-1936）以《山海經》是古之巫書，記載古代巫師祭神厭鬼的方術儀典。[1]袁珂（1916-2001）肯定《山海經》的內容屬於遠古神話，展現初民豐富的想像力。[2]

歷朝歷代對《山海經》各有不同的解讀方法或角度，宋元之際的詩人劉辰翁（1233-1297）並非研究者，他評點《山海經》，像似一個普通讀者的角度，在卷數與章節之間加以眉批，獨樹一幟，有自己的閱讀理路，可謂別開生面。更重要的意義在於，劉辰翁的《評山海經》一書是郭注到明清間一大段《山海經》研究的亮點，是一個作家的閱讀筆記。

清代吳任臣《山海經廣注》引用劉辰翁評點《山海經》數十則，可惜學者討論劉辰翁的評點都間接引自吳任臣《廣注》，以致稱劉會孟生平無考，不察劉會孟即宋元之際詩人劉辰翁，甚至都誤為晚明時期學者，未有對劉辰翁評《山海經》一書做詳細考論。張步天認為劉會孟與楊慎、王崇慶是明代的注家，生平無考，所著評《山海經》未見《明史·藝文志》著錄，《山海經雜述》曾列舉此書，吳任臣應看過此評注本。[3]陳連山提到，劉會孟生平無考，《山海經評》十八卷的內容僅見《山海經廣注》轉引約四十則。[4]欒保群原認為《山海經評》的作者劉會孟，時代無考，估計是明末人，吳任臣採錄其書有七十餘則。[5]後來又舉吳任臣所引〈海內南經〉為例，認為《山海經評》中涉及當下地名的，都非宋元建置，明顯為明代所特有，如溫州

---

1 魯迅：《中國小說史略·神話與傳說》，見《魯迅小說論文集——《中國小說史略》及其他》（臺北：里仁書局，1992年），頁15。

2 袁珂：《山海經校注·序》（臺北：里仁書局，1982年），頁1。

3 張步天：《山海經概論》（香港：天馬圖書有限公司，2003年），頁279。

4 陳連山：《山海經學術史考論》（北京：北京大學出版社，2012年），頁126。

5 欒保群點校：《山海經詳注·前言》（北京：中華書局，2019年），頁7。

府、永州府，以此認為劉會孟是偽托劉辰翁的明代佚名作者。[1]

張步天、陳連山與欒保群諸先生都未見過劉辰翁《山海經評》一書，其實此書現有晚明閻光表刊本，考諸全書，凡是地名幾乎都用明代建置，第一頁的評點即提到「濟南府有鵲山，汝寧府亦有鵲山，太原府亦有鵲山」。[2]檢索《山海經評》中所出現的地名，有些地名是宋代就有的稱呼，而諸多地名中，懷慶府、永州府、溫州府明顯是明代才設。然而，若為時人偽托之書，則應竭力避免書中出現當代地名的破綻。從閻光表、吳任臣等人對《山海經評》中隨處可見的明代地名不甚在意的態度，以及同時期書籍出版的慣例看來，這應是書肆在書籍出版之際，方便當代讀者閱讀而做的更動，未必是劉辰翁原來的地名稱呼。

最重要的一點是，全書第一卷第一句經文「南山經之首曰鵲山」，南宋尤袤刊本到明清的各種版本皆作「䧿山」[3]。唐李善注《文選・頭陀寺碑》與北宋李昉（925-996）等所編的《太平御覽》引此經則皆作「鵲山」[4]，元曹善抄本也作「鵲山」。閻光表刊本即作「鵲山」，可見其版本來源較早，故與宋元版本的用法相合，如果此書為明人偽托，應會出現明人習見的「䧿山」才是。

此外，我們還能在閻光表刊刻《山海經評》見到多處避諱。如《山海經評》〈西山經〉、〈中山經〉、〈海外北經〉的正文「恒」字皆缺筆避諱，考察宋明以來的《山海經》版本，唯南宋尤袤刊本有此缺筆之

---

1 欒保群點校：《山海經廣注・前言》，頁9。

2 宋・劉辰翁評，明・閻光表校：《山海經》（武漢：湖北省圖書館藏，明閻光表刊本）卷1，頁1A。本文引用的劉辰翁評點條目按此本，行文間僅標明頁碼、卷次，不另注出處。

3 晉・郭璞注：《山海經》《歷代山海經文獻集成》，影印南宋尤袤池陽郡齋刊本，冊1，頁12。明・王崇慶：《山海經釋義》（東京：早稻田大學圖書館藏，明萬曆年間大業堂刊本），卷1，頁1A。清・吳任臣：《山海經廣注》，《山海經珍本文獻集成》（成都：巴蜀書社，2019年）第二輯冊2，頁475。（清）郝懿行：《山海經箋疏》（臺北：中華書局，1972年），卷1，頁1A。

4 梁・蕭統等編，唐・李善等注：《增補六臣注文選》（臺北：華正書局，1980年），卷59，頁1090。宋・李昉：《太平御覽》（臺北：臺灣商務印書館，1997年），冊1，卷50，頁375。

例，乃避宋真宗趙恒（968-1022）諱。而如此避諱的現象，同樣也見於劉辰翁的評點，如〈北山經〉有北嶽，劉辰翁評曰：「恒山渾源即北嶽，相傳飛至曲陽縣，歷代怯升者就祠于曲陽」（卷三，頁5B）；〈中次九經〉熊山：「熊之穴，恒出神人」，劉評：「物反其恒，則為變異」（卷五，頁23A），亘字底下之橫畫都缺筆避諱。由此或可推知閻光表根據的版本應是原來會孟評點本，與晚明流通的版本不同。

從《廣注》的引用與閻光表校本的高度重複看來，吳任臣與閻光表所見的《山海經評》相差不大。閻光表是晚明知名的刻書家，且校訂刊刻過劉辰翁評點的《越絕書》，對劉辰翁的評點方式應相當熟悉，同時也應在意出版品的品質，閻光表在校訂此書的過程似亦不甚在意多次出現的明代地名，在閻光表校本的《山海經評》，每一卷開頭，都刻印「晉郭璞　景純注、宋　劉辰翁會孟評、明錢唐閻光表子儀訂」的字樣，既註明此書為自己校訂，顯然閻光表在翻閱此書後，肯定此書是劉辰翁所評。

生於崇禎元年的吳任臣，在清初寫作《山海經廣注》時，運用了許多劉會孟《山海經評》的內容。吳任臣大多數時候引作劉會孟曰，偶爾也稱劉辰翁、劉須溪，可見他對劉會孟是宋元之際的劉辰翁並無疑義。吳任臣治學謹嚴，在清初即享有盛名，寫作《廣注》的清初亦去明代未遠，如果《山海經評》一書為明代人偽託，吳任臣似無普遍徵引之理。

近代研究《山海經》的學者都表示對劉會孟一無所悉，對其理解全來自吳任臣《廣注》的轉引。實際上，劉會孟《山海經評》一書的評點高達兩百多則，吳任臣《山海經廣注》所引八十幾處，佔了評點的三分之一。張靜[1]、焦印亭[2]等學者全面地研究劉辰翁的評點成果，也未曾注意其評點過《山海經》。劉辰翁《山海經評》被不同研究領域的學者忽略。

1 張靜：《劉辰翁評點研究》（南京：南京大學中文研究所博士論文，2004年）。

2 焦印亭：《劉辰翁文學評點尋繹》（北京：中國社會科學出版社，2015年）。

有幸閱讀沈津先生的善本書志而知曉《山海經評》的藏書處，筆者專程到湖北省與遼寧省兩大圖書館，仔細閱讀劉辰翁評點《山海經》的明代刊本，見到此書的特色價值，有許多深刻體會，以為可補唐宋以後《山海經》研究的不足。

二、劉辰翁熱衷評點典籍

文人創作引用《山海經》內容者，最早屬陶淵明的《讀《山海經》十三首》，他在第一首闡述「流觀《山海》圖」的愉快心情，詩性地歌詠西王母、三青鳥、不死民、精衛、夸父、暘谷等神人靈物的事蹟。劉辰翁也評點過陶詩，可以想見《讀《山海經》》詩對劉辰翁必定也有影響。[1]從宋代到元明的詩人，和《讀《山海經》十三首》的傑作極多，也可見到詩人關注《山海經》一書的熱情，詩人以《山海經》一書來歌詠一己的猛志，或寄託遊仙、長生心情，精衛、西王母、鸞鳥、夸父等等，都是詩人們激勵自己的文學素材。

蘇軾（1037-1101）追和陶淵明的詩極多，他提到陶詩《讀《山海經》》十三首有七首是「仙語」，而蘇軾在閱讀了《抱朴子》有所感悟，因此起意步韻。[2]蘇東坡詩的內容，以《抱朴子》為主，沒有引用《山海經》的典故。劉辰翁也評點過東坡詩，東坡提陶詩的部分他可能也了然於心。

宋真宗（968-1022）跟宋徽宗（1082-1135）都曾下令修過《道藏》，《山海經》也收入《道藏》中，徽宗甚至派宮廷畫家郭思（生卒年不詳）繪製《山海經圖》。[3]尤袤曾自言在三十年間曾經見過「十數種」

1 晉・陶淵明著、宋・劉辰翁校：《須溪校本陶淵明詩集》（東京：日本國會圖書館藏，朝鮮刊本），卷下，頁10B。

2 宋・蘇軾：《和讀《山海經》十三首》，張志烈等主編：《蘇軾全集校注》（石家莊：河北人民出版社，2010年），卷39，頁4626。

3 元・夏文彥：《圖繪寶鑑》，《景印文淵閣四庫全書》（臺北：臺灣商務印書館，1986年），冊814，頁592。

《山海經》版本，而劉辰翁的評點《山海經》應與當時刊本容易見到或是文人間普遍流傳有關。我們現在所能見到較早的版本，即南宋淳熙七年（1180）尤袤池陽郡齋刊本，他在《山海經・跋》中提到：

> 是書所言，多荒忽誕謾，若不可信，故世君子以為六合之外，聖人所不論。以予觀之，則亦無足疑也。……是書所載，自開闢數千萬年，遐方異域不可結知之事，蓋自《禹貢》《職方氏》之外，其辨山川草木鳥獸所出，莫備於此書。[1]

身為南宋詩詞四大家之一的尤袤所以會刊刻此書，應與此書在當時受到青睞有關。尤袤的刻書讓我們聯想到同時代詩人接觸研讀《山海經》應是平常的，此書是宋元之際習見的「文學讀本」。尤袤晚年為南昌知府，劉辰翁為廬陵（江西吉安）人，空間上的接壤，相距一百年的時間應有某種連結。一一八〇年刊池陽郡齋的尤袤自言見過十幾個《山海經》版本，劉辰翁評點《山海經》或是有跡可尋，南宋時的版本並不罕見，非只一兩種。

劉辰翁評點《山海經》特別值得玩味，他是詩詞名家，他評點的書是科舉考試不考的冷僻作品，甚至有一般士子看不上眼的奇異荒誕內容，而劉辰翁很認真地在十八卷上做了詳細眉批評點，他以詩人的身分，眉批評點自陶淵明、蘇軾、蘇轍等詩人筆下的《山海經》，表現詩人閱讀此書的文學角度，是閱讀《山海經》的另一種方式。

吳企明與劉宗彬分別替劉辰翁編寫了詳細的年譜[2]，對劉氏的生平與文學成就有深入的評價，其中並未

1　晉・郭璞注：《山海經》，《歷代山海經文獻集成》，冊1，頁254-256。

2　吳企明：《劉辰翁年譜》，《中國韻文學刊》1990年第5期，頁56-73。劉宗彬：《劉辰翁年譜》，《吉安師專學報》1997年第3期，頁58-67。

提及評點《山海經》一事，似乎劉會孟評點的《山海經》並未受到特別注意。

吳任臣《山海經廣注》所引劉辰翁《山海經評》的資料，以地理考釋或名物訓詁的部分居多，其實，劉辰翁的詩人身分使得他《山海經評》別具一格，不限於地理考釋與名物訓詁，更多的是文學的隨興比喻或主觀評論。

劉辰翁評《山海經》有其代表意義，我們罕見明清之前的《山海經》評注，劉辰翁此書是郭璞與明清學者之間的聯繫，自有不可忽視的意義。

劉辰翁字會孟，號須溪，江西吉安人，宋元之際的詩人、詞人，除了詩詞創作，會孟最大的成就是評點，他評點詩詞，評點《史記》《漢書》《世說新語》。劉辰翁評點的詩詞幾乎都集中在唐宋，尤以唐代詩人為多。據統計，他評點過李白、杜甫、王維、孟浩然、常建、儲光羲、韋應物、賀知章、張籍、韓愈、孟郊、賈島、李賀等四五十家唐代詩人，也評點宋代詩人的詩，如王安石、蘇軾、陳與義、陸游、汪元量等，劉辰翁多藉「評點」的形式表述詩觀。[1]從劉辰翁對詩歌評點的熱衷情況，不難理解他的詩人身分，時時不能忘情讀詩。

劉辰翁的評點形式不拘一格，或多或少，或上或下，但一般仍以夾批和尾批兩種為最常見。對於體會多的詩，他會逐句加批，頭頭是道，有的詩則只批上兩三個字或三四個字，甚或不加批語。[2]

學者認為，劉辰翁對散文的評點，主要見諸《班馬異同評》，以及他對《老子》《莊子》《列子》各家的評點，數量沒有詩歌評點多，影響似乎也沒有詩歌評點那樣大。《史記》《漢書》的評點極少從撰史體例、史學思想等方面著手，大多是從文學角度思考。[3]畢竟劉辰翁原是以詩詞見長的文人，他的評點仍以詩

1 陳英傑：《論「嚴羽劉辰翁詩論並稱」的基礎、背景和意義》，《清華中文學報》第13期（2015年6月），頁190-191。
2 孫琴安：《中國評點文學史》（上海：上海社會科學院出版社，1999年），頁58。
3 同前註，頁63。

詞為主，自然從文學性的角度出發。

元初歐陽玄的《羅舜美詩序》認為劉會孟評詩可能與科舉有關：

> 宋末須溪劉會孟出於廬陵，適科目廢，士子專意學詩，會孟點校諸家甚精，而自作多奇崛，眾翕然宗之，於是詩又一變矣。[1]

張伯偉因此提到：「最早的評點書不涉及詩而多評文，實與科舉有關。而宋末的劉辰翁全力作詩歌評點，似仍與科舉有關。」[2]然而，劉會孟之評點《山海經》，可能與科舉並無關連，似是一種隱居生活中百無聊賴的心靈寄託。

劉辰翁的著述頗為豐富，其子劉將孫編為《須溪先生集》一百卷，《宋史・藝文志》著錄，但已散佚。除了評點多種典籍之外，主要為詩、詞創作，但明代已難得見，現存者有《須溪集》十卷、《須溪四景詩》四卷、《須溪先生記鈔》八卷、《須溪先生集略》三卷等，前兩種收錄於《四庫全書》。[3]

楊玉成認為，南宋印刷術使廣泛的閱讀成為可能，促使像劉辰翁這樣的閱讀專家的出現。其次，注解可說是當時的「大眾讀本」，劉辰翁是一個大眾讀物的讀者，評點本身往往就是針對這些大眾讀物做出迎合或抗拒。第三，評點可說是書寫文化產生的一種獨特的批評形態，銘刻在書頁周遭，對依附書籍的注解提出再批評。第四，劉辰翁的評點直接加在注解上，結果形成了一種閱讀的閱讀、詮釋的詮釋。劉辰翁以其獨特的

1 元・歐陽玄：《圭齋文集》，《四部叢刊初編》（臺北：臺灣商務印書館，1965年），冊78，頁53。

2 張伯偉：《評點溯源》，章培恆、王靖宇主編：《中國文學評點研究》（上海：上海古籍出版社，2002年），頁35。

3 丁豫龍：《《世說新語》劉辰翁評點研究——中國小說評點之祖的商榷》，《成大中文學報》第44期（2014年3月），頁207-254。

閱讀方式，創造一種「劉辰翁式」的讀者。[1]然而，評點畢竟不同於學者的注釋或考證，更多的是隨興式的一己感悟，像是一個普通讀者的「讀書筆記」。

羅根澤也認為：「宋末元初的劉辰翁，以全副精神，從事評點，則逐漸擺脫科舉，專以文學論工拙。」[2]劉辰翁一方面多方評點，一方面大肆刪改，而門生弟子或書商卻往往重新補上「增注」，迎合市場需要；評本甚至成為商業競爭的手段。劉辰翁的名號當時已具有商業價值，宋末元初評點大行其道，和這種商業背景息息相關。[3]這樣又評又刪的情況，像是自己的讀書筆記，是很隨興的閱讀者，似乎劉辰翁評點原本並非為了刊刻出版，具有商業價值可能是他自己始料未及的。

《宋季忠義錄》記載會孟才學深而文名顯，高風亮節：

> 劉辰翁，字會孟，盧陵人。家貧力學，學秘書歐陽守道所，守道大奇之。辰翁貢於鄉會，丁大全驟用，辰翁對策言《君子小人朋黨論》，有司忌其涉謗，擯斥之。補大學生，楊萬里為祭酒，亟稱賞其文。壬戌監試，丞相馬廷鸞、章鑑爭致諸門下平章，賈似道秉國政，欲殺直臣以蔽言路，辰翁廷對言，濟邸無後，可痛；忠良戕害，可傷；風節不競，可憾，大忤賈意，洎奏名理宗，寘之丙第。以親老就贛州濂溪書院山長，萬里官帥閫強與俱，乙丑萬里還樞府，以書招辰翁奉母來京數月，母疾還……丙子宋亡，萬里死節，辰翁馳哭之，壬午歸託方外以自詭，辰翁事母孝，慷慨立風節，抑於時而天下知名士多欽其伉直，平生耽著文史，淹博涵深。[4]

1 楊玉成：《劉辰翁：閱讀專家》，《國文學誌》第3期（1999年6月），頁3。
2 羅根澤：《中國文學批評史》（北京：中華書局，1961年），冊3，頁263。
3 楊玉成：《劉辰翁：閱讀專家》，頁10。
4 清・萬斯同：《宋季忠義錄》，《叢書集成續編》（臺北：新文豐出版公司，1991年），冊253，頁202-203。

王次澄曾對劉辰翁評點李長吉、陳簡齋詩歌都有深入闡釋，認為劉辰翁會以或短短二三字或長達四五十字來呈現閱讀心得，其批評與否，全在劉氏有無觸發、有無疑問，對有感悟者，多所發揮，對無感悟者，置之不論。[1]劉辰翁的評點長短不拘，表現在他的所有評點上，《山海經評》甚至會出現只有一個字的眉批。

丁豫龍認為，劉辰翁既然擅長寫作詩詞，自然會從文學角度評論作品的工拙，關注寫作技巧的優劣，他批點《世說新語》的情況似乎與《山海經評》異曲同工：

> 批點《世說》之際，正當蒙元初期，異族統治，科舉停廢，文人地位低落。他的滿腹牢騷與憤悶，正可藉題發揮，以隨興而自由的筆觸來宣吐。這些都促使其能夠擺脫科舉的實用性，評人論事之筆墨清新，超越了名物、語詞、義理以及典故等傳統訓詁的條例與體式，以評詩論文的態度來評點《世說》。[2]

劉辰翁評點《世說新語》，學者討論很多，此書與《山海經》卻都是其子劉將孫未談過的，而《山海經評》又比《世說新語》更受到冷落。劉辰翁是一個隨興的閱讀者，他評點時往往又評又刪，主觀的閱讀方式充滿個人好惡的褒貶，原先並非為了刊刻出版。如果從這個方面來思考，當能理解劉辰翁評《山海經》何以未曾出現在後人為他所做的著作目錄中，而此書長久以來都未被刊刻，也罕見提及，直到康熙朝才在吳任臣

---

1 王次澄：《劉辰翁評點李長吉歌詩析論》，《宋代文學研究叢刊》第8期（高雄：麗文文化事業公司，2002年），頁333-361。王次澄：《劉辰翁評點陳簡齋詩歌研析》，收入莫礪鋒主編：《第二屆宋代文學國際研討會論文集》（南京：江蘇教育出版社，2003年），頁370-394。

2 丁豫龍：《《世說新語》劉辰翁評點研究——中國小說評點之祖的商榷》，頁247。

的《山海經廣注》中一再被徵引。另一個劉將孫未把其父評點的《世說新語》《山海經》等書編入《須溪先生集》一百卷的原因，或者也在本為詩詞名家的劉辰翁著作等身，評點又多，總有顧此失彼之憾。在這樣的氛圍下，劉辰翁《山海經評》不通行於宋元之際應是可以想見。

閻光表似相當鍾情劉會孟評點的書，《越絕書》也是明錢唐閻光表子儀訂[1]，卷首有大泌山人李維楨序，版框上端有宋劉辰翁會孟評。閻光表刊刻劉辰翁評點的《越絕書》明顯地屬於眉批的形式，此書第一則的眉批寫著：

> 楚、吳、越皆大國也，採風者不及焉。故有《騷》以補楚之缺，有《越絕》以補吳、越之缺，此亦紀事之女媧也。

劉辰翁將《越絕書》對吳越歷史的補缺紀事，比喻如補天的女媧功績，可謂別出心裁，也可見出他的評點是一種文學性的賞鑒，帶著普通讀者的閱讀體會，不同於陶淵明的《讀《山海經》》，也不同於學者的注釋研究，他的評點是一種詩人浪漫式的抒情，有許多主觀的喟歎，順手拈來的隨意字句，充滿個人的情感好惡。

1 閻光表刊刻《越絕書》15卷。筆者所見到的《越絕書》，有嘉靖31年（1552）白馬令西蜀張佳胤序，藏蓬左文庫，相關討論可見祁晨越：《明代杭州地區的書籍刊刻活動》（新加坡：新加坡國立大學中文研究所博士論文，2010年），頁221。

三、考釋訓詁中有寄託

劉辰翁《山海經評》一書長久以來注意的學者不多，沈津先生很難得地在書志中著錄，湖北省圖書館與遼寧省圖書館各藏十八卷本《山海經》一部，明刊本，宋劉辰翁會孟評、明錢唐閻光表子儀訂，九行二十字，白口，四周單邊。[1]

沈津書志中著錄未附書影，筆者分別於二〇一七年十月赴湖北省圖書館、二〇一八年一月赴遼寧省圖書館，閱讀兩大圖書館所藏《山海經評》一書，都是九行二十字，白口，單魚尾，四周單邊，寬13.2公分、高20.1公分，並有三頁屠隆的序。兩個圖書館所藏《山海經評》一書的書況都極好，只有湖北省圖在一兩個地方的評點有點破損，見不到評點原貌，幸好遼寧省圖的部分完好無缺，因此筆者將此書的評點悉數抄錄完成。

章宏偉提到，天啟時間雖不長，杭州府的私人刻書在這個時期卻極為繁盛，閻光表就是當時有名的刻書者。[2]閻光表刊刻的《山海經評》一書應該也是天啟年前後的本子。

若將尤袤刊本的《山海經》，以及明代胡文煥刊本、王崇慶《山海經釋義》的內容與閻光表的刊本相對照，會發現閻光表所使用的《山海經》底本與尤袤本及其他明刊本的內容雖大體相似，細部上仍然有所不同，這樣的差異或者來自於刊刻不慎。[3]閻光表刊本的《山海經》更大的價值，實是保留了罕見的劉辰翁評

1 沈津：《美國哈佛大學哈佛燕京圖書館中文善本書志》（上海：上海辭書出版社，1999年），頁408。

2 章宏偉：《明代杭州私人刻書機構的新考察》，《浙江學刊》2012年第1期，頁35。

3 舉例而言，提及各種草木時，南宋尤袤刊本、王崇慶刊本、胡文煥刊本皆作「草」，而閻光表刊本獨作「艸」；尤袤刊本〈南山經〉迷穀作「其華四照」，王本、胡本、閻本皆作「其花四照」。又如〈中山經〉（葛山）其上多瑊石，其下有郭璞注，尤袤及胡本、王本皆作：「瑊石，勁石似玉也」，閻本則作「勁石似石」。又如同在〈中山經〉的「龍脩」，尤本作「龍須也，似莞而細，生山石穴中，莖到垂，可以為席」，閻本作「生山石亢中」「莖倒垂」，胡本與王本亦作「生山石穴中」，但「莖倒垂」又與閻本

點紀錄。

劉辰翁會孟評點《山海經》的明末刊本，評點不僅名物訓詁、地理沿革，更多的是劉辰翁對《山海經》一書的主觀直觀印象，有他的情懷感悟，似也有他隱居的仙山異域樂園追求。

劉辰翁評點的《山海經》是以眉批的方式呈現，在書眉上批注他的考釋或一己感悟，有時只有兩個字或一個字。

晚明刻書家閻光表應該對劉辰翁評點有很高的評價，他校訂刊刻了劉辰翁評點的《越絕書》《山海經》。到了清代，吳任臣作《山海經廣注》時，也大量的引用劉辰翁的評點，康熙六年彙賢齋刊本中的《山海經廣注》引用書籍就包括劉辰翁的《山海經評》，相關的問題，筆者有專文討論。[1]比劉辰翁晚了整整四百年的吳任臣，在書中反覆引用會孟的說法，可說是會孟《山海經評》的知己。

陳連山認為吳任臣引用《山海經評》的內容以地理解說的條目較多：

> 〈西山經〉軒轅之丘，劉會孟曰：「今新鄭縣，古有熊氏之國。」〈北山經〉謁戾之山，郭璞注云：「今在上黨郡涅縣」劉會孟云：「今在澤州高平縣。」〈北山經〉燕山多嬰石。郭注曰：「言石似玉，有符彩嬰帶，所謂燕石者」劉會孟云：「今此石出保定滿城縣。語云魚目混珠，燕石亂玉。」劉會孟通常都是用明代地名進行解說，通俗而實際。[2]

其實，《廣注》所引劉會孟的《山海經評》極多，以「劉會孟評」為主，偶見「劉須溪評」「劉辰翁相同。

---

1 鹿憶鹿：〈嗜奇愛博，名物訓詁——《山海經廣注》的圖與文〉，《淡江中文學報》第37期（2017年12月），頁101-139。

2 陳連山：《山海經學術史考論》，頁126。

評」「劉氏評」，超過八十處，遠多於陳連山以為的四十幾則，可見吳任臣對劉辰翁評點的重視程度。

一一檢視劉辰翁《山海經評》內容，可發現光是《山經》評點就高達169則，〈南山經〉20則、〈西山經〉47則、〈北山經〉30則、〈東山經〉12則、〈中山經〉60則；《海經》的評點有86則，包括〈海外南經〉9則、〈海外西經〉4則、〈海外北經〉7則、〈海外東經〉4則、〈海內南經〉11則、〈海內西經〉3則、〈海內北經〉10則、〈海內東經〉10則、〈大荒東經〉3則、〈大荒南經〉7則、〈大荒西經〉6則、〈大荒北經〉9則、〈海內經〉只見到3則。全書的評點眉批明顯集中在《山經》部分，佔了三分之二。

劉辰翁《山海經》評論的內容，有訓詁、考釋以及個人感悟的抒發，而地理考釋或名物訓詁中有歷史抒懷，個人的文學喟嘆感悟中更有寄託褒貶，或是對仙山異域的樂園追求。

（一）地理考釋中有歷史抒懷

晉人郭璞最早對《山海經》的地理進行比較有系統的考訂，而這樣的研究方向，應當來自漢代學者對《山海經》性質的判斷。劉辰翁對《山海經》的評點也繼承了前人的興趣，撥出一部分的篇幅對經文中若干山川地理的描繪進行考述，以下試看幾個例子：

〈南山經〉之首提到鵲山，劉評：「濟南府有鵲山，汝寧府亦有鵲山，太原府亦有鵲山」。〈南山經〉又記載：「其神狀皆龍身而鳥首，其祠毛用一璧瘞，糈用稌」。劉評：「祭之禮物，纖悉具備，此太史公《封禪書》之鼻祖。」名物訓詁聯想到太史公，讀者也馬上聯想到劉辰翁評點過《史記》、《漢書》，他有歷史抒懷自是順理成章。

劉辰翁的地理考釋又時常帶著傳說的內容，例如：〈西山經〉記載積石之山，劉評：「在陝西河州衛，禹導河積石，至於龍門。」〈東山經〉記載緱氏之山，劉評：「今偃師，即周靈王太子升仙之所。」〈中山經〉記載，夸父之山，其北有桃林。劉評：「今閿鄉下有桃林，武王放牛桃林之野即此。」又記載女几之山，劉評：「神女上升遺几處也」。地理考釋結合歷史抒懷，或是混雜傳說的遺風，表現作者將《山海經》當文學作品的一種不同視角。

〈西山經〉的太華山，郭注以為在華陰縣西南，劉評：「今華陰縣最著者，蓮花、明星、玉女三峰，而仙掌崖、日月岩（按：《廣注》徵引此段時，吳任臣以岩字為闕，或所見版本有損）、蒼龍嶺皆奇境也。」〈北山經〉記載，沮洳之山，有濝水南流注於河，劉評：「今山西太原，叔虞封此」。又少山，有清漳之水東流，劉評：「今大名府魏縣，古洹水即蘇秦訂盟之地」。又記載，敦與之山，泜水出于其陰，東流注于泜澤。劉評：「即淮陰斬陳餘處」。〈北山經〉記載到沁水，劉評：「竇憲奪公主田處。」

〈東山經〉記載濼水，劉評：「濼水即魯桓公會齊襄公地」。劉辰翁表面上考釋地理，更多的是說歷史掌故。

〈中山經〉的歷山，劉評：山東濟南府有歷山，山西平陽府蒲州亦有歷山，更不忘強調「乃舜耕之處」，或許最後一句才是要凸顯的重點。最特別的是關於柴桑之山的說法，〈中山經〉「柴桑之山」上有「木多柳芑楮桑」的描述，劉辰翁直接想到自稱五柳先生的尋陽柴桑陶淵明，評曰：「今五柳先生所居之處」。不為五斗米折腰而歸回田園的陶淵明，正與劉會孟隱居的心境契合。劉辰翁曾評點過陶淵明詩，可惜今已不傳；存世的只見《須溪校本陶淵明詩集》[1]，可見劉辰翁對五柳先生的青睞，又評點又校訂。而陶淵明有《讀《山海經》十三首》，似對同為詩人的劉辰翁有所啟示。

劉辰翁時常直觀的將前朝發生過的歷史事件與《山海經》中提到的地點相繫連。雖然劉辰翁並沒有系

1 《須溪校本陶淵明詩集》在朝鮮刊刻，筆者所見為東京國會圖書館藏本，附成化十九（1483）年的《跋》。

統的說明自己對《山海經》內容的看法，但從這類的注解內容，應當可見出劉氏認為《山海經》的地理描述是真實的，因此方能與真實發生過的歷史事件相聯結。這樣的觀念，應當也襲自漢代以來認為《山海經》為「形法地理」之書的思考方向有關。他藉地理追懷司馬遷的封禪、抒懷尉陀、叔虞、蘇秦與淮陰侯、陳餘、竇憲、魯桓公、齊襄公甚至到陶淵明，劉辰翁並不只是單純地評點《山海經》一書，即使地理考釋都體現他一貫的詩人主觀抒懷感悟。

（二）名物訓詁帶有傳說內容

楊義認為，《山海經》吉光片羽的展示了先民以神話思維所構築和理解的歷史，包括「天地的歷史」和「人間的歷史」。[1]這樣的歷史，應帶給在隱居中的劉辰翁有無限的療癒和慰藉效果。

劉辰翁個人的見多識廣、博學多聞，在其人對《山海經》名物訓詁的批語中展露無遺，如〈南山經〉經文提到了一種名叫「赤鱬」的異魚，經云「其狀如魚而人面，其音如鴛鴦，食之不疥。」劉辰翁的批語藉赤鱬的「人面」，又帶出另一種特殊的魚，劉評：「磁州亦有孩兒魚，四足長尾，聲如嬰兒啼，其膏然之不滅。」

〈西山經〉記載：「浮山，多盼木，枳葉而無傷，木蟲居之。」郭注：「音美目盼兮之盼」，「枳葉而無傷」，郭注：「枳，刺針也，能傷人，故名云」，「木蟲居之」，郭注：「在樹之中」。劉辰翁評：「桂蠹在木之中，其味甚美，尉佗所貢。」〈西山經〉中提到了另一種「絮魮之魚」，這種魚「狀如覆銚，鳥首而魚翼魚尾，音如磬石之聲，是生珠玉。」絮魮能生珠玉的特性，使得劉辰翁想到〈北山經〉中「狀如肺而

[1] 楊義：《《山海經》的神話思維》，《中國歷朝小說與文化》（臺北：業強出版社，1993年），頁1-24。

有目，六足有珠」的珠鱉[1]魚，劉辰翁評：「亦有珠鼈如肺四眼六甲而吐珠。」劉辰翁認為珠鱉魚有四眼，且將「有珠」理解為能夠吐出寶珠。而在〈東山經〉正式提到珠鱉魚處，劉辰翁又評：「高州亦出珠鼈。」會孟在名物訓詁常有一己獨到見解。

馬昌儀教授在現存各種《山海經》圖本的比對基礎下指出，歷來對於珠鱉形態的說法及圖像有二目、四目、六目三種。[2]顯然，劉辰翁在批語之中提到「珠鱉如肺四眼六甲」並非信口雌黃，若再參照其〈東山經〉批語言及「高州亦出珠鼈」，高州在嶺南，《南越志》所記，亦為嶺南的見聞，很可能劉辰翁的說法也來自《南越志》的記載。

值得關注的是，吳任臣在《山海經廣注》書中對於珠鱉的注解，臚列了《一統志》《寰宇記》「（珠鱉）四目六足吐珠」「六眼四腳而吐珠」之說，並不及於《南越志》。[3]但實際上，《廣注》所附五卷圖「鱗介類」所收的「珠鱉」為四目六足，比對之下，與吳任臣圖本極類似的胡文煥圖本的珠鼈則作「六目」，這樣的差別，殆因吳任臣參考了劉會孟的評論意見。吳任臣的《山海經廣注》及圖卷，是清代極重要的《山海經》學術著作，郝懿行所見的「圖」，應當就是《廣注》所附錄、號稱來自舒雅舊稿的圖本。而正因著吳任臣的徵引，時隔數百年，劉辰翁的《山海經》詮釋還持續發生影響。

〈西山經〉云：「有鳥焉，其狀如鶉，黃身而赤喙，其名曰肥遺，食之已癘。」劉辰翁評曰：「太華山蛇名肥𧔥，見則大旱，英山鳥名肥遺，食之已厲，美惡不嫌同名。」〈北山經〉云：「有蛇一首兩身，名

1 珠鱉魚的字形有多種不同的寫法。南宋尤袤本、清代吳任臣《山海經廣注》、郝懿行《山海經箋疏》皆作「珠鱉」，其下郭璞注則作「音鼈」；元末曹善手抄本《山海經》正文同作「珠鱉」，郭注作「珠鱉」；另外，萬曆年間胡文煥《新刻山海經圖》則作「珠鼈」，而劉辰翁《山海經評》正文作「珠鱉」，批語作「珠鼈」。

2 馬昌儀：《古本山海經圖說》（桂林：廣西師範大學出版社，2007年），頁478-482。

3 清・吳任臣：《山海經廣注》，《山海經珍本文獻集成》第二輯冊3，頁143-144。

曰肥遺，見則其國大旱。」劉辰翁復又評曰：「太華山蛇名肥　，見則大旱，英山鳥名肥遺，食之已厲，美惡不嫌同名。」吳任臣只在〈西山經〉處引用一次。其實劉辰翁的評點，反覆強調有蛇名肥𧔥，有鳥也名肥𧔥；肥𧔥蛇出現則天下大旱，而食肥𧔥卻可治病，所以他強調美惡不嫌同名。劉辰翁連結了儒家以為多識鳥獸蟲魚草木之名的思想，他對《山經》中的各種鳥獸蟲魚，有頻繁的演繹。

此外，〈中山經〉中一種像雉的鳥，以「蜚」為食，名曰「鴆」。劉辰翁評曰：「蜚最毒，行水則竭，行草則死，此鳥又食之，其毒甚矣。」劉辰翁的《山海經》評點中，這類與博物知識相關的例子還有很多，〈北山經〉記載，諸毗之水多滑魚，「食之已疣」。劉評：「魚之可以治病者，又有康郎魚南人取為瘴藥，青魚胆可療惡瘡。」〈大荒南經〉記載有不死之國，「甘木是食」。劉評：「祖州海島，產不死草，一株可活一人。」〈大荒北經〉記載，帝俊竹林，「大可為舟」。劉評：「南方荒中有涕竹，長數百丈，圍三丈五六尺，厚八九寸，可以為船。」名物訓詁中或是感慨寄託，或是對異域異物的讚嘆。非平常的《山經》中的異鳥獸，應給隱居虎溪的詩人極大的慰藉，所以《山海經》一書才成為他青睞的評點對象。

四、詩人的個人抒懷

劉辰翁的《山海經》評點雖多名物訓詁、山川地理的考察，但絕非全為枯燥的舊典堆疊，可以注意到的是，劉辰翁的訓解，時常夾雜著天馬行空的感興想像以及饒富趣味的傳說。筆者檢視了所有的評點，也發現其中的個人抒懷遠遠多於地理考釋或名物訓詁，尤其是《海經》部分個人抒懷或即興的短語評點特別有意思，其中又夾雜地理考釋與名物訓詁。

（一）評點表現個人的好惡

〈海外南經〉記載「蟲號為蛇，蛇號為魚」，劉評：原無定名，有何不可？表現對歷來注家的大驚小怪不以為然。

〈海內北經〉記載：「王子夜之尸兩首兩股，胸首齒皆斷異處」。劉辰翁評道：「東方有解形之民，頭飛於南海，左手飛於東山，右手飛於西澤，自臍以下，兩足孤立，至暮，頭還肩上。」不難看出劉辰翁對有些《山海經》的神話傳說內容加以演繹。還有〈大荒西經〉記載：「有神十人，名曰女媧之腸，化為神，處栗廣之野。」此處劉評：「天尚可補，腸化為神，又何疑哉？」認為補天、腸化的情節無需大驚小怪。

〈北山經〉記載肥水：「蚤林之水出焉，東南流注于河。肥水出焉，而南流注于床水，其中多肥遺之蛇。」劉評：「昔黃帝誅百魅，膏流成泉，故有肥泉之水。」劉辰翁借由神話來溯源事物的起源與名稱的由來，肥泉之水所以肥，乃因太古黃帝誅殺百魅，妖魅的膏肥滙流成泉水而來，顯得非常生動，這是郭璞注解中所不見的。

〈西山經〉記載太華山：「又西六十里，曰太華之山，削成而四方，其高五千仞，其廣十里，鳥獸莫居。有蛇焉，名曰肥𧔥，六足四翼，見則天下大旱。」讓劉辰翁聯想到西嶽華山的景緻，讚嘆此為奇境。劉辰翁在評論中羅列了多處華山勝景，逕將華山視為太華之山所在，「奇境」顯然是個人審美觀感、以及遊賞經驗的展示。

在劉辰翁的批語中，「奇！」「妙！」之類的個人情感抒發相當常見，如〈海外北經〉記載：「夸父與日逐走，入日。渴，欲得飲，飲於河渭；河渭不足，北飲大澤。未至，道渴而死。棄其杖，化為鄧林。」劉評：「奇人奇事，千古若新。」

劉氏尚有許多針對《山海經》靈禽異獸習性、形貌的評點。

〈西山經〉中有「狀如猿而白首赤足」「見則大兵」的朱厭，劉辰翁評：「此獸真可厭」。「可厭」的詞彙也常出現在對杜詩的批點上，如評杜《過宋員外之問舊莊》：「他人閒花野草之感，真不知其可厭耳」。[1]《須溪批點選注杜工部詩》卷九《成都府》，劉評：「語次寫景，注者屑屑附會，可厭。」卷十《漫興九首》其七，劉評：「平常景，多少幽意，為小儒牽強解了，讀之可憎。」[2]以評杜詩為例做對比，可看出與《山海經》中用語很多雷同。

對〈西山經〉三危之山「三青鳥居之」的評點，劉氏曰：「妙物」。劉辰翁在易代而隱居，將感情盡數抒發在評點中，用語直白而生動鮮明，喜怒怨憎形諸於色。身為宋遺民的劉辰翁經歷過易代的兵燹，因而對「見則大兵」的朱厭獸有「真可厭」的評點，即見出其人對戰爭的深惡痛絕，而評點中以「朱厭」為「可厭」的措辭，似乎也指出《山海經》中靈禽異獸的命名，與其物性有所呼應；而視三青鳥為「妙物」可能緣由於〈海內北經〉及郭璞注中提到三青鳥能「為西王母取食」的習性。

最有趣的是劉辰翁對〈北山經〉單張之山上奇獸「諸犍」的評語，諸犍「行則銜其尾，居則蟠其尾」，劉評：「此獸惜尾，如孔雀之惜尾。」劉辰翁慧眼獨具的注意到長尾諸犍獸的特殊習性，加以提點。劉氏「惜尾」的批語非常鮮活精到，具有畫龍點睛的效果，使得「諸犍」的形象躍然紙上、活靈活現。

同樣切中肯綮的，還有對〈西山經〉中「駮」的批語，劉辰翁評「鋸牙食虎，獸最猛烈」，實則《山海經》中能食人食虎豹的兇獸猛禽極多，有的甚且能夠造成災變，「駮」獸的兇惡不算特出，但在宋元之際的

1 宋・劉會孟評點：《集千家註批點杜工部詩集》，《四部叢刊三編》（臺北：臺灣商務印書館，1975年），卷一，頁12A。
2 宋・劉會孟評點：《須溪批點選注杜工部詩》，錄自吳文治主編：《宋詩話全編》（南京：江蘇古籍出版社，1998年），冊10，頁9872。

文人，似乎對牠不陌生，《宋史》記載劉敞出使契丹，經過順州，還誦《山海經》為契丹人指認駮獸。[1]

劉辰翁的評點意不在進行系統的學術研究，因而不拘泥於瑣碎的比對和排序，時常就只是當下閱讀感悟的抒發。考諸全書，相近的例子還有很多，劉氏的評點非常隨興，是與郭璞注迥異的另一種閱讀方式。

（二）短語的審美趣味

評點畢竟屬於詩人的主觀感受，又點又評，往往以隻字片語呈現作者獨特的審美趣味與所思所想。〈南山經〉記載佩鹿蜀獸能「宜子孫」。劉評：「鹿蜀該名曰宜男。」〈北山經〉記載有如馬的䑏疏獸，一角有錯，可以辟火，劉評：「雋」。〈北山經〉「其音如鵲」的鰼鰼魚，「可以禦火，食之不癉。」劉評：「鵲音多喜，魚音如鵲者，大抵皆妙。描神。」〈中山經〉提到姑媱之山上「帝女死焉，其名曰女尸，化為䔄草，其葉胥成，其華黃，其實如菟丘，服之媚於人。」劉評：「冉冉香生」。〈中山經〉敘述「苦山」至「大騩之山」的十六山神，苦山、少室、太室三山之神狀皆「人面而三首」，其餘皆「豕身人面」，劉評：「風姿絕世」。〈中山經〉又敘述「美山」：「其獸多兕牛，多閭麈，多豕鹿，其上多金，其下多青雘。」劉評曰：「美山洵美」。〈中山經〉首陽山至于丙山，九山之神神狀皆「龍身而人面」，劉評：「婀娜可愛」。劉辰翁評點〈中山經〉豕身人面的山神風姿絕世，評點龍身人面的山神婀娜可愛，讓人不禁聯想，是否當時人對《山海經》中這些人獸同體的山神有非常的態度？

孫琴安提到，劉辰翁的評點完全是根據自己的閱讀興趣和體會隨意批下，十分自由，無任何框架，想說

1 元・脫脫：《新校本宋史并附編三種・列傳七十八・劉敞》（台北：鼎文書局，1991年），冊13，頁10384。

就說，有話則長，無話則短。[1]從上引的幾個例子可見，劉辰翁的評論意向不全在地理考釋，批語中沒有繁複的考辨，反而一再出現評論者神來一筆的聯想、個人情緒的抒發，以及閱讀的感悟與喜悅。似乎劉辰翁評點更著重的，是個人閱讀過程中的觸發與興味，而讀者藉著其人在字裡行間的批語，重新感受到了劉辰翁閱讀時的所悟所感。除了對《山海經》內容的怪奇鳥獸之批語外，劉辰翁有部分的評論，是針對《山海經》的文字本身的。

在劉辰翁的《山海經》評點中，也常見與其詩歌評點相同的批語，很多條目是帶有文學韻味的評點，特別是有多則關於「古」字的評點。〈西山經〉提到關於山神的祭祀，經云：「其祠之，毛用少牢，白菅為席。其十輩神者，其祠之，毛一雄鷄鈐而不糈；毛采。」劉評：「窾識奇古，固是三代以上法物。」〈南山經〉記載，鵸鳥見則其縣多放士，劉評：「放字下得簡古」。〈中山經〉記載，羊桃這種植物可以為皮張，即治療皮膚的腫脹，劉評：「古雅」。劉辰翁評點為奇古、簡古或古雅，看來都是一己主觀的體會，很即興式的心得感想。含有「古」字的批語，在劉辰翁的詩歌評點中相當常見，其評李賀〈上雲樂〉便曰「古」，評〈休洗紅〉曰「古意」，評〈房中思〉亦云：「古」，又如其評杜甫「飛雨靄而至」句，亦云「古意精語」；評陳子昂〈感遇〉三十六首中第十六首詩末，亦云「古意」。[2]

有的批語中不言「古」字，只指經文用字雅致又有古風，如：「休與之山，其上有石焉，名曰帝臺之棋，五色而文，其狀如鶉卵，帝臺之石，所以禱百神者也，服之不蠱。」劉評：「騷雅」。除了「古」的評語之外，劉辰翁的評點中，還可見針對經文寫作手法的各式各樣的感嘆，這些嘆嘆之語或長或短，有時僅有兩字，舉例如〈北山經〉倫山的「羆」，經曰：「其狀如麋，其川在尾上。」劉評：「韻極」。又如〈中山

1 孫琴安：《中國評點文學史》，頁65。
2 焦印亭：《劉辰翁文學評點尋繹》，頁97-98。

經〉記載，欒馬之山有狠獸，其狀如彙，赤如丹火，見則其國大疫。劉辰翁評：「韻絕」。

劉辰翁非常細膩地觀照到《山海經》的敘事手法，〈南山經〉記述箕尾之山「其尾踆于東海」，踆是古蹲字，經文以此形容箕尾之山的山勢頗見巧思，而山尾的「踆」勢，也確實呼應了「箕尾」之名，故劉辰翁評曰：「踆字妙極」。

〈西山經〉描寫「崇吾之山」曰：

> 在河之南，北望冢遂，南望䍃之澤，西望帝之搏、獸之丘，東望螞淵。有木焉，員葉而白柎，赤華而黑理，其實如枳，食之宜子孫。有獸焉，其狀如禺而文臂，豹虎而善投，名曰舉父。有鳥焉，其狀如鳧，而一翼一目，相得乃飛，名曰蠻蠻，見則天下大水。

劉辰翁亦評曰：「句法長短可愛。」這是針對句式安排的評點。

〈南山經〉記載：「堂庭之山多棪木，多白猿，多水玉，多黃金。」劉辰翁顯然留意到了這段經文重複使用了「多」字所造成的韻律感，而除了聲音上的美聽外，幾個「多」反覆出現，似乎也勾勒了一種豐足的想像，劉評：「多字有態」。

此外，劉辰翁還特別點出幾處《山海經》用字精妙之處，如：〈東山經〉記載，跂踵之山有水，「廣員四十里皆湧」，劉評：「其水從地湧出故曰湧，可謂一字經。」劉辰翁似相當喜歡「湧」字，他評〈旅夜書懷〉：「等閒歲月，著一湧字，夐覺不同」。[1]劉辰翁讀《山海經》似讀出詩味，讀出與少陵蕭條異代的惺惺相惜。

1 宋・劉會孟評點：《須溪批點選注杜工部詩》，吳文治主編：《宋詩話全編》，冊10，頁9888。

〈中山經〉記載，其神皆馬身而龍首，「熊山，席也」，意思是神以熊山為席，劉評：「席也二字最蘊藉」。

劉辰翁不僅僅將《山海經》當作一本博物之書，更將《山海經》所提供的關於「異世界」的山海靈物、遠國異人，從文學的情感視角轉移到語言敘事的理性思考，並非僅只於模式化的套路反覆。以文學的角度對《山海經》進行評點，是劉辰翁研究《山海經》的獨特之處，他也注意到《山海經》經文對各種靈祇異獸的描摹相當細膩生動，如〈南山經〉有獸曰猾褢，「其音如斲木，見則縣有大繇」，劉評「巧于形容」，這或許是對猾褢獸音如「斲木」與其「見則有大繇」的有趣呼應而言。相似的例子還有〈中山經〉，有獸，「其狀如蜂，枝尾而反舌，善呼，其名曰文文。」劉評：「刻畫精工」。其實，「丹青手」「巧形容」，或是「刻畫精工」，更適合來總結劉辰翁對《山海經》一書的評點，《山海經》的評點，有作者身為詩人的深情、歷史的喟嘆與藝術的美感。

〈中山經〉記載鹿蹄之山「多泠石」，郭注：「泠石，未聞也。泠或作涂。」劉辰翁評：「有潛英之石，暑盛則石冷，又董偃以石為牀，侍者于戶外扇偃。偃曰：石豈須扇而涼耶？亦是冷石。」吳任臣亦云：「泠當作冷，滑石小青黃者也，又作涂者，以下有涂石誤移此。」[1]吳任臣應當是參考了劉辰翁的說法，但未註明。劉辰翁將郭注未聞的「泠石」聯想到董偃的冷石典故，看來似是謬解，而吳任臣也受了誤導。

〈海內南經〉的經文記載夏后啟之臣孟涂，劉評：「撰得突兀」，經文接著記載「窫窳」，「狀如龍首，食人」，劉評：「舌吐青蓮」。〈海內經〉論朝鮮國「偎人愛之」，劉評：「娟媚」。這樣輕描淡寫的短語評點，其中深意，似只能意會而不能言傳，讀者似也只能自行體會。

劉辰翁閱讀《山海經》的視角與一般學者不同，是一種詩人的想像與情懷，或許這也正是評點的特質。

---

[1] 清・吳任臣：《山海經廣注》，《山海經珍本文獻集成》第二輯冊3，頁180。

五、仙山異域的樂園追求

不同於前代郭璞、張華將《山海經》的內容視作博物知識的來源，劉辰翁在名物訓詁的功夫之外，也觀照到經文用字遣詞的巧思。經由細讀文本，劉辰翁歷歷的點出《山海經》無處不在的文學筆法，而使用與其對李賀、杜甫等文學名家相同的評語來評點《山海經》，或者已經文本身與屈騷的高度文學成就對比，自然是劉氏對《山海經》文學價值的抬昇。更重要的，《山海經》還有一種現實之外的異域詩情，異國異物異獸異鳥，仙山的神祇與異草木，是亂世避秦的非現實樂園存在。而仙山異域的樂園追求與他的情懷感悟似可一起思考，《山海經》中的神話異世界比任何作品都更適合在亡國易代之際，成為隱遁家居的抒懷對象。

焦印亭認為，這種詩意、感性的評點，可能是風氣使然，是繼承前人的再發揮，並非劉辰翁所開創。[1]可惜焦印亭未曾討論到劉辰翁評點《山海經》一書。將評點《山海經》的內容納入詩性閱讀的視野，劉辰翁或許是第一人，比明代的王崇慶、楊慎還要早了兩百多年。[2]

劉將孫《刻長吉詩序》：「先君子須溪先生於評諸家詩最先長吉。蓋乙亥辟地山中，無以紓思寄懷；始有意留眼目，開後來，自長吉而後及於諸家。」[3]同理也可了解，《山海經》評點也是劉辰翁「紓思寄懷」之作。

---

1 焦印亭：《劉辰翁文學評點尋繹》，頁15-16。

2 有關王崇慶、楊慎對《山海經》純文學評點的討論，可參考陳連山《《山海經》學術史考論》一書第五章的部分，陳氏以為「人們通常只欣賞《山海經》的故事內容，無人關注其筆法，甚至常常慨嘆經文過於簡陋。」其實，早在兩百餘年前的劉辰翁就已經開始以文學的視角評論《山海經》。

3 元・劉將孫：《刻長吉詩序》，《養吾齋集》，卷9，《景印文淵閣四庫全書》（臺北：臺灣商務印書館，1986年），冊1199，頁80。

明代陳繼儒對劉辰翁的評點心境與企圖有非常深入的剖析：

> 僅以數種殘書，且諷且誦，且閱且批，且自寬於覆巢沸鼎、須臾無死之間，正如微子之《麥秀》、屈子之《離騷》，非笑非啼、非無意非有意，姑以代裂眥痛哭云耳。……須溪筆端有臨濟擇法言，有陰長返魂丹，又有麻姑搔背爪，藝林得此，重辟混沌乾坤。第想先生造次避亂時，何暇為後人留讀書種？更何暇為後人留讀書法？而解者咀其異味異趣，遂為先生優游文史，微渺風流，雖生於宋季，而實類晉人。[1]

眉公說會孟「雖生於宋季，而實類晉人」，可謂一針見血，評點是為了在覆巢沸鼎之際為後世留讀書種、讀書法。《山海經》是一本特別的書，是巫書，是怪書，是異書，甚至被稱為「天書」[2]，的確適合會孟避亂時營造一己的烏托邦樂園，在異獸異鳥異人異物的異世界，提供一種異味異趣，給後人留讀書種、讀書法。

臺靜農也肯定，劉辰翁專事評點者，則因國亡隱遁家居，以次教授後生，如其子將孫所說「以傳門生兒子」。[3]或是為了國亡隱遁家居的抒懷，或是為了傳門生兒子。他評點李長吉、王荊公、杜子美的詩，也評點《莊子》、《史記》等等，讀者或都很容易理解，那是中國傳統文人認為的經典，可以傳道授業，可以寄託，可以怡情。陶潛在亂世建構一個桃花源，成為他讀《山海經》外的一個寄託。眉公謂劉辰翁「實類晉人」，「以數種殘書，且諷且誦，且閱且批，且自寬於覆巢沸鼎、須臾無死之間」，忽略會孟評點《山海經》一書，難以通透他身為評點大家的詩人理想，仙山異域的樂園追求。

---

1 明・陳繼儒：《劉須溪評點九種書序》，《四庫禁毀叢刊》（北京：北京出版社，1998年），集部冊66，頁551-552。

2 劉宗迪：《失落的天書：山海經與古代華夏世界觀（增訂版）》（北京：商務印書館，2016年）。

3 臺靜農：《記王荊公詩集李壁注的版本》，《臺靜農論文集》（臺北：聯經出版公司，1989年），頁140-142。

劉辰翁的評點都在宋亡後，在如此動亂的年代，劉辰翁最先閱讀李賀詩，本身就非常特殊。或許劉辰翁試圖在崩壞的世界另建一個存在意義的中心，「紓思寄懷」，因此追求詩歌「不可解」的純粹性，反對政治比附。文學提供一個與現實疏離的空間，這是擺脫作者中心論的第一步，但「難讀」也意味喪失古代作家的焦慮（知音難覓），文化故國逐漸消逝，他的閱讀於是處在作者親近與疏離的緊張關係中。[1]同樣的，《山海經》更是提供一個與現實疏離的空間，劉辰翁的評點，處處寄託了一個他心目中所想像的桃花源。

劉辰翁在國亡隱遁家居時評《山海經》，有追懷，有寄託，他某部分將《山海經》視為文學作品，評遣詞用句，評內容趣味；劉辰翁更是在評點上表現他一己對神話傳說情節的褒貶。

〈西山經〉記載窮奇，音如獋狗，會食人。劉評：「逢忠信之人嚙而食之，逢姦邪之者則擒禽獸而飼之，所以不才者取象於此。」

〈北山經〉會食人的窫窳，其音如嬰兒，劉評：「遇有道君即隱藏，無道君即出食人」。〈北山經〉中一首兩身的蛇，名肥遺，見則其國大旱。劉評：「太華山亦有蛇名肥遺，見則大旱，英山有鳥名肥遺食之已癘，美惡不嫌同名。」

劉辰翁對〈北山經〉鉤吾之山，有羊身人面的狍鴞獸，「其目在腋下，虎齒人爪，其音如嬰兒」，會食人。劉評：「食人之獸多矣，未有若此獸之兇獰，吾猶惡其眼。」像似一個小孩的好惡心情，這種獸太可怕了，說「我最痛恨牠的眼睛」，因為牠的眼睛在腋下，劉辰翁也特別將「其目在腋下」的句子加以圈記，一面圈一面評。

〈海外南經〉記載：「狄山，帝堯葬于陽，帝嚳葬于陰。」劉評：「中國有西方聖人之跡，想外國亦必有中華聖人之跡。」是否在宋亡後，劉辰翁只能奢望，外國也有「中華聖人」？〈海內北經〉記載：「帝

1 楊玉成：《劉辰翁：閱讀專家》，頁13。

堯臺、帝嚳臺、帝丹朱臺、帝舜臺……在崑崙東北。」劉評：「今西南絕徼處處有武侯遺跡，何疑于帝王哉？」〈大荒南經〉記載：「（三身之國）姚姓，黍食，使四鳥，有淵四方四隅皆達……舜之所浴也。」劉評：「四夷荒服之地，皆古聖王遺種。」當外夷入主了中國，講四夷荒服也是古聖王遺種這樣的話，似乎是一種不得不然的寬慰之詞了。

〈海外東經〉記載君子國，劉評：「禮失求諸野，更失則求諸國外國，此夫子有居夷之歎。」在君子國後的青邱國，劉辰翁又評：「青丘國亦君子國」。

〈大荒東經〉記載「帝舜生戲，戲生搖民。」劉評：「冀州西二萬里有孝養之國。親死刻木為影，事之如生，黃帝表為孝養之術，亦君子國之類。」

劉辰翁一而再，再而三提到君子國，可見他對君子國的嚮往，其中有夫子居夷之嘆的認同，當然也有孝養之國、禮樂之邦的懷想，這或許又是一種在異族統治下的儒家知識分子的心情。

〈大荒北經〉中描寫黃帝與蚩尤的爭戰，一下水災，一下旱災。

> 蚩尤作兵伐黃帝，黃帝乃令應龍攻之冀州之野。應龍畜水，蚩尤請風伯、雨師，縱大風雨。黃帝乃下天女曰魃。雨止，遂殺蚩尤。魃不得復上，所居不雨。叔均言之帝，後置之赤水之北，叔均乃為田祖。魃時亡之。所欲逐之者，令曰：「神北行！」先除水道，決通溝瀆。

劉辰翁評：「除一害而旋生害，何上帝之不仁也！」似乎顯現劉辰翁對上天不斷降災的埋怨，一害既除，又生一害，永無寧日，有「天地不仁」的感嘆。

劉辰翁的評點中常出現仙山聖境或聖王。例如〈中山經〉講到「霍山」，劉評：「山西霍州霍山，今為中鎮，固禹貢之岳陽也。萬物盛長，垂枝布葉，霍然而大。」又如在〈海外南經〉的崑崙墟，劉辰翁評：

「在烏思藏山，極高峻。」崑崙是仙山樂園殆無疑，而這仙山樂園的高峻當是凡輩無法企及的。在〈東山經〉中，評緱氏之山曰：「今偃師，即周靈王太子升仙之所。」任何注家論及偃師，一定只有地理考釋，而劉辰翁不然，他聯想的是周靈王太子升仙之所。例如記載歷山，劉評：「山東濟南府有歷山，山西平陽府蒲州亦有歷山，乃舜耕之處。」又如記載堯山，劉評：「今真定府唐山縣有堯山，以堯始封名。」歷山、堯山則不只是空間名詞，主要還是在他的堯天舜日情懷。

劉辰翁也對郭璞的注加以評點，其中也不乏神話中的情節。例如〈西山經〉中的窮奇，郭璞注曰：「或云似虎蝟毛有翼，銘曰：「窮奇之獸，厥形甚醜。馳逐妖邪，莫不奔走。」是以一名號曰神狗。」

郭璞以為窮奇長相醜惡，能夠震懾怪異，是辟邪之獸。劉辰翁的批語卻提道：「逢忠信之人嚙而食之，逢姦邪者則擒禽獸而飼之，所以不才者取象於此。」與郭璞注解不同，劉辰翁的詮釋強調窮奇為獸助紂為虐的惡行，並引為不才者效尤的對象，對窮奇獸習性的批語，既是對郭璞注解的補充，同時似乎也可視作劉辰翁對人情的針砭，看來有對現世的不滿。

〈海外南經〉提到「不死民」云：不死民在其東，其為人黑色，壽不死。郭璞注云：「有員邱山，上有不死樹，食之乃壽，亦有赤泉，飲之不老。」劉辰翁在此眉批：「中國亦有酒香山，上有美酒，數年飲者即仙。」批語是對郭注而發的。

〈西山經〉形容：「西王母其狀如人，豹尾虎齒而善嘯，蓬髮戴勝」。劉辰翁評：「丹青手」，這應該是對經文神奇的想像與高超的描寫所發，他將經文的書寫比作丹青的描摹其實極有見地，經文通過對西王母聲音、外表、妝飾以及神格的鋪寫，僅寥寥數語就將西王母的形象躍然紙上。〈西山經〉也提到居於泑山的蓐收神，劉評：「神名最雅」。

〈海內南經〉記載，蒼梧之山，帝舜葬於陽。劉評：「葬時有鳥如雀，丹州而來，吐五色之氣，氤氳如雲，名曰憑霄雀，群飛銜土成丘墳。」

〈海內北經〉記載，蓬萊山在海中，劉評：「秦皇漢武所想望而不能至。」〈大荒西經〉記載到崑崙之丘，劉評：「蓬壺閬苑，可望而不可即。」對仙境的嚮往，或是對塵世、亂世的焦慮，應是有感而發的眉批文字。而這樣的想望不能至、可望不能及的仙境嚮往，自是與他對《山海經》的仙山異域樂園心靈追求結合在一起的。

會孟所以對成仙升仙一事有許多著墨，或許與他對現實世界的失望有關，仙界無異是他夢想的烏托邦。〈海外北經〉載「務隅之山，帝顓頊葬於陽」，郭璞曰：「顓頊號為高陽，冢今在濮陽，故帝丘也。」劉辰翁對郭璞的注解也有所回應，眉批曰：「亦招魂葬衣冠之所，非濮陽帝丘也。」可見會孟不只對《山海經》常有體會感悟，即使對郭璞的注解，也會有神來之筆，他以詩人的襟懷，以丹青手，刻畫形容《山海經》一書形塑意象的蘊藉、騷雅，流露對仙境異域的樂園憧憬。

六、結論

焦印亭提到劉辰翁文學評點的特色，有以文學論工拙、從讀者感受的角度進行評點、顛覆注解，批駁舊說的特色。此外，劉辰翁常運用「比較」和「溯源」的方式討論文本，並時採具象徵意義的譬喻性評語。[1]這樣的說法極有見的，遺憾的是，他未見過劉辰翁評點《山海經》，因此似乎不夠全面。如果要更深入地探究，劉辰翁評點還有一種易代而隱居的寂寞寄託，評點《山海經》就是最好的說明，悠遊唱嘆《山海經》一書，片言隻語的評點眉批，詠物抒情，寄託襟抱，遠國異人，鳥獸山神，都是另一個避秦的非現實桃花源。

[1] 焦印亭：《劉辰翁文學評點尋繹》，頁73-91。

明代閻光表校訂的《山海經評》，是目前所見劉辰翁《山海經》評點的唯一版本，除此之外，還有清初吳任臣在《山海經廣注》中多次引用劉會孟的批語，吳任臣所引是否為閻光表校訂本則不得而知。期待有朝一日還會有不同的《山海經評》版本出現。

研究劉辰翁的學者相當多，也有很好的成績，不管對其年譜或詩詞文學創作都有詳細的梳理，而劉辰翁的評點著作研究者更多，不乏對其評點的整體探討，或對個別詩人、作品的評點分析，可惜，會孟《山海經評》卻被研究評點的學者忽略了。另一方面，研究《山海經》的學者也未注意到劉辰翁的評點，甚至將其誤為明代學者，以其生平不可考。殊不知劉會孟即是宋元之際的詩人、評點大家劉辰翁，而劉辰翁的生平著述斑斑可考，學者們研究的研究論文成果豐碩。筆者能親閱閻光表校訂的劉辰翁評點《山海經》，可謂啟開多年來的諸多疑竇，解決學者們以為劉會孟生平無可考的問題，也補足評點大家劉辰翁被人忽略其眉批評點《山海經》的不足。

清人葉德輝（1864-1927）《書林清話》卷二《刻書有圈點之始》條提到：

> 刻本書之有圈點，始於宋中葉以後。岳珂《九經三傳沿革例》有圈點必教之語，此其明證也。……盧陵須溪劉辰翁批點，皆有墨圈點注。劉辰翁，字會孟，一生評點之書甚多。[1]

劉辰翁評點《山海經》基本上不是為了科舉，也不只是為了當教材教授門生弟子，更非視為自娛消遣的閒書，他將《山海經》當成一部文學作品來欣賞閱讀。在評點《山海經》時，劉辰翁維持一貫的評點風格，在地理考釋、名物訓詁外有感慨寄託，也有品評褒貶，在形式上更保有短語金句的特點，他認為《山海經》

1 清・葉德輝：《書林清話》（北京：中華書局，1999年），頁33-34。

對西王母的描寫是「丹青手」，此句更適合用在劉辰翁評點《山海經》的文學功力上，他評點了《山海經》一向被視作有圖有文的敘事傳統，短句眉批常常呈現有詩有畫的意境。劉辰翁《山海經》的眉批評點是一種與現實疏離的樂園存在，異域仙境是亂世的桃花源。

《山海經》成為劉辰翁巧手點評的文本，是其慧眼獨具，而劉辰翁對《山海經》詩性、感性的閱讀，更是其人不凡才情的展現。點評《山海經》，無疑是對《山海經》價值的肯定，在劉辰翁筆下，長期被認為是「博物書」「地理志」的《山海經》，體現出全然不同的文本風景，足堪與唐宋詩史上第一流的詩心並駕齊驅；而劉辰翁以文學名家之姿進行評點，對《山海經》一書有其特殊的意義。

在唐代詩人中，劉辰翁似最鍾情杜甫，他評點杜詩最多，超過三百五十首，批語將近五百則。劉將孫曾言其父平生屢看杜詩：「批點皆各有意，非但謂其佳而已。」[1]〈北山經〉記載鵁鳥，因為杜甫的《曲江陪鄭八丈南史飲》頭兩句：「雀啄江頭黃柳花，鵁鶄鸂鶒滿晴沙」。劉評：「鵁之呼最驕，少陵之所以愛」。劉辰翁不但評點杜詩，而且在評點《山海經》時一再提到，〈中山經〉中記載到潏水，劉評：「潏水見杜甫義鶻詩」。杜甫的《義鶻行》寫在潏水邊聽講義鶻的事蹟：「聊為義鶻行，用激壯士肝」。劉辰翁所引的這兩首詩都出現在《集千家註批點杜工部詩集》卷四，劉評杜詩《陪鄭南史飲》的頭兩句「對仗起富」[2]，而評《義鶻行》的事蹟「此奇事適使子美聞之」。[3]劉評〈海外北經〉的西王母就提到：「杜詩云，青鳥飛去啣紅巾，極言供給之盛，蓋本諸此。」而在《麗人行》的兩句詩：「楊花雪落覆白蘋，青鳥飛去銜紅巾」，

1 元・劉將孫：《杜工部詩集序》，杜甫著，劉辰翁批點，高楚芳編：《集千家註批點補遺杜工部詩集》（臺北：大通書局，1974年），冊1，卷首。
2 唐・杜甫著、宋・劉辰翁批點、高楚芳編：《集千家註批點補遺杜工部詩集》，冊1，卷4，頁351。
3 同上，頁384。

劉評：「楊花青鳥兩語，極當時擁從如雲、衝拂開合、綺麗駿捷之盛。」[1]似是《山海經》評西王母的對照。可見劉辰翁對《山海經》評點是與他評杜詩相互呼應的。

唐宋以來，詩文仍然是文學中的正統，《山海經》、《世說新語》、《越絕書》等非「載道」「言志」的敘事性文體不受重視。在劉辰翁之子劉將孫整理劉辰翁評點著作時，僅提及詩文，《山海經》等書的評點，未曾入列。宋代仍然以箋疏為主，元明社會似也不將《山海經》視為正統。劉辰翁評點《山海經》，殆不為出版，而純粹是詩人一種感悟寄託的抒情懷抱，宋元之際到明代中期，似一直未獲注意。晚明閻光表校訂刊刻，清初吳任臣《廣注》大量引用，也算是異代知音。

陳連山從吳任臣《廣注》的引用，以為劉辰翁《山海經評》的內容，多為名物訓詁、地理考釋，並不周延。其實，劉辰翁的評點仍以文學抒情、歷史感悟，或者對仙山異域的神話樂園追求為主。從劉辰翁對全書的評點看來，大都露感悟、抒懷的情緒，寄託他易代之際，隱居山林的襟抱，名物訓詁與地理考釋的部分相對較少。對書商來說，《山海經評》既難獲文人青睞，也不易成為通俗書籍，在晚明之前似乎並無刊刻出版的流傳機會。而這樣主觀隨意的浪漫抒情評點方式，與科舉考試甚或八股取士的社會需求毫無關聯。

而從《山海經評》十八卷條目一覽中，可以一窺此書究竟，吳任臣的《廣注》僅徵引地理考釋、名物訓詁部分，凡會孟個人抒懷或精彩的短語評點幾乎全數捨去，而有的部分，也只取地理考釋的片段，劉評〈北山經〉曰：「管涔山，今屬靜樂縣，劉淵常隱此，得神劍。」《廣注》的引用只有第一句。劉辰翁的《山海經評》主要仍屬詩人有所寄託的「閱讀筆記」，吳任臣所徵引的，則是學者鍾情的地理考釋、訓詁名物，後世難在《廣注》中一窺《山海經評》的主要特色。

[1] 同上，卷2，頁185。

劉辰翁的《山海經》評點，讓他在詩詞，《史記》、《漢書》與《世說新語》等的評點外，留下特殊的成績。這樣的成績也使得郭璞以來一直到明清的《山海經》研究有個承先啟後的銜接，此書是宋元之際《山海經》研究的里程碑，讓學者對此時的《山海經》研究重新評價。劉辰翁留下一本代表宋人對《山海經》全面認識的眉批標點本，是一件令人振奮的事。劉辰翁的評點非常多，褒貶不一，但學者認為，從元明兩代的序跋和評論中，可以看出劉辰翁的詩、文、小說評點的影響非常大。[1]而《山海經評》所表現的，不止是身為詩人的劉辰翁的閱讀過程與生命體會，也幫助讀者發現讀《山海經》的另一種面向。

本文原載於香港浸會大學《人文中國學報》第三十三期（二〇二一年十二月）

1 焦印亭：《劉辰翁文學評點尋繹・引言》，頁6。

參考書目

古籍

漢・劉安編撰：《淮南子》，嘉慶9年（1805）姑蘇聚文堂重刊乾隆年間武進莊逵吉校勘本，藏臺北國家圖書館。

漢・袁康編撰：《越絕書》，明嘉靖24年（1545）孔天胤刊本，藏臺北國家圖書館。

三國魏・張揖編撰：《廣雅》，明天啟6年（1626）武林郎氏堂策檻刊本，藏臺北國家圖書館。

晉・郭璞注：宋本《山海經》，北京：國家圖書館出版社，2017年，據南宋尤袤池陽郡齋刻本影印。

晉・郭璞注，元・曹善抄本：《山海經》，藏臺北故宮博物院。

晉・郭璞注，明・吳琯校，清・汪士漢編：《山海經》，《秘書二十一種》本，藏哈佛大學圖書館。

晉・郭璞注：《山海經》，收入文清閣編委會編：《歷代山海經文獻集成》第2冊，據涵芬樓明正德道藏本影印。

晉・郭璞注：《山海經》，廣州佛山舍人後街近文堂藏板，藏德國巴伐利亞圖書館。

晉・郭璞注：《山海經》，漳州多文齋藏板，藏新北臺灣圖書館。

晉・郭璞注：《穆天子傳》六卷，明天啟七年（1627）刊蕘古介書本，藏台北國家圖書館。

晉・郭璞注：《爾雅》三卷，清光緒中遵義黎氏日本東京使署景刊本，藏台北國家圖書館。

宋・吳淑：《事類賦》，明嘉靖13年（1534）白石岩刊本、明嘉靖間（1522－1566）覆宋刊本，以上二種皆藏國家圖書館；清乾隆29年（1764）劍光閣刻本，藏美國國會圖書館。

梁・顧野王：《玉篇》，北京：中國書店，1983年，據張氏澤存堂藏宋本影印。

唐・虞世南編，清・孔廣陶校注：《北堂書鈔》，臺北：文海出版社，1962年，據南海孔氏三十有三萬卷堂校注重刊本影印。

唐·歐陽詢等編：《藝文類聚》，上海：上海古籍出版社，2013年，據朱氏結一廬舊藏宋本影印。

唐·李白：《唐翰林李太白詩集》二十六卷，元刊本，藏臺北國家圖書館。

唐·徐堅等編：《初學記》，《日本宮內廳書陵部藏宋元版漢籍選刊》，上海：上海古籍出版社，2012年，據日本宮內廳藏南宋紹興年間東陽崇川余四十三郎本影印，第72－73冊。

唐·徐堅等編：《初學記》，明嘉靖年間錫山安國桂坡館刊本，藏哈佛大學燕京圖書館。

唐·徐堅等編：《初學記》，北京：中華書局，2004年，據清古香齋刊本重排。

宋·李昉等編：《太平御覽》，臺北：臺灣商務印書館，1997年，據靜嘉堂文庫藏宋本影印。

宋·李昉等編：《太平御覽》，《日本宮內廳書陵部藏宋元版漢籍選刊》第74－100冊，上海：上海古籍出版社，2012年，據日本宮內廳書陵部藏宋本影印。

宋·李昉等編：《太平御覽》，明隆慶間（1567－1572）閩人饒氏等活字本，藏臺北國家圖書館。

宋·李昉等編：《太平御覽》，明萬曆元年（1573）倪炳刊本，藏臺北國家圖書館。

宋·薩守真：《天地祥瑞志》，《稀見唐代天文史料三種》，北京：國家圖書館出版社，2010年。

宋·尤袤：《遂初堂書目》，收入《崇文總目》，臺北：商務印書館，1983年，據故宮博物院藏本影印。

宋·劉辰翁評，明·閻光表訂：《山海經》，明刊本，藏湖北省圖書館、遼寧省圖書館。

元·周致中編，明·朱權重編：《異域志》一卷，正德白棉紙抄本，《藝海彙函》卷之4，藏南京圖書館。

元·周致中編，陸峻嶺校注：《異域志》，北京：中華書局，2000年，據萬曆25年荊山書林周履靖《夷門廣牘》排印。

明·《異域圖志》，明刊本，藏劍橋大學圖書館。

明·楊慎：《山海經補註》，明嘉靖33年（1554）周奭刊本，藏臺北國家圖書館。

明·王崇慶：《山海經釋義》，無圖、無牌記，藏新北臺灣圖書館、北京大學圖書館。

明·王崇慶：《山海經釋義》，附圖2卷，萬曆年間大業堂刻本，藏臺北國家圖書館、北京國家圖書館、早稻田大學圖書館。
明・蔣應鎬繪：《有圖山海經》，藏美國國會圖書館、巴伐利亞圖書館。
明・胡文煥編：《新刻贏蟲錄》，4卷，胡文煥編《格致叢書》本收錄此書，萬曆21年（1593）文會堂刊本，現藏首都圖書館，東京尊經閣文庫胡文煥編《古今人物圖考》亦收錄此書）。
明・王圻纂輯：《三才圖會》，明萬曆35年刊本（臺北：成文出版社，1974年），據槐蔭草堂藏板影印。
明・《新刻翰苑廣紀補訂四民捷用學海群玉》，23卷4冊，萬曆35年（1607）建陽熊成治種德堂刊本，藏東京大學東洋文化研究所仁井田文庫。
明・《鼎鋟崇文閣彙纂四民捷用分類萬用正宗》，35卷12冊，據萬曆37年（己酉1609）建陽書林余文台刊本影印，藏京都陽明文庫。
明・《新板增補天下便用文林妙錦萬寶全書》，38卷10冊，據萬曆40年（1612）建陽劉雙松安正堂刊本影印，藏東京大學圖書館南葵文庫。
明・《新刻搜羅五車合併萬寶全書》，34卷8冊，據萬曆42年（1614）樹德堂刊本影印，現藏日本宮內廳書陵部。
清・吳任臣：《山海經廣注》，康熙六年彙賢齋刻本，藏臺北國家圖書館。
清・吳任臣：《山海經廣注》，收入文清閣編委會編：《歷代山海經文獻集成》第4－6卷，據康熙六年刻本影印。
清・吳任臣：《山海經廣注》，藏早稻田大學圖書館。
清・陳夢雷等編：《古今圖書集成》，臺北：鼎文書局，1985年。
清・汪紱：《山海經存》，收入文清閣編委會編：《歷代山海經文獻集成》第6－7卷據光緒二十一年立雪齋石印本影印。
清・郝懿行：《山海經箋疏》，光緒十八年上海五彩公司石印本，藏北京大學圖書館。
清・郝懿行：《山海經箋疏》，臺北：中華書局，1972年。
清・郝懿行：《山海經箋疏》，收入文清閣編委會編：《歷代山海經文獻集成》第8卷據清嘉慶四年阮氏瑯嬛仙館刻本影印。

清・畢沅：《山海經新校正》，收入文清閣編委會編：《歷代山海經文獻集成》第7－8卷據光緒三年浙江書局刻本影印。
清・成或因繪：《繪圖廣注山海經》，大成堂藏版，藏巴伐利亞圖書館。
清・成或因繪：《繪圖山海經廣注》，光緒十年（1884）蘇州掃葉山房刻本，藏臺北國家圖書館、東京都立圖書館買上文庫。
清・葉德輝：《書林清話》，北京：中華書局，1999年。
繪者不詳：《清彩繪本山海經圖》，藏臺北國家圖書館。
國立故宮博物院編：《欽定石渠寶笈續編》，臺北：國立故宮博物院，1971年。
劉托等編：《清殿版畫匯刊》，北京：學苑出版社，1998年。

近人論著

張宗祥：《足本山海經圖贊》，上海：古典文學出版社，1958年。
周士琦：〈論元代曹善手鈔本《山海經》〉，《中國歷史文獻研究集刊》，1980年1集，頁117－122。
陳鼓應：《莊子今註今譯》，臺北：臺灣商務印書館，1987年。
余嘉錫：《目錄學發微》，成都：巴蜀書社，1991年。
朱惠良：〈元曹善書山海經〉，收入《雲間書派特展圖錄》，臺北：故宮博物院，1994年，頁127－128。
孫琴安：〈劉辰翁的文學評點及其地位〉，《天府新論》1997年第6集，頁70－88。
楊玉成：〈劉辰翁：閱讀專家〉，《國文學誌》第3期（1999年6月），頁199－248。
孫琴安：《中國評點文學史》，上海：上海社會科學出版社，1999年。
章培恆、王靖宇主編：《中國文學評點研究》，上海：上海古籍出版社，2002年。

王次澄：〈劉辰翁評點李長吉歌詩析論〉，《宋代文學研究集刊》第8期（2002年），頁333－361。
馬昌儀：《全像山海經圖比較》，桂林：廣西師範大學出版社，2015年第四版。
王次澄：〈劉辰翁評點陳簡齋詩歌研析〉，莫礪鋒主編：《第二屆宋代文學國際研討會論文集》。南京：江蘇教育出版社，2003年，頁370－394。
張靜：《劉辰翁評點研究》，南京：南京大學中文系博士論文，2004年。
馬昌儀：《古本《山海經》圖說》，北京：廣西師範大學出版社，2007年。
陳垣：《史諱舉例》卷2，《陳垣全集》第7冊，合肥：安徽大學出版社，2009年。
祁晨越：《明代杭州地區的書籍刊刻活動》，新加坡：新加坡國立大學中文系博士論文，2010年。
陳連山：《《山海經》學術史考論》，北京：北京大學出版社，2012年。
章宏偉：〈明代杭州私人刻書機構的新考察〉，《浙江學刊》2012年第1期，頁31－36。
陳劍：《戰國竹書論集》，上海：上海古籍出版社，2013年。
劉思亮：《《山海經・五藏山經》校箋》，上海：復旦大學中國語言文學系博士論文，2019年。
王強：〈弗利爾美術館藏唐胡瓌《蕃獸圖》考〉，《中國美術研究》2019年第4期，頁42－75。
內山淳一：《めでたしめずらし瑞獸珍獸》，東京：PIE International，2020年。
柯睿（Paul W. Kroll），童嶺等譯：《中古中國的文學與文化史》，上海：中西書局，2020年。
劉釗：〈出土文獻與《山海經》新證〉，《中國社會科學》，2021年第1期，頁83－103。
劉思亮：〈王念孫手批本《山海經》初考——兼及《河源紀略・辨訛》之纂修者〉，《文獻》（2021年5月），頁164－177。
劉思亮：〈從元代曹善抄本《山海經》看今本存在的問題〉，《文史》（2021年11月），頁165－181。
鹿憶鹿：《異域・異人・異獸：《山海經》在明代》，臺北：秀威資訊有限公司，2021年。
鹿憶鹿：〈《山海經箋疏》引唐代類書考〉，《東吳中文學報》第41期（2021年5月），頁67－101。

鹿憶鹿：〈汪紱《山海經存》中的民俗醫療——以〈五藏山經〉為中心〉，《淡江中文學報》第44期（2021年6月），頁167－207。
鹿憶鹿：〈《山海經》的再發現——曹善抄本的文獻價值考述〉，《故宮學術季刊》第39卷第1期（2021年9月），頁81－122。
鹿憶鹿：〈劉辰翁評點本《山海經》考論〉，《人文中國學報》第33期（2021年12月），頁317－353。
劉宗迪：《眾神的山川——《山海經》與上古地理、歷史及神話的重建》，北京：商務印書館，2022年。
鹿憶鹿：〈《太平御覽》引《山海經》相關問題考述〉，《東吳中文學報》第44期（2022年11月），頁1-32。

圖片來源

〈南山經〉

圖1－1，〈禽蟲典〉，《清殿版畫匯刊》。
圖1－2，吳任臣本，藏早稻田大學圖書館。
圖1－3，汪紱本，《珍本山海經文獻集成》；多文齋本，藏新北臺灣圖書館。
圖1－4，吳任臣本，藏早稻田大學圖書館；多文齋本，藏新北臺灣圖書館。
圖1－5，吳任臣本，藏早稻田大學圖書館；多文齋本，藏新北臺灣圖書館。
圖1－6，《三才圖會》，藏臺北國家圖書館；多文齋本，藏新北臺灣圖書館。
圖1－7，多文齋本，藏新北臺灣圖書館；江戶時期春川五七繪本，藏美國大都會博物館。
圖1－8，吳任臣本，藏早稻田大學圖書館；多文齋本，藏新北臺灣圖書館。
圖1－9，《三才圖會》，藏臺北國家圖書館；多文齋本，藏新北臺灣圖書館。
圖1－10，吳任臣本，藏早稻田大學圖書館，多文齋本，藏新北臺灣圖書館。
圖1－11，汪紱本，《珍本山海經文獻集成》；多文齋本，藏新北臺灣圖書館。
圖1－12，汪紱本，《珍本山海經文獻集成》；多文齋本，藏新北臺灣圖書館。
圖1－13，吳任臣本，藏早稻田大學圖書館；多文齋本，藏新北臺灣圖書館。
圖1－14，吳任臣本，藏早稻田大學圖書館；多文齋本，藏新北臺灣圖書館。
圖1－15，《三台萬用正宗》，《中國日用類書集成》；多文齋本，藏新北臺灣圖書館。

圖1－16，《三才圖會》，藏臺北國家圖書館；〈禽蟲典〉，《清殿版畫匯刊》。

圖1－17，《三才圖會》，藏臺北國家圖書館；多文齋本，藏新北臺灣圖書館。

〈西山經〉

圖2－1，《三才圖會》，藏臺北國家圖書館；汪紱本，《珍本山海經文獻集成》。

圖2－2，《三才圖會》，藏臺北國家圖書館；多文齋本，藏新北臺灣圖書館。

圖2－3，《三才圖會》，藏臺北國家圖書館；多文齋本，藏新北臺灣圖書館。

圖2－4，〈禽蟲典〉，《清殿版畫匯刊》；多文齋本，藏新北臺灣圖書館。

圖2－5，《三才圖會》，藏臺北國家圖書館；汪紱本，《珍本山海經文獻集成》。

圖2－6，《三才圖會》，藏臺北國家圖書館；〈禽蟲典〉，《清殿版畫匯刊》。

圖2－7，《三才圖會》，藏臺北國家圖書館；〈禽蟲典〉，《清殿版畫匯刊》。

圖2－8，《三才圖會》，藏臺北國家圖書館；〈禽蟲典〉，《清殿版畫匯刊》。

圖2－9，《三才圖會》，藏臺北國家圖書館；多文齋本，藏新北臺灣圖書館。

圖2－10，〈禽蟲典〉，《清殿版畫匯刊》；《三才圖會》，藏臺北國家圖書館。

圖2－11，〈禽蟲典〉，《清殿版畫匯刊》；成或因繪本，藏巴伐利亞圖書館。

圖2－12，《三才圖會》，藏臺北國家圖書館；〈神異典〉，《清殿版畫匯刊》。

圖2－13，《三才圖會》，藏臺北國家圖書館；汪紱本，《珍本山海經文獻集成》。

圖2－14，〈神異典〉，《清殿版畫匯刊》；多文齋本，藏新北臺灣圖書館。

圖2－15，蔣應鎬繪本，藏巴伐利亞圖書館；〈神異典〉，《清殿版畫匯刊》；成或因繪本，藏巴伐利亞圖書館。

圖2－16，《三才圖會》，藏臺北國家圖書館；〈禽蟲典〉，《清殿版畫匯刊》。

圖2—17，吳任臣本，藏早稻田大學圖書館。
圖2—18，〈神異典〉，《清殿版畫匯刊》；汪紱本，《珍本山海經文獻集成》。
圖2—19，《三才圖會》，藏臺北國家圖書館；〈禽蟲典〉，《清殿版畫匯刊》。
圖2—20，《三才圖會》，藏臺北國家圖書館；〈禽蟲典〉，《清殿版畫匯刊》。
圖2—21，〈禽蟲典〉，《清殿版畫匯刊》。
圖2—22，〈禽蟲典〉，《清殿版畫匯刊》。
圖2—23，《三才圖會》，藏臺北國家圖書館；〈神異典〉，《清殿版畫匯刊》。
圖2—24，吳任臣本，藏早稻田大學圖書館。
圖2—25，〈禽蟲典〉，《清殿版畫匯刊》。
圖2—26，《三才圖會》，藏臺北國家圖書館；〈神異典〉，《清殿版畫匯刊》。
圖2—27，《三才圖會》，藏臺北國家圖書館；多文齋本，藏新北臺灣圖書館。
圖2—28，《三才圖會》，藏臺北國家圖書館；多文齋本，藏新北臺灣圖書館。
圖2—29，《三才圖會》，藏臺北國家圖書館；〈禽蟲典〉，《清殿版畫匯刊》。
圖2—30，吳任臣本，藏早稻田大學圖書館；汪紱本，《珍本山海經文獻集成》。
圖2—31，多文齋本，藏新北臺灣圖書館。
圖2—32，《文林妙錦萬寶全書》，《中國日用類書集成》；〈禽蟲典〉，《清殿版畫匯刊》。

〈北山經〉

圖3—1，《三才圖會》，藏臺北國家圖書館；多文齋本，藏新北臺灣圖書館。
圖3—2，《文林妙錦萬寶全書》，《中國日用類書集成》；吳任臣本，藏早稻田大學圖書館。

圖3－3，《三才圖會》，藏臺北國家圖書館；多文齋本，藏新北臺灣圖書館。

圖3－4，蔣應鎬本，藏巴伐利亞圖書館；《三才圖會》，藏臺北國家圖書館。

圖3－5，《三才圖會》，藏臺北國家圖書館。

圖3－6，《文林妙錦萬寶全書》，《中國日用類書集成》；《三才圖會》，藏臺北國家圖書館；〈禽蟲典〉，《清殿版畫匯刊》。

圖3－7，《三才圖會》，藏臺北國家圖書館；多文齋本，藏新北臺灣圖書館。

圖3－8，《文林妙錦萬寶全書》，《中國日用類書集成》；多文齋本，藏新北臺灣圖書館。

圖3－9，《五車萬寶全書》，《中國日用類書集成》；汪紱本，《珍本山海經文獻集成》。

圖3－10，〈禽蟲典〉，《清殿版畫匯刊》；多文齋本，藏新北臺灣圖書館。

圖3－11，〈禽蟲典〉，《清殿版畫匯刊》；多文齋本，藏新北臺灣圖書館。

圖3－12，蔣應鎬本，藏巴伐利亞圖書館；成或因繪本，藏巴伐利亞圖書館。

圖3－13，〈禽蟲典〉，《清殿版畫匯刊》；多文齋本，藏新北臺灣圖書館。

圖3－14，〈禽蟲典〉，《清殿版畫匯刊》；多文齋本，藏新北臺灣圖書館。

圖3－15，《文林妙錦萬寶全書》，《中國日用類書集成》；吳任臣本，藏早稻田大學圖書館。

圖3－16，吳任臣本，藏早稻田大學圖書館；〈禽蟲典〉，《清殿版畫匯刊》。

圖3－17，《三才圖會》，藏臺北國家圖書館；汪紱本，《珍本山海經文獻集成》；多文齋本，藏新北臺灣圖書館。

圖3－18，〈禽蟲典〉，《清殿版畫匯刊》；汪紱本，《珍本山海經文獻集成》。

圖3－19，《文林妙錦萬寶全書》，《中國日用類書集成》；《三才圖會》，藏臺北國家圖書館。

圖3－20，蔣應鎬本，藏巴伐利亞圖書館；《文林妙錦萬寶全書》，《中國日用類書集成》。

圖3－21，〈禽蟲典〉，《清殿版畫匯刊》；汪紱本，《珍本山海經文獻集成》。

〈東山經〉

圖4—1，吳任臣本，藏早稻田大學圖書館；多文齋本，藏新北臺灣圖書館。
圖4—2，〈禽蟲典〉，《清殿版畫滙刊》；多文齋本，藏新北臺灣圖書館。
圖4—3，蔣應鎬繪本，藏巴伐利亞圖書館。
圖4—4，《三才圖會》，藏臺北國家圖書館；多文齋本，藏新北臺灣圖書館。
圖4—5，蔣應鎬繪本，藏巴伐利亞圖書館。
圖4—6，〈禽蟲典〉，《清殿版畫滙刊》；多文齋本，藏新北臺灣圖書館。
圖4—7，〈禽蟲典〉，《清殿版畫滙刊》；多文齋本，藏新北臺灣圖書館。
圖4—8，汪紱本，《珍本山海經文獻集成》；多文齋本，藏新北臺灣圖書館。
圖4—9，蔣應鎬繪本，藏巴伐利亞圖書館。
圖4—10，蔣應鎬繪本，藏巴伐利亞圖書館。

〈中山經〉

圖5—1，〈禽蟲典〉，《清殿版畫滙刊》。
圖5—2，《文林妙錦萬寶全書》，《中國日用類書集成》；吳任臣本，藏早稻田大學圖書館。
圖5—3，〈神異典〉，《清殿版畫滙刊》。
圖5—4，吳任臣本，藏早稻田大學圖書館；〈神異典〉，《清殿版畫滙刊》。
圖5—5，〈神異典〉，《清殿版畫滙刊》；汪紱本，《珍本山海經文獻集成》。

圖5－6，〈神異典〉，《清殿版畫匯刊》；汪紱本，《珍本山海經文獻集成》。
圖5－7，〈禽蟲典〉，《清殿版畫匯刊》；汪紱本，《珍本山海經文獻集成》。
圖5－8，汪紱本，《珍本山海經文獻集成》。
圖5－9，〈神異典〉，《清殿版畫匯刊》；多文齋本，藏新北臺灣圖書館。
圖5－10，〈神異典〉，《清殿版畫匯刊》。
圖5－11，《永樂大典》，中華書局本；《文林妙錦萬寶全書》，《中國日用類書集成》。
圖5－12，胡文煥圖本，《新刻山海經圖》；〈神異典〉，《清殿版畫匯刊》。
圖5－13，成或因繪本，藏巴伐利亞圖書館。

〈海外南經〉

圖6－1，蔣應鎬繪本，藏巴伐利亞圖書館；〈邊裔典〉，《清殿版畫匯刊》；成或因繪本，藏巴伐利亞圖書館。
圖6－2，《五車萬寶全書》，《中國日用類書集成》；〈邊裔典〉，《清殿版畫匯刊》。
圖6－3，〈禽蟲典〉，《清殿版畫匯刊》。
圖6－4，〈邊裔典〉，《清殿版畫匯刊》；汪紱本，《珍本山海經文獻集成》；多文齋本，藏新北臺灣圖書館。
圖6－5，《文林妙錦萬寶全書》，《中國日用類書集成》；〈邊裔典〉，《清殿版畫匯刊》；《三才圖會》，藏臺北國家圖書館。
圖6－6，蔣應鎬繪本，藏巴伐利亞圖書館；〈邊裔典〉，《清殿版畫匯刊》。
圖6－7，《永樂大典》，中華書局本；《異域圖志》，藏劍橋大學圖書館。
圖6－8，蔣應鎬繪本，藏巴伐利亞圖書館；《三才圖會》，藏臺北國家圖書館；〈邊裔典〉，《清殿版畫匯刊》。
圖6－9，《永樂大典》，中華書局本；《新刻贏蟲錄》；〈邊裔典〉，《清殿版畫匯刊》。

圖6—10，蔣應鎬繪本，藏巴伐利亞圖書館；〈邊裔典〉，《清殿版畫匯刊》。
圖6—11，《文林妙錦萬寶全書》，《中國日用類書集成》；〈邊裔典〉，《清殿版畫匯刊》。
圖6—12，《文林妙錦萬寶全書》，《中國日用類書集成》；《新增懸金萬寶全書》，《中國日用類書集成》。
圖6—13，《永樂大典》，中華書局本；〈邊裔典〉，《清殿版畫匯刊》。
圖6—14，成或因繪本，藏巴伐利亞圖書館。

〈海外西經〉

圖7—1，《永樂大典》，中華書局本；《異域圖志》，藏劍橋大學圖書館；〈邊裔典〉，《清殿版畫匯刊》。
圖7—2，《永樂大典》，中華書局本；《異域圖志》，藏劍橋大學圖書館。
圖7—3，《異域圖志》，藏劍橋大學圖書館；多文齋本，藏新北臺灣圖書館。
圖7—4，〈神異典〉，《清殿版畫匯刊》；汪紱本，《珍本山海經文獻集成》；成或因繪本，藏巴伐利亞圖書館。
圖7—5，蔣應鎬繪本，藏巴伐利亞圖書館；〈邊裔典〉，《清殿版畫匯刊》；成或因繪本，藏巴伐利亞圖書館。
圖7—6，〈邊裔典〉，《清殿版畫匯刊》；蔣應鎬繪本，藏巴伐利亞圖書館；汪紱本，《珍本山海經文獻集成》。
圖7—7，《異域圖志》，藏劍橋大學圖書館；〈邊裔典〉，《清殿版畫匯刊》。
圖7—8，蔣應鎬繪本，藏巴伐利亞圖書館；汪紱本，《珍本山海經文獻集成》。
圖7—9，蔣應鎬繪本，藏巴伐利亞圖書館；吳任臣本，藏早稻田大學圖書館；汪紱本，《珍本山海經文獻集成》。
圖7—10，《永樂大典》，中華書局本；《異域圖志》，藏劍橋大學圖書館。
圖7—11，《文林妙錦萬寶全書》，《中國日用類書集成》；汪紱本，《珍本山海經文獻集成》；多文齋本，藏新北臺灣圖書館。

〈海外北經〉

圖8－1，《永樂大典》，中華書局本；《異域圖志》，藏劍橋大學圖書館。
圖8－2，《永樂大典》，中華書局本；《異域圖志》，藏劍橋大學圖書館。
圖8－3，《永樂大典》，中華書局本；《異域圖志》，藏劍橋大學圖書館；《三才圖會》，藏臺北國家圖書館。
圖8－4，《永樂大典》，中華書局本；《異域圖志》，藏劍橋大學圖書館；〈邊裔典〉，《清殿版畫匯刊》。
圖8－5，蔣應鎬繪本，藏巴伐利亞圖書館；〈邊裔典〉，《清殿版畫匯刊》；多文齋本，藏新北臺灣圖書館。
圖8－6，〈邊裔典〉，《清殿版畫匯刊》。
圖8－7，〈神異典〉，《清殿版畫匯刊》。

〈海外東經〉

圖9－1，《永樂大典》，中華書局本；胡文煥圖本，《新刻贏蟲錄》；〈邊裔典〉，《清殿版畫匯刊》。
圖9－2，汪紱本，《珍本山海經文獻集成》；〈邊裔典〉，《清殿版畫匯刊》。
圖9－3，汪紱本，《珍本山海經文獻集成》；〈邊裔典〉，《清殿版畫匯刊》。
圖9－4，蔣應鎬繪本，藏巴伐利亞圖書館；〈邊裔典〉，《清殿版畫匯刊》。
圖9－5，蔣應鎬繪本，藏巴伐利亞圖書館；成或因繪本，藏巴伐利亞圖書館。

〈海內南經〉

圖10－1，〈邊裔典〉，《清殿版畫匯刊》。

圖10－2，《三才圖會》，藏臺北國家圖書館；〈邊裔典〉，《清殿版畫匯刊》。

圖10－3，《三才圖會》，藏臺北國家圖書館；《天地祥瑞志》，《稀見唐代天文史料三種》。

圖10－4，《永樂大典》，中華書局本；〈邊裔典〉，《清殿版畫匯刊》。

圖10－5，蔣應鎬繪本，藏巴伐利亞圖書館；成或因繪本，藏巴伐利亞圖書館；《文林妙錦萬寶全書》，《中國日用類書集成》。

〈海內西經〉

圖11－1，蔣應鎬繪本，藏巴伐利亞圖書館；成或因繪本，藏巴伐利亞圖書館。

圖11－2，蔣應鎬繪本，藏巴伐利亞圖書館；汪紱本，《珍本山海經文獻集成》。

圖11－3，蔣應鎬繪本，藏巴伐利亞圖書館；汪紱本，《珍本山海經文獻集成》。

圖11－4，蔣應鎬繪本，藏巴伐利亞圖書館；成或因繪本，藏巴伐利亞圖書館。

〈海內北經〉

圖12－1，蔣應鎬繪本，藏巴伐利亞圖書館；成或因繪本，藏巴伐利亞圖書館。

圖12－2，《異域圖志》，藏劍橋大學圖書館；蔣應鎬繪本，藏巴伐利亞圖書館；〈邊裔典〉，《清殿版畫匯刊》。

圖12－3，〈邊裔典〉，《清殿版畫匯刊》。

圖12－4，《永樂大典》，中華書局本；蔣應鎬繪本，藏巴伐利亞圖書館。

圖12－5，蔣應鎬繪本，藏巴伐利亞圖書館。汪紱本，《珍本山海經文獻集成》。

圖12－6，蔣應鎬繪本，藏巴伐利亞圖書館；汪紱本，《珍本山海經文獻集成》。

圖12－7，蔣應鎬繪本，藏巴伐利亞圖書館；〈禽蟲典〉，《清殿版畫匯刊》；汪紱本，《珍本山海經文獻集成》。

〈海內東經〉

圖13－1，《四民便用學海群玉》，藏東京大學東洋文化研究所。

圖13－2，蔣應鎬繪本，藏巴伐利亞圖書館；汪紱本，《珍本山海經文獻集成》；成或因繪本，藏巴伐利亞圖書館；《山海經圖說》，潘重規先生藏本。

〈大荒東經〉

圖14－1，汪紱本，《珍本山海經文獻集成》；〈邊裔典〉，《清殿版畫匯刊》。

圖14－2，〈邊裔典〉，《清殿版畫匯刊》。

圖14－3，〈邊裔典〉，《清殿版畫匯刊》。

圖14－4，蔣應鎬繪本，藏巴伐利亞圖書館；汪紱本，《珍本山海經文獻集成》。

圖14－5，《永樂大典》，中華書局本；《三才圖會》，藏臺北國家圖書館；《文林妙錦萬寶全書》，《中國日用類書集成》。

圖14－6，《三才圖會》，藏臺北國家圖書館；〈神異典〉，《清殿版畫匯刊》。

圖14－7，《文林妙錦萬寶全書》，《中國日用類書集成》。

〈大荒南經〉

圖15－1，蔣應鎬繪本，藏巴伐利亞圖書館；吳任臣本，早稻田大學圖書館；汪紱本，《珍本山海經文獻集成》。

圖15－2，〈邊裔典〉，《清殿版畫匯刊》。

圖15－3，蔣應鎬繪本，藏巴伐利亞圖書館；汪紱本，《珍本山海經文獻集成》；成或因繪本，藏巴伐利亞圖書館。

圖15－4，汪紱本，《珍本山海經文獻集成》。

圖15－5，蔣應鎬繪本，藏巴伐利亞圖書館。

圖15－6，成或因繪本，藏巴伐利亞圖書館。

圖15－7，〈邊裔典〉，《清殿版畫匯刊》；汪紱本，《珍本山海經文獻集成》。

〈大荒西經〉

圖16－1，〈神異典〉，《清殿版畫匯刊》；成或因繪本，藏巴伐利亞圖書館。

圖16－2，汪紱本，《珍本山海經文獻集成》。

圖16－3，蔣應鎬繪本，藏巴伐利亞圖書館；汪紱本，《珍本山海經文獻集成》；成或因繪本，藏巴伐利亞圖書館。

圖16－4，蔣應鎬繪本，藏巴伐利亞圖書館；成或因繪本，藏巴伐利亞圖書館。

圖16－5，蔣應鎬繪本，藏巴伐利亞圖書館；汪紱本，《珍本山海經文獻集成》。

圖16－6，蔣應鎬繪本，藏巴伐利亞圖書館；成或因繪本，藏巴伐利亞圖書館。

圖16－7，蔣應鎬繪本，藏巴伐利亞圖書館；汪紱本，《珍本山海經文獻集成》；成或因繪本，藏巴伐利亞圖書館。

圖16－8，多文齋本，藏新北臺灣圖書館。

圖16－9，〈神異典〉，《清殿版畫匯刊》。

圖16－10，蔣應鎬繪本，藏巴伐利亞圖書館；多文齋本，藏新北臺灣圖書館；成或因繪本，藏巴伐利亞圖書館。

〈大荒北經〉

圖17－1，蔣應鎬繪本，藏巴伐利亞圖書館。

圖17－2，蔣應鎬繪本，藏巴伐利亞圖書館；汪紱本，《珍本山海經文獻集成》；多文齋本，藏新北臺灣圖書館。

圖17－3，汪紱本，《珍本山海經文獻集成》。

圖17－4，蔣應鎬繪本，藏巴伐利亞圖書館；汪紱本，《珍本山海經文獻集成》；成或因繪本，藏巴伐利亞圖書館。

圖17－5，汪紱本，《珍本山海經文獻集成》；〈禽蟲典〉，《清殿版畫匯刊》。

圖17－6，蔣應鎬繪本，藏巴伐利亞圖書館；《三才圖會》，藏臺北國家圖書館。

〈海內經〉

圖18－1，蔣應鎬繪本，藏巴伐利亞圖書館；成或因繪本，藏巴伐利亞圖書館。

圖18－2，蔣應鎬繪本，藏巴伐利亞圖書館；〈邊裔典〉，《清殿版畫匯刊》。

圖18－3，蔣應鎬繪本，藏巴伐利亞圖書館。

圖18－4，《永樂大典》，中華書局本；《文林妙錦萬寶全書》，《中國日用類書集成》；《三才圖會》，藏臺北國家圖書館。

圖18－5，蔣應鎬繪本，藏巴伐利亞圖書館；〈邊裔典〉，《清殿版畫匯刊》。

圖18－6，〈邊裔典〉，《清殿版畫匯刊》；成或因繪本，藏巴伐利亞圖書館。

圖18－7，《異域圖志》，藏劍橋大學圖書館；《文林妙錦萬寶全書》，《中國日用類書集成》；多文齋本，藏新北臺灣圖書館。

秀威經典　　語言文學類　PG2847　新視野73

曹善手抄《山海經》箋注

箋　　注 / 鹿憶鹿
責任編輯 / 陳彥儒
圖文排版 / 蔡忠翰
封面設計 / 郭北郭
封面繪製 / 葉俊宏
封面完稿 / 吳咏潔

出版策劃 / 秀威經典
發 行 人 / 宋政坤
法律顧問 / 毛國樑　律師
印製發行 / 秀威資訊科技股份有限公司
114台北市內湖區瑞光路76巷65號1樓
電話：+886-2-2796-3638　傳真：+886-2-2796-1377
http://www.showwe.com.tw
劃撥帳號 / 19563868　戶名：秀威資訊科技股份有限公司
讀者服務信箱：service@showwe.com.tw
展售門市 / 國家書店（松江門市）
104台北市中山區松江路209號1樓
電話：+886-2-2518-0207　傳真：+886-2-2518-0778
網路訂購 / 秀威網路書店：https://store.showwe.tw
國家網路書店：https://www.govbooks.com.tw

2023年3月　BOD一版
定價：700元

讀者回函卡

國家圖書館出版品預行編目

曹善手抄《山海經》箋注/鹿憶鹿箋注. -- 一版. -- 臺北市 :
秀威經典, 2023.3
面 ;　公分. -- (新視野 ; 73)(語言文學類 ; PG2847)
BOD版
ISBN 978-626-96838-1-9(平裝)

1.CST: 山海經 2.CST: 注釋

857.21　　111019309